Conni & Co.
Doppelband

Dagmar Hoßfeld wollte als Kind Tierärztin, Bäuerin oder Gestütsbesitzerin werden. Dass sie sich anders entschieden hat, verdankt sie ihrem Sohn: Als er ungefähr ein halbes Jahr alt war, bekam sie Lust, ein Kinderbuch zu schreiben. Sie setzte sich an den Schreibtisch – und hörte mit dem Schreiben einfach nicht mehr auf. Zum Glück! Mittlerweile sind viele wunderbare Kinder- und Jugendbücher von ihr erschienen.

Geboren wurde Dagmar Hoßfeld 1960 in Kiel. Heute lebt sie in einem kleinen Dorf zwischen Ostsee und Schlei und hat, wie sie selbst sagt, den schönsten Beruf der Welt: Autorin.

Dagmar Hoßfeld

Conni, Billi und die Mädchenbande

&

Conni, Mandy und das große Wiedersehen

CARLSEN

Mehr Serien von Dagmar Hoßfeld im Carlsen Verlag:

Carlotta
Conni & Co
Conni 15
Einhornsommer
Laura
Reiterhof Erlengrund
Sattel, Trense, Reiterglück

MIX
Papier aus verantwortungsvollen Quellen
FSC
www.fsc.org
FSC® C083411

Unser Versprechen für mehr Nachhaltigkeit
- Klimaneutrales Produkt
- Papiere aus nachhaltiger Waldwirtschaft
- Hergestellt in Europa

Veröffentlicht im Carlsen Verlag
August 2021
»Conni, Billie und die Mädchenbande«, »Conni, Mandy und das große Wiedersehen«

Umschlag- und Innenillustrationen: Dorothea Tust
Lettering: Dorothea Tust, Björn Liebchen
Umschlaggestaltung: formlabor
Corporate Design Taschenbuch: bell étage
ISBN 978-3-551-31966-1

Conni, Billi und die Mädchenbande

»Mensch, Conni! Wo bleibst du denn?« Anna tritt ungeduldig von einem Fuß auf den anderen. »Beeil dich mal, sonst kommen wir zu spät!«

»Ja, ja«, murrt Conni. Sie schiebt ihr rotes Mountainbike in den Fahrradunterstand und schließt es ab. Als sie sich umdreht, taucht ein blonder Haarschopf zwischen den Fahrradreihen auf.

»Ups … Hallo, Phillip!« Conni lächelt und schiebt sich eine lose Haarsträhne hinters Ohr. Dass Anna aufstöhnt und einen demonstrativen Blick auf ihre Armbanduhr wirft, ignoriert sie.

»Guten Morgen!« Phillip reibt seine Hände aneinander und haucht hinein. »Ganz schön kalt heute, was? Und das nennt sich Frühling!«

Conni nickt fröhlich, während Anna mit den Augen rollt.

»Ich geh jetzt«, funkelt sie Conni durch ihre schmalen Brillengläser an. »Wenn ihr zu spät kommen wollt – bitte, selber schuld!«

»Hi, Anna. Hast du gut geschlafen?«, erkundigt sich Phillip mit einem strahlenden Lächeln.

Anna wird knallrot und presst ein knappes »Ja, danke« hervor.

Conni kann sich ein Grinsen nicht verkneifen. Mit langen Schritten stapft sie mit Phillip hinter Anna her und betritt das Lessing-Gymnasium. Die warme, stickige Luft, der Lärm und das morgendliche Gedränge in der Pausenhalle rauben ihr fast den Atem. Sie will die breite Treppe hinaufgehen, als Phillip sie am Jackenärmel festhält.

»Lass uns mal kurz auf den Vertretungsplan schauen«, sagt er und nickt mit dem Kopf in Richtung des Sekretariats. »Heute oder morgen ist SV-Versammlung.«

Conni runzelt die Stirn. Phillip ist Klassensprecher der 6a. Dass er zu den Sitzungen der Schülervertreter geht, ist klar. Aber was hat sie damit zu tun?

Phillip bemerkt ihr Zögern.

»Laura war gestern krank«, erklärt er. »Wenn sie bis zur Versammlung nicht wieder da ist, musst du für sie einspringen.«

Conni hält die Luft an. Phillip hat Recht: Als zweite Klassensprecherin müsste sie Laura im Krankheitsfall vertreten.

Meine erste SV-Sitzung, denkt sie. Das ist ja spannend!

»Wir kommen gleich nach!«, ruft sie Anna zu. Aber die hat inzwischen Billi und Dina in dem Getümmel entdeckt und winkt nur flüchtig zurück.

Fast ehrfürchtig folgt Conni Phillip zu dem Schwarzen Brett, um das sich bereits ein paar Schüler drängen, die die Aushänge studieren.

»Da, morgen in der Fünften.« Phillip tippt mit dem Finger auf einen leuchtend gelben Zettel.

»In der fünften Stunde?«, wundert sich Conni. »Aber da haben wir Mathe!«

Phillip dreht sich zu ihr um. Es hat zum Unterricht gegongt.

»Für SV-Sitzungen werden Klassensprecher vom Unterricht freigestellt«, sagt er grinsend.
Conni grinst zurück. »Das ist ja praktisch!«
»Klar«, meint Phillip. »Irgendwelche Vorteile muss es schließlich haben, wenn man Klassensprecher ist.«
Conni spürt ein aufgeregtes Kribbeln in ihrem Bauch. Am liebsten würde sie Phillip mit ganz vielen Fragen löchern. Worum es in der Sitzung gehen wird, zum Beispiel. Oder wie so eine Veranstaltung überhaupt abläuft. Aber als Herr Albers und ein paar andere Lehrer aus dem Lehrerzimmer kommen, beschließt sie ihre Fragen auf später zu verschieben.
»Wir sollten uns beeilen«, sagt sie zu Phillip. »Sonst kommen wir echt noch zu spät!«
Drei Stufen auf einmal nehmend, schaffen sie es, knapp vor ihrem Deutschlehrer in das Klassenzimmer zu schlüpfen. Sie lassen sich auf ihre Plätze fallen, als Herr Albers den Raum betritt.
»Guten Morgen«, sagt der junge Lehrer und hievt seine Aktentasche auf das Pult. »Bitte holt eure Hefte raus. Wir schreiben einen Test über unsere Klassenlektüre.«
Durch die 6a läuft ein einstimmiges Aufstöhnen.
»Muss das sein?«, murrt Paul.
»Ja«, erwidert Herr Albers nur.
Phillip zwinkert Conni zu. Mit einem kleinen Lächeln wühlt Conni ihren Füller aus dem Federmäppchen und versucht sich auf die Arbeit zu konzentrieren.

Als es endlich zur Pause gongt und Herr Albers die Hefte einsammelt, atmet Conni erleichtert auf. Sie holt ihr Schul-

brot und ein Päckchen O-Saft aus ihrem Rucksack und geht mit Anna, Billi und Dina nach draußen, um frische Luft zu schnappen.
»Hach, muss Liebe schön sein!« Billi beißt in ihr belegtes Brötchen und grinst von einem Ohr zum anderen. Annas Kopf schießt herum.
»Wen meinst du?«, fragt sie.
»Och«, meint Billi vielsagend, »da würden mir schon ein paar nette Kandidaten einfallen ...« Sie deutet auf Phillip, Mark, Paul und Tim, die ein paar Schritte vor ihnen hergehen. Mark dreht sich auffällig oft zu Anna um und stolpert dabei über seine eigenen Füße.
Billi, Dina, Anna und Conni kichern.
»Hey, zisch ab!« Ein dunkelhaariges Mädchen drängelt sich von hinten heran und rempelt Billi an. Billi zuckt erschrocken zusammen. Das Mädchen macht eine abfällige Geste und wirft ihr im Vorbeigehen einen finsteren Blick zu.
»Was fällt der denn ein?«, fragt Conni empört. »Wer war das überhaupt?«
»Tanja«, murmelt Billi. »Aus der Parallelklasse.«
Mit gerunzelter Stirn sieht Conni dem Mädchen hinterher, das sich laut lachend einer Gruppe von Mitschülerinnen anschließt.
»Entschuldigen kann die sich wohl nicht?« Anna schüttelt den Kopf. »Oder war das etwa Absicht?«
»Ach, lass sie doch«, wehrt Billi ab.
»Tanja ist immer so«, mischt sich Dina ein. »Ich kenne sie aus der Grundschule. Leider«, fügt sie seufzend hinzu.
Conni zieht die Augenbrauen hoch. Gemeinsam mit ihren

Freundinnen schlüpft sie durch die weit geöffnete Tür auf den Schulhof und blinzelt in die Sonne.

»Sie kann mich nicht leiden«, sagt Billi und zeigt auf Tanja, die sich inmitten einer Mädchengruppe prächtig zu amüsieren scheint. Immer wieder wirft sie den Kopf in den Nacken, schüttelt ihre glatten schwarzen Haare und lacht.

»Woher willst du wissen, dass sie dich nicht mag?«, fragt Conni und steckt einen Trinkhalm in ihren Saft.

Billi hebt die Schultern. »Sie wohnt bei uns um die Ecke und sagt es mir jedes Mal, wenn sie mich sieht.«

»Blöde Kuh!«, bringt Anna es auf den Punkt.

Billi lächelt ihr dankbar zu.

Die Freundinnen schlendern über den Schulhof und suchen sich ein ruhiges Plätzchen. Conni hockt sich auf die Lehne einer Bank. Die Sitzfläche ist noch zu feucht.

»Ist die immer so zickig?«, erkundigt sie sich bei Billi.

»Ja, meistens«, nickt Billi. »Besonders wenn sie ihren Fanklub bei sich hat. Sie nennen sich ›Die Schulhof-Zicken‹.« Mit dem Kinn deutet sie auf die Mädchengruppe. Schon wieder wirft Tanja ihre langen Haare über die Schulter nach hinten und kichert schrill. Die anderen Mädchen scheinen regelrecht an ihren Lippen zu kleben und schauen bewundernd zu ihr auf. Conni kann Janette, Ariane und Saskia aus ihrer Klasse erkennen und ein paar Mädchen aus der Parallelklasse.

»Der Name passt«, findet Anna.

Die anderen stimmen ihr zu.

Als es zur Stunde gongt, versenkt Conni ihre leere Safttüte in einem Papierkorb und wirft das Brotpapier gleich hinterher. Im Vorbeigehen schaut sie noch einmal zu Tanja hinüber. Sie

und die anderen Mädchen machen keinerlei Anstalten, dem Klingeln zu folgen. Als hätte die Pause gerade erst angefangen, stehen sie auf dem Schulhof, albern herum und unterhalten sich. Plötzlich guckt Tanja genau in Connis Richtung und mustert sie von oben bis unten. Ohne den Blick abzuwenden, fragt sie Janette etwas. Die rümpft die Nase und flüstert etwas zurück. Die beiden Mädchen lachen verächtlich.
Conni läuft es eiskalt den Rücken herunter. Sie hat das Gefühl, von Tanjas Blick durchbohrt zu werden. So schnell sie kann, läuft sie hinter den anderen her und mischt sich unter den Schülerstrom. Sie ist froh, als sie wieder auf ihrem Platz sitzt und die nächste Stunde anfängt.

Bis zum Schulschluss gelingt es Conni, den Vorfall aus ihren Gedanken zu verdrängen. Auch Billi erwähnt Tanja mit keinem Wort mehr. Conni verabschiedet sich von ihr und den anderen und fährt mit Anna und Paul nach Hause. Sie haben mit ihren Rädern gerade die große Kreuzung erreicht, an der Anna abbiegen muss, als es hinter ihnen klingelt. Conni dreht sich um. Phillip kommt auf seinem silbernen Rennrad angebraust. Er nimmt beide Hände vom Lenker und ruft: »Hey, wartet auf mich!«
Der hat's aber eilig, denkt Conni amüsiert und hält an. Anna rollt langsam weiter.
»Tschüs!«, ruft sie. »Ich muss mich beeilen. Meine Mutter hasst es, mit dem Essen auf mich zu warten.«
»Tschüs, mach's gut!«, ruft Conni zurück.
Phillip ist vollkommen außer Puste, als er sie und Paul erreicht. »Die Hockey-AG ist ausgefallen«, schnauft er.

Paul zieht eine Augenbraue hoch. »Ist doch kein Grund, gleich einen neuen Hochgeschwindigkeitsrekord im Rennradfahren aufzustellen.«
Phillip wischt sich eine widerspenstige Locke aus der Stirn und strahlt Conni an. Auf Paul achtet er gar nicht.
Conni zeigt auf die Ampel. »Grüner wird's nicht«, stellt sie trocken fest und radelt los.
Die beiden Jungs gucken sich verdutzt an. Bevor die Ampel wieder auf Rot springt, schalten sie einen Gang höher und sprinten hinter Conni her.
Phillip rollt wie selbstverständlich mit seinem Rad an Connis Seite. Paul hat das Nachsehen und muss auf dem schmalen Radweg hinter den beiden herradeln. Er zieht die Nase hoch und macht ein verdrießliches Gesicht.
»Kommst du heute Nachmittag zum Fußball?«, ruft er Phillips Rücken zu.
»Weiß ich noch nicht«, ruft Phillip zurück, ohne sich umzudrehen.
Conni guckt geradeaus. Ein kleines Lächeln spielt um ihre Mundwinkel. Als vor ihnen ein Bus um die Ecke biegt, sieht sie Billis Gesicht hinter einer der Scheiben aufblitzen. Sie winkt, aber Billi scheint sie nicht zu sehen. Schade.

Während Conni, Paul und Phillip durch den Stadtpark radeln, presst Billi ihre Stirn an die Scheibe des Busses und starrt angespannt hinaus. Drei Reihen hinter ihr sitzt Tanja mit ihren ständigen Begleiterinnen Eileen, Constanze und Irina aus der 6c. Ariane ist auch dabei.
Billi zuckt zusammen, als Tanja einen Witz erzählt und laut

zu lachen anfängt. Sie ist sich nicht sicher, ob die Mädchen sie schon gesehen haben, und rutscht vorsichtshalber ein bisschen tiefer in ihrem Sitz. Sie hat Angst, dass Tanja sie nicht in Ruhe lassen wird, wenn sie sie erst mal entdeckt hat. Die Mitschülerin wohnt seit kurzem in Billis Gegend, und Billi ist ihr bisher nur ein paarmal begegnet, auf dem Spielplatz, beim Einkaufen und im Park. Sie kann sich nicht erklären, was das ältere Mädchen gegen sie hat, schließlich haben sie bisher kaum mehr als ein paar Worte miteinander gewechselt. Trotzdem fängt Tanja jedes Mal an hämisch zu grinsen, wenn sie Billi sieht, und zischt ihr bei jeder sich bietenden Gelegenheit irgendwelche Gemeinheiten ins Ohr. Billi hört schon gar nicht mehr hin. Sie mag Tanja nicht und geht ihr am liebsten aus dem Weg.

Als der Bus an ihrer Haltestelle hält, überlegt Billi, ob sie eine Station weiter fahren soll. Nicht nur sie, auch Tanja muss hier aussteigen. Aber dann springt sie kurz entschlossen auf und klettert aus dem Bus. Sie denkt gar nicht daran, wegen der blöden Kuh zu spät zum Mittagessen zu kommen. Kommt ja gar nicht in die Tüte!

»Hey!«, ruft im selben Moment eine laute Stimme hinter ihrem Rücken. »Wohin so schnell?«

Billis Nackenhaare stellen sich auf. Sie spürt, dass ihr Gesicht heiß wird. Nicht umdrehen, denkt sie. Einfach weitergehen. Sie macht ein paar zögernde Schritte und wundert sich, dass Tanja nicht noch einmal ruft, als plötzlich jemand schreit: »Aua, du tust mir weh! Lass mich los!«

Billi dreht sich um. An der Bushaltestelle steht Tanja. Sie hält einen kleineren Jungen an der Jacke fest. Billi kennt ihn. Es ist ein Fünftklässler aus ihrer Schule. Er heißt Daniel. Tanja reißt ihm seine Cap vom Kopf und stopft sie in den Abfalleimer an der Haltestelle. Das Gesicht des Jungen ist puterrot, als er versucht die Cap wieder aus dem Mülleimer zu angeln. Tanja zerrt immer noch an seiner Jacke.

»Lass das!«, ruft Daniel. »Hau ab!«

Ein paar Erwachsene gehen vorbei, werden langsamer und bleiben schließlich stehen.

»Was glotzt ihr so blöd?«, fährt Tanja sie an, ohne Daniel loszulassen. »Das ist mein kleiner Bruder!«

Die Passanten schütteln die Köpfe und gehen weiter, ohne sich noch einmal umzudrehen.

Billis Magen krampft sich zusammen. Warum hilft denn keiner? Sie steht auf dem Gehweg neben der Straße und ballt die Hände zu Fäusten. Der Bus ist längst weitergefahren. Die paar Schulkinder, die mit ihr ausgestiegen sind, ziehen die Köpfe ein und verdrücken sich.

Billi wird wütend. Entschlossen stapft sie auf Tanja und Daniel zu und ruft: »Lass ihn sofort los!« Ihre Stimme zittert, so aufgeregt ist sie.

Tanja fährt herum und starrt sie an. Für Bruchteile von Sekunden lockert sich ihr Klammergriff. Daniel nutzt die Gelegenheit und reißt sich los.

»Danke!«, ruft er Billi zu und flitzt davon, so schnell er kann. Billi schaut ihm hinterher.

»Was sollte das denn?« Tanjas Stimme ist so leise, dass Billi sie kaum verstehen kann. Ihre Augen sind zu schmalen Schlitzen verengt.

Billi schluckt. »Lass ihn in Ruhe, okay? Du hast kein Recht, ihn anzugreifen«, sagt sie mutig. Sie will sich schon umdrehen

und weitergehen, als Tanjas Hand blitzschnell vorschießt und sie am Kragen ihrer Jacke packt.
»Wie kannst du es wagen, so mit mir zu reden?«, faucht Tanja. Sie zieht die viel kleinere Billi mühelos an sich heran.
Billis Herz klopft zum Zerspringen. Ganz kurz wünscht sie sich, sie hätte ihre Tigerhose an. Wenn sie die anhat, fühlt sie sich irgendwie stark und mutig, fast unverwundbar. Aber die Hose passt ihr schon lange nicht mehr. Und außerdem könnte ihr eine simple Hose mit Tigerstreifen in dieser Situation auch nicht weiterhelfen. Da müsste schon ein echter, ausgewachsener Sibirischer Tiger kommen, die Zähne fletschen und Tanja seinen stinkenden Atem ins Gesicht blasen. Billi kichert leise bei dieser Vorstellung.
Tanja starrt sie verblüfft an, bevor sie ihren Würgegriff um eine weitere Umdrehung verstärkt. »Du findest es witzig, dich mit mir anzulegen?«, fragt sie leise.
Bevor Billi es sich anders überlegen kann, hat sie schon genickt. Im selben Augenblick bereut sie es. Tanja ist tausendmal stärker als sie. Sie stehen sich gegenüber wie David und Goliath, nur mit dem kleinen Unterschied, dass Billi keine Steinschleuder bei sich hat, um sich zu wehren.
»Lass mich los«, sagt sie und reckt sich auf die Zehenspitzen, um wenigstens ein kleines bisschen größer zu sein.
»Warum sollte ich?«, fragt Tanja zurück. Um ihre Mundwinkel zuckt es spöttisch. »Von mir aus können wir stundenlang hier stehen bleiben. Oder vermisst die kleine Billi etwa ihre Mami? Hat die kleine süße Billi Angst?«
Zwei Handwerker in Arbeitsoveralls treten aus einem Haus und bleiben stehen.

»Gibt's ein Problem?«, erkundigt sich der eine bei Billi.
Billi nickt schwach. Aus ihrem Hals kommt nur ein Krächzen. Tanja schnürt ihr langsam, aber sicher die Luft ab.
»Verfatz dich!«, schleudert Tanja dem Mann entgegen.
»Hey, lass sofort die Kleine los!«, mischt sich der andere, größere Handwerker ein. Er baut sich vor Tanja auf.
Seine Schultern sind ziemlich breit, stellt Billi beruhigt fest, und sein Gesicht sieht sehr grimmig aus. Sie wirft ihm einen dankbaren Blick zu.
»Wird's bald?«, fordert der Mann Tanja auf.
Tanjas Gesicht wird blass vor Zorn. Ein letztes Mal dreht sie Billis Kragen zusammen, dann lässt sie endlich los.
Billi atmet erleichtert auf.
»Vielen Dank«, krächzt sie den Männern zu. Die nicken freundlich.
»Geh nach Hause«, sagt der Kleinere zu Billi, und an Tanja gerichtet: »Und du, verschwinde! Lass dich ja nicht noch einmal dabei erwischen, wie du Kleinere drangsalierst!«
Tanja kaut auf ihrer Unterlippe und unterdrückt einen Fluch. Billi kann sehen, dass es in ihr brodelt.
»Ich krieg dich!«, flüstert Tanja ihr zu, als sie sich umdreht und weggeht. »Du bist erledigt!«
Billi spürt einen Kloß im Hals. Ihre Augen brennen. Am liebsten würde sie weinen.
Die beiden Handwerker erkundigen sich, wo sie wohnt und ob sie sie nach Haus begleiten sollen. Billi schüttelt den Kopf.
»Nein, vielen Dank«, sagt sie. »Ich wohn gleich hier um die Ecke.« Sie zeigt in eine vage Richtung.
»Na, dann«, sagt der Größere. »Alles Gute.«

»Und halte dich von dem Mädchen fern«, rät der andere. »Die scheint ein echtes Problem zu haben.« Er lässt einen Zeigefinger neben seiner Schläfe rotieren. »Alles klar?«
»Alles klar.« Billi lächelt tapfer. »Und vielen Dank noch mal!«
Die Männer nicken ihr zu und steigen in einen Kombi. Sie winken noch einmal, dann fahren sie davon.
Billi bleibt stehen und holt tief Luft. Ihr Herz pocht wie verrückt und ihre Knie zittern. Sie sieht sich um, ob Tanja vielleicht hinter einer Ecke auf sie lauert, aber die Luft scheint rein zu sein. Schnell dreht sie sich um und läuft auf kürzestem Weg nach Hause.

Nachdem Phillip in die Fürst-Pückler-Allee abgebogen ist, wo er mit seinem Vater in einer alten Villa lebt, radeln Conni und Paul weiter. Sie unterhalten sich über alles, was ihnen in den Sinn kommt: die Schule, das aktuelle Kinoprogramm, sogar über Pauls Lieblingsthema Fußball. Im Ahornweg rollt Paul mit seinem Rad direkt bis in eine Garage. Conni verschwindet in der Einfahrt des Nachbarhauses. Über eine niedrige Hecke hinweg, die die Gärten der Einfamilienhäuser voneinander trennt, winken sie sich zu.

Conni ist froh, direkt neben Paul zu wohnen. Jeden Tag alleine zur Schule und zurück zu fahren, stellt sie sich ziemlich langweilig vor. Paul und sie sind schon zusammen in die Grundschule gegangen; genau wie jetzt Jakob und Marie, ihre jüngeren Geschwister.

Sie nimmt die paar Stufen bis zur Haustür mit einem Satz, steckt ihren Schlüssel ins Schloss und will gerade aufschließen, als die Tür von innen aufgerissen wird.

»Mama ist krank«, verkündet Jakob an Stelle einer Begrüßung. Mit gerunzelter Stirn folgt Conni ihrem kleinen Bruder in den Flur. Sie stellt ihren Rucksack ab und schlüpft aus ihren Turnschuhen und dem roten Anorak. »Was hat sie denn?«

Jakob zuckt mit den Schultern. »Keine Ahnung. Bauchweh und Durchfall, glaub ich. Sie kotzt andauernd.«
»Es heißt erbrechen oder sich übergeben«, erklärt Conni ihm.
Jakob starrt sie an, als würde sie chinesisch sprechen.
Conni schiebt ihn beiseite und geht ins Wohnzimmer. Jakob folgt ihr auf Zehenspitzen.
Mama liegt auf dem Sofa, bis zum Kinn in eine Decke eingemummelt, und lächelt schwach. Neben dem Sofa steht ein Eimer. Conni erschrickt, als sie sieht, wie blass ihre Mutter ist.
»Ich hab mir anscheinend diesen gemeinen Magen-Darm-Virus eingefangen, der überall umgeht«, seufzt Mama und richtet sich ein wenig auf. »Tut mir leid, aber ihr müsst euch heute selbst um das Mittagessen kümmern. Mir wird schon übel, wenn ich nur daran denke.«
Conni setzt sich auf die Sofakante. Kater Mau streicht um ihre Beine und schnurrt leise.
»Mach dir mal keine Sorgen«, sagt sie. »Jakob und ich schaffen das schon.«
Jakob nickt bestätigend und nimmt Mau auf den Arm.
»Brauchst du irgendwas?«, fragt Conni ihre Mutter. »Soll ich zur Apotheke fahren?«
Mama schüttelt den Kopf. »Nein, danke. Ich hab alles, was ich brauche. In der Praxis hab ich mich krankgemeldet. Ich bleibe einfach liegen und ruhe mich aus. Vielleicht kann ich ein bisschen schlafen.«
»Wie wär's mit Tee und Zwieback?«, schlägt Jakob vor. »Oder mit einer Wärmflasche?«
»Gute Idee«, findet Conni. »Die kriegen wir schließlich auch immer, wenn wir krank sind. Setz schon mal das Wasser auf.«

Jakob flitzt in die Küche. Conni hört ihn mit dem Wasserkocher hantieren.
»Danke, ihr Lieben«, sagt Mama und schließt die Augen. »Aber mit Tee und Zwieback warten wir lieber noch ein bisschen.«
»Okay«, meint Conni. »Ich kümmere mich dann mal um das Mittagessen.«
Mama nickt müde. »Es sind noch Nudeln da. Die brauchst du nur warm zu machen. Und im Kühlschrank ist Salat. Ich hab Papa angerufen. Er kommt heute früher nach Hause und bringt alles für das Abendessen mit.«
Conni steht auf und geht zu Jakob in die Küche. Als sie ihrer Mutter wenig später die Wärmflasche bringen wollen, schläft sie tief und fest. Mit ernster Miene und äußerst behutsam legt Jakob die Gummiflasche auf die Wolldecke, dorthin, wo er Mamas Bauch vermutet. Conni strubbelt ihm lächelnd durch die Haare. »Komm«, sagt sie. »Du kannst mir beim Kochen helfen.«

Nach dem Mittagessen verschwindet Jakob in seinem Zimmer. Conni brütet über ihren Hausaufgaben, als ihr Handy melodisch klingelt. Der eingeschaltete Vibrationsalarm lässt es langsam über den Schreibtisch wandern. Mau, der auf der Fensterbank gesessen und sich geputzt hat, unterbricht seine Fellpflege. Mit großen Augen und gespitzten Ohren betrachtet er das merkwürdige Ding misstrauisch. Sein Schwanz zuckt hin und her. Zwischen seinen spitzen Zähnen blitzt die Zunge des Katers auf. Conni lacht über sein verdutztes Gesicht. Kurz bevor das Handy die Tischkante erreicht und herunterfällt, fängt sie es ein und meldet sich: »Hallo?«

Billi meldet sich. »Hi, Conni. Ich bin's. Ich muss dir unbedingt was erzählen!«
Mau springt auf den Schreibtisch und maunzt. Conni schiebt ihr Mathebuch beiseite und krault ihn hinter den Ohren. Aufmerksam hört sie zu, als Billi von ihrem Erlebnis mit Tanja berichtet. Billis Stimme überschlägt sich fast vor Aufregung.
Conni zieht die Stirn kraus. Die Falte über ihrer Nasenwurzel wird immer tiefer, je länger sie zuhört. Als Billi ihren Bericht schließlich beendet, schnappt sie nach Luft.
»Mensch, Billi«, stößt sie hervor. »Das gibt's doch gar nicht!«
»Doch«, erwidert Billi kleinlaut. »Leider.«
Conni ist außer sich. »Was bildet diese Tanja sich eigentlich ein, dich einfach anzugreifen?«, regt sie sich auf. »Was sagen deine Eltern denn dazu? Hast du's ihnen schon erzählt? Da muss man doch sofort was unternehmen, zur Polizei gehen und Anzeige erstatten oder so. Immerhin hast du Zeugen, die alles gesehen haben!«
Billi zögert mit der Antwort. »Ich glaub nicht, dass das was bringt«, sagt sie schließlich. »Meine Eltern meinen, es wäre ein einmaliger Ausrutscher, und ich soll Tanja in Zukunft einfach aus dem Weg gehen.«
Conni glaubt, nicht richtig zu hören.
»Sie wollen gar nichts unternehmen?«, fragt sie. »Und Tanja ungestraft davonkommen lassen?«
»Mhm«, bestätigt Billi. Nach einer kleinen Pause murmelt sie: »Ist vielleicht auch besser so. Schließlich ist nichts passiert.«
»Nichts passiert?!« Conni ist sich ziemlich sicher, dass Mama und Papa an Stelle von Billis Eltern sofort etwas unternehmen würden. Vielleicht würden sie nicht direkt zur Polizei gehen,

aber bestimmt würden sie versuchen mit Tanja und ihren Eltern zu reden, damit so etwas nicht noch einmal passiert.
Moment mal, denkt Conni. Das ist es doch!
»Deine Eltern müssen unbedingt mit Tanjas Eltern sprechen«, sagt sie energisch. »Die wohnen doch bei euch in der Nähe. Vielleicht kennen deine Eltern sie sogar ...«
Billi unterbricht sie mit einem Schnauben. »Glaubst du echt, das würde Tanja kratzen?«
Conni überlegt kurz, dann seufzt sie. »Nein«, gibt sie zu. »Wohl kaum.«
Einen Moment herrscht Schweigen in der Leitung. Conni kann Billi leise atmen hören. »Aber was willst du jetzt machen?«, fragt sie schließlich.
»Ich mache einen großen Bogen um die doofe Ziege«, antwortet Billi ernst, »und nehme künftig einen anderen Bus. Es fährt noch eine andere Linie in unsere Richtung, kein Problem.«
»Ja, das ist eine gute Idee«, sagt Conni, wenig überzeugt. Sie versteht Billi, aber gleichzeitig ist sie der Meinung, dass Tanja nicht so davonkommen sollte. »Vielleicht kannst du auch mit dem Rad fahren? Wir könnten uns an der großen Kreuzung treffen und ab da zusammen zur Schule fahren.«
»Ich hab immer noch mein altes Kinderfahrrad«, stöhnt Billi. »Damit kann ich unmöglich zur Schule fahren! Ich soll im Sommer endlich ein neues bekommen, aber das ist noch lange hin!«
Conni sieht Billis altes Kinderrad mit den kleinen Rädern und den gelb-schwarzen Tigerstreifen vor sich und muss grinsen. Nein, ausgeschlossen. Damit kann Billi wirklich nicht mehr

fahren – es sei denn, sie will sich zum Gespött der ganzen Schule machen.

»Vielleicht kannst du dir eins leihen?«, versucht sie einen zweiten Anlauf, aber Billi winkt sofort ab.

»Ich nehm jetzt den anderen Bus«, beschließt sie und ihre Stimme klingt fest. »Der fährt zwar einen Umweg, aber dafür hält er genau vor unserer Pizzeria. Nicht mal Tanja wird sich an mich rantrauen, wenn sie weiß, dass meine Eltern in der Nähe sind.«

Conni stimmt ihr zu. »Aber pass trotzdem auf, okay? Vielleicht solltest du dir nicht nur ein neues Rad, sondern bei Gelegenheit auch ein Handy wünschen. Für den Notfall.«

»Ja, vielleicht«, erwidert Billi vage. Sie wechselt das Thema, als wäre es ihr unangenehm, noch länger über den Vorfall zu sprechen.

Eine Weile reden Conni und sie noch über die Schule und die Tests, die in den nächsten Tagen anstehen, dann verabschiedet sich Billi: »Ich muss Schluss machen. Mama hat gerufen. Ciao, wir sehen uns morgen.«

»Ciao«, sagt Conni. »Bis morgen.« Nachdenklich schaltet sie ihr Handy aus und betrachtet Mau, der auf ihrem Matheheft sitzt und sie aus schmalen Sphinxaugen aufmerksam mustert. Conni lächelt. Manchmal hat sie das Gefühl, als wüsste der kleine Kater genau, worum es geht.

»Komm«, sagt sie zu ihm. »Wir schauen mal, wie's Mama geht.«

Mama schläft immer noch, das sieht Conni auf den ersten Blick, als sie um die Ecke ins Wohnzimmer lugt. Aber we-

nigstens ist sie nicht mehr ganz so blass. Beruhigt geht Conni in die Küche, gießt sich ein großes Glas Milch ein und trinkt es in einem Zug leer. Den Milchbart wischt sie mit dem Handrücken ab. Mau sitzt vor seinem Fressnapf. Es knuspert und kracht, als er das Trockenfutter zerbeißt.
»Kann ich rüber zu Marie?« Jakob ist auf Socken die Treppe heruntergekommen.
»Klar«, sagt Conni. »Warum nicht? Aber sei pünktlich um sechs zu Hause, okay?«
Als Jakob weg ist, schnappt sie sich das Telefon von der Anrichte und geht wieder hinauf in ihr Zimmer. Sie macht es sich auf ihrem Bett gemütlich und tippt Annas Nummer ein.
Ob Anna schon Bescheid weiß? Was die wohl zu Billi und diesem Tanja-Theater sagt? Bestimmt ist sie auch sauer. Aber vielleicht hat sie eine Idee, was Billi jetzt tun soll.
Hoffentlich, denkt Conni.
»Tut mir leid«, sagt Frau Brunsberg, Annas Mutter. »Anna ist mit Nicki draußen. Soll sie zurückrufen?«
»Ja, bitte«, sagt Conni. »Ich bin den ganzen Nachmittag zu Hause.« Sie bedankt sich und legt auf, dann dreht sie sich auf den Bauch und angelt ihr Tagebuch aus der obersten Nachttischschublade. Der letzte Eintrag liegt schon ein paar Tage zurück.
Kein Wunder, denkt Conni. Die Schule lässt einem ja kaum noch Zeit für was anderes außer Lernen.
Sie schlägt das Tagebuch auf und knabbert an ihrem Stift. Mau kommt auf leisen Pfoten ins Zimmer, springt aufs Bett und kuschelt sich an sie. Während er behaglich schnurrend die Augen schließt, fängt Conni an zu schreiben:

Heute ist Mama krank: Magen-Darm-Grippe.
Hoffentlich geht's ihr morgen wieder besser.
Aber was fast noch schlimmer ist: Tanja aus der Parallelklasse hat es anscheinend auf Billi abgesehen!
Zuerst hat sie Billi in der Schule geschubst, und dann ist sie auf dem Nachhauseweg auf sie losgegangen! Nur dumm, dass Billi ganz alleine war. Wenn ich, Anna, Dina oder einer von den Jungs bei ihr gewesen wären, hätte die blöde Kuh sich bestimmt nicht an sie herangetraut.
Aber dass Billi Daniel geholfen hat...
Alle Achtung!
Kein Wunder, dass Tanja ausgeflippt ist.

Conni findet es toll von Billi, dass sie eingegriffen hat, anstatt wegzugucken, wie es die meisten getan hätten. Dass sie dadurch selbst zur Zielscheibe geworden ist, ist echt gemein. Muss diese blöde Tanja auch ausgerechnet auf unsere Schule gehen?, denkt sie. Ich wäre froh, wenn ich sie nicht mehr sehen müsste!
Sie zeichnet ein paar hässliche Totenköpfe mit gekreuzten Knochen und betrachtet ihr Werk zufrieden, dann klappt sie das Tagebuch zu und versteckt es wieder im Nachttisch. Schweren Herzens schiebt sie Mau zur Seite und steht auf. Auf dem Schreibtisch warten noch ein paar Matheaufgaben und jede Menge englische Vokabeln auf sie.

Sie hat sich gerade hingesetzt und ihr Buch aufgeschlagen, da klingelt das Telefon. Annas Nummer steht im Display. Conni wirft dem Mathebuch einen entschuldigenden Blick zu und meldet sich.

»Gut, dass du da bist«, sprudelt Anna sofort los. »Ich hab vorhin Billi getroffen. Sie hat mir alles erzählt. Mann, ist das nicht der Hammer?« Ohne eine Antwort abzuwarten, spricht sie aufgeregt weiter: »Da müssen wir doch was unternehmen, oder nicht? Das können wir uns doch nicht gefallen lassen! Ich finde, dieser Tanja sollte man es mal so richtig heimzahlen! Sich an Kleineren und Schwächeren zu vergreifen, ist echt voll das Allerletzte! Arme Billi!«

Anna holt Luft. Conni nutzt die günstige Gelegenheit.

»Was meinst du mit heimzahlen?«, fragt sie. »Denkst du, wir sollten sie ein bisschen schubsen, bedrohen und am Kragen packen?«

»Ja, genau!«, ruft Anna sofort. »Die hat es doch echt nicht anders verdient!«

Conni kaut auf der Unterlippe und überlegt. »Hm, ich weiß nicht«, meint sie nachdenklich. »Wenn wir uns auf ihr Niveau begeben und uns genauso blöd verhalten wie sie, sind wir auch nicht viel besser, oder?«

»Stimmt, du hast Recht«, gibt Anna zögernd zu. »Da müssen wir uns wohl was anderes einfallen lassen.«

»Ich finde, wir sollten erst mal abwarten«, schlägt Conni vor. »Billis Eltern meinen das auch. Tanja behalten wir natürlich trotzdem im Auge. Wer weiß? Vielleicht war's tatsächlich nur ein Ausrutscher von ihr. Oder sie hatte einfach schlechte Laune. Ich glaub jedenfalls nicht, dass sie Billi noch mal ärgert, solange wir in der Nähe sind. In der Schule schon mal gar nicht.«

»Nee, dazu ist die viel zu feige«, brummt Anna. »Zumal, wenn sie ihre Mädchenbande nicht bei sich hat. Solche Typen wie Tanja fühlen sich doch nur in der Gruppe stark. Die brauchen die Bestätigung von anderen.«

»Ja, kann sein«, meint Conni. Sie nimmt ihren Füller und trommelt damit leise auf die Schreibtischplatte. »Aber wir sollten trotzdem ein bisschen auf Billi aufpassen. Ich glaub, sie ist ziemlich geschockt. Am besten reden wir morgen in der Schule weiter, wenn Billi dabei ist. Im Moment können wir sowieso nichts unternehmen.«

»Okay«, meint Anna. »Einverstanden.«

»Hast du zufällig schon Mathe gemacht?«, wechselt Conni das Thema.

»Na klar«, erwidert Anna. »Soll ich dir die Lösungen diktieren?«

Conni grinst. Genau diesen Satz wollte sie hören.

»Schieß mal los«, sagt sie und zückt den Füller.

Wenig später sind die Mathehausaufgaben erledigt. Conni und Anna beenden ihr Telefongespräch. Conni schnappt sich ihr Vokabelheft und springt auf. Die paar Englischvokabeln kann sie genauso gut im Wohnzimmer lernen. »Dann hat Mama ein bisschen Gesellschaft«, sagt sie zu Mau und flitzt nach unten. Der kleine Tigerkater folgt ihr auf flinken Pfoten.

Am nächsten Morgen steht Papa in der Küche und macht das Frühstück. Conni hebt schnuppernd die Nase. Es duftet nach Kaffee, Kakao und angebranntem Toast.
»Mama bleibt heute noch zu Hause«, verkündet Papa, als sich Conni und Jakob noch etwas verschlafen an den gedeckten Frühstückstisch setzen. »Ich hab sie in der Praxis entschuldigt. Sie soll sich richtig auskurieren, bevor sie wieder arbeitet.«
»Ärzte sind schließlich auch mal krank«, meint Jakob und beißt in seine leicht angeschwärzte Toastscheibe.
Conni nickt ihm zu. »Warum auch nicht?«
Sie macht die Schulbrote für sich und Jakob fertig und bringt ihn nach dem Frühstück zu Hausers, damit er sich zusammen mit Marie auf den Weg zur nahe gelegenen Grundschule machen kann.
»Nanu«, wundert sich Frau Hauser. »So früh?«
Pauls Kopf taucht neben ihr auf. Er gähnt.
»Müssen wir etwa schon los?«, fragt er und fährt sich durch die verstrubbelten Haare.
»Nee, tut mir leid. Meine Mutter ist krank«, erklärt Conni die Situation. »Da herrscht bei uns Ausnahmezustand. Ich wollte

nur schnell Jakob rüberbringen. In fünf Minuten am Gartentor?«
Paul nickt und verschwindet wieder im Haus, während Frau Hauser verspricht Jakob und Marie pünktlich zur Schule zu schicken.
Beruhigt schreibt Conni einen kleinen Brief für Mama, verabschiedet sich von Papa und schiebt ihr Rad aus der Einfahrt.
»Im Moment scheint echt ein Virus zu grassieren«, beklagt sie sich kurz darauf bei Paul, als sie sich auf den Schulweg machen. »Zuerst Laura, jetzt meine Mutter ... Die reinste Epidemie ist das!« Siedend heiß fällt ihr ein, dass sie heute zur SV-Versammlung muss, falls Laura noch krank ist. Daran hat sie gar nicht mehr gedacht.
Kein Wunder, bei der Aufregung um Billi, denkt sie und tritt ein bisschen schneller in die Pedale.
Paul folgt ihr mit einem konzentrierten Stirnrunzeln, sagt aber nichts. Conni grinst. Paul ist eben ein echter Morgenmuffel. Manchmal hat sie das Gefühl, dass er um diese Uhrzeit selbst im Fahrradsattel noch schläft.

Billi sitzt schon auf ihrem Platz in der zweiten Reihe, als Conni und Paul das Klassenzimmer betreten. Sie springt halb auf, als sie Conni sieht. »Bin ich froh, dass du da bist«, raunt sie ihr zu.
»Wieso?«, fragt Conni alarmiert und schlüpft auf ihren Platz. »Ist was passiert?«
»Nein, nein«, versichert Billi. »Nur so.«
Heftig miteinander tuschelnd biegen Janette, Ariane und Saskia um die Ecke. Billi setzt sich schnell wieder hin und guckt

angestrengt aus dem Fenster. Janette geht an ihr vorbei und mustert sie abfällig, die Mundwinkel zu einem hämischen Grinsen verzogen.

Conni hat große Mühe, sich zu beherrschen und Janette zu ignorieren. Sie stupst Billi an und lächelt ihr aufmunternd zu.

»Niedlich, unser kleiner Kindergarten«, sagt Janette so laut, dass alle es hören können. »Fehlen nur noch die beiden anderen Babys Anna und Dina, dann ist die Krabbelgruppe komplett.«

Ariane und Saskia prusten los.

Das ist zu viel für Conni. Sie ballt die Hände zu Fäusten, dreht sich um und ruft: »Halt die Klappe, Janette!«

Billi zieht den Kopf ein und macht sich ganz klein. Die Augen kneift sie zusammen, als würde sie sich wünschen unsichtbar zu sein.

Janette schnappt hörbar nach Luft. »Vorsichtig, ja?«, zischt sie und funkelt Conni wütend an. »Überleg dir gut, was du sagst!«

»Hey, hey«, brummt Paul in ihre Richtung. »Kannst du mal aufhören? Was soll der Stress?«

Phillip kommt pfeifend in die Klasse und bleibt abrupt stehen, als er Connis empörtes Gesicht sieht.

»Was ist denn hier los?«, wundert er sich.

Conni zeigt wortlos auf Janette und ihre Mit-Zicken.

Janette setzt ein strahlendes Lächeln auf. »Nichts Besonderes, Phil«, säuselt sie. »Conni scheint heute mit dem falschen Fuß zuerst aufgestanden zu sein.«

Phillip zieht eine Augenbraue hoch und schüttelt genervt den Kopf. Er wirft Conni einen Blick zu.

»Alles klar?«, fragt er leise. Conni nickt. Ihr Herz klopft wie verrückt.
»Reg dich nicht auf«, flüstert Billi ihr zu. »Das will die doch nur!«
Mit einem Schwung weiterer Schüler kommen Anna, Dina und Mark in die Klasse gestürmt. Ihr Lachen verstummt, als sie die angespannte Stimmung im Raum spüren.
»Oha, hier ist aber dicke Luft«, stellt Mark fest. »Soll ich mal ein Fenster aufmachen?«
Niemand lacht.
Janette verschanzt sich mit Ariane und Saskia in der letzten Reihe. Tuschelnd stecken sie ihre Köpfe zusammen. Anna und Dina werfen Conni und Billi fragende Blicke zu.
»Nur das Übliche«, murmelt Billi leise.
»Janette«, fügt Conni bitter hinzu. »Wer sonst?«
Es gongt zur Stunde. Conni holt ihre Englischsachen aus dem Rucksack. Paul, Phillip und Mark unterhalten sich über Fußball. Eigentlich ist es wie immer, denkt Conni, und doch fühlt es sich anders an. In der Klasse ist es kälter als sonst, frostiger. Sie ist schon oft mit Janette und ihren Zicken aneinandergeraten, vom ersten gemeinsamen Schultag auf dem Gymnasium an, aber heute ist es besonders schlimm.
Als Herr Albers das Klassenzimmer betritt und schwungvoll die Tür hinter sich schließt, wenden sich ihm ruckartig 24 erstaunte Gesichter zu.
»'tschuldigung, Herr Albers, aber kann es sein, dass Sie sich im Raum geirrt haben?«, meldet sich Phillip mit einem breiten Grinsen. »Wir haben jetzt Englisch bei Frau Lindmann.«
Herr Albers schmunzelt. »Ist mir bekannt, Phillip. Trotzdem

danke, dass du mich darauf hingewiesen hast.« Er schiebt seine Aktentasche unter das Lehrerpult und setzt sich auf die Tischkante. »Frau Lindmann ist krank. Sie wird einige Zeit ausfallen. So lange müsst ihr mit mir vorliebnehmen.«
Ein Murmeln läuft durch die Klasse. Paul meldet sich: »Was hat sie denn?«
»Schleichende Drachitis«, vermutet Tim. »Oder Mumps.«
Die Jungs johlen. Conni, Billi, Anna und Dina grinsen sich an.
»Weder noch«, stellt Herr Albers richtig. Er steht auf, nimmt ein Stück Kreide und schreibt einen Stundenplan an die Tafel. »Frau Lindmann hatte einen Bandscheibenvorfall«, erzählt er. »Sie ist im Krankenhaus und wird in den nächsten Tagen operiert. Vorläufig wird sie nicht an die Schule zurückkehren können. Ich übernehme so lange ihre Vertretung.«
»Was?!«, entfährt es Anna.
Herr Albers nickt. »Ein Bandscheibenvorfall ist schmerzhaft und langwierig. Nach der OP wird Frau Lindmann eine Kur machen. Bis dahin gilt der geänderte Stundenplan. Wir haben uns bemüht eure Stunden so umzustellen, dass möglichst wenig Unterricht ausfällt.«
»Och, das wär aber nicht nötig gewesen«, meint Paul.
Herr Albers überhört seinen Einwurf. Er pocht an die Tafel und fordert die Klasse auf, den Stundenplan abzuschreiben. »Den Englischunterricht erteilt ab sofort Frau Stern. Ich glaube, ihr kennt sie aus dem Kunstunterricht?«
Conni nickt begeistert. Klar, Frau Stern ist eine supernette Referendarin. Mit ihr macht Englisch bestimmt mehr Spaß als mit dem Lindwurm, wie die 6a ihre alte Klassenlehrerin

scherzhaft nennt. Wegen ihrer strengen und altmodischen Art ist Frau Lindmann als Lehrerin zwar nicht gerade beliebt, aber dass sie jetzt im Krankenhaus liegt und wochenlang ausfällt, hat sie auch nicht verdient, findet Conni. Auf der letzten Schulparty war sie jedenfalls total locker und nett. Vielleicht kann man ihr Blumen schicken oder sie mal besuchen, wenn es ihr besser geht? Natürlich nicht die ganze Klasse, überlegt Conni, aber eine kleine Abordnung. Sie macht eine Notiz in ihrer Kladde:

Lindwurm + Bandscheibe = Krankenhaus!
Krankenbesuch?
Blumenstrauß?
Schokolade?

??

Und sie nimmt sich vor, bei der nächsten Gelegenheit mit den anderen darüber zu sprechen.
»Den Matheunterricht übernimmt Herr Gunnarsson«, fährt Herr Albers fort. »Er ist neu an unserer Schule und hat erst vor kurzem sein Lehrerexamen gemacht. Seid also bitte nett zu ihm und verschreckt ihn nicht gleich.«
Die Klasse lacht.
»Soo schlimm sind wir doch gar nicht, Herr Albers!«, ruft Mark mit Unschuldsmiene. »Oder?«
Der junge Deutschlehrer zwinkert ihm zu, ohne eine Antwort zu geben. »Leider fehlt Frau Lindmann auch in den anderen Klassen. In Kunst und Sport werdet ihr daher ein bisschen enger zusammenrücken müssen. Die Stunden werden mit eurer Parallelklasse zusammengelegt, der 6c.«

»Oh nein!«, stöhnt Billi leise auf.
»Was ist?«, fragt Conni.
»Das ist die Klasse von Tanja«, erklärt Anna flüsternd.
»Ach du Schreck!«, entfährt es Conni.
»Probleme?« Herr Albers hebt eine Augenbraue.
Conni wird rot. »Nein, nein«, versichert sie schnell. »Alles in Ordnung!«
Sie sieht, dass Billi die Hände zu Fäusten ballt. Dass sie den Kunstsaal und die Turnhalle ausgerechnet mit Tanjas Klasse teilen müssen, ist wirklich ein Albtraum!
»Mach dir keine Sorgen«, flüstert sie Billi zu und stupst sie aufmunternd an. »Die blöde Kuh wird sich nicht an dich rantrauen. Dafür sorgen wir.«
Billi lächelt ihr dankbar zu.
Herr Albers zieht seine Aktentasche hervor und holt einen Stapel Arbeitsblätter heraus. »Ihr werdet euch sicher schnell an den neuen Stundenplan gewöhnen. Aber jetzt …«, er wirft den Blätterstapel mit Schwung auf das Pult, »… haben wir Deutsch.«
Paul und Mark verteilen die Arbeitsblätter.
»Grammatik«, stöhnt Anna neben Conni auf. »Ausgerechnet!«
Wenig später arbeitet die Klasse konzentriert. Conni beugt sich tief über das Blatt und setzt direkte Rede in indirekte und umgekehrt. Plötzlich fliegt eine kleine, zusammengeknüllte Papierkugel über ihre linke Schulter. Sie kullert über den Tisch, rollt über das Arbeitsblatt und bleibt schließlich neben ihrem Federmäppchen liegen. Billi und Anna machen große Augen. Conni nimmt den zusammengeknüllten Zettel in die Hand, faltet ihn auseinander und liest:

Laura ist noch krank.
Gehst Du mit mir zur SV?
P. ☺

Conni dreht sich um. Phillips Grinsen ist fast noch breiter als das des Smileys. Er zwinkert Conni zu. Conni lächelt und formt mit den Lippen ein lautloses »Ja«, bevor sie sich wieder der deutschen Grammatik zuwendet.

Beim Pausengong springt die halbe Klasse auf und stürmt hinaus. Die Jungs drängeln sich durch die Tür, als wäre ein Feuer ausgebrochen, und balgen sich im Flur um einen Ball.

»Hey!«, ruft Herr Albers hinter ihnen her. »Nicht so wild!« Niemand achtet auf ihn.

Conni schnappt sich ihren Frühstücksapfel und will mit den anderen auf den Pausenhof gehen. Anna und Dina zeigen wortlos auf Billi. Sie sitzt auf ihrem Platz und wühlt umständlich in ihrem Rucksack. »Ich glaub, ich bleib drinnen«, nuschelt sie und packt ihr Brot aus, ohne aufzuschauen.

»Wieso das denn?«, will Anna wissen. Sie wirft Conni und Dina einen besorgten Blick zu.

»Meinst du nicht, ein bisschen frische Luft würde dir guttun?«, fragt Conni behutsam. »Du bist sowieso schon ein bisschen blass um die Nase und heute scheint ausnahmsweise mal die Sonne.«

»Komm schon«, fordert Dina Billi auf. Aber die bleibt stur. Mit einem großen Happs beißt sie in ihr Vollkornbrötchen und kaut angestrengt.

»Dann bleiben wir eben auch drinnen«, schlägt Conni vor.
»Nur weil Tanja und ihre ätzenden Schulhof-Zicken da draußen sind?« Anna schnaubt. »Kommt ja gar nicht in die Tüte! Vor denen hab ich keine Angst!« Sie will sich schon umdrehen, da springt Billi auf. Ihr Gesicht ist ärgerlich, ihre dunklen Augen sprühen fast Funken.
»Wer sagt denn, dass ich wegen denen nicht rauswill?«, faucht sie Anna an. »Denkst du etwa, ich hab Schiss?«
Anna hebt beide Hände. »N-nein«, stammelt sie, von Billis Wutausbruch überrascht. »I-ich meine nur …«
»Ist mir egal, was du meinst«, brummt Billi und setzt sich wieder hin. »Und jetzt lasst mich in Ruhe frühstücken.« Energisch beißt sie in ihr Brötchen und trinkt einen Schluck Kakao.
Conni runzelt die Stirn. Was ist denn mit Billi los? So kennt sie die Freundin gar nicht.
Dina macht einen Versuch zur Versöhnung. »Es lohnt sich gar nicht mehr rauszugehen«, bemerkt sie lächelnd. »In drei Minuten ist die Pause sowieso zu Ende.«
Billi kaut weiter, ohne etwas zu erwidern, und spült mit viel Kakao hinterher. Conni, Anna und Dina setzen sich auf die Fensterbank und verdrücken schweigend ihr Frühstück.
Conni fühlt sich gar nicht wohl in ihrer Haut. Das angespannte Schweigen der anderen bedrückt sie. Aber Billis Miene ist so abweisend, dass sie sich nicht traut etwas zu ihr zu sagen. Stattdessen fragt sie, um einen heiteren Tonfall bemüht: »Was haben wir jetzt eigentlich? Der neue Stundenplan bringt mich ganz durcheinander.«
»Geschichte«, mümmelt Anna zwischen zwei Bissen von ihrem Müsliriegel.

Na toll! Conni seufzt. Geschichte bei Herrn Baumann ist dermaßen langweilig und einschläfernd, dass sogar die Schüler, die sich für das alte Ägypten und die Pharaonen interessieren, Mühe haben, wach zu bleiben.
Sie schwingt sich auf ihren Platz, zieht ihr Geschichtsbuch aus dem Rucksack und würdigt Billi keines Blickes mehr.
Die wird sich schon wieder beruhigen, denkt Conni, als sie ihr Buch aufschlägt. Hoffentlich …

Der übrige Vormittag verläuft zu Connis Erleichterung ohne weitere Zwischenfälle. Janette und ihre Mit-Zicken verhalten sich ruhig, und auch Billi scheint sich dank Herrn Baumanns einschläferndem Vortrag über das altägyptische Brauch- und Herrschertum entspannt zu haben. Sie kann sogar schon wieder lachen, als Paul einen Witz erzählt.

»Im Sand vor den Pyramiden«, flüstert er den anderen zu, als Herr Baumann etwas an die Tafel schreibt, »sitzt eine Schnecke und schüttelt den Kopf. Nee, nee, nee, jammert sie vor sich hin. Kommt ein Kamel vorbei und fragt: Wieso bist du so traurig? Antwortet die Schnecke: So viel Sand, und ich hab die Förmchen im Hotel vergessen!«

Mark prustet laut los. Paul und Phillip klatschen sich ab. Billi kichert fröhlich mit. Conni fällt ein dicker Stein vom Herzen, als sie es sieht.

Nach der vierten Stunde tritt Phillip an ihren und Annas Tisch. Er hat seinen Rucksack lässig über die Schulter gehängt. Unter seinem Arm klemmt ein Collegeblock.

»Kommst du?«, fragt er freundlich.

Conni schaut auf. Ihr Blick verfängt sich für eine Millisekunde

in seinen braunen Augen. »Ähm, ja … klar«, sagt sie und stopft hastig ein paar Schreibutensilien, ihr kleines Lineal und den Radiergummi mit Himbeeraroma in ihr Federmäppchen.
»Nimm lieber alle deine Sachen mit«, rät Phillip. »Die Versammlung dauert mindestens eine Stunde. Ich glaub nicht, dass wir danach noch mal in die Klasse zurückkommen. In der Sechsten haben wir Sport.«
Anna wirft Conni und Phillip einen interessierten Blick zu. »Das heißt dann wohl, ihr geht nach der SV-Versammlung gemeinsam zur Sporthalle? Und wir müssen nicht auf euch warten?«, flötet sie mit einem kleinen Augenzwinkern.
Conni hält kurz inne, dann schüttelt sie den Kopf. »Keine Ahnung, aber wartet lieber nicht, okay?« Sie klaubt ihren Rucksack, die Sporttasche und ihre Jacke zusammen, winkt Anna und den anderen mit der freien Hand flüchtig zu und stolpert schwer bepackt hinter Phillip her. Anna winkt grinsend zurück.
Conni hat einige Mühe, mit Phillips langen Schritten mitzuhalten und sich gleichzeitig gegen den Schülerstrom durch die Gänge zu schieben. Außerdem hat sie keinen blassen Schimmer, wo diese geheimnisvolle Schülervertreterversammlung überhaupt stattfinden soll. Gut, dass Phillip sich auskennt.
»Wir treffen uns im Redaktionsbüro der Schülerzeitung«, erklärt Phillip. Gleichzeitig hält er eine schwere Glastür auf und lässt ihr charmant lächelnd den Vortritt.
»Okay«, sagt Conni nur. Was soll sie auch sonst sagen?
Sie beißt sich auf die Zunge. Entspann dich, schimpft sie mit sich selbst. Und hör auf, dich wie der letzte Trampel zu benehmen!

Zum Glück scheint Phillip nichts von ihrer Unsicherheit zu spüren. Im Erdgeschoss folgen sie einem langen, nach Putzmitteln riechenden Gang und biegen um ein paar Ecken. Phillip öffnet eine weitere Tür. Warme Luft und lautes Stimmengewirr schlagen ihnen entgegen. Einige der Schülerinnen und Schüler, von denen Conni die Hälfte nicht einmal vom Sehen kennt, drehen sich zu ihr um und mustern sie neugierig.

»Ach herrje«, murmelt sie erschrocken. »Kommen wir etwa zu spät?«

»Macht nichts.« Phillip nimmt ihren Arm und schiebt sie in den Raum. »Dahinten sind noch zwei Plätze frei.«

Conni verstaut ihre Sachen und lässt sich aufatmend auf einen der Stühle fallen.

»Macht es dir was aus, mitzuschreiben?« Phillip legt seinen Collegeblock auf ihr Knie und hält ihr frech grinsend seinen Kuli unter die Nase. »Stichpunkte genügen«, sagt er fröhlich. »Damit wir in der nächsten Verfügungsstunde wissen, was wir unserer Klasse erzählen müssen.«

»Äh, ja, okay«, sagt Conni. Sie fühlt sich etwas überrumpelt, aber als der Schulsprecher das Wort ergreift und um Ruhe bittet, schlägt sie schnell den Collegeblock auf und schnappt sich den Kuli aus Phillips Hand.

»SV-Versammlung«, schreibt sie als Überschrift und darunter das Datum. Dann spitzt sie die Ohren, damit ihr ja nichts entgeht.

Insgesamt ist die Sitzung bei weitem nicht so spannend, wie sie erwartet hat, stellt Conni ernüchtert fest. Der Schulsprecher zählt auf, wie hoch die Einnahmen und die Ausgaben des letzten Schulfestes waren und wofür der Überschuss verwendet werden soll. Anschließend berichtet er aus verschiedenen AGs und stellt ein paar neue Nachmittagsangebote der offenen Ganztagsschule vor.

Conni findet das alles zwar sehr interessant, aber auch ein bisschen langweilig. Trotzdem gefällt ihr die freundliche Atmosphäre, und sie fühlt sich fast wie eine wichtige Politikerin in einer Bundestagssitzung. Jeder darf sich zu Wort melden, jeder wird angehört, jeder einzelne Vorschlag diskutiert.

Eine schmale Fünftklässlerin beschwert sich über die Drängelei in den Schulbussen. Niemand lacht sie aus, im Gegenteil. Der Schulsprecher verspricht, sich darum zu kümmern. Conni findet das klasse und macht fleißig Notizen. Ab und zu gähnt sie allerdings verstohlen hinter vorgehaltener Hand. Die Luft im Raum ist stickig und warm. Am liebsten würde sie aufspringen und ein paar Fenster aufreißen, um Sauerstoff hereinzulassen.

Als ein Oberstufenschüler das endlose Protokoll der letzten Landesschülerveranstaltung vorliest, verzichtet sie darauf, mitzuschreiben. Stattdessen verziert sie ihre Notizen mit kleinen Herzchen, Blümchen, Katzenpfötchen und einem Kussmund. Sie ist so versunken, dass sie gar nicht merkt, dass Phillip ihr aufmerksam zusieht. Erst als er sich zur Seite beugt und leise »Hübsch, kann ich das behalten?« ins Ohr flüstert, zuckt Conni zusammen und lässt vor Schreck fast den Kuli fallen.

»Mensch, Phillip!«, entfährt es ihr.

Ein paar Köpfe drehen sich zu ihr herum. Phillip lacht leise.

Conni wird knallrot. Am liebsten würde sie die Seite mit ihren Kritzeleien kurzerhand herausreißen und zusammenknüllen, aber das bringt jetzt auch nichts mehr. Phillip hat alles gesehen, wie peinlich! Sie nickt verkrampft, ohne Phillip anzusehen, und spürt, dass ihre Wangen glühen. Hilfe, das ist ja noch peinlicher!

Mit geradem Rücken, den Blick stur auf einen Fleck an der Wand gegenüber gerichtet, versucht sie dem Rest der Besprechung aufmerksam zu lauschen. Als Stühle gerückt werden und die ersten Schüler aufstehen, um den Raum zu verlassen, guckt sie sich verwundert um. »Das war's schon?«

Phillip schlüpft in seine Jacke und nickt.

Wortlos reicht Conni ihm seinen Kuli und den Block. Phillip nimmt beides lächelnd in Empfang, sagt aber zum Glück nichts mehr zu ihren kleinen Kunstwerken.

»Ich glaub, die Sportstunde hat schon angefangen«, meint er mit einem Blick auf seine Uhr. »Können wir trotzdem noch mal kurz in die Cafeteria gehen? Ich könnte eine kleine Stärkung vertragen.«

»Klar«, erwidert Conni. »Mein Hals ist staubtrocken. Was zu trinken wäre cool.«

Seite an Seite traben sie zur Cafeteria und stellen schnell fest, dass sie nicht die einzigen Klassensprecher sind, die nach der Sitzung eine Erfrischung brauchen.

»Soll ich dir was mitbringen?« Phillip stellt sich in die lange Schlange vor dem Tresen.

»Ja, danke.« Conni lächelt. »Einen Saft, und vielleicht ein halbes Käsebrötchen.«

Sie wartet neben dem Eingang und passt auf ihre und Phillips Sachen auf. Wenig später überreicht Phillip ihr einen randvoll gefüllten Becher mit Multivitaminsaft und ein halbes Brötchen. Er hält seinen Kakaobecher mit den Zähnen fest, versenkt das Wechselgeld in der hinteren Tasche seiner Jeans und wickelt schließlich ein turmhohes Schinkensandwich aus. Conni muss lachen.

»Hast du heute noch nicht gefrühstückt?«

Phillip nimmt den Kakaobecher aus dem Mund.

»Doch«, gibt er zu, »aber das ist schon ziemlich lange her.«

Im Stehen verdrücken sie ihr zweites Frühstück. Connis Blick bleibt an einer großen Wanduhr hängen. »Hoffentlich kriegen wir keinen Ärger, weil wir so spät kommen.«

»Ach was«, winkt Phillip ab. »Die paar Minuten. Außerdem sind wir entschuldigt.« Er wirft seinen leeren Becher in einen Papierkorb, schiebt sich den Rest des Sandwichs in den Mund und fegt ein paar Krümel von seinem Sweatshirt. »Auf geht's!«

***

Anna stürmt aufgeregt auf Conni zu. »Mensch, du hast vielleicht was verpasst!«

»Was denn?«, fragt Conni neugierig.

»Unseren neuen Mathelehrer!« Billi grinst vielsagend.

Conni und Phillip haben sich blitzschnell umgezogen und sind in die Sporthalle geschlüpft, wo ihre Klasse gemeinsam mit der 6c unter der Aufsicht von Herrn Albers ein Zirkeltraining absolviert. Anna, Billi und Dina füttern Conni mit den neuesten Informationen.

»Der sieht so was von cool aus!«, schwärmt Anna. »Fast wie dieser Schauspieler, der in ›Fluch der Karibik‹ mitspielt!«

»Orlando Bloom?« Conni runzelt die Stirn und springt über einen Kasten.

»Nee, der andere!«
»Johnny Depp?«
»Ja, genau!«, strahlt Anna.
Billi und Dina traben auf Connis anderer Seite.
»Nur dass Johnny Depp viel älter ist als Moritz«, sagt Dina.
»Moritz?« Connis Gesicht ist ein einziges Fragezeichen.
»So heißt Herr Gunnarsson mit Vornamen«, klärt Billi sie auf.
»Ach so«, meint Conni verwirrt.
»Dann sieht er eben aus wie Johnny Depps kleiner Bruder«, erwidert Anna spitz. Sie ergreift zwei von der Decke hängende Ringe und schwingt sich von einer Bank zur nächsten. Die anderen folgen ihr.
Billi kichert. »Du hast vielleicht Probleme. Ich dachte, du bist in Mark verknallt?«
Anna läuft zartrosa an, was nicht nur an dem schweißtreibenden Zirkelparcours liegt, den Herr Albers aufgebaut hat.
»Stimmt«, stellt Conni stirnrunzelnd fest. »Was ist eigentlich mit Mark und dir? Geht ihr nun miteinander oder nicht? Nach der Schulfete wart ihr doch zuerst so unzertrennlich.«
»Wisst ihr«, schnauft Anna nach einer Hechtrolle auf der dicken Matte, »wir wollen es nicht an die große Glocke hängen. In der Schule muss schließlich nicht jeder wissen, dass wir befreundet sind, oder?«
»Nö«, meint Conni.
»Und was ist mit dir und Phillip?«, will Dina von ihr wissen.
Conni macht eine etwas windschiefe Hechtrolle. »Keine Ahnung«, gibt sie zu. »Irgendwie ist immer jemand dabei, wenn wir uns sehen. Da kann man nicht so gut über so was sprechen.«

»Schon klar«, grinst Billi und rollt mit den Augen.
Wie auf Bestellung traben in diesem Moment die Jungs vorbei. Phillip zwinkert Conni zu. Mark wirft ein schüchternes Lächeln in Annas Richtung und winkt. Paul läuft grinsend neben ihnen her.
Conni, Anna, Billi und Dina stecken die Köpfe zusammen und kichern.
Als sie sich an der Sprossenwand aufstellen, flüstert Anna Conni zu: »Meine Mutter will mir für den Sportunterricht einen BH kaufen.« Sie guckt an sich herunter. »Ist das nicht ein bisschen peinlich?«
»Peinlich nicht«, grinst Conni, »eher überflüssig.«
Anna wird rot. »Sie sagt, ohne BH Sport zu machen wäre schlecht fürs Bindegewebe.«
Billi hat mitgehört und schüttelt den Kopf. »So ein Quatsch!«
»Worum geht's denn?«, fragt Dina interessiert.
»Würden die Damen sich bitte auf die Kletterwand konzentrieren, statt Kaffeekränzchen zu halten?« Herr Albers ist hinter Anna aufgetaucht und zeigt vorwurfsvoll auf die Sprossenwand. Blitzschnell klettern die Freundinnen nacheinander hinauf, springen runter und traben im Laufschritt zur nächsten Station. Plötzlich strauchelt Billi, als hätte sie einen Stoß bekommen. Sie schreit auf und fällt auf den harten Hallenboden.
»Billi!«, rufen Conni und Anna gleichzeitig.
Dina hält sich erschrocken die Hand vor den Mund.
Herr Albers stößt einen scharfen Pfiff auf seiner Trillerpfeife aus. »Was ist los?«, ruft er und kommt angelaufen.
»Billi ist hingefallen!«, ruft Dina ihm zu.

Billi sitzt auf dem Boden und umklammert ihr linkes Knie mit beiden Händen. Ihr Gesicht ist schmerzverzerrt, in ihren Augen schimmern Tränen. Conni beugt sich zu ihr herunter und tröstet sie. Als sie wieder aufschaut, sieht sie Tanja, Janette, Saskia und die anderen Zicken in der Nähe stehen. Sie stoßen sich gegenseitig an und kichern schadenfroh.
Conni spürt eiskalte Wut in sich aufsteigen. »Was gibt's da zu lachen?«, faucht sie die Mädchen an.
Tanja verengt die Augen zu schmalen Schlitzen, reckt das Kinn in Connis Richtung und mustert sie abfällig, bevor sie ihren Freundinnen etwas zuflüstert. Janette hebt eine Augenbraue und lacht. Conni hält den Blicken der Mädchen mutig stand. Neben ihr schnieft Billi leise vor sich hin.
»Nicht«, murmelt sie. »Lass sie …«
Herr Albers kniet sich auf den Boden und tastet vorsichtig ihr Bein ab. »Kannst du aufstehen?«, fragt er besorgt.
Billi nickt tapfer. Mit Connis und Annas Hilfe richtet sie sich langsam auf und versucht das verletzte Bein zu belasten. Sofort zuckt sie zusammen.
»Wie konnte das passieren?«, forscht Herr Albers nach. »Bist du umgeknickt?«
Billi zuckt die Achseln. »Keine Ahnung«, murmelt sie. »Ich hab einen Stoß im Rücken gespürt und dann lag ich schon auf dem Boden.«
»Einen Stoß?« Phillip tritt näher heran. Er hat die Stirn in Falten gelegt. Billi nickt.
»Ha, ha«, lacht Tanja. »Wahrscheinlich ist sie über ihre eigenen Füße gestolpert. Zu blöd, um geradeaus zu laufen, die Kleine!«

Billi wird noch eine Spur blasser. Herr Albers legt ihr eine Hand auf die Schulter und wirft Tanja einen scharfen Blick zu. Die grinst provozierend zurück.

»Vielleicht hat sie tatsächlich jemand geschubst?«, fragt Phillip leise.

Einen Moment lang ist es mucksmäuschenstill in der Sporthalle. Conni starrt Phillip an. Er erwidert ihren Blick ernst.

»Conni, Anna«, bricht Herr Albers das Schweigen, »zieht euch bitte um und bringt Billi ins Krankenzimmer. Nehmt ihre Sachen mit. Dina, du sagst bitte im Sekretariat Bescheid, dass jemand ihre Eltern benachrichtigen soll. Ich komme gleich nach.« Er wendet sich an Billi: »Du solltest zum Arzt gehen und dein Knie röntgen lassen. Ich kann zwar äußerlich nichts feststellen, aber es kann sein, dass die Bänder überdehnt sind. Ich werde gleich mit deinen Eltern sprechen.«

Billi schluckt und nickt. »Ist gut.«

Conni, Dina und Anna helfen ihr, sich auf eine Bank zu setzen und das Bein hochzulegen. Dann verschwinden sie im Umkleideraum, um sich umzuziehen und Billis Sachen zu holen. Herr Albers gibt unterdessen die Anweisung, den Geräteparcours abzubauen. »In fünf Minuten klingelt's«, seufzt er. »Beeilt euch bitte.«

»Arme Billi«, sagt Anna zu Conni, als sie aus ihren Sportsachen schlüpfen. Ihre Augen hinter den Brillengläsern sind riesengroß.

Conni kann nur nicken. Ihre Beine zittern wie verrückt. Sie muss immerzu daran denken, was Phillip gesagt hat.

Vielleicht hat tatsächlich jemand Billi geschubst?

Nachdem sie Billi in der Obhut der Schulsekretärin zurückgelassen haben, gehen Conni, Dina und Anna nachdenklich zu den Fahrradständern. Phillip, Paul und Mark warten auf sie.
»Nie im Leben war das ein Unfall!«, schnaubt Paul. »Diese blöde Tanja und ihre bescheuerten Freundinnen sind direkt hinter euch gelaufen, das hab ich genau gesehen.«
»Du hast Recht«, nickt Conni grimmig. »In dem Gedränge hätten sie Billi leicht umschubsen können, ohne dass es jemandem aufgefallen wäre.«
»Aber wir haben keine Beweise«, seufzt Anna. »Billi könnte genauso gut gestolpert sein. Niemand hat gesehen, dass es tatsächlich Tanja gewesen ist, die ihr einen Stoß verpasst hat.«
»Leider«, meint Phillip. Er lehnt an seinem Fahrrad und hat die Arme vor der Brust verschränkt. Um den Hals hat er einen leichten grauen Schal geschlungen.
»Ist dir kalt?«, fragt Conni amüsiert.
Phillip lächelt sein spezielles Phillip-Lächeln. »In Namibia war's irgendwie wärmer.«
»Du Armer«, schmunzelt Conni. »Für jemanden, der vorher in Afrika gelebt hat, ist es in Neustadt wahrscheinlich immer zu kalt.«
»Nicht immer«, gibt Phillip schniefend zu, »aber meistens.«
Conni wechselt das Thema. »Was wollen wir jetzt eigentlich wegen Billi unternehmen? Wir können doch nicht zulassen, dass Tanja sie so fies behandelt, oder?«
»Auf keinen Fall«, sagt Phillip sofort. »Wir behalten diese Mädchenbande um Tanja im Auge, und sobald uns irgendwas auffällt, schlagen wir Alarm. Herr Albers ist unser Vertrauenslehrer. Der ist für so was zuständig.«

Die anderen sind mit seinem Vorschlag einverstanden.
»Und damit nichts mehr passiert«, meint Conni, »passen wir ab jetzt besonders gut auf Billi auf. Ich fahr heute Nachmittag zu ihr und guck mal, wie's ihr geht. Will jemand mitkommen?«
Anna und Dina schließen sich ihr sofort an. Die Jungs schütteln bedauernd die Köpfe.
»Wir haben Fußball-AG«, erklärt Paul. »Tut mir leid.«
»Macht doch nichts«, versichert Conni und wendet sich an die Mädchen. »Um halb drei an der Entenbrücke im Park? Von da aus können wir den Bus nehmen.«
Anna und Dina nicken. Conni lächelt.
Wir werden schon dafür sorgen, dass Billi sich keine Gedanken mehr machen muss, denkt sie und schließt ihr Fahrrad auf. Wozu hat sie schließlich Freunde?

Zu Hause angekommen stellt Conni erleichtert fest, dass es Mama schon viel besser geht. Sie sitzt angezogen im Wohnzimmer, eine Wolldecke über den Knien, und blättert in einer Zeitschrift. Vor ihr steht ein Becher mit dampfendem Tee, daneben liegen ein paar trockene Zwiebäcke in einem flachen Schälchen.

»Hallo, Mama«, sagt Conni und schlüpft aus ihrer Jacke.

»Hallo, Conni!« Mama lächelt. Ihr Gesicht hat wieder ein bisschen Farbe. »Na, wie war dein Vormittag?«

Conni überlegt, ob sie Mama von den Zwischenfällen mit Tanja und Billi erzählen soll, aber dann beschließt sie, es auf später zu verschieben. Mama regt sich immer gleich schrecklich über solche Dinge auf, will alles ganz genau wissen und gute Ratschläge geben. Darauf hat Conni im Moment wirklich keine Lust.

Solange sie noch nicht wieder ganz gesund ist, denkt sie, behalt ich's lieber für mich.

Stattdessen berichtet sie von der SV-Versammlung, dass Billi im Sportunterricht aufs Knie gefallen ist und von Frau Lindmanns Bandscheibenvorfall. Mama hört aufmerksam zu.

»Die arme Frau Lindmann! Wollt ihr sie im Krankenhaus besuchen?«, erkundigt sie sich.
»Mal sehen«, meint Conni. »Wir haben noch nicht darüber gesprochen.«
Auch mit Billi hat Mama Mitleid. »Wahrscheinlich ist ihr Knie nur geprellt«, vermutet sie, »aber ihre Eltern sollten trotzdem mit ihr in die Praxis kommen. Am besten heute noch, damit sie notfalls zum Orthopäden überwiesen werden kann.«
»Ich sag's ihnen«, verspricht Conni. »Anna, Dina und ich wollen Billi heute Nachmittag sowieso besuchen.« Sie hört oben eine Tür schlagen und wenig später Jakobs polternde Schritte auf der Treppe.
»Hunger!«, kräht Connis Bruder statt einer Begrüßung und schießt um die Ecke ins Wohnzimmer.
»Dann lass uns mal gucken, was wir so finden.« Conni stupst ihn an.
»Auf dem Herd steht ein Topf mit Milchreis.« Mama lächelt. »Ich hab vorgekocht.«
»Lecker!« Jakob macht auf dem Absatz kehrt und flitzt in die Küche. Die Besteckschublade klappert.
»Zimt und Zucker stehen schon auf dem Tisch«, sagt Mama und lehnt sich zurück. »Lasst es euch schmecken.«

Nach dem Mittagessen rumpelt die Spülmaschine in der Küche leise vor sich hin, Mama hält ihren Mittagsschlaf, und Conni und Jakob erledigen ihre Hausaufgaben. Zum Glück hat Jakob in der ersten Klasse noch nicht so viel auf. Als er fertig ist, klappt Conni ihre Bücher ebenfalls zu. Den Rest kann sie genauso gut am Abend erledigen.

Schnell füllt sie Maus Fressnapf und streicht ihrem Kater übers Fell. Dann schreibt sie unter Jakobs kritischem Blick einen Zettel und legt ihn gut sichtbar auf den Wohnzimmertisch, damit Mama ihn gleich sieht, wenn sie aufwacht.

Jakob ist bei Marie.
Ich bin mit Anna und Dina
bei Billi.
Wir sind spätestens um halb sieben
wieder da.
Ruh Dich schön aus!
Küsschen,
Conni

Sie liefert Jakob bei Hausers ab und biegt in die breite Hauptstraße ein, die auf den nahe gelegenen Stadtpark zuführt.
Die Luft riecht nach Frühling. Conni schließt kurz die Augen und schnuppert. Sie liebt das Frühjahr, wenn alles grünt und blüht und die Vögel in den Bäumen zwitschern.
Anna und Dina warten schon an der Entenbrücke auf sie. Conni legt die letzten Meter im Laufschritt zurück und begrüßt die Freundinnen atemlos. Zusammen stapfen sie durch den Park auf die nächste Bushaltestelle zu.
»Ach du Schreck!« Anna bleibt abrupt stehen. »Seht ihr zufällig, was ich sehe?«
Conni runzelt die Stirn. Auf der gegenüberliegenden Seite des Ententeichs laufen ein paar Mädchen. Eins von ihnen tritt mit Anlauf gegen einen Abfalleimer. Mit einem lauten Scheppern

kippt der Eimer um, rollt über den Weg und bleibt zwischen den Bäumen liegen. Ein zweites Mädchen tritt noch einmal kräftig dagegen. Der Müll fällt heraus und verstreut sich über den ganzen Rasen. Die Mädchen johlen und klatschen sich ab.
»Sind das etwa –?« Dina hält erschrocken die Luft an.
»Tanja und ihre dämlichen Schulhof-Zicken!«, nickt Conni mit zusammengekniffenen Augenbrauen. Sie spürt, wie sich ihr Magen zusammenzieht.
»Los, kommt«, drängt Anna in die andere Richtung. »Der Bus fährt gleich.«
Conni folgt ihr zögernd. Immer wieder sieht sie sich um, aber die Zicken haben den Park anscheinend verlassen. Conni ist froh, dass Tanja und ihre Freundinnen sie nicht gesehen haben und einen anderen Weg gegangen sind. Ihr Magen beruhigt sich, aber ein komisches Gefühl bleibt. Hat sie etwa Angst? Schnell schließt sie sich Anna und Dina an und trabt mit ihnen zur Bushaltestelle am anderen Ende des Stadtparks.

***

»Buon giorno, ragazzi!«, ruft Billis Vater gut gelaunt. Er öffnet die Wohnungstür und lässt Conni, Anna und Dina herein. »Billi ist in ihrem Zimmer.«
»Wie geht's ihr denn?«, fragt Anna und nimmt ihre Brille ab, um sie an einem Zipfel ihres Pullis zu putzen.
»Tutti bene, alles gut«, versichert Billis Vater in seinem lustigen italienischen Akzent. »Der Arzt sagt, sie hat einen Bluterguss im Knie. Es tut weh, ist aber nicht schlimm. Bald wird sie wieder herumspringen können.«

Conni atmet auf. Dann waren Billis Eltern also schon mit ihr beim Arzt. Das ist gut. Sie geht mit den anderen den schmalen Flur entlang und klopft an Billis Zimmertür.

»Entri!«, ruft Billi gedämpft. Sie liegt auf ihrem Bett und liest. Aus einer Mini-Stereoanlage kommt leise Musik. Billis Bein ruht etwas erhöht auf einem dicken Kissen. Ein Cold Pack liegt auf dem geprellten Knie. Als Conni, Anna und Dina vorsichtig ins Zimmer lugen, richtet sie sich umständlich auf und grinst.

»Hey, das ist ja cool!«, freut sie sich. »Kommt rein!«

Conni hockt sich auf die Bettkante. Anna und Dina setzen sich auf den bunten Webteppich, der davor liegt.

»Wie geht's deinem Knie?«, fragt Conni. »Tut's noch sehr weh?«

»Ziemlich«, nickt Billi. Sie legt ihr Buch beiseite und verschränkt die Arme hinter dem Kopf. »Ich weiß noch nicht, ob ich morgen wieder zur Schule kann. Der Arzt hat gesagt, ich soll das Knie schonen und möglichst ruhig halten. Papa sagt zwar, er würde mich mit dem Auto fahren und auch wieder abholen, damit ich nicht so viel laufen muss, aber in der Schule muss ich ja auch andauernd rumlaufen.«

»Hm, stimmt«, meint Anna. »Morgen haben wir nur Mathe und Englisch in der Klasse. Zu Physik, Bio und Erdkunde müssen wir in die Fachräume. Da müsstest du nicht nur laufen, sondern auch ein paar Treppen steigen.«

»Die Jungs können dich doch tragen«, schlägt Dina kichernd vor.

»Klar«, lacht Conni. »Das machen die bestimmt gerne!«

Es klopft an der Tür. Auf Billis »Herein!« kommt Frau Verdi

ins Zimmer. Sie begrüßt die Mädchen und stellt ein Tablett auf das niedrige Tischchen neben Billis Bett. Vier Flaschen Limo stehen darauf, daneben eine Schale mit süßem italienischem Gebäck. Der Duft erfüllt das ganze Zimmer. Conni schnuppert genießerisch.

»Frisch gebacken schmecken Cantuccini am besten«, sagt Billis Mutter. »Guten Appetit!« Lächelnd zieht sie die Tür wieder hinter sich zu.

»Hmmm«, macht Anna und nimmt sich einen Cantuccini. »Mit Mandeln!«

»Wie kriegt man die so knusprig?«, erkundigt sich Dina.

»Sie werden zweimal gebacken«, erklärt Billi. »So ähnlich wie Zwieback.«

»Die sind mindestens so lecker wie Mandys Apple Crumble«, mümmelt Conni. »Kannst du mir das Rezept geben?«

Billi nickt.

Eine Weile hört man nur die leise italienische Musik aus dem CD-Player und das zufriedene Knabbern und Knuspern der Freundinnen. Billi trinkt einen Schluck Limo und rülpst behaglich.

»Krank sein ist gar nicht so übel«, stellt sie fest. »Man bekommt netten Besuch, wird verwöhnt, muss nicht in die Schule …«

»Da kannst du Tanja ja fast dankbar sein«, sagt Anna unbekümmert. Im selben Moment schlägt sie sich die Hand vor den Mund. »Ups«, murmelt sie und wird rot.

Die anderen starren sie an.

»So hab ich das nicht gemeint, echt nicht!« Anna wedelt hektisch mit den Händen. »Ich wollte nur sagen, dass …«

»Dass Tanja schuld daran ist, dass Billi hier liegt«, beendet

Conni den angefangenen Satz mit ernster Miene. »Und damit liegst du vermutlich genau richtig.«

Anna schluckt.

Dina nuckelt nachdenklich an ihrer Limoflasche. »Wir wissen doch gar nicht, ob es tatsächlich Tanja war, die Billi gestoßen hat«, gibt sie zu bedenken.

»Ich weiß es«, erwidert Conni fest, ohne sagen zu können, woher sie die Gewissheit nimmt. Der Streit zwischen Tanja und Billi, die fiesen Bemerkungen in der Klasse, die Tatsache, dass Tanja im Sportunterricht in Billis Nähe war … Alles passt perfekt zusammen, findet Conni. Tanja hat Billi geschubst, so viel steht fest. Ihretwegen ist Billi hingefallen und hat sich verletzt. Es kann gar nicht anders gewesen sein.

»Ich bin mir nicht sicher, dass mich wirklich jemand geschubst hat«, sagt Billi. »Vielleicht hab ich's mir auch eingebildet.« Sie zuckt entschuldigend mit den Achseln, als Conni sie mit zusammengezogenen Augenbrauen anstarrt, und fügt ein gemurmeltes »Kann doch sein, oder?« hinzu.

Conni sagt darauf nichts. Sie kann es nicht fassen, dass ihre Freundin einen Rückzieher macht. Billi müsste doch wütend sein! Sich aufregen! Wie kann sie nur so ruhig bleiben?

»Blöd, dass niemand gesehen hat, was wirklich passiert ist«, meint Dina.

»Ja, leider.« Conni seufzt.

»Lasst uns doch mal von was anderem reden«, schlägt Anna vor.

»Zum Beispiel?«, fragt Conni stirnrunzelnd.

»Von Moritz«, entgegnet Anna grinsend.

»Unserem neuen Mathelehrer«, erklärt Dina, während sie mit

schmachtendem Blick in die Betrachtung eines Johnny-Depp-Posters über Billis Bett versinkt.
Na, das kann ja heiter werden, denkt Conni und rollt mit den Augen.
»Ob er eine Freundin hat?«, fragt Anna aufgeregt.
»Garantiert«, seufzt Dina. »Und bestimmt sieht die aus wie ein Supermodel.«
»Oder er ist glücklich verheiratet und hat drei süße kleine Kinder«, kichert Conni.
»Vielleicht hat er auch einen Freund?«, meint Billi.
Dina, Anna und Conni starren sie an.
»Du meinst …?« Dina wird rot.
»Warum nicht? Kann doch sein.« Billi zuckt mit den Achseln. »Wer sagt denn, dass er unbedingt auf Frauen stehen muss? Wär doch nicht schlimm, wenn er einen Freund hätte, oder?«
»Nein, natürlich nicht«, versichert Dina.
Anna schüttelt den Kopf. »Also, das glaub ich nicht«, sagt sie. »Moritz und schwul? Nee, ausgeschlossen.«
Sie nimmt einen Keks und beißt energisch hinein. Die anderen lachen.
Dank der Diskussion über die optischen Vorzüge des neuen Mathelehrers und des stetigen Cantuccini-Nachschubs aus Frau Verdis Küche wird der Nachmittag richtig gemütlich.
Plötzlich stöhnt Anna auf. »Hilfe, ich platz gleich!« Sie lässt sich rückwärts auf den Teppich sinken, schließt die Augen und reibt sich den Bauch.
»Das kommt davon, wenn man zu viele warme Cantuccini futtert!« Billi kichert. »In Verbindung mit Zitronenlimo quellen die im Magen zu einer Riesenkugel auf!«

»Echt?« Anna fährt hoch, die Augen weit aufgerissen.
Conni, Billi und Dina prusten los.
Anna funkelt sie an. »Ha, ha«, schnappt sie beleidigt. »Ihr wollt mich veräppeln!«
»Wir doch nicht!«, sagt Billi entrüstet.
»Wie kommst du nur darauf?«, fragt Dina ernst.
»Im Leben nicht!« Conni hebt die Hand zum Schwur.
Anna wirft ihr lachend ein Kissen an den Kopf.

Abends angelt Conni ihr Tagebuch aus der Schublade und schreibt auf, was sie erlebt hat.

Was für ein toller Nachmittag!
Billi, Anna, Dina und ich hatten richtig viel Spaß miteinander und haben gelacht, bis wir Bauchschmerzen hatten. So müsste es immer sein!
Ohne doofe Tanjas und andere Zicken, die nur rumnerven und Stress machen!
Ich bin ja mal auf unsere nächste Mathestunde gespannt. Ob Herr Gunnarsson wirklich so toll aussieht, wie Billi, Anna und Dina behaupten?

Ein Lehrer, der aussieht wie ein berühmter Schauspieler .... Gibt's so was überhaupt?
Wahrscheinlich übertreiben die drei mal wieder schamlos. Besonders Anna, man kennt das ja.

Conni flitzt schnell nach unten. Papa hat schon zweimal zum Abendbrot gerufen.
Mama und Jakob sitzen bereits am Tisch. Papa füllt gerade Rührei auf ihre Teller.
»Toll, dass es dir besser geht!« Conni umarmt ihre Mutter kurz, bevor sie sich hinsetzt.
»Das finde ich auch«, lächelt Mama. »Dank eurer guten Pflege kann ich morgen wieder zur Arbeit.«
»Guten Appetit!«, sagt Papa fröhlich.
»Dir auch«, grinst Conni und versenkt ihre Gabel im Rührei.

»Guten Morgen!«, sagt Herr Gunnarsson fröhlich. »Ich hoffe, ihr habt gut geschlafen?«
Ein paar Mädchen kichern. Anna kichert am lautesten.
Conni starrt den neuen Lehrer sprachlos an. Leider ist der Platz neben ihr leer, weil Billi wegen ihrer Knieverletzung noch nicht wieder zur Schule kann, aber sie und die anderen haben wirklich nicht übertrieben. Kein bisschen! Der frischgebackene Vertretungsmathelehrer der 6a sieht tatsächlich aus wie dieser berühmte Filmstar, dieser …
Wie hieß er gleich noch mal?, überlegt Conni fieberhaft.
Seine halblangen, schwarzen Haare hat Herr Gunnarsson im Nacken zu einem kleinen Pferdeschwanz zusammengebunden. Ein schmales Bärtchen ziert sein Kinn, und seine Augen, mit denen er Conni freundlich ansieht, haben das tiefe Braun dunkler Schokolade.
Fehlt nur noch das Piratentuch und die Augenklappe, denkt Conni und schluckt. Aber warum guckt der Typ sie eigentlich so an? Hat er sie gerade was gefragt? Hilfe!
»Du musst Conni Klawitter sein«, sagt Herr Gunnarsson.
Conni kann nur stumm nicken. Zum Glück wendet sich der

Lehrer an Phillip, ohne auf ihre Antwort zu warten: »Und du bist Phillip Graf, richtig? Wir haben uns gestern noch nicht kennengelernt.«

»Wir hatten SV-Versammlung«, erklärt Phillip.

»Ah ja, schön.« Der junge Lehrer dreht sich um, öffnet seinen schicken Lederrucksack und zieht ein Mathebuch heraus. Dann geht er an die Tafel. »Frau Lindmann hat mich freundlicherweise informiert, wo ihr steht. Ich schlage vor, wir wiederholen ein bisschen, bevor wir richtig loslegen.«

Er nimmt ein Stück Kreide aus dem Fach, schiebt die Tafel hoch und klappt sie schwungvoll auf.

Ein lautes Raunen geht durch die Klasse. Conni, Anna und Dina schnappen gleichzeitig nach Luft.

»Ist was?«, fragt Herr Gunnarsson irritiert und lässt die Kreide sinken.

Conni traut ihren Augen kaum. Jemand hat ein Schwein an die Tafel gemalt, das sich in einem Misthaufen suhlt. Daneben steht in krakeligen Großbuchstaben

EIN SCHWEINCHEN NAMENS BILLI

Herr Gunnarsson tritt zurück. Seine Stimme klingt streng, als er fragt: »Kann mir das jemand erklären?«

In der 6a herrscht betretenes Schweigen. Phillip steht langsam auf und geht nach vorn. Er nimmt den feuchten Schwamm aus der Ablage, wischt die Zeichnung sorgfältig von der Tafel, dreht sich wortlos um und setzt sich wieder auf seinen Platz. Er sieht sehr wütend aus.

Conni starrt auf den feuchten Fleck, wo eben noch der Name

gestanden hat. Nur gut, dass Billi das nicht gesehen hat, ist ihr einziger Gedanke.
Herr Gunnarsson legt sein Kreidestück auf das Pult, nickt Phillip zu und stellt sich vor die Tafel. »So etwas ist kein Witz«, sagt er ernst. »Wer immer für diese Geschmacklosigkeit verantwortlich ist, sollte sich gut überlegen, was er da hingeschmiert hat. Sibilla ist heute krank. Weiß jemand, was sie hat?«
»Sie ist gestern im Sportunterricht gestürzt«, meldet sich Anna zu Wort.
In der letzten Reihe stecken Janette, Ariane und Saskia ihre Köpfe zusammen und tuscheln leise miteinander. Conni wirft einen Blick über die Schulter. Janette schaut auf und hebt eine Augenbraue. Ihre Mundwinkel verziehen sich zu einem spöttischen Grinsen, während sie ihren Zeigefinger steil in die Höhe schraubt.
»Ja, bitte, Janette«, sagt Herr Gunnarsson.
»Wer sagt denn, dass es jemand aus unserer Klasse gewesen ist?«, fragt Janette spitz. »Vor Unterrichtsbeginn kann schließlich jeder hier reinkommen und was an die Tafel malen!«
»Das stimmt«, gibt Herr Gunnarsson seufzend zu, »und ich hoffe fast, dass du Recht hast. Die Vorstellung, dass der Künstler in diese Klasse geht, gefällt mir nämlich gar nicht.« Er mustert die Mädchen und Jungen der Reihe nach. »Ich hoffe, es war ein einmaliger Ausrutscher. Und jetzt lasst uns versuchen uns auf Mathe zu konzentrieren.« Er strafft die Schultern und ergreift das Kreidestückchen vom Pult.

In der Pause ist die Kreidezeichnung das einzige Gesprächsthema in der Klasse. »Arme Billi!«, heißt es auf dem Schulhof,

»Wer macht so was?«, und: »Wenn man den erwischen könnte!«

In Conni brodelt es. Sie tigert hin und her. Anna und Dina beobachten sie schweigend.

»Wenn Frau Lindmann hier wäre, hätten die sich das bestimmt nicht getraut!«, schnaubt Conni. »Muss die ausgerechnet jetzt krank sein?«

Phillip, Paul und Mark gesellen sich zu den Mädchen. Mark legt ganz kurz seine Hand auf Annas Schulter und lächelt ihr zu. Anna erwidert das Lächeln mit einem Seufzen.

»Ich bin froh, dass Billi die Zeichnung nicht gesehen hat«, spricht Anna Connis Gedanken aus. Alle nicken.

»Billi hat niemandem etwas getan«, sagt Conni. »Warum trifft es ausgerechnet sie? Was soll das? Ich versteh das nicht!«

»Für so was gibt's keinen Grund«, brummt Paul. »Das kann jeden treffen.«

Phillip hält Conni am Ärmel ihres Pullis fest, damit sie endlich aufhört hin und her zu laufen.

»Hey«, sagt er, mehr nicht.

Conni bleibt stehen und starrt ihn mit zusammengezogenen Augenbrauen an. Phillips Augen sind warm und lieb und braun, mit kleinen goldenen Sprenkeln drin, die Conni jedes Mal wieder aufs Neue erstaunen.

»Reg dich nicht auf«, bittet er. »Das bringt doch nichts.«

Conni holt tief Luft und will etwas erwidern. Dass sie total sauer und entsetzt ist; dass sie sich aufregen will; dass sie alles tun wird, um Billi zu helfen und diesem Spuk ein Ende zu setzen. Aber sie muss gar nichts mehr sagen. Der Ausdruck in Phillips Augen sagt ihr, dass er genau weiß, wie sie sich

fühlt und was sie denkt, und dass es ihm genauso geht. Conni schluckt, zählt leise bis zehn und versucht sich zu beruhigen. Phillip hat ja Recht, sagt sie sich. Es bringt nichts. Es hilft Billi nicht im Geringsten. Und es hilft auch nicht dabei, denjenigen zu erwischen, der das Bild an die Tafel gemalt hat.
»Hätte man die Schmiererei nicht stehenlassen sollen?«, wirft Paul zögernd ein. »Als Beweismittel oder so?«
»Stimmt«, gibt Phillip zu. »Ich hätte die Zeichnung wenigstens fotografieren müssen, bevor ich sie abgewischt hab. Aber ich war so sauer, dass ich gar nicht daran gedacht hab.« Er macht ein unglückliches Gesicht.
»Wir alle haben sie gesehen, Herr Gunnarsson auch«, wendet Anna ein. »Reicht das nicht als Beweis?«
»Doch, wahrscheinlich schon«, meint Paul.
»Ich bin froh, dass du's so schnell abgewischt hast«, sagt Conni zu Phillip. »Ich wollte mir das echt nicht noch länger angucken.«
»Ich auch nicht.« Dina schüttelt den Kopf.
Es gongt zur Stunde. Langsam gehen alle wieder zu ihren Plätzen und setzen sich hin.
»Was haben wir jetzt eigentlich?«, fragt Conni Anna.
Die zuckt mit den Achseln. »Keine Ahnung. Ist mir auch ziemlich schnuppe.«
Conni nickt zustimmend. »Mir auch.« Sie fragt sich, wie sie sich überhaupt auf den Unterricht konzentrieren soll. Unmöglich, denkt sie.
Janette, Ariane und Saskia schlendern betont langsam an Connis und Annas Bank vorbei. Janette bleibt stehen und grinst. »Da hat's dem Billi-Baby aber jemand gehörig gezeigt, was?«,

zischt sie Conni leise zu. »Nur gut, dass Billi heute krank ist, sonst hätte sie sich vor Schreck bestimmt in die Windeln gemacht.« Mit einem gehässigen Kichern geht sie weiter.
Conni springt auf, bevor Janette ihren Platz erreicht, und hält sie an der Schulter fest. »Lass gefälligst Billi in Ruhe!«, ruft sie entrüstet. »Sie hat dir nichts getan!«
Janette zieht die Augenbrauen hoch. »Wovon redest du?«, fragt sie laut. »Was soll das überhaupt? Was willst du von mir? Hast du sie noch alle?«
»Hey, hey!« Phillip, Paul und Mark sind aufgestanden. Phillip schiebt sich zwischen Conni und Janette. »Lass sie los«, raunt er Conni zu. »Bitte!«
Widerwillig lockert Conni ihren Griff. Janette grinst hämisch.
»Was ist denn hier los?«, fragt eine Frauenstimme. Frau Stern steht in der Tür. Ihr Gesicht ist ein einziges Fragezeichen.
»Nichts«, sagt Phillip schnell. »Alles in Ordnung!« Er schiebt Conni sanft zu ihrem Platz, wirft Janette einen warnenden Blick zu und setzt sich schließlich selbst hin. Paul und Mark klopfen ihm auf die Schulter.
»Wirklich?« Frau Stern zieht zweifelnd die Stirn kraus. Phillip nickt. »Na, dann ist es ja gut«, sagt die junge Referendarin. »Guten Morgen allerseits!«

***

»Sag mal, bedrückt dich etwas?«, fragt Mama beim Mittagessen.
Mit gesenktem Kopf, die Stirn in tiefe Falten gezogen, rührt Conni nachdenklich in ihrer Gemüsesuppe und seufzt. Wie sie den Vormittag in der Schule überstanden hat, weiß sie nicht

mehr. Irgendwie sind die Stunden an ihr vorübergegangen; sie kann sich kaum daran erinnern. Auch, wie sie nach Hause gekommen ist, weiß sie nicht so genau. Mit dem Rad, klar, und mit Paul, Anna und Phillip. Sie haben sich über Janette unterhalten, aber Conni hat gar nicht richtig zugehört. Sie hat die ganze Zeit nur an Billi gedacht und wie sie ihrer Freundin helfen kann.

»Hallo?«, sagt Mama. »Erde an Conni! Jemand zu Hause?«

Jakob kichert. Conni schaut auf.

»Was?«, fragt sie verwirrt.

Mama lächelt. »Ich wollte wissen, ob dich etwas bedrückt«, wiederholt sie. »Du bist so still.«

»Nein, nein, alles in Ordnung«, versichert Conni hastig und versenkt ihren Löffel in der Suppe. Plötzlich spürt sie einen Kloß im Hals, der es ihr unmöglich macht, weiterzuessen. Sie legt ihren Löffel neben den Teller und seufzt noch einmal. »Stimmt gar nicht«, gibt sie zu. »Nichts ist in Ordnung. Gar nichts.«

Wie ein Wasserfall sprudelt es aus ihr heraus, als sie ihrer Mutter erzählt, was passiert ist. Von Billis erstem Zusammenprall mit Tanja bis zur Zeichnung an der Tafel und Janettes gehässiger Bemerkung.

Mama hört zu, ohne sie zu unterbrechen, aber an ihrem Gesicht kann Conni ablesen, wie erschrocken sie ist. Auch Jakob hört gebannt zu. Sein Löffel hängt über dem Suppenteller. Er hat vergessen ihn an den Mund zu führen.

Als Conni ihren Bericht beendet, herrscht Schweigen am Tisch. Leise plätschert die Suppe von Jakobs Löffel in den Teller.

Mama nimmt eine Serviette und räuspert sich.
»Meine Güte …«, sagt sie langsam. »Warum hast du mir das nicht früher erzählt?«
»Ich dachte nicht, dass es so schlimm wird«, antwortet Conni kleinlaut.
»Das ist Mobbing, Conni«, erwidert Mama ernst. »So etwas ist immer schlimm. Es fängt mit vermeintlich harmlosen Kleinigkeiten an, mit kleinen Sticheleien und Rempeleien, und dann steigert es sich immer mehr. Aber das ist nicht mehr harmlos. Man darf es nicht auf die leichte Schulter nehmen.«
Gut, dass ich es erzählt hab, denkt Conni. Vielleicht weiß Mama einen Rat.
»Ausgerechnet jetzt, wo Frau Lindmann nicht da ist!« Mama wirft ihre Serviette auf den Tisch.
»Was könnte die schon tun?«, fragt Conni zweifelnd.
»Als Klassenlehrerin könnte sie mit allen Beteiligten sprechen und dafür sorgen, dass das aufhört«, erklärt Mama. »Billis Eltern sollten sich sofort an die Schule wenden. Ich werde sie nachher anrufen und mit ihnen sprechen. Wer ist denn Frau Lindmanns Vertreter? Weiß der schon Bescheid?«
»Herr Albers«, sagt Conni. »Er ist auch Vertrauenslehrer. Aber was sollen wir dem denn erzählen? Wir haben doch keine Beweise! Und solange wir keine Beweise haben, kann er auch nichts machen!« Sie legt die Ellbogen auf den Tisch und stützt den Kopf in beide Hände.
Mama streicht ihr übers Haar. »Ihr müsst ihn trotzdem informieren«, erwidert sie ruhig. »Oder einen anderen Lehrer. Oder eine Lehrerin, der ihr vertraut. Das schafft ihr nicht alleine, Conni, glaub mir. Ihr braucht Hilfe, und zwar bevor es

noch schlimmer wird. Soll ich mal in der Schule anrufen und mit Herrn Albers sprechen?«

Conni zuckt zusammen. »Nein, das machen wir schon selber, danke.«

»Gibt's so was an meiner Schule auch?« Jakob macht große Augen.

»Nein, zum Glück nicht«, antwortet Mama lächelnd.

Beruhigt widmet Jakob sich seinem Nachtisch. Conni schiebt ihren Schokopudding zur Seite.

»Ich hab keinen Appetit«, sagt sie. »Ich geh nach oben.«

Mama nickt ihr zu. »Mach das. Und wenn was ist: Du weißt, dass du jederzeit zu uns kommen kannst.«

Conni nickt.

In ihrem Zimmer wirft sie sich auf ihr Bett und vergräbt das Gesicht in den Kissen. Ihr ist zum Heulen zu Mute. Was Mama gesagt hat, klang nicht sehr beruhigend. Ob es stimmt, dass Tanja und Janette nicht aufgeben werden? Dass es so weitergeht? Dass es sogar noch schlimmer werden kann?

»Schlimmer geht's doch gar nicht!«, stöhnt Conni auf. »Was soll denn noch passieren?«

Mau ist lautlos aufs Bett gesprungen und stupst sie vorsichtig mit der Nase an. Conni nimmt ihren kleinen Kater in den Arm und drückt ihn zärtlich an sich.

»Du bist ein guter Trostspender«, raunt sie in sein weiches Fell. »Weißt du das eigentlich?«

Mau schnurrt wie ein kleiner Motor und sieht sie aus klugen Augen an.

»Gut, dass es dich gibt«, flüstert Conni ihm zu.

»Hallo, Billi!«, ruft Conni am nächsten Morgen in der Schule. Billi sitzt auf ihrem Platz und grinst ihr entgegen. Conni verstaut den Rucksack und lässt sich auf ihren Stuhl fallen. »Bist du schon wieder gesund?«, fragt sie überrascht.
»So gut wie«, nickt Billi. »Das Knie tut zwar noch ein bisschen weh und ist grün und blau, aber ich hab Salbe und einen Verband bekommen. Passt schon. Nur Sport darf ich noch nicht wieder mitmachen.«
Auch Anna und Dina begrüßen die Freundin erleichtert.
»Schön, dass du wieder da bist«, freut sich Dina. »Wir haben dich echt vermisst!«
»Wir nicht!«, kommt es von den Zicken aus der letzten Reihe, gefolgt von einem boshaften Kichern.
Billi tut so, als hätte sie nichts gehört, und wühlt angestrengt in ihrem Federmäppchen.
»Janette!«, zischt Conni leise. »Na warte!«
Anna hält sie am Ärmel fest.
»Nicht«, flüstert sie eindringlich. »Lass sie.«
Conni schluckt, aber sie bleibt sitzen. Um ihren Puls zu beruhigen, wechselt sie schnell zu einem unverfänglicheren The-

ma. »Was haben wir eigentlich in der ersten Stunde?«, stellt sie die obligatorische Frage. Anna, Dina und Billi lachen.
»Hast du dich immer noch nicht an unseren neuen Stundenplan gewöhnt?«, fragt Billi.
»Nein«, gibt Conni zerknirscht zu. »Werd ich wohl auch nicht.«
»Mathe bei Moritz«, klärt Dina sie auf. »Und danach zwei Stunden Kunst bei Frau Stern.«
»Wenigstens zwei kleine Lichtblicke an einem ansonsten trostlosen und grauen Morgen«, seufzt Anna.
»Meinst du mit den zwei Lichtblicken die braunen Augen von Herrn Gunnarsson?«, fragt Conni grinsend. »Oder die beiden Kunststunden?«
»Alles zusammen«, erwidert Anna.
»Das wären dann schon vier Lichtblicke«, stellt Dina fest.
»Ich freu mich ganz und gar nicht auf Kunst«, mischt Billi sich ein. »Habt ihr schon vergessen, dass wir uns den Kunstraum mit Tanjas Klasse teilen müssen?«
»Oh nein!«, stößt Conni hervor. »Daran hab ich wirklich nicht mehr gedacht!«
»Der Kunstraum ist groß.« Phillip hat den letzten Wortwechsel mit angehört. »Setzt euch einfach zu uns. Paul, Mark, Tim und ich rücken gerne ein bisschen zusammen, kein Problem.«
»Echt nicht?« Billi strahlt ihn an.
»Echt nicht.« Phillip zwinkert Conni kurz zu und schiebt sich lässig auf seinen Platz.
Als Herr Gunnarsson das Klassenzimmer betritt und der 6a einen schönen guten Morgen wünscht, wendet sich Conni zu den Jungs um und reckt einen Daumen nach oben.

Die Idee, sich im Kunstunterricht zu ihnen zu setzen, ist so genial, dass sie glatt von ihr stammen könnte, findet sie.
Plötzlich guckt Herr Gunnarsson mit seinen Schokoaugen in ihre Richtung und zeigt dabei wortlos auf das Mathebuch, das vor ihr liegt. Blitzschnell versenkt Conni die Nase darin. Geometrie ist zwar nicht gerade ihre Stärke, aber vielleicht kann Herr Gunnarsson das Thema so erklären, dass sogar sie es kapiert?
Schön wär's, denkt Conni.

Am Ende der Mathestunde fühlt sie sich tatsächlich ein bisschen schlauer als vorher. In seiner ruhigen Art kann Herr Gunnarsson toll erklären. Viel besser als Frau Lindmann, die schnell mal die Geduld verliert.
»Ich wünschte, er würde unser Mathelehrer bleiben«, flüstert Conni Anna zu, kurz bevor es gongt.
Anna ist ganz ihrer Meinung. »Nicht mal Hausaufgaben gibt er auf«, flüstert sie zurück. »Da kann der Lindwurm glatt in Rente gehen!«
Herr Gunnarsson lächelt. Conni wird rot. Er hat doch hoffentlich nicht gehört, was sie und Anna gesagt haben? Schnell packt sie ihre Sachen zusammen und stopft alles in ihren Rucksack. Der Kunstraum liegt im Obergeschoss und sie haben für den Weg dorthin nur ein paar Minuten Zeit. Außerdem müssen sie wegen Billi und ihres Knies langsamer gehen als sonst.
Die Jungs laufen schon voraus und versprechen, ihnen Plätze frei zu halten. Billi nickt ihnen dankbar zu, während sie mühsam den langen Gang entlanghumpelt, der zum Treppenaufgang führt.

Dina trägt ihre Tasche, damit Billi sich auf der einen Seite bei Conni unterhaken und auf der anderen am Treppengeländer festhalten kann. Das verbundene Knie ist echt hinderlich beim Treppensteigen.
»Geht ruhig schon vor«, schlägt Conni Dina und Anna vor. »Ihr könnt Frau Stern sagen, dass wir gleich da sind.«
»Okay«, nickt Anna und trabt mit Dina die Treppen hinauf.
Conni und Billi folgen ihnen im Schneckentempo.
»Warum gibt's hier eigentlich keinen Fahrstuhl?«, ächzt Billi.
»Keine Ahnung«, erwidert Conni. »Wahrscheinlich wäre der eh andauernd kaputt.«
»Platz da, du Hinkezwerg!«, keift plötzlich eine Stimme hinter ihnen. »Du blockierst die ganze Treppe! Muss das sein? Ist ja ätzend!«
Conni zuckt zusammen. Sie weiß sofort, wem die Stimme gehört: Tanja!
Billi gerät vor Schreck ins Stolpern und lässt das Treppengeländer los. Mit beiden Händen hält sie sich an Connis Arm fest, um nicht zu stürzen.
»Wie rührend!«, zischt Tanja und drängelt sich an ihnen vorbei. Ihre Freundinnen Constanze, Irina und Eileen folgen ihr.
»Bist du jetzt ihre Krankenschwester, oder was?« Tanja hat auf dem obersten Treppenabsatz kehrtgemacht und mustert Conni spöttisch.
»Das geht dich gar nichts an!«, entgegnet Conni wütend. »Und jetzt lass uns gefälligst in Ruhe!« Ihre Stimme zittert vor Anspannung.
Tanja schnappt hörbar nach Luft. Ihre Begleiterinnen drücken sich an die Wand. Langsam und Schritt für Schritt kommt

Tanja die Treppe wieder herunter, ohne Conni dabei eine Sekunde aus den Augen zu lassen. Ihr Blick ist drohend.

Billi umklammert Connis Arm noch fester. Conni spürt jeden einzelnen Finger durch den Stoff ihres Jackenärmels.

»Ganz ruhig«, sagt sie leise zu Billi. Oder sagt sie es zu sich selbst? Sie weiß, dass sie in der Falle sitzen. Es hat längst zum Unterricht gegongt. Die Treppe ist leer, der Lärm auf den Gängen ist verstummt. Sie sind ganz allein mit Tanja und ihren Zicken. In ihren Ohren rauscht es, ihre Knie zittern. Am liebsten würde sie anfangen zu heulen. Oder weglaufen. Aber das geht nicht, wegen Billi.

»Was'n hier los?« Drei Oberstufenschüler gucken um die Ecke. Unter den Armen tragen sie große Lautsprecherboxen, die offenbar für den Musikraum bestimmt sind.

»Verfatzt euch!«, faucht Tanja sie an, ohne sich umzudrehen.

»Hä?«, macht einer der großen Jungs. Er stellt seine Lautsprecherbox ab und kratzt sich am Kopf. »Sag mal, geht's noch?«

Conni nutzt die günstige Gelegenheit. »Los!«, ruft sie Billi zu. »Beeil dich!«

Billi zögert, doch dann hinkt sie so schnell sie kann neben Conni die Treppe hinauf – an Tanja vorbei, an den anderen Mädchen vorbei, an den Oberstufenschülern und ihren Lautsprecherboxen vorbei –, bis sie den oberen Flur erreichen. Hinter ihnen gibt es einen lauten Wortwechsel. Anscheinend wollen die Zicken hinter ihnen herlaufen und werden von den großen Jungs daran gehindert.

»Lasst mich durch!«, kreischt Tanja.

»Kommt überhaupt nicht in die Tüte«, sagt einer der Jungs.

Conni und Billi achten nicht darauf. Seite an Seite hasten sie weiter, bis sie schließlich den Kunstraum am Ende des langen Ganges erreichen.

Conni reißt die Tür auf. Neben ihr atmet Billi heftig.

»Keine Panik«, beruhigt Conni sie. »Alles ist gut.«

Frau Stern fährt herum und mustert die beiden Mädchen. »Was ist passiert?«, fragt sie alarmiert.

»Mein Knie tut so weh«, schnieft Billi, bevor Conni etwas sagen kann. Conni runzelt die Stirn. Billi kneift sie durch den Ärmel hindurch in den Arm.

»Ach herrje!« Frau Stern legt eine Hand auf Billis Schulter. »Setz dich am besten gleich hier vorne hin und leg das Bein hoch. Möchtest du deine Eltern anrufen? Sollen sie dich abholen?«

Billi schüttelt stumm den Kopf. Conni kann sehen, dass sie mit den Tränen kämpft. Ihr selbst geht es auch nicht viel besser. Während Frau Stern ihren Lehrerstuhl heranzieht, Billi daraufsetzt und ihr hilft das Bein auf einen zweiten Stuhl zu lagern, wirft Conni einen hilflosen Blick in die Runde. Wo ist Anna? Wo sind Dina, Paul, Mark, Tim und Phillip?

»Hier!« Anna steht auf und winkt von einem Fensterplatz.

Erleichtert atmet Conni aus und schiebt sich durch die langen Reihen der Zeichentische nach hinten. Billi humpelt hinter ihr her, obwohl Frau Stern ihr angeboten hat, vorne sitzen zu bleiben.

»Was war denn los?«, raunt Anna Conni zu. »Warum kommt ihr so spät? Und warum sieht Billi aus, als hättet ihr eine Freifahrt in der Geisterbahn hinter euch?«

In knappen Worten erzählt Conni, was passiert ist. Anna, Dina, Phillip, Paul, Tim und Mark hören sprachlos zu.

»Ich geh nicht mehr in die Schule!«, schnieft Billi leise. »Nie wieder!«
Als die Tür aufgerissen wird und Tanja mit ihrem Gefolge in den Kunstraum poltert, duckt sie sich.
Frau Stern fängt die Mädchen ab. »Ihr kommt zu spät«, stellt sie mit einem Blick auf die Uhr fest.
Tanja reckt provozierend das Kinn, sagt aber nichts.
»Setzt euch hier vorne hin.« Frau Stern zeigt auf einen Tisch genau vor dem Lehrerpult. »Das sind die einzigen Plätze, die noch frei sind.«
Janette meldet sich mit einem heftigen Fuchteln ihres Armes, an dem unzählige silberne Armreifen laut klimpern, und ruft: »Ihr könnt auch bei uns sitzen! Wir können zusammenrücken!« Mit ihren pinkfarben lackierten Fingernägeln deutet sie auf die schmale Lücke zwischen sich, Ariane, Saskia und der Wand.
»Nicht nötig«, sagt Frau Stern kühl. »Hier vorne ist Platz genug.«
Murrend hocken sich Tanja und die Zicken auf die zugewiesenen Plätze.
Conni kann sich ein kleines Grinsen nicht verkneifen. Sie wendet sich an Billi: »Na, geht's wieder ein bisschen?«
Billi nickt. Anna streichelt ihr schnell über den Arm. »Lass dich von denen nicht schocken. Die reißen die Klappen nur so weit auf, solange sie in der Gruppe sind.«
»Aber wir sind auch eine Gruppe«, sagt Dina entschlossen.
»Und du gehörst dazu«, fügt Conni, an Billi gewandt, hinzu.
»Danke, ihr seid lieb.« Billi lächelt.
»Langsam reicht's echt«, hört Conni Paul sagen. Er, Phillip,

Tim und Mark haben die Köpfe zusammengesteckt. »Denen müsste man es mal so richtig zeigen!«
Gut, dass wir die Jungs auf unserer Seite haben, denkt Conni und fühlt sich ein bisschen beruhigt.
»Fangt ihr bitte mit der Arbeit an?« Frau Stern ist an den Tisch getreten. »Es liegt schon alles bereit. Unser Thema ist ›Freies Gestalten mit Ton‹.«
»Cool«, sagt Conni. Erst jetzt bemerkt sie, dass auf ihrem und Billis Platz ein großer Klumpen Ton liegt. Daneben sind verschiedene Werkzeuge aus Metall und Holz, kleine Spatel, Messer und ein Schwämmchen aufgereiht.
»Dürfen wir uns aussuchen, was wir machen?«, erkundigt sich Billi.
Frau Stern nickt lächelnd. »Deshalb heißt es ja ›Freies Gestalten‹.«
Wenig später hat Conni aus dem grauen Ton etwas gemacht, das entfernte Ähnlichkeit mit einem überfahrenen Maulwurf hat, wie Phillip taktlos feststellt.
Conni funkelt ihn empört an. »Das ist eine Katze! Sieht man das etwa nicht?«
»Nicht wirklich«, grinst Phillip und zieht den Kopf ein.
Conni seufzt. Dabei hat sie sich solche Mühe gegeben, ein möglichst naturgetreues Abbild von Kater Mau zu modellieren! Neugierig wirft sie einen Blick auf die Kunstwerke der anderen. Paul hat etwas geschaffen, das aussieht wie ein Fußballschuh.
Klar, denkt Conni. Was sonst?
Phillip gibt soeben einem dicken Elefanten den letzten Schliff. Conni muss neidlos anerkennen, dass sein Dickhäuter richtig

gut aussieht, besonders im Vergleich mit ihrem verunglückten Katzenklumpen. Sie hätte nie gedacht, dass Katzen so schwer nachzubilden sind. Ob sie noch mal von vorne anfangen soll?
»Ist eben abstrakt«, meint Anna locker, als sie Connis frustrierten Blick bemerkt. Vor ihr liegen zwei Herzen aus Ton. Dina hat ein kugelrundes Männchen modelliert und betrachtet es liebevoll. Auch Billi scheint mit sich und ihrer Arbeit zufrieden zu sein. Der kleine Tiger, den sie aus dem Ton geformt hat, ist aber auch wirklich toll gelungen, stellt Conni fest. Jedes kleinste Detail hat Billi sorgfältig herausgearbeitet: die kräftigen Pranken, den langen Schwanz ... Sogar die Tigerstreifen hat sie mit einer feinen Nadel in den weichen Ton geritzt.
»Wow!«, flüstert Conni beeindruckt. »Ist der schön!«
Billi strahlt.
»Wenn ihr fertig seid, stellt eure Sachen bitte zum Trocknen nach nebenan«, sagt Frau Stern zu den beiden Klassen. »Der Ton trocknet an der Luft vor. In der nächsten Stunde wird er glasiert und danach gebrannt. Vergesst nicht, vorher an einer unauffälligen Stelle euer Zeichen einzuritzen. Und jetzt räumt bitte eure Arbeitsplätze auf. Es klingelt gleich.«
Conni betrachtet ihre abstrakte Katze mit gemischten Gefühlen. Eine Eins wird sie dafür mit Sicherheit nicht bekommen, so viel steht schon mal fest. Und jetzt ist es zu spät, um noch mal von vorne anzufangen. Seufzend stellt sie das tönerne Kunstwerk auf ein kleines Holzbrett.
Hauptsache, ich weiß, was es sein soll, denkt sie und fragt Billi, ob sie ihren Tiger gleich mitnehmen soll.
Billi nickt und stellt ihre Figur vorsichtig neben die von Conni. »Aber pass auf, dass er nicht umkippt!«

Conni balanciert das Brett langsam zwischen den Tischreihen hindurch und bringt es in den Nebenraum. Dort stehen schon ein paar Skulpturen und Gefäße zum Trocknen in langen Regalen. Conni schiebt ihr Brett in eine freie Lücke, wischt sich die Hände ab und kehrt schnell auf ihren Platz zurück, um beim Aufräumen zu helfen.

»Wollen wir uns heute Nachmittag irgendwo treffen?«, fragt Conni, als sie zusammen mit ihren Freunden nach der sechsten Stunde die Schule verlässt. Billi humpelt langsam neben ihr her.

»Ohne mich! Ich bin froh, wenn ich heute nicht mehr rumlaufen muss«, gibt sie zu. »Zum Glück holt Papa mich gleich ab. Zu Hause werde ich mich erst mal hinlegen und ausruhen. Der Arzt hatte wohl doch Recht damit, dass ich das Knie noch ein bisschen schonen soll.«

»Bestimmt«, meint Conni. Sie wendet sich an Anna und Dina: »Und was ist mit euch?«

»Ich hab Klavierstunde«, sagt Dina bedauernd.

»Ich kann leider auch nicht«, schließt Anna sich an. Sie senkt die Stimme, damit die Jungs es nicht hören, und flüstert Conni ins Ohr: »Meine Mutter will nachher mit mir in die Stadt fahren. Du weißt schon, den BH kaufen …«

Conni hebt die Augenbrauen. »Echt?«

Anna nickt todernst.

»Na dann, viel Spaß!« Conni kichert. »Du kannst ihn uns ja in der nächsten Sportstunde vorführen.«

»Was vorführen?« Paul hat die Ohren gespitzt und macht ein neugieriges Gesicht.

»Nichts«, versichert Anna schnell, und ein zarter Hauch von Rosa überzieht ihr Gesicht. »Gar nichts.«
Paul und Phillip grinsen sich an. Conni runzelt die Stirn. Ob die was gehört haben?
Sie verabschiedet sich von Billi. Herr Verdi wartet schon auf sie und hilft ihr, ihren Schulrucksack im Kofferraum zu verstauen. »Arrivederci, Signore e Signori!«, ruft er fröhlich. Billi klettert auf den Beifahrersitz und winkt zum Abschied.
»Ich hab heute Nachmittag noch nichts vor«, sagt Phillip von der Seite zu Conni.
»Ich auch nicht«, grinst Paul.
Die beiden Jungs bauen sich vor ihr auf.
»Also, worauf hast du Lust?«, fragt Phillip. »Kino? Schwimmbad? Sterne putzen? Schnecken schubsen?«
Conni lacht. »Was läuft denn im Kino?«
Mit leuchtenden Augen nennen Paul und Phillip gleichzeitig den Titel eines brandneuen Actionfilms. Conni winkt sofort ab. »Nee, danke, das ist nichts für mich. Dann vielleicht doch lieber Schwimmbad. Da war ich schon ewig nicht mehr.«
»Okay.« Phillip schließt sein Rennrad auf und zieht es aus dem Ständer. »Um drei am Stadtbad?«
Conni nickt.
»Einverstanden«, sagt Paul.
»Du willst allein mit zwei Jungs schwimmen gehen?«, staunt Dina.
»Klar«, erwidert Conni fröhlich. »Warum denn nicht?«

Auf dem Nachhauseweg denkt Conni darüber nach, ob es richtig ist, dass sie sich mit den Jungs zum Schwimmen verabredet hat. Sollte sie nicht lieber zu Billi fahren und ihr Gesellschaft leisten? Wegen ihres blöden Knies muss Billi den ganzen Tag zu Hause hocken. Bestimmt langweilt sie sich. Dazu noch der Ärger mit Tanja und den Zicken … Conni fühlt sich hin- und hergerissen.

Phillip bemerkt ihr nachdenkliches Schweigen.

»Ist was?«, fragt er.

Conni zögert, dann schüttelt sie den Kopf. »Bis später«, sagt sie und winkt den Jungs zum Abschied zu.

Pünktlich zur verabredeten Zeit ist Conni am Treffpunkt. Phillip wartet schon auf sie und grinst ihr entgegen. Nur von Paul ist weit und breit nichts zu sehen, stellt Conni verwundert fest. Sein Mountainbike hat auch nicht wie sonst an der Garagenwand gelehnt, als sie losgefahren ist.

»Wo steckt Paul?«, erkundigt sie sich und stellt ihr Rad neben Phillips.

»Der hat vergessen, dass er heute zum Zahnarzt muss.« Phillip schultert seine Sporttasche mit den Schwimmsachen und lacht leise. »Seine Mutter hat ihn zum Glück gerade noch rechtzeitig daran erinnert.«

»Ups«, lacht Conni. »Typisch Paul!«

Phillip macht nicht den Eindruck, als würde er Paul schmerzlich vermissen. Im Gegenteil. Er zückt seine Zehnerkarte und lässt sie an der Kasse zweimal abstempeln. »Heute lade ich dich ein«, verkündet er lächelnd.

Conni lächelt zurück, dann trennen sich ihre Wege: Conni muss nach links zu den Frauenumkleideräumen, Phillip folgt dem Wegweiser zu den Männerkabinen. »Bis gleich!«, ruft er und winkt.

Nur ein paar Minuten später taucht Conni mit einem eleganten Kopfsprung von einem Startblock in das kühle Nass des Stadtbads. Ein paar Bahnen des großen Beckens sind abgesperrt, damit die Mitglieder des Schwimmvereins ungestört trainieren können. Conni krault ein paar Schläge neben dem rot-weißen Seil her und mustert dabei neugierig die Gesichter der Schwimmschülerinnen und -schüler. Ihre Trainerin, eine sportliche junge Frau in roten Shorts und weißem T-Shirt, steht mit Stoppuhr und Trillerpfeife bewaffnet am Beckenrand. Die Mädchen und Jungen, alle in Connis Alter, hören ihr aufmerksam zu. Plötzlich stutzt Conni. Eines der Mädchen sieht aus wie Ariane aus ihrer Klasse.

»Wär das nicht auch was für dich?« Unbemerkt ist Phillip an ihre Seite geschwommen. »Du schwimmst doch wie ein Fisch. Bestimmt könntest du die alle locker abhängen!«

Conni freut sich über das Kompliment, aber dann schüttelt sie den Kopf. »Ich schwimme lieber zum Spaß als um Medaillen.« Trotzdem wirft sie noch einen letzten Blick auf die Gruppe in dem abgesperrten Bereich und fängt an zu kraulen. Vielleicht würde es tatsächlich Spaß machen, in einer Mannschaft zu trainieren, wer weiß? Sie nimmt sich vor, in Ruhe darüber nachzudenken. Dann erhöht sie das Tempo ihrer Kraulschläge. Phillip taucht prustend ab, um ihr unter Wasser zu folgen. Als der Dreimeterturm geöffnet wird, springt Phillip. Conni begnügt sich mit dem Einmeterbrett. Danach klettern sie aus dem Becken und setzen sich auf eine der beheizten Bänke am Beckenrand. Neben den Bänken stehen Liegestühle und ein paar künstliche Palmen in großen Kübeln.

Die sollen wohl so was wie Urlaubsgefühle vermitteln, denkt

Conni und betrachtet die Plastikpflanzen fast mitleidig. Echte Palmen am Strand wären mir lieber.
»Das mit Billi ist wirklich blöd, was?«, unterbricht Phillip ihre Betrachtungen. Seine Stimme klingt nachdenklich.
Conni sieht ihn aufmerksam an. »Meinst du den Stress mit Janette und Tanja?«
Phillip nickt.
»Ich hoffe, das gibt sich bald wieder«, seufzt Conni. »Irgendwann muss es doch schließlich auch den blödesten Ziegen langweilig werden, andere zu ärgern, oder?«
»So sicher bin ich mir da nicht.« Phillip wischt sich eine nasse Locke aus dem Gesicht. »Wenn Mädchen wie Tanja erst mal jemanden aufs Korn genommen haben, lassen die so schnell nicht locker.«
»Das hat meine Mutter auch gesagt«, sagt Conni. »Aber wie können wir Billi helfen und dafür sorgen, dass die Zicken aufhören, sie zu verfolgen? Anna meint, wir sollten ihnen einen Denkzettel verpassen und es ihnen heimzahlen. Aber damit würden wir uns mit denen auf eine Stufe stellen, finde ich.«
Phillip stimmt ihr zu. »Uns bleibt wahrscheinlich nur übrig, die Mädels zu beobachten und jedes kleine Vorkommnis sofort zu melden. In einer früheren SV-Versammlung war das schon mal ein Thema. Ein Oberstufenschüler hat erzählt, dass es vor einiger Zeit eine Clique von Zehntklässlern am Lessing-Gymnasium gegeben hat, die den ganzen Schulhof unter Kontrolle hatte. Die Typen haben damals alle terrorisiert, sogar die Lehrer. Herr Albers und ein paar Eltern haben damals dafür gesorgt, dass der Anführer schließlich die Schule verlassen musste.«

»Echt?«, staunt Conni.
»Klar«, erwidert Phillip. »Da hört der Spaß auf. Das ist kein harmloser Schülerstreich.«
»Da hast du allerdings Recht.« Conni zieht fröstelnd die Schultern hoch. Sie denkt an Billi. Was die wohl gerade macht? Hätte sie nicht doch lieber zu ihr fahren sollen, anstatt mit Phillip einen vergnügten Nachmittag zu verbringen?
»Wollen wir wieder rein?«, reißt Phillip sie aus ihren Gedanken. Conni gibt ihm keine Antwort. Sie flitzt zum Beckenrand und macht einen vollendeten Hechtsprung ins Wasser. Phillip bleibt verblüfft sitzen, bevor er aufspringt und ihr folgt.

Als ihre Badezeit abgelaufen ist, verschwindet Conni im Laufschritt in der Umkleidekabine. Wenn sie ihre Haare noch trocken föhnen will, muss sie sich beeilen. Phillip hat gesagt, dass er noch einen heißen Kakao im Schwimmbad-Café ausgeben will. Conni fühlt sich fast, als hätte sie schon Geburtstag.
»Hallo, Conni«, sagt eine Mädchenstimme.
Conni will gerade ihr Shampoo aus dem Rucksack holen. Sie zuckt zusammen und fährt herum. Ihre Hand schwebt in der Luft. Ariane! Ach du Schreck!
»Äh, ja, hallo …«, murmelt Conni.
Die Mitschülerin steht vor dem Spiegel, ein großes Handtuch um den Körper geschlungen, und ist dabei, sich die Haare zu bürsten.
Conni schluckt. Dann hat sie sich vorhin also doch nicht getäuscht: Ariane ist Mitglied des Schwimmvereins. Schnell beugt sie sich vor und wühlt in ihren Sachen. Wo ist das verflixte Haarshampoo nur?

»Du, Conni …« Plötzlich steht Ariane neben ihr, die Bürste noch in der Hand.

Conni schaut auf und runzelt die Stirn. Sie verspürt wirklich keine große Lust, sich mit ihr zu unterhalten, und macht ein abweisendes Gesicht. Ariane bemerkt es sofort.

»Ich weiß, du willst bestimmt nicht mit mir reden«, sagt sie zögernd. »Das kann ich auch total verstehen. Trotzdem …«, sie umklammert ihre pinkfarbene Bürste mit beiden Händen, als wolle sie sie erwürgen. »Ich wollte dir nur sagen, dass ich das nicht gut finde. Das mit Billi.«

Sie will sich schon wieder umdrehen, aber Conni ist schneller. Sie hält Ariane an einem Zipfel ihres Badetuches fest.

»Was willst du damit sagen?«, hakt sie nach.

»Na, dass Janette und Tanja es auf Billi abgesehen haben«, murmelt Ariane unsicher. »Ich finde das nicht gut.« Sie sieht sich um, als befürchte sie belauscht zu werden. Ihre Augen flackern nervös.

»Willst du mich auf den Arm nehmen?«, fragt Conni empört. Ariane fährt erschrocken zurück.

»Du machst doch bei diesem ganzen bescheuerten Theater mit!«, schnaubt Conni. Ihr Puls ist auf hundertachtzig, mindestens. »Wenn du's nicht gut findest, warum machst du's dann?«

»Ich … ich …«, stammelt Ariane und wird rot.

Die Tür zum Umkleideraum wird aufgerissen. Drei ältere Damen in wild geblümten Badeanzügen kommen herein. Eine trägt eine leuchtend grüne Badekappe mit lila Rüschen auf dem Kopf. Conni hat noch nie so etwas Scheußliches gesehen und muss trotz der blöden Situation lachen. Schnell hält sie sich die Hand vor den Mund, aber die Frauen achten überhaupt nicht auf sie und Ariane. Laut plappernd verschwinden sie in den Duschkabinen. Als das Wasser der Duschen rauscht, stehen sich Conni und Ariane immer noch gegenüber und funkeln sich an.

»Wenn du's nicht gut findest, was Tanja und Janette mit Billi anstellen, sag's gefälligst ihnen und nicht mir«, sagt Conni. Ihre Stimme ist leise, aber scharf. »Hast du keine eigene Meinung? Traust du dich etwa nicht, ihnen das zu sagen?«

Ariane rauft sich die mühsam gebürsteten Haare. »Aber das geht nicht«, jammert sie. »Du verstehst das nicht.«

Conni spürt ihr Herz pochen. Es fühlt sich an, als würde es jeden Augenblick aus ihrer Brust springen.

»Nein!«, faucht sie Ariane an. »Das versteh ich echt nicht! Und jetzt lass mich gefälligst in Ruhe! Ich hab keine Lust, mich mit dir zu unterhalten, solange du mitmachst Billi zu quälen!«

Ariane reißt die Augen auf. Dann macht sie einen großen Schritt rückwärts und dreht sich schließlich um. »Du verstehst es wirklich nicht«, hört Conni sie murmeln.

Connis Hände zittern wie verrückt, als sie endlich das Shampoo findet. Mit gesenktem Kopf, ohne Ariane noch einmal anzusehen, huscht sie unter die Dusche.

***

»Hast du ein Gespenst gesehen?«

Phillip zieht belustigt die Augenbrauen hoch. Er sitzt im Schwimmbad-Café, die feuchten Haare aus dem Gesicht gekämmt. In den Händen hält er noch die Getränkekarte, mit der er Conni zu dem kleinen Tisch am Fenster gewinkt hat.

Conni lässt sich auf den Stuhl plumpsen, den Phillip ihr zugeschoben hat, und atmet vernehmlich aus.
»Ja, so was Ähnliches«, antwortet sie. Sie erzählt ihm von ihrem Zusammentreffen mit Ariane. Phillip hört gespannt zu. Hin und wieder nickt er grimmig.
»Typischer Fall von Mitläuferin«, schnaubt er verächtlich. »Ariane hat keinen Mumm und wählt den einfachsten Weg. Sie schließt sich den Stärkeren an und macht, was die wollen.«
Die Kellnerin kommt. Die beiden bestellen zwei Becher heiße Schokolade mit Schlagsahne und zwei Blaubeer-Muffins. Conni spürt plötzlich, wie hungrig sie ist.
»Die Muffins spendiere ich, okay?«, sagt sie.
»Danke«, lächelt Phillip. Er legt die Karte zurück, bevor er weiterspricht: »Mitläufer sind echt feige. Fast noch feiger als die Anführer. Die stehen wenigstens zu dem, was sie tun.«
Conni traut ihren Ohren nicht. »Heißt das, du verteidigst Tanja und Janette?«
»Natürlich nicht!«, erwidert Phillip sofort. »Aber bei denen weiß man wenigstens, woran man ist. Mitläufer wechseln ihre Meinung wie die Unterwäsche. Hauptsache, sie haben's bequem und ihnen passiert nichts. Widerlich ist so was!«
Die Kellnerin, die gerade den Kakao und die Muffins auf den Tisch stellt, macht ein erschrockenes Gesicht. Phillip lächelt ihr zu und versichert ihr, dass er weder sie noch das Gebäck gemeint hat. »Prost«, sagt er und hebt seinen Becher.
Conni löffelt das Sahnehäubchen ab, pustet in ihre Schokolade und nimmt einen vorsichtigen Schluck. »Hmm, lecker«, stellt sie genießerisch fest.

***

Abends holt Conni ihr Tagebuch hervor und schlägt es auf. Wie immer sitzt Mau mit aufmerksamem Blick neben ihr und verfolgt jede ihrer Bewegungen mit seinen unergründlichen Sphinxaugen. Conni streichelt ihn liebevoll, bevor sie anfängt zu schreiben:

Ich versteh Ariane nicht!
Wie kann sie nur mit Janette und Tanja befreundet sein, wenn ihr nicht gefällt, was die beiden anstellen?
Phillip hat gesagt, so ein Verhalten ist charakterlos.
Stimmt genau!!
Ariane hat echt keinen Charakter, kein bisschen, sonst würde sie die Freundschaft mit Janette und Tanja sofort kündigen.
Gar keine Freundinnen zu haben ist besser als solche wie die Zicken!

Conni lässt den Stift sinken. Stimmt das? Sie versucht sich vorzustellen, sie hätte keine Freundinnen mehr. Es will ihr nicht gelingen. Anna, Billi, Dina und die Jungs gehören genauso zu ihr wie Mama, Papa und Jakob. Ohne sie könnte sie sich ihr Leben gar nicht mehr vorstellen. Nachdenklich schreibt sie weiter:

Jeder braucht Freunde, aber es müssen die richtigen sein!
Ariane hat Pech. Sie hat sich für die falschen entschieden.
Aber soll ich deshalb vielleicht Mitleid mit ihr haben?
NÖ!!!

Entschlossen klappt sie ihr Tagebuch zu. Ariane hat selbst Schuld. Wenn sie etwas ändern will, muss sie es tun. Basta.
»Zuerst mitlaufen, aber hinterher rumjammern«, sagt Conni zu Mau. »Das ist echt das Letzte!«
Mau setzt sich auf und kratzt sich mit der Hinterpfote am Ohr.
»Du hast wohl einen Floh«, sagt Conni.
Mau macht ein beleidigtes Gesicht und kratzt sich weiter. Sein Frauchen würdigt er keines Blickes mehr.
Conni versteckt ihr Tagebuch und flitzt nach unten. Mama und Papa sitzen im Wohnzimmer und lesen Zeitung. Jakob liegt bäuchlings auf dem Teppich und verschönert sein Malbuch mit bunten Farben. Conni kuschelt sich zu Mama in die Sofaecke.
»Alles klar?«, fragt Mama. Conni nickt.
»Wie geht's Billi?«, erkundigt sich Papa. »Mama hat mir erzählt, dass sie Probleme hat.«
»Ja, stimmt«, sagt Conni. »Aber ich glaub, wir haben das im Griff. Anna, Dina und ich passen auf sie auf. Die Jungs auch. Da haben die blöden Zicken keine Chance.«
Papa macht ein ernstes Gesicht. »Das ist gut. Aber falls was ist, sag trotzdem Bescheid, verstanden?«

Conni verspricht es. »Hast du eigentlich mit Billis Eltern gesprochen?«, wendet sie sich an Mama. »Wollen sie was unternehmen wegen neulich?«

»Ich habe mit Frau Verdi telefoniert«, antwortet Mama. »Aber ich fürchte, Billis Eltern wollen vorerst nichts unternehmen. Sie messen dem Vorfall wohl keine allzu große Bedeutung bei. Ich kann das gar nicht verstehen. Vielleicht hat Billi ihnen aber auch nicht alles erzählt.«

Conni nickt nachdenklich.

»Gibt's jetzt endlich Abendbrot?«, meldet sich Jakob energisch zu Wort. »Ich verhunger gleich!«

»Dann komm mal mit.« Papa steht auf. »Wir brutzeln was Leckeres!«

Das lässt sich Jakob nicht zweimal sagen. Wie ein kleiner Wirbelwind schießt er voraus in die Küche und reißt die Kühlschranktür auf. Conni und ihre Eltern folgen ihm lachend.

»Ich freu mich schon total auf Kunst!«, jubelt Billi. »Endlich kann ich an meinem Tiger weiterarbeiten.«
Conni freut sich mit ihr. Seit der letzten Kunststunde und dem Zusammenstoß mit Tanja auf der Treppe ist fast eine Woche vergangen. Zu Connis Erstaunen hat es keine weiteren Vorfälle gegeben. Die Zicken um Janette und Tanja haben sich in den letzten Tagen absolut ruhig, fast schon mustergültig verhalten. Ob Ariane sich vielleicht überwunden und mit ihnen gesprochen hat? Conni wirft der Mitschülerin einen unauffälligen Blick zu. Irgendwie kann sie es sich beim besten Willen nicht vorstellen, dass Ariane so mutig ist und sich gegen die anderen stellt.
Nein, denkt sie. Bestimmt nicht. Vielleicht ist es ihnen nur zu langweilig geworden, Billi zu ärgern.

Auf dem Weg zum Kunstraum trabt Billi fröhlich neben ihr her. Ihr Knie tut fast gar nicht mehr weh. Ohne Probleme hüpft sie mit Conni, Anna und Dina die Treppe hinauf.
»Und?«, wendet sich Conni an Anna. »Ziehst du nachher in der Sportstunde deinen neuen BH an?«

Anna rückt ihre Brille zurecht. »Vielleicht«, murmelt sie ausweichend.

Conni und Billi kichern. Annas Mutter hat auf einen Schlag gleich zwei BHs für Anna gekauft, einen hellblauen und einen mit Streifen, aber anscheinend hat sie nicht damit gerechnet, dass Anna sich nicht traut, sie im Sportunterricht zu tragen.

»Sieht doch eh keiner, unter deinem weiten T-Shirt«, bemerkt Dina.

Anna bleibt stehen. »Ihr habt ja keine Ahnung, wie blöd die Dinger sich anfühlen«, jammert sie unglücklich.

»Echt?« Conni reißt die Augen auf.

»Ist bestimmt nur Gewöhnungssache«, winkt Billi ab.

»Aber wenn Anna sie nicht trägt, kann sie sich auch nicht daran gewöhnen«, sagt Dina und schüttelt den Kopf. »So wird das nie was!«

Anna zieht den Kopf zwischen die Schultern und macht ein klägliches Gesicht. »Eigentlich will ich noch gar keinen BH anziehen«, gibt sie zu. »Ist doch doof, wo ich sowieso noch keinen richtigen Busen hab.«

»Dann lass es bleiben«, gibt Conni ungerührt zurück. »Wo ist das Problem?«

»Meine Mutter ist das Problem.« Anna rollt theatralisch mit den Augen. »Sie besteht darauf. Ihr wisst schon, von wegen Bindegewebe und so.«

Billi kichert. »Aber deine Mutter merkt doch gar nicht, ob du die Dinger zum Sport anziehst oder nicht. Knüll sie einfach zusammen und stopf sie zwischen deine Sportklamotten. Dann sehen sie garantiert so aus, als hättest du sie angehabt.« Für sie ist das Thema erledigt.

»Bestimmt riechen sie dann auch so«, bestätigt Conni mit einem Kopfnicken. Sie zieht Anna am Ärmel weiter. »Und jetzt kommt endlich, ihr Trödeltanten. Sonst kommen wir noch zu spät zu Kunst!«

»Und das nur wegen eines blöden BHs«, lacht Billi und spurtet voraus. »Als ob's nichts Wichtigeres auf der Welt gäbe!«

***

»Sibilla Verdi stinkt!«

Die Worte springen Conni knallrot leuchtend entgegen, als sie mit ihren Freundinnen den Kunstsaal betritt. In dicken Kreidebuchstaben stehen sie an der Tafel, die nicht wie beim ersten Mal zugeklappt, sondern weit geöffnet ist. Jeder, der den Raum betritt, muss den Satz sofort sehen. Ebenso die hässliche Fratze, die jemand daneben gemalt hat.

Conni versucht noch sich Billi in den Weg zu stellen, um ihr den Anblick zu ersparen, aber es ist zu spät: Billi hat alles gesehen. Ihr Gesicht ist weiß wie die Wand hinter der Tafel, als sie, eine Hand auf den Mund gepresst und unterdrückt aufschluchzend, in den Nebenraum läuft. Conni, Anna und Dina hasten ihr sofort hinterher.

Phillip, Mark und Paul, die nach ihnen den Kunstsaal betreten haben, bleiben verwundert stehen. Paul will gerade eine blöde Bemerkung machen, als sein Blick auf die Tafel fällt.

»Oh, Shit!«, entfährt es ihm.

Phillip nimmt seinen Rucksack von der Schulter, öffnet ihn und zieht wortlos sein Handy hervor.

»Telefonieren ist während der Schulzeit verboten!«, meckert Tanja von ihrem Platz aus.

Phillip zieht eine Augenbraue hoch und mustert sie von oben bis unten. »Wer sagt, dass ich telefonieren will?«, fragt er kühl. Mit dem Handy in der Hand sucht er den günstigsten Blickwinkel und fotografiert die Tafelschmiererei ein paarmal. Dann nimmt er einen Schwamm und hält ihn Tanja unter die Nase. »Abwischen«, sagt er.

Tanja schnappt nach Luft. »Ich denk nicht dran! Warum sollte ich?«

»Weil ich dich darum bitte vielleicht?« Phillips Miene ist undurchdringlich.

»Sollten wir's nicht stehenlassen und Frau Stern zeigen?«, schlägt Paul vor.

Phillip überlegt, dann nickt er. »Okay. Aber klapp die Tafel zu. Ich will den Dreck nicht mehr sehen.«

Aus dem Nebenraum kommt ein Aufschrei: »Mein Tiger! Mein schöner Tiger!«

Billi steht vor dem Regal mit den Skulpturen aus der letzten Kunststunde. Ihr Tiger sieht aus, als hätte ihn jemand mit der Faust bearbeitet. Nicht viel mehr als ein formloser Tonklumpen ist davon übrig geblieben. Fassungslos starren Billi, Conni, Anna und Dina ihn an.

»Oh, Billi …«, sagt Conni erschüttert.

Billi schluchzt auf. Vorsichtig nimmt sie das, was von ihrem Tiger übrig ist, in die Hand und lässt ihren Tränen freien Lauf.

»Wer macht so was?«, fragt Anna leise. »Wer ist so gemein?«

Conni legt einen Arm um Billis Schultern.

Billi presst den Tonklumpen an sich. Ihr Blick ist starr geradeaus gerichtet. »Mir ist schlecht«, murmelt sie.

Conni wirft einen Hilfe suchenden Blick in die Runde. Anna und Dina zucken mit den Schultern.
»Frau Stern kommt gleich.« Phillip hat seinen Kopf in den Raum geschoben. Als er den Tigerklumpen in Billis Armen sieht, flucht er leise. »Verdammt! Wer war das?«
»Es stand leider kein Name dran«, erwidert Conni seufzend.
Phillip dreht sich auf dem Absatz um und stürmt in den Kunstsaal zurück. Conni hat ihn noch nie so wütend gesehen.
»Feiger geht's ja wohl nicht!«, hört sie ihn toben. Ein Stuhl knallt gegen eine Wand. Billi zuckt zusammen.
»Ich geh da nicht rein«, sagt sie. »Ich will nach Hause.«
In einer Ecke des kleinen Raumes entdeckt Dina einen niedrigen Hocker und bringt ihn Billi. »Möchtest du was trinken?«, fragt sie besorgt. »Du bist total blass!«
Billi setzt sich hin und schüttelt den Kopf. Conni steht neben ihr, eine Hand noch immer auf Billis schmaler Schulter. Sie kommt sich total hilflos vor.
»Guten Morgen!«, erklingt Frau Sterns Stimme von nebenan. Die Lehrerin stutzt, dann fragt sie: »Kann mir bitte jemand erklären, was hier los ist?«
Stimmen werden laut. Alle reden durcheinander. Conni kann Phillip hören, aber sie versteht nicht, was er sagt. Ein Mädchen lacht. Conni ist sich ziemlich sicher, dass es Tanja ist. Frau Stern bringt die Schülerinnen und Schüler mit einem energischen Ruf zum Schweigen. Kurz darauf nähern sich Schritte dem Nebenraum.
»Hallo«, sagt die junge Referendarin freundlich. Sie mustert zuerst Conni, Anna und Dina und nickt ihnen zu, bevor sie sich Billi zuwendet, die kaum aufschaut. »Phillip hat mir er-

zählt, was passiert ist«, sagt Frau Stern. »Möchtest du mit in die Klasse kommen? Wir sollten darüber reden.«

Billi stöhnt leise auf. Noch immer presst sie ihren Tiger an sich. Auf ihrem Pulli zeichnet sich eine graue Tonspur ab. Langsam schüttelt sie den Kopf. »Mir ist schlecht«, wiederholt sie tonlos. »Ich möchte nach Hause.«

Frau Stern runzelt die Stirn. »Vielleicht genügt es, wenn du ein bisschen frische Luft schnappst«, schlägt sie vor. »Conni geht mit dir raus, okay?«

»Ja, klar«, nickt Conni sofort und reicht Anna und Dina ihre Sachen.

Wortlos drückt Billi Frau Stern ihren zerstörten Tiger in die Hand und steht auf. »Ich will nach Hause«, sagt sie noch einmal.

Die Referendarin zögert. »Gut«, erwidert sie schließlich. »Conni, bitte geh mit Billi ins Sekretariat und sag dort Bescheid, dass ihre Eltern sie abholen möchten.«

Wieder nickt Conni.

Was soll sie auch sonst tun?

Ein paar Minuten später sitzen Conni und Billi Seite an Seite im Schulsekretariat und starren die Wand an. Frau Fröhlich, die Sekretärin, greift zum Telefon und wählt die Nummer von Billis Eltern. »Deine Mutter kommt, so schnell sie kann«, sagt sie, nachdem sie ein paar Worte gewechselt und den Hörer aufgelegt hat. »Ihr könnt hier auf sie warten.«

Conni bedankt sich. Die Tür zum Sekretariat geht auf. Herr Albers kommt herein und reicht der Sekretärin ein paar Unterlagen.

»Nanu!«, wundert er sich, als er Conni und Billi bemerkt. »Habt ihr keinen Unterricht?«
In knappen Worten schildert Conni dem Lehrer, was geschehen ist. Billi schweigt. Herr Albers reibt sich das Kinn, als müsse er über das Gehörte nachdenken.
»Gab es neulich nicht schon mal einen ähnlichen Vorfall in eurer Klasse?«, will er wissen. »Herr Gunnarsson hat mir davon erzählt.«
Conni zögert. Soll sie Herrn Albers wirklich erzählen, dass vor ein paar Tagen schon mal eine gemeine Schmiererei über Billi an der Tafel gestanden hat? Aber er scheint es sowieso zu wissen – im Gegensatz zu Billi, die mit hängenden Schultern neben ihr sitzt und keinen Pieps von sich gibt.
Conni will sich gerade ein Herz fassen und dem Lehrer alles erzählen, als es an der Tür klopft. Frau Verdi lugt um die Ecke. Billi springt sofort auf und fällt ihrer Mutter in die Arme.
»Du liebe Güte!«, ruft Frau Verdi erschrocken. »Geht es dir so schlecht?« Billi nickt unter Tränen.
Herr Albers begrüßt Frau Verdi. »Ich glaube, wir sollten uns einmal in Ruhe unterhalten. Passt es Ihnen, wenn ich Sie in den nächsten Tagen anrufe?«
»Aber natürlich«, erwidert Billis Mutter verwundert. »Jederzeit.«
Conni reicht ihr Billis Rucksack und ihre Jacke, dann verabschiedet sie sich von Billi. »Ich ruf dich nachher an, okay?«
»Okay«, nuschelt Billi und folgt ihrer Mutter nach draußen.
Conni bleibt unschlüssig stehen.
»Was hältst du davon, wenn wir beide uns jetzt einmal ein bisschen zusammensetzen und reden?«, fragt Herr Albers ru-

hig. »Ich glaube, das ist eine gute Idee. Ich habe gerade eine Freistunde.«
»Aber ich muss zurück in den Kunstunterricht«, wendet Conni ein.
»Ich lasse dich bei Frau Stern entschuldigen«, erwidert Herr Albers und öffnet schon die Tür zum Konferenzraum. »Frau Fröhlich sagt ihr gleich Bescheid.« Die Sekretärin nickt lächelnd.
Bevor Conni es sich anders überlegen kann, sitzt sie ihrem Lehrer an einem großen Tisch gegenüber und verknotet nervös die Finger.
Wenn wenigstens Anna bei mir wäre, denkt sie, oder Phillip! Sie fühlt sich ziemlich alleingelassen. Aber dann sagt sie sich, dass Herr Albers ein supernetter Lehrer ist. Außerdem ist er Vertrauenslehrer. Die Schüler haben ihn gewählt. Das heißt doch wohl, dass man ihm vertrauen und alles erzählen kann, oder? Sie holt tief Luft, zählt bis zehn und entknotet mühsam ihre Finger. Herr Albers mustert sie aufmerksam.
»Dann schieß mal los«, fordert er sie mit einem freundlichen Lächeln auf. »Ich habe das Gefühl, dass bei euch einiges im Argen liegt. Ich hoffe, ich kann euch helfen.«

***

»Das Wichtigste ist, dass wir zusammenhalten, hat Herr Albers gesagt.«
Conni sitzt auf der niedrigen Mauer am Rande des Pausenhofes. Anna, Dina, Phillip, Paul, Tim und Mark stehen um sie herum. Conni berichtet ihnen von ihrem Gespräch mit dem Vertrauenslehrer.

»Er will mit Tanja und Janette sprechen. Und wir sollen Erwachsene zu Hilfe holen, falls es weiterhin Probleme gibt. Herr Albers ist immer für uns da, hat er gesagt, auch privat. Er hat mir seine Handynummer gegeben.« Sie zieht einen zerknitterten Zettel aus der Tasche ihrer Jeans. »Wir können ihn jederzeit anrufen.«

»Das ist aber echt nett«, findet Anna.

Dina nickt.

»Und was will er jetzt unternehmen?«, fragt Phillip mit gerunzelter Stirn.

»Er kann nichts unternehmen«, beantwortet Conni seine Frage. »Wir haben schließlich keine Beweise, dass es wirklich Tanja und Janette sind, die hinter den Schmierereien stecken. Er wird sie fragen, aber garantiert streiten sie alles ab. Auch, wer Billis Tiger kaputt gemacht, hat niemand gesehen. Solange er keine Beweise hat, hat Herr Albers gesagt, können weder er noch die Schulleitung handeln.«

»So ein Mist!«, flucht Paul. »Wir wissen doch genau, wer's war! Wer sonst sollte Billi so was antun? Tanja und ihre tollen Freundinnen gehören bestraft für das, was sie gemacht haben!«

Alle stimmen ihm zu.

»Herr Albers will erst mal mit Billis Eltern reden«, erzählt Conni weiter, »und anschließend mit Tanja und Janette. Außerdem wird es ein Rundschreiben von der Schule an unsere Eltern geben. Wenn alle informiert und aufmerksam sind, werden die Schulhof-Zicken sich nicht mehr trauen, weiterhin Mitschüler zu schikanieren. Das hofft Herr Albers jedenfalls.«

»Ein Anfang ist es wenigstens«, meint Mark.

»Besser als nichts«, findet Anna.

»Aber es ist nicht genug«, stellt Phillip fest. »Abgesehen davon, dass ich nicht glaube, dass es was bringt.«

»Hast du vielleicht eine bessere Idee?«, fragt Conni ihn.

Phillip nickt. »Wir müssen Tanja eine Falle stellen und sie auf frischer Tat ertappen«, brummt er. »Dann bekommt Herr Albers die Beweise, die er braucht, und kann etwas gegen sie unternehmen.«

»Eine Falle?« Conni hält die Luft an.

Phillips Gesicht ist konzentriert. Er scheint angestrengt zu überlegen. »Ich weiß noch nicht wie und auch noch nicht was«, gibt er zu, »aber ich werde darüber nachdenken.«

Keiner sagt etwas. Anna legt ihren Kopf an Marks Schulter.

Als es zur Stunde gongt, springt Conni von der Mauer.

»Okay«, sagt sie. »Einverstanden. Ich bin dabei!«

Der Rest des Vormittags verläuft in bedrücktem Schweigen. Immer wieder fällt Connis Blick auf den verwaisten Platz in der Reihe, auf dem Billi sonst sitzt.

Auch in der Sportstunde ist die Stimmung auf dem Nullpunkt, obwohl Herr Albers sich die allergrößte Mühe gibt und die Klassen wählen lässt, was sie machen wollen. Conni, Anna, Dina und die Jungs beteiligen sich nicht an der Abstimmung. Ob sie Volleyball spielen oder Trampolin springen – kann es etwas Nebensächlicheres geben? Nicht mal die Frage, ob Anna ihren neuen BH anhat oder nicht, ist noch interessant.

Conni wirft einen Blick auf die Zicken. Tanja, wie stets umringt von ihren Anhängerinnen, erwidert ihren Blick selbstbewusst und mit einem triumphierenden Grinsen.

Mit grimmigem Gesicht stellt Conni sich auf ihre Position. Die Klassenmehrheit hat sich dafür entschieden, Brennball zu spielen.
Hoffentlich hat Phillip bald einen Plan, denkt sie. Egal was es ist, wir müssen etwas unternehmen!

Nach der Schule zieht sich Conni in ihr Zimmer zurück. Sie macht die Tür hinter sich zu, angelt ihr Tagebuch aus dem Nachttisch und fängt an zu schreiben:

Hoffentlich fällt Phillip etwas ein, was wir gegen die Zicken unternehmen können. So kann's jedenfalls nicht weitergehen.
Herr Albers war heute supernett. Er hat sich alles angehört, aber dann hat er gesagt, dass ihm die Hände gebunden sind. Wie sich das anhört! Als ob er gefesselt wäre!
Aber ein bisschen ist er das ja auch. Genau wie wir. Ich wünschte, wir könnten etwas tun, anstatt nur abzuwarten, was als Nächstes passiert. Ich hoffe, dass gar nichts mehr passiert! Die Schule macht überhaupt keinen Spaß mehr.

Ich will, dass alles wieder normal ist!
Und zwar schnell!!
Arme Billi …
ICH HASSE DIE ZICKEN!
Und am meisten hasse ich TANJA!

Sie betont ihren Eintrag mit unzähligen Ausrufezeichen, die sie so energisch setzt, dass das dünne Papier ihres Tagebuchs hässliche kleine Löcher bekommt. So was Blödes!

»Alles Tanjas Schuld!«, brummt sie und pfeffert ihr Tagebuch in die Schublade zurück, dicht gefolgt von dem Kugelschreiber. Mit einem lauten Knall schiebt sie die Schublade zu und wirft sich auf ihr Bett.

Mau sitzt auf dem bunten Webteppich in der Mitte des Zimmers und kratzt sich hingebungsvoll.

»Sag mal, kann es sein, dass du tatsächlich Flöhe hast?«

Conni setzt sich auf und versucht ihren Kater mit einem Fingerschnippen anzulocken, aber Mau achtet nicht auf sie. Hoch konzentriert bearbeitet er sein Fell mit den scharfen Krallen seiner Hinterpfoten. Conni verschränkt die Arme hinter dem Kopf und lässt sich seufzend zurücksinken.

Na toll, denkt sie. Ätzende Mitschülerinnen und ein Kater mit Flohproblemen … So was nennt man wohl Pechsträhne!

Nachdem sie ihre Hausaufgaben erledigt und ein Referat für Deutsch vorbereitet hat, versucht Conni Billi anzurufen. Sie lässt es endlos klingeln und probiert es gleich noch einmal, aber es meldet sich niemand.

Merkwürdig, denkt Conni. Um diese Uhrzeit ist Billi doch sonst immer zu Hause. Aber vielleicht ist sie mit ihren Eltern in der Pizzeria.
Conni weiß, dass in dem kleinen italienischen Restaurant, das Billis Eltern gehört, immer viel zu tun ist, bevor die ersten Gäste kommen. Da will sie nicht stören. Zu dumm, dass Billi noch kein eigenes Handy hat!
Plötzlich hat sie eine Idee. Sie schnappt sich ihr Portmonee und flitzt nach unten. Mama hat Nachmittagssprechstunde in der Kinderarztpraxis, Jakob ist beim Flöten. Conni kritzelt trotzdem eine Notiz auf den dicken Block, der auf der Anrichte liegt, und pappt den gelben Zettel mit einem Magneten an die Kühlschranktür:

> Bin in der Stadt!
> Spätestens gegen 6 zurück.
> Hab Euch lieb
> ♡ Conni
> PS: Ich glaub, Mau hat Flöhe!!

Im Vorbeilaufen nimmt sie ihren Schlüssel vom Haken, schlüpft in ihre Turnschuhe und den Anorak und ist schon draußen.
Zehn Minuten später steht sie vor einem hübschen kleinen Geschenkladen in der Innenstadt und schließt ihr Rad ab. Wenn sie sich nicht täuscht, findet sie hier genau das Richtige. Mit einem lustigen Bimmeln öffnet sich die Tür. Conni sieht sich neugierig um. Sie ist die einzige Kundin.
»Kann ich dir helfen?«, fragt eine junge Frau hinter der Kasse.

»Nein, danke.« Conni schüttelt den Kopf. Schließlich weiß sie genau, was sie will.
Sie geht an den hohen Regalen entlang, schiebt sich durch einen schmalen Gang mit allerlei kitschigen Scheußlichkeiten und bleibt schließlich vor einem Drehständer stehen, an dem unzählige Schlüssel- und Taschenanhänger baumeln. Mit gerunzelter Stirn durchstöbert Conni sie. Sie schiebt hier einen kleinen braunen Teddy zur Seite, hebt da einen Papagei hoch und wird langsam nervös. Vielleicht gibt es das, was sie sucht, gar nicht?
»Suchst du etwas Bestimmtes?« Die Frau von der Kasse steht plötzlich neben ihr.
»Ja«, nickt Conni. »Haben Sie denn keine Tiger?«
Die Verkäuferin überlegt. »Tiger, Tiger …«, murmelt sie. »Geht auch eine getigerte Katze?« Sie hält Conni eine grauweiß gestreifte Katze unter die Nase. Sie ist niedlich, findet Conni, und sieht fast ein bisschen aus wie Mau, aber Mau ist eindeutig kein Tiger. Sie schüttelt den Kopf.
»Leider nicht. Es muss ein richtiger Tiger sein.«
Die Frau sucht weiter. Plötzlich sieht Conni ganz oben an dem Drehgestell ein paar gelbe Tigerstreifen aufblitzen. Sie muss sich auf die Zehenspitzen stellen und eine Handvoll Tiere abnehmen, um dranzukommen. Mit einem triumphierenden Blick schließt sie ihre Hand um das gesuchte Raubtier und hält es in die Höhe.
»Na so was!«, staunt die Verkäuferin. »Und ich dachte, die Tiger sind ausverkauft!«
Conni lacht. »Zum Glück nicht!« In Windeseile bezahlt sie ihre kostbare Beute und flitzt in das Papiergeschäft nebenan. Sie

hat noch ein paar Euro übrig und sucht eine passende Karte aus – natürlich mit einem Tiger! Der Tiger balanciert auf einem dünnen Drahtseil. »Manchmal braucht man Mut im Leben!«, steht darunter. Conni findet den Spruch zwar ziemlich blöd, aber irgendwie passt er auch.

Wenn einer Mut braucht, dann Billi!, denkt sie und bezahlt die Karte. An einem Lotto-Tisch beschriftet sie den Umschlag und schreibt ihre Botschaft in die Karte:

Denk dran, liebe Billi:
Du bist stark wie ein Tiger,
wenn Du's nur willst!
Der kleine Stofftiger ist Dein neuer
Mutmacher und Glücksbringer.
Er ist immer für Dich da.
Genau wie wir!
Deine besten Freundinnen
Conni, Anna & Dina

(Und die Jungs natürlich auch!)
HDGL

Zufrieden schiebt Conni die Karte in das Kuvert und steckt den Tiger-Anhänger dazu. Der Umschlag ist ein bisschen zu klein, der Tiger macht eine dicke Beule.

Macht nichts, denkt Conni. Der Inhalt zählt, nicht die Optik! Sie klebt den Brief zu und radelt die paar Straßen bis zu Billi. Conni pfeift vergnügt vor sich hin. Billi wird Augen machen. Hoffentlich ist sie da!

Energisch presst sie ihren Daumen auf die Klingel neben der Haustür. Niemand öffnet. Auch der Summer, mit dem die Tür sonst geöffnet wird, bleibt stumm. Conni versucht es noch einmal. Vergeblich.

»Keiner zu Hause«, murmelt sie enttäuscht. »Schade.«

Weil sie keine Lust hat, zu warten, stopft sie den dicken Tigerumschlag in den Briefkasten neben der Tür.

Hoffentlich guckt heute noch jemand rein, denkt sie. Schließlich braucht Billi den Mutmachtiger so schnell wie möglich!

***

»Ich hab einen Plan!«, verkündet Phillip während der großen Pause am nächsten Vormittag. »Allerdings brauchen wir dazu einen Lockvogel.«

Die Freunde haben sich ein stilles Plätzchen in der Pausenhalle gesucht und sich auf eine der breiten Treppenstufen gesetzt. Nur Billi fehlt. Ihre Mutter hat sie krankgemeldet.

»Einen Lockvogel?«, echot Paul.

Alle Augen sind auf Phillip gerichtet, auch Connis. Er erwidert ihren Blick mit einem kleinen Augenzwinkern. Conni nickt ihm zu. »Erzähl mal«, fordert sie ihn auf. »Was ist das für ein Plan? Und wozu brauchst du einen Lockvogel?«

»Zuerst müssen wir Tanja und ihre Zickenbande in Sicherheit wiegen«, erklärt Phillip. »Dass Billi heute krank ist, ist für unseren Zweck supergünstig. Natürlich glauben die Zicken, dass sie es geschafft haben, Billi kleinzukriegen. Jetzt müssen wir ihnen nur noch eine Situation präsentieren, der sie nicht widerstehen können. Wir provozieren sie ein bisschen. Und dann schlagen wir zu!«

»Du willst sie in einen Hinterhalt locken?«, hakt Conni nach.
Phillip schüttelt den Kopf. »Nicht ich locke sie in den Hinterhalt«, betont er, »sondern der Lockvogel! Vorher präparieren wir alles. Wir verstecken Kameras und Diktiergeräte und nehmen alles auf. Sobald wir Beweise gegen sie haben, sind die Zicken geliefert.«

»Ich kapier's nicht«, gibt Anna zu.

Phillip rauft sich die Haare. »Wieso nicht? Mein Plan ist doch ganz einfach!«

»So richtig versteh ich's auch nicht«, brummt Paul.

»Also, noch mal ganz langsam zum Mitschreiben«, Phillip beugt sich vor. »Billi verschwindet in der Toilette …«

»Moment!« Conni unterbricht ihn. »Billi soll der Lockvogel sein?«, fragt sie alarmiert.

»Natürlich!«, antwortet Phillip verständnislos. »Billi MUSS der Lockvogel sein! Wer denn sonst?«

»Sprich weiter«, sagt Paul. Sein Gesicht ist angespannt.

»Billi geht unter einem Vorwand alleine auf die Mädchentoilette«, fährt Phillip fort. »Vorher verstecken wir dort Kameras und Diktiergeräte. Die Zicken werden die günstige Gelegenheit nutzen, um sich an Billi ranzumachen. Wir nehmen alles auf – und fertig! Dann können wir den Lehrern endlich zeigen, was hier passiert!«

Conni starrt ihn an. »Mal ganz abgesehen davon, dass Billi sich im Moment nirgendwo mehr alleine hintraut«, wendet sie ein, »woher sollen wir die ganze Ausrüstung nehmen? Betreibt dein Vater zufällig nebenher noch ein Spionagegeschäft? Kameras, Diktiergeräte … das ist doch bestimmt ziemlich teuer, oder?«

»Brauchen wir gar nicht«, mischt Mark sich ein. »Wir nehmen einfach mein Handy!« Er zieht sein Handy aus der Tasche und wedelt damit herum. »Komplette Videoaufnahmefunktion, mit Bild und Ton und allem Drum und Dran!«
Anna wirft ihm einen verliebten Blick zu.
»Nicht schlecht«, muss Conni neidlos anerkennen. Mit ihrem eigenen Handy kann sie nur telefonieren und simsen, mehr nicht.
»Spitze!«, ruft Phillip. »Warum bin ich nicht selbst darauf gekommen?«
»Weil dein Plan so einfach, aber genial ist?«, grinst Paul.
Phillip gibt ihm einen Knuff. »Okay«, sagt er. »Wir verstecken also unsere Handys auf der Mädchentoilette.«
»Das ist verboten«, sagt Dina und wird rot. »Oder?«
»Es ist ein Notfall«, stöhnt Phillip auf. »Wir wollen schließlich keine Mädchen auf der Toilette filmen, sondern eine Straftat aufklären und Billi helfen.«
»Mit den Aufnahmen läuft es also so ähnlich ab wie damals, als ein gewisser Jemand mein Fahrrad demoliert hat«, sagt Conni nachdenklich. »Ohne unsere geheimen Filmaufnahmen hätten wir den Übeltäter niemals erwischt.«
Paul grinst verlegen. Seine Ohren laufen knallrot an. Anna gibt ihm einen Stups mit dem Ellbogen.
»Mach dir nichts draus«, sagt sie freundlich. »Dank dir haben wir wenigstens schon Erfahrung auf dem Gebiet.«
Paul zieht den Kopf ein. »Ich bin dafür«, sagt er schnell und hebt seine Hand. »Auch wenn's vielleicht verboten ist, anders kriegen wir Tanja und ihre Bande nie zu fassen.«
Conni zögert. Die Vorstellung von versteckten Kamerahandys

auf dem Klo findet sie auch nicht so toll, aber wenn es Billi hilft? Bei ihrem Rad hat's jedenfalls funktioniert. »Okay, ich bin auch dafür«, sagt sie. »Vorausgesetzt, Billi will freiwillig mitmachen.«

Nach und nach heben alle ihre Hände. Dina ist die Letzte.

»Okay«, murmelt sie. »Aber ihr versteckt die Handys so, dass sie nichts Peinliches filmen, klar?«

Die Jungs grinsen verschämt.

»Versprochen!« Phillip hebt die Hand zum Schwur. »Peinlich wird's höchstens für Tanja.«

Dina ist beruhigt. »Und wann soll's losgehen?«, fragt sie.

»Sobald Billi wieder da ist«, lautet Phillips Antwort. »Wir sollten keine Zeit verlieren. Wir haben schon viel zu lange gewartet und uns von Tanja auf der Nase rumtanzen lassen. Jetzt sind wir mal an der Reihe!«

Entschlossen steht er auf. Die anderen folgen seinem Beispiel. Conni lächelt Phillip an. Er macht einen Schritt auf sie zu.

»Mach dir keine Sorgen«, sagt er zuversichtlich. »Alles wird gut.«

Conni glaubt ihm aufs Wort.

***

»Schön, dass du wieder da bist«, freut sie sich ein paar Tage später, als Billi wieder auf ihrem gewohnten Platz sitzt.

»Danke für die Karte und den Tiger«, erwidert Billi mit einem Augenzwinkern. Sie lüftet den Saum ihres Pullis. Der kleine Tiger baumelt an ihrem Gürtel. »Ich trag ihn immer bei mir.«

»Klasse!« Conni fällt ein dicker Stein vom Herzen. Billi wirkt wie immer. Ein bisschen blass um die Nase ist sie noch, klar, aber längst nicht mehr so verängstigt und verstört wie noch vor ein paar Tagen. Die Zeit zu Hause scheint ihr gutgetan zu haben. Oder kann das schon der kleine Mutmachtiger bewirkt haben? Nein, denkt Conni. So viel Zauberkraft hat selbst der stärkste Tiger nicht!

»Herr Albers hat meine Eltern angerufen«, verrät Billi. »Zuerst waren Mama und Papa total geschockt. Ich musste dauernd erklären, warum ich nichts gesagt habe. Und dann haben sie sogar rumdiskutiert, ob sie mich nicht sofort von der Schule nehmen sollten. Das will ich aber nicht. Und Herr Albers hat ihnen auch erklärt, dass das keine Lösung wäre. Er hat gesagt, dass er und die anderen Lehrer ab jetzt gut auf mich aufpassen werden. Ich soll zu ihnen kommen, sobald Tanja oder Janette mich wieder ärgern. Die Schulleitung nimmt alle Vorfälle ernst, hat Herr Albers gesagt, auch Kleinigkeiten.«

Conni atmet erleichtert auf. Das hört sich wirklich gut an. Vielleicht brauchen sie Phillips Handy-Plan unter diesen Umständen ja gar nicht mehr?

Sie freut sich für Billi. Dass ihre Eltern Bescheid wissen und sie unterstützen, ist toll. Daran, dass sie Billi um ein Haar von der Schule genommen hätten, mag Conni gar nicht denken. Billi gehört einfach dazu. Ohne sie wären sie schließlich kein richtiges Kleeblatt mehr!

Auch Anna, Dina und den Jungs ist die Freude über Billis Rückkehr anzumerken. Besonders, als Billi erzählt, dass Herr Albers auch mit Tanja, Janette und den anderen Mädchen gesprochen und sie verwarnt hat.

»Die Zicken wissen also, dass sie ab jetzt unter Beobachtung stehen«, sagt Conni erleichtert. »Das ist gut.«

Wie auf Bestellung meldet sich Janette zu Wort.
»So viel Wind, nur weil die kleine Petze wieder da ist«, ätzt sie aus der letzten Reihe. »Ist ja nicht auszuhalten!«
Niemand achtet auf sie. Nur Phillip knurrt ein halblautes »Halt die Klappe!« zurück.
Conni wirft einen Blick über die Schulter und sieht, dass Ariane ein Stück von Janette abgerückt ist. Das Gesicht des blonden Mädchens wirkt nicht sehr glücklich.
Geschieht ihr recht, denkt Conni.
Als Herr Gunnarsson die Klasse betritt, schlüpfen die letzten Schülerinnen und Schüler auf ihre Plätze. Die Gespräche und das halblaute Gemurmel verstummen.
»Guten Morgen«, sagt Herr Gunnarsson. »Ich bringe euch gute Nachrichten von eurer Klassenlehrerin. Frau Lindmann hat die Operation gut überstanden. Sie muss nur noch einige Tage im Krankenhaus bleiben, bevor sie in die Reha-Klinik verlegt wird.«
Siedend heiß fällt Conni ihr Plan ein, die Lehrerin im Krankenhaus zu besuchen. Der Wirbel um Billi, Tanja und die Mädchenbande hat das komplett in den Hintergrund gedrängt. Sie meldet sich und fragt: »Kann man sie mal besuchen?«
»Streberin!«, kommt ein leises Zischen aus der letzten Reihe.
Weder Conni noch Herr Gunnarsson reagieren auf Janettes Einwurf.
»Nette Idee, aber damit solltet ihr lieber noch ein bisschen warten«, beantwortet der junge Lehrer Connis Frage. »Ich glaube, so eine Operation ist ziemlich anstrengend. Frag am besten im Sekretariat nach. Frau Fröhlich weiß bestimmt, ob und wann Frau Lindmann Besuch haben möchte.«

»Okay«, sagt Conni. »Mach ich.«

Herr Gunnarsson zieht einen Packen Zettel aus seinem Rucksack und lässt seinen Blick durch die Klasse wandern. »Wie ihr wisst, hat es an unserer Schule und speziell in dieser Klasse in der letzten Zeit einige sehr unschöne Vorfälle gegeben. Die Ereignisse machen uns sehr betroffen und wir werden nicht dulden, dass so etwas an unserer Schule geschieht. In den nächsten Tagen wird Herr Albers sich mit euch zusammensetzen und über alles sprechen. Es wird auch Einzelgespräche geben. Ihr könnt euch darauf verlassen, dass alles getan wird, damit es nicht mehr zu solchen Zwischenfällen kommt. Die Schulleitung hat einen Rundbrief verfasst, in dem eure Eltern über die Situation und die geplanten Maßnahmen unterrichtet werden. Bitte gebt die Zettel zu Hause ab und lasst sie von euren Eltern unterschreiben. Ich sammle sie übermorgen wieder ein.« Er legt den Stapel auf das Lehrerpult. »Jeder nimmt sich bitte einen Zettel. Es wird in Kürze auch noch eine Elternversammlung zu diesem Thema geben. Den Termin teilt Herr Albers euch mit.«

Conni geht nach vorn und nimmt für sich und die anderen ein paar Zettel von dem Stapel. Neugierig fängt sie an zu lesen:

Liebe Eltern,

einige Vorkommnisse der letzten Zeit veranlassen uns, Sie in diesem Schreiben auf unsere Sorgen im Hinblick auf den Umgang der Schülerinnen und Schüler untereinander hinzuweisen.

In letzter Zeit hat es an unserer Schule beleidigende und zum Teil diskriminierende Übergriffe auf Mitschüler/innen

gegeben. Mit diesem Schreiben möchten wir klarstellen, dass wir ein solches Verhalten nicht dulden. Wer die Regeln des sozialen Miteinanders verletzt, muss nicht nur mit schuldisziplinarischen Maßnahmen rechnen, sondern unter Umständen auch mit einer Strafanzeige.
Bitte sprechen Sie mit Ihren Kindern über einen verantwortungsbewussten und respektvollen Umgang miteinander.
Bitte weisen Sie Ihre Kinder auch auf mögliche rechtliche Konsequenzen hin.
Zurzeit werden einige Schülerinnen und Schüler unserer Oberstufe zu sogenannten Streitschlichtern ausgebildet.
Wir hoffen, dass dies der richtige Schritt ist, um Übergriffen künftig besser und schneller zu begegnen.
Weitere Maßnahmen zur Gewaltprävention sind geplant.

Mit freundlichen Grüßen
Die Schulleitung, das Lehrerkollegium und
der Schulelternbeirat des Lessing-Gymnasiums

Puh! Conni bläst die Backen auf. Was Mama und Papa wohl zu dem Schreiben sagen werden? Bestimmt machen sie sich dann noch mehr Sorgen!

»Ob das was bringt?«, bezweifelt Billi in der nächsten großen Pause die Wirksamkeit des Elternbriefes.
»Keine Ahnung«, meint Phillip achselzuckend, »aber es ist wenigstens ein Anfang. Die Idee mit den Streitschlichtern ist auf jeden Fall gut. An meiner Schule in Namibia hatten wir Guardian Angels, Schutzengel. Die haben bei Streitigkeiten

vermittelt und den schwächeren Schülern geholfen. Meistens genügte schon ihre Anwesenheit, um für Ruhe zu sorgen. Ich kann ja auf der nächsten SV-Versammlung mal ein bisschen darüber erzählen.«

»Cool«, findet Conni, aber dann fällt ihr ein, dass Laura seit ein paar Tagen wieder gesund ist.

Die nächste SV-Sitzung findet dann vermutlich ohne mich statt, denkt sie. Schade eigentlich …

»Ich geh mal kurz aufs Klo«, flüstert Billi ihr zu.

»Aber beeil dich«, sagt Conni. »Die Pause ist gleich vorbei.«

Billi nickt und schiebt sich durch das Schülergedränge in Richtung Treppe. Conni wundert sich ein bisschen, dass Billi sich traut alleine zur Toilette zu gehen. Macht der kleine Tiger so viel Mut?

»Wann wollen wir Billi eigentlich fragen, ob sie mitmacht?«, fragt sie in die Runde.

»Heute Nachmittag«, schlägt Phillip vor. »Wir können uns bei mir treffen und alles in Ruhe besprechen. Wenn sie einverstanden ist, schlagen wir morgen zu.«

Die anderen sind einverstanden. Niemand merkt, dass nur wenige Schritte von ihnen entfernt Tanja und ihre beste Freundin Constanze unauffällig ins Schulgebäude huschen. Die beiden Mädchen nehmen denselben Weg, den kurz zuvor Billi eingeschlagen hat.

»Wo Billi nur bleibt?« Beunruhigt schaut Conni immer wieder auf die große runde Uhr über der Tür. Sie sind längst wieder in der Klasse und sitzen auf ihren Plätzen; gerade hat es zur Stunde gegongt. Anna zuckt mit den Achseln.

»Keine Ahnung«, meint sie. »Bestimmt kommt sie gleich.«

Aber es sind nicht Billis Schritte, die sich auf dem Flur nähern, sondern die von Herrn Baumann. Der alte Geschichtslehrer wirft die Tür hinter sich zu.

»Guten Morgen«, schnarrt er. »Holt bitte eure Hefte raus. Wir schreiben eine kurze Wiederholung des Unterrichtsstoffes.«

Die 6a jault geschlossen auf. Auch das noch!

Conni meldet sich: »Billi ist noch nicht da!«

Herr Baumann zieht eine Augenbraue hoch. Im selben Augenblick wird die Tür leise von außen geöffnet und Billi huscht mit hochrotem Kopf in den Raum. »Entschuldigung«, murmelt sie verlegen und drückt sich schnell auf ihren Platz.

Herr Baumann schüttelt missbilligend den Kopf, sagt aber nichts. Als Conni und Billi die Köpfe zusammenstecken, klatscht er in die Hände. »Ruhe, die Damen! Jetzt wird gearbeitet!«

Conni zuckt zurück. Sie wollte Billi doch nur fragen, wo sie so lange gesteckt hat! Murrend zieht sie ihr Geschichtsheft aus dem Rucksack und schlägt es auf, während Herr Baumann schon die Fragen an die Tafel schreibt.

Der einzige Vorteil von einem Test ist, dass die Stunde dadurch schön schnell rum ist, denkt Conni zufrieden, als sie eine Dreiviertelstunde später ihr Heft zuklappt und abgibt. Billi steht hinter ihr und legt ihr Geschichtsheft ebenfalls auf den stetig wachsenden Stapel. »Jemand hat mich in der Toilette eingeschlossen«, flüstert sie Conni zu.

»Was!?« Conni fährt herum.

»Tz, tz, tz«, macht Herr Baumann und runzelt die Stirn.

Conni wartet, bis der Lehrer sich den Heftstapel unter den einen, die braune Aktentasche unter den anderen Arm geklemmt und die Klasse verlassen hat. Dann bestürmt sie Billi: »Was hast du gesagt? Eingeschlossen? Wie das denn?«

Billi macht ein unglückliches Gesicht. »Ich war alleine auf der Toilette, dann hat die Tür geklappt und jemand ist in den Vorraum gekommen. Als ich wieder rauswollte, ging's nicht. Die Tür war zu.«

»Vielleicht hat sie nur geklemmt«, vermutet Anna, aber Billi schüttelt sofort den Kopf.

»Die war von außen abgeschlossen«, beharrt sie.

Conni runzelt die Stirn. Ob Billi sich da nicht in etwas reinsteigert? Vielleicht hat Anna Recht und die Tür hat wirklich nur geklemmt. Wer sollte Billi in der Toilette einsperren und vor allem: Warum?

Schlagartig fallen ihr eine Menge Leute ein, die in Frage kämen. Tanja zum Beispiel, Janette oder ein anderes Mitglied der Schulhof-Zicken. Sie alle hätten bestimmt einen Mordsspaß daran, Billi in der Toilette einzusperren und ein bisschen zappeln zu lassen.

»Warum hast du nicht um Hilfe gerufen?«, fragt Dina.

»Was glaubst du, was ich die ganze Zeit gemacht hab?«, zischt Billi. »Niemand hat mich gehört! Es hatte doch längst gegongt!«

»Und wie bist du dann rausgekommen?«, erkundigt sich Anna atemlos.

»Ich bin auf die Kloschüssel gestiegen und dann über die Trennwand geklettert«, murmelt Billi kleinlaut. »Zum Glück ist die oben nicht zu.«

Phillip, Paul, Mark und Tim stellen sich zu den Mädchen. Janette schlendert vorbei und tut so, als wäre sie in die Betrachtung ihrer grün schimmernden Fingernägel vertieft. In Wahrheit, da ist sich Conni sicher, spitzt sie die Ohren, damit ihr ja nichts entgeht. Sie wirft ihr einen grimmigen Blick zu. Janette streckt ihr die Zunge raus und geht weiter.

»Das Einsperren war noch nicht alles.« Billi senkt die Stimme zu einem Flüstern und zieht mit zitternden Fingern einen zerknitterten Zettel aus der hinteren Tasche ihrer Jeans. »Hier«, sagt sie und glättet das Papier. »Den hat jemand unter der Tür durchgeschoben.«

Conni und ihre Freunde beugen ihre Köpfe über den kleinen karierten Zettel. Es ist ziemlich offensichtlich, dass er aus einem Schulheft gerissen wurde.

Conni versucht die krakeligen Großbuchstaben zu entziffern, aber Anna kommt ihr zuvor und liest halblaut murmelnd vor:

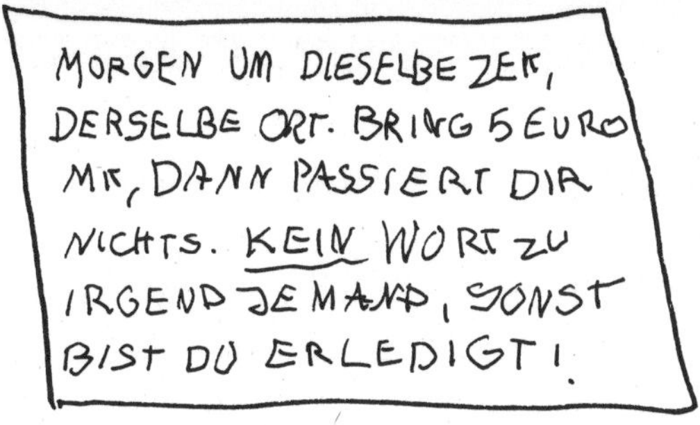

Alle starren auf den Zettel. Niemand sagt etwas. Billi hat Tränen in den Augen.
»Ach, du Schreck!«, sagt Anna schließlich mit piepsiger Stimme.
»Das ist Erpressung!« Paul zieht die Augenbrauen zusammen.
Mark nimmt Billi den Zettel aus der Hand. »Jetzt haben wir endlich einen Beweis!«
»Stimmt«, sagt Phillip. »Nur leider können wir nicht beweisen, wer den Zettel geschrieben hat.«
Entsetzt schauen die Freunde sich an. Conni schluckt. Die Härchen auf ihren Unterarmen richten sich auf.
»Wir müssen was unternehmen! Und zwar schnell!«, sagt sie.
»Freiheitsberaubung und Erpressung …«, murmelt Phillip nachdenklich. »Das ist perfekt!«
Conni stutzt. Hat er denn nicht gehört, was sie gerade gesagt hat? »Perfekt?« Ihre Stimme klingt schrill. »Spinnst du? Das ist das Allerletzte!«
»Natürlich ist es das«, erwidert Phillip ruhig. »Aber es passt trotzdem perfekt zu unserem Plan. Verstehst du denn nicht? Billi soll das Geld morgen in der Mädchentoilette abliefern. In der Mäd-chen-to-i-let-te!« Er betont jede einzelne Silbe und wartet auf die Reaktion.

Pauls Gesicht ist das erste, das sich erhellt. »Verstehe!«, ruft er, und: »Das ist echt genial!«

»Ich kapier's leider nicht«, seufzt Anna. »Kann mir mal bitte jemand erklären, worüber ihr sprecht?«

Mark will gerade zu einer Erklärung ansetzen, als Janette schon wieder vorbeischlendert, diesmal mit Ariane und Saskia im Schlepptau.

Sie geben sich nicht mal Mühe, zu verbergen, dass sie uns belauschen wollen, staunt Conni. Sie wirft Ariane einen knappen Seitenblick zu und schüttelt den Kopf. Ariane wendet sich schnell ab und geht weiter, als habe sie nichts bemerkt.

Phillip senkt die Stimme. »Wir treffen uns heute Nachmittag um drei bei mir«, raunt er den anderen zu. »Dann erklär ich's euch. Hier ist es mir zu unsicher.« Er wendet sich an Billi: »Es ist wichtig, dass du auch kommst. Soll ich dich abholen?«

Billi zögert, dann nickt sie. »Ich weiß, es ist blöd«, sagt sie schüchtern, »aber im Moment bin ich wirklich nicht so gern alleine unterwegs.«

Conni legt ihr einen Arm um die Schultern. »Ist doch kein Problem«, sagt sie mitfühlend. »Wir verstehen das.«

»Klar«, meint Phillip. »Ich hol dich ab und bring dich auch wieder nach Hause, okay?«

Wieder nickt Billi, bevor sie ein leises »Danke« murmelt.

Conni und Phillip sehen sich an. Conni wusste zwar schon vorher, dass Phillip ziemlich toll ist, aber so toll?

Dass er Billi beschützen will, ist wirklich super von ihm!, denkt sie und lächelt ihm zu.

Phillip erwidert das Lächeln. »Alles wird gut«, formen seine Lippen wortlos.

»Ich finde, wir sollten zu Herrn Albers gehen«, sagt Dina plötzlich. Alle starren sie an. Sie zuckt mit den Achseln. »Billi soll jedes kleine Vorkommnis sofort melden, oder? Und dies ist kein kleines Vorkommnis, sondern echt kriminell. Finde ich jedenfalls.«

»Du hast absolut Recht«, gibt Phillip zähneknirschend zu. »Aber was kann Herr Albers schon Großartiges unternehmen? Billi erzählt ihm, was passiert ist, und zeigt ihm den Zettel. Und dann? Er braucht Beweise. Diese Beweise werden wir ihm liefern. Wenn alles gut geht, schon morgen. Wenn es nicht klappt, können wir ihn immer noch informieren. Einverstanden?« Er blickt in die Runde.

Conni, Anna, Paul, Tim und Mark nicken sofort. Dina und Billi zögern, schließlich nicken sie ebenfalls.

»Aber ich weiß doch noch gar nicht, worum es geht«, sagt Billi.

»Das erklären wir dir heute Nachmittag«, erwidert Phillip.

»Keine Angst«, sagt Conni zu Billi. »Du packst das! Denk an den kleinen Tiger!«

Billi nickt.

***

Ob das, was wir vorhaben, wirklich richtig ist?, denkt Conni auf dem Heimweg von der Schule. Klar, wir brauchen Beweise, aber trotzdem … Mir wär's lieber, wir würden einen Lehrer um Rat fragen. Oder unsere Eltern. Ob ich noch mal mit Mama reden soll?

Nachdenklich radelt sie neben Paul her. Der betrachtet sie von der Seite.

»Du machst dir Sorgen wegen Billi, stimmt's?«, fragt er nach einer ganzen Weile.
Conni nickt. »Klar. Du nicht?«
»Doch«, gibt Paul zu. »Natürlich. Ich hoffe, Phillips Plan funktioniert. Wenn wir erst Beweise haben, hört der Terror bestimmt schnell auf.«
Conni sagt nichts. Hoffentlich, denkt sie nur.
»Bis nachher!«, ruft Paul und biegt in seine Einfahrt ab. »Ich hol dich ab, okay?«
Conni winkt ihm zu. »Okay!«

Mama und Jakob sitzen schon am gedeckten Mittagstisch. Conni schnuppert. Es gibt überbackenen Blumenkohl mit Schinkenstreifen, lecker! Obwohl … richtigen Appetit hat sie nicht. Im Gegenteil: Ihr Magen fühlt sich an, als hätte sie einen Volleyball gefrühstückt. Ob das von dem ganzen Schulkummer kommt? Seufzend lässt sie sich auf ihren Platz plumpsen. Mama schiebt ihr sofort einen gut gefüllten Teller unter die Nase und wünscht »Guten Appetit!«.
»Hau rein!«, mümmelt Jakob. »Schmeckt voll gut!«
Mit einem gequälten Lächeln führt Conni den ersten Bissen an den Mund. Sie ist sich ziemlich sicher, dass er es nicht bis in den Magen schaffen wird. Ihre Kehle ist wie zugeschnürt. Sie schluckt und spült schnell mit Milch hinterher. Geschafft!
»Schmeckt's dir nicht?«, erkundigt sich Mama argwöhnisch.
»Doch, echt lecker«, versichert Conni. Todesmutig nimmt sie den nächsten Happen in Angriff.
Das Mittagessen zieht sich endlos lange hin, nicht zuletzt, weil Conni ewig dafür braucht, ihren Teller leer zu essen. Um

keinen weiteren Verdacht zu erregen, löffelt sie ihren Nachtisch in Rekordgeschwindigkeit. Der Schokopudding rutscht wesentlich besser als der Blumenkohl, stellt sie fest. Und außerdem macht er irgendwie ein tröstliches Gefühl im Bauch. Plötzlich fällt ihr der Elternbrief ein. Sie springt auf, zieht ihn aus dem Rucksack und reicht ihn ihrer Mutter. Frau Klawitter liest mit gerunzelter Stirn.

»Ach je, Conni …«, sagt sie und ihre Stimme klingt ein bisschen ärgerlich. »Dass es so schlimm ist, hättest du Papa und mir aber wirklich früher sagen müssen! Ich dachte, die Sache ist längst erledigt. Ist Billi denn immer noch die Zielscheibe dieser schrecklichen Mädchen?«

»Manchmal schon«, gibt Conni zerknirscht zu. »Ich hab Herrn Albers schon alles erzählt. Er hat auch mit Billis Eltern geredet.«

»Das ist gut.« Mama seufzt. »Es ist wichtig, dass die Schulleitung, alle Lehrer und die Eltern informiert sind. Sonst ändert sich nichts. Halte uns bitte auf dem Laufenden, Conni. Sprich mit uns darüber, okay? Auch Billi kann jederzeit zu uns kommen, wenn sie Hilfe braucht.«

Conni nickt. Dass sie und ihre Freunde längst eigene Pläne haben, um Billi zu helfen, behält sie vorsichtshalber für sich. Sie kann sich gut vorstellen, was Mama dazu sagen würde. Begeistert wäre sie garantiert nicht.

»Ihr müsst den Zettel noch unterschreiben.« Sie tippt auf die gestrichelte Linie. »Irgendwann demnächst findet auch noch eine Elternversammlung statt.«

»Ja, ist gut.« Mama legt den Zettel auf den Tisch. »Papa und ich unterschreiben ihn heute Abend. Wie geht es eigentlich

Frau Lindmann? Es ist wirklich dumm, dass sie ausgerechnet jetzt krank ist, wo ihre Klasse sie so dringend braucht. Wolltet ihr sie nicht mal besuchen?«

Conni erzählt ihr, dass es nach Herrn Gunnarssons Meinung noch zu früh für einen Krankenbesuch ist, aber dass sie, Anna, Billi und Dina den Besuch bei ihrer Lehrerin fest eingeplant haben. Sie will gerade hinauf in ihr Zimmer gehen, als ihrer Mutter noch etwas einfällt: »Du hattest übrigens Recht: Mau hat Flöhe. Kannst du nachher mit ihm zum Tierarzt gehen? Dr. Winter kann ihm ein Flohpulver geben und ihn bei der Gelegenheit auch gleich impfen und entwurmen. Der Termin ist längst überfällig.«

Conni stöhnt innerlich auf. »Muss das ausgerechnet heute sein?«, fragt sie. »Ich bin nachher mit Anna und den anderen bei Phillip verabredet.«

Mama runzelt die Stirn.

»Wir haben eine Gruppenarbeit auf«, erklärt Conni schnell, bevor Mama etwas erwidern kann. »Für Physik!«

»Na, wenn das so ist …«, meint Mama. »Aber dann halte dir bitte morgen den Nachmittag frei, ja? Ich rufe Dr. Winter nachher an und lasse uns einen Termin geben.«

Puh! Conni atmet auf und flitzt die Treppe rauf. »Morgen ist prima!«, ruft sie. »Danke!«

***

Die anderen sind schon da, als Conni und Paul bei Phillip eintreffen. Conni sieht sich neugierig um. Anders als Paul, Tim und Mark ist sie vorher noch nie in der alten Villa gewesen, in der Phillip mit seinem Vater wohnt.

Phillip führt sie durch einen hellen Flur und eine breite, mit einem dicken Teppich ausgelegte Treppe hinauf in sein Zimmer. Es ist groß und total gemütlich, stellt Conni auf den ersten Blick fest. An den Wänden hängen Poster von Surfern neben Landschafts- und Tieraufnahmen aus Afrika. In einer Ecke steht ein Computertisch aus Glas und Chrom. Von einem Deckenbalken baumelt eine Hängematte. Hohe Fenster bieten einen tollen Blick auf den gepflegten, parkähnlichen Garten, der das Haus umgibt.

»Wahnsinn«, sagt Conni, ehrlich beeindruckt. »Die Hängematte ist echt klasse!«

Phillip freut sich. »Ich dachte mir schon, dass sie dir gefällt. Du darfst sie gerne mal ausprobieren.«

»Vielleicht später.« Conni begrüßt die anderen, die auf dicken Kissen vor einem Bücherregal hocken und sich unterhalten.

Anna klopft neben sich auf den Boden und schiebt Conni ein Kissen hin. »Hier ist noch Platz!«

Conni setzt sich neben ihre Freundin. Billi sitzt ihr genau gegenüber und knetet nervös ihren kleinen Stofftiger. Conni lächelt ihr aufmunternd zu.

»Dann wollen wir mal«, meint Phillip und setzt sich im Schneidersitz auf den letzten freien Platz. Mit knappen Worten fasst er seinen Plan zusammen. Conni kann sehen, dass Billi immer kleiner wird. Sie scheint fast zu schrumpfen, als Phillip verkündet, dass sie sich als Lockvogel betätigen und noch einmal auf der Mädchentoilette einschließen lassen soll.

»Wir können wohl davon ausgehen, dass Tanja hinter der Erpressung steckt, oder?«, fragt Phillip in die Runde. Die anderen stimmen ihm zu. »Damit hat sie uns eine perfekte Steilvorlage geliefert. Wir wollten sie auf frischer Tat auf dem Mädchenklo erwischen, und jetzt schlägt sie es selbst zur Geldübergabe vor. Besser geht's nicht.«

»Klasse!«, grinst Paul.

»Klasse?« Billis Stimme klingt ärgerlich. »Ihr findet es klasse, dass dieses Biest mir in der Mädchentoilette auflauern und mich erpressen will?«

»Wir lassen dich keine Sekunde aus den Augen«, verspricht Conni ihr. »Die Jungs verstecken ihre Handys und nehmen alles auf. Und wir selbst verstecken uns ganz in der Nähe.«

»Hey, das ist genial!« Phillip springt auf und tigert im Zimmer hin und her. »Auf jeder Toilette ist doch so ein kleiner Nebenraum für Putzmittel, da könnten wir doch …«

»Der ist abgeschlossen«, unterbricht Anna ihn und hebt eine Augenbraue. »Vergiss es, da können wir uns nicht verstecken.«

Phillip bleibt stehen. »Dann müssen wir uns eben einen Schlüssel besorgen.«

Conni runzelt die Stirn. Wie will Phillip an einen Schlüssel für den Putzmittelraum kommen? Sie will die Frage gerade laut stellen, aber dann sieht sie, wie entschlossen Phillip ist. Wenn einer es schafft, den Schlüssel zu organisieren, dann er.

»Und was genau wird Billi tun?«, erkundigt sie sich.

Phillip erklärt, dass Billi zum Schein auf die Erpressung eingehen und zur verabredeten Zeit auf die Toilette gehen soll. »Bis dahin haben wir alles präpariert«, versichert er. »Paul, Mark, Tim und ich aktivieren unsere Handys, verkriechen uns in dem Nebenraum und belauschen alles. Zur Not können wir sofort eingreifen und Billi helfen.«

Billi scheint das zu beruhigen. Sie hört auf, ihren kleinen Tiger fast zu erwürgen, und lässt die Hände sinken. Phillip nickt ihr zu.
»Alles, was du tun musst«, sagt er, »ist, ruhig zu bleiben. Du musst unbedingt die Nerven behalten, damit Tanja keinen Verdacht schöpft. Du lässt sie einfach reden und tust alles, was sie verlangt, okay? Wenn sie das Geld von dir haben will, gibst du es ihr. Frag sie auch, ob sie etwas mit deiner zerstörten Tonskulptur und den Tafelschmierereien zu tun hat. So blöd, wie Tanja ist, wird sie bestimmt damit angeben wollen. Dann haben wir endlich die Beweise, die wir brauchen.«
Billi nickt wortlos. Einen Moment lang ist es still in Phillips Zimmer. Conni hat das Gefühl, ihre eigene Anspannung und die der anderen auf der Haut kribbeln zu spüren. Sie wechselt einen langen Blick mit Anna.
Phillip bricht schließlich das Schweigen. Er geht an ein offenes Regal, nimmt etwas heraus und reicht es Billi. »Hier«, sagt er, »das leih ich dir für morgen.«
Vorsichtig nimmt Billi ein schmales, schwarzes Armband entgegen.
»Das ist ja toll!«, ruft sie.
»Das ist ein afrikanisches Glücksarmband aus Elefantenhaar«, erwidert Phillip.
Billi runzelt die Stirn. »Die armen Elefanten! Stehen die nicht unter Artenschutz?«
»Es ist natürlich nicht aus echtem Elefantenhaar«, erklärt Phillip, »sondern aus einer Pflanzenfaser, die so heißt. Man sagt, dass so ein Armband ungeahnte Kräfte freisetzen kann.«
»Genau das Richtige für Billi«, meint Conni.

Billi probiert das Armband an. Es passt perfekt. »Danke«, strahlt sie. »Nicht nur hierfür, sondern für alles. Dass ihr mir helft und so …«
»Ist doch selbstverständlich«, meint Mark.
»Wir halten zusammen«, sagt Conni mit fester Stimme. »Dafür sind Freunde schließlich da!«

***

Am Abend hat Conni das Gefühl, vor Nervosität fast zu platzen. Unruhig tapert sie in ihrem Zimmer hin und her, setzt sich aufs Bett, springt wieder auf und wandert weiter. Mau sitzt auf der Fensterbank und beobachtet sie fasziniert.
»Du hast es gut«, sagt Conni zu ihm. »Du hast nur Flöhe. Wir haben ganz andere Probleme!«
Sie schiebt sich ein dickes Kissen in den Rücken und macht es sich auf ihrem Bett gemütlich. Als Mau von der Fensterbank springt und sich an sie kuscheln will, runzelt Conni die Stirn. Ob Katzenflöhe auf Menschen überspringen können? Wie auf Bestellung spürt sie ein leichtes Jucken an der Wade und kratzt sich. Oh Mann, Flöhe … Das würde gerade noch fehlen!
Gnädig lässt sie zu, dass Mau sich neben ihr zu einem Fellkringel aufrollt und behaglich schnurrend die Augen schließt.
»Jetzt ist es sowieso zu spät«, seufzt sie und krault ihren kleinen Tigerkater. Sie knabbert nachdenklich an ihrem Stift und fängt schließlich an zu schreiben:

Morgen geht's Tanja und ihrer Bande endlich an den Kragen. Hoffentlich klappt es!
Ich frag mich zwar, wie die Jungs es schaffen

wollen, rechtzeitig ihre Handys und sich selbst zu verstecken – schließlich haben wir Unterricht, und soo lang ist die Pause auch wieder nicht –, aber Phillip hat gesagt, das sollen wir ruhig ihm überlassen.

Dass er Billi das Elefantenarmband geliehen hat, finde ich echt super! Bestimmt hilft es, zusammen mit dem kleinen Mutmachtiger.

Die Aktion muss einfach klappen!

***Sie muss**! Wenn alles gut geht, ist der Spuk morgen um diese Zeit vorbei.*

Wünsch uns Glück, liebes Tagebuch!

Morgen erfährst du mehr ...

Conni klappt ihr Tagebuch zu. Ihr Herz pocht zum Zerspringen.

»Ich glaub, heut Nacht krieg ich kein Auge zu«, sagt sie zu Mau. Mau blinzelt und gähnt. Conni lächelt. Plötzlich ist sie ganz ruhig. »Morgen um diese Zeit …«, wiederholt sie leise murmelnd, »ist es endlich vorbei …«

Mit einem guten Gefühl legt sie ihr Tagebuch in die Schublade, lehnt sich zurück und verschränkt beide Arme hinter dem Kopf. Alles wird gut, sagt Phillip immer. Hoffentlich behält er auch diesmal Recht.

»Gib's zu«, sagt Conni am nächsten Morgen zu Phillip, »du wusstest genau, dass wir heute eine Freistunde vor der großen Pause haben!«
Phillip sitzt verkehrt herum auf seinem Stuhl, beide Unterarme auf die Rückenlehne gestützt, und mustert Conni amüsiert. »Klar«, grinst er. »Ich kenn schließlich den Vertretungsplan.«
Conni schüttelt lächelnd den Kopf. Sie hockt mit Anna, Dina und Billi auf der Fensterbank im Aufenthaltsraum, in den sie sich verzogen haben, um ungestört reden zu können. Paul, Mark und Tim stehen neben ihnen. Gemeinsam gehen sie ein letztes Mal den Plan durch, nachdem sie sich vergewissert haben, dass Janette und ihre ständigen Begleiterinnen die Freistunde in der Cafeteria verbringen. Niemand achtet auf sie, und doch wandert Billis Kopf immer wieder nervös zur Tür. Sie ist blass und zupft ständig an Phillips Glücksarmband herum, das sie am rechten Handgelenk trägt.
»Ganz ruhig«, flüstert Conni der Freundin zu.
Billi lächelt.
Phillip schaut auf seine Uhr. »Wir verschwinden jetzt«, sagt er.

Die Jungs haben ihre Handys zu Hause frisch aufgeladen und kontrollieren sie ein letztes Mal. Paul zieht seine Speicherkarte heraus und steckt sie wieder hinein. Seine Finger zittern.
»Drückt uns die Daumen«, sagt er ernst.
»Und passt auf, dass Tanja oder Janette nichts merken«, mahnt Mark. »Sie dürfen uns auf keinen Fall erwischen, wenn wir die Handys auf dem Klo verteilen und uns verstecken.« Er greift nach Annas Hand und drückt sie ganz leicht. Anna wird ein bisschen rot.
»Wir passen auf«, verspricht Conni mit klopfendem Herzen und wendet sich an Phillip: »Hast du wirklich einen Schlüssel für den Nebenraum?«
Phillip zieht einen unscheinbaren Schlüssel aus der Tasche seiner Jeans und zwinkert ihr zu. »Hing beim Hausmeister im Büro. Bevor er merkt, dass er fehlt, ist er wieder da.«
Die Jungs nicken den Mädchen ein letztes Mal zu, dann schlendern sie betont unauffällig aus dem Aufenthaltsraum.
Conni spürt ihr Herz pochen. Sie haben verabredet, dass sie ein paar Minuten warten und sich dann auf dem Flur hinter den Schaukästen gegenüber der Mädchentoilette verbergen sollen. Von dort aus haben sie alles im Blick und können die Jungs notfalls warnen, sollten Tanja und ihre Zicken unerwartet zu früh auftauchen.
»Oh Mann, ich kann das nicht machen«, stöhnt Billi plötzlich. »Ich hab solche Angst.«
Conni, Anna und Dina wechseln einen erschrockenen Blick.
»Du packst das«, sagt Anna schnell. »Ganz sicher.«
»Na klar«, springt Dina ihr zu Hilfe. »Wär doch gelacht, wenn du dich von den blöden Zicken einschüchtern lassen wür-

dest.« Sie versucht aufmunternd zu klingen, aber es gelingt ihr nicht wirklich.

Conni schluckt. Sie versteht gut, dass Billi Angst hat. Sie würde sogar mit ihr tauschen, um ihr die Sache leichter zu machen. Aber das geht nicht. Es ist Billis Aufgabe. Nur sie allein kann dem Spuk ein Ende setzen. Sie darf jetzt auf keinen Fall schwach werden.

»Denk an den Tiger!«, sagt Conni eindringlich. »Du bist stark und du hast Mut. Dir kann nichts passieren. Wir passen auf dich auf. Ich versprech's!«

Billi schließt die Augen und holt tief Luft. Ihr Gesicht wirkt konzentriert. Als sie die Augen wieder aufmacht, liegt ein entschlossenes Funkeln darin. »Okay«, sagt sie mit fester Stimme. »Ich mach's!«

Wenig später quetschen sich Conni, Anna und Dina in eine schmale Ecke hinter den Schaukästen. Billi steht davor und tut so, als würde sie die darin ausgestellten Fußball-Pokale betrachten. In Wirklichkeit wandert ihr Blick angespannt hin und her.

Endlich gongt es zur großen Pause. Überall werden Türen aufgerissen. Im Nu strömen die Schülerinnen und Schüler lachend und lärmend aus ihren Klassen und durch die Gänge.

Billi strafft die Schultern und dreht sich um.

»Toi, toi, toi«, flüstert Conni. Sie sieht, dass Billi auf die Tür der Mädchentoilette zugeht und ihre Hand auf die Klinke legt. Ganz kurz scheint sie zu zögern, dann drückt sie die Klinke entschlossen herunter und verschwindet hinter der knallrot gestrichenen Tür.

Conni hält unwillkürlich die Luft an. Hoffentlich konnten die Jungs die Handys so verstecken, dass sie nicht auffallen. Und hoffentlich schaffen sie es rechtzeitig in den Nebenraum!
»Wenn das mal gut geht«, jammert Anna leise.
»Es muss gut gehen«, brummt Conni. »Es muss …« Sie presst beide Daumen in die Handflächen und drückt sie, so fest sie kann.
»Jetzt können wir nur noch abwarten«, murmelt Dina.
Plötzlich tauchen die Köpfe von Tanja und ihren Freundinnen in der Schülermenge auf. Auch Janette, Ariane und Saskia sind dabei. Zielstrebig gehen sie in Richtung Mädchentoilette. Tanja bleibt stehen und wechselt ein paar Worte mit Constanze, Saskia und Ariane. Die drei Mädchen warten vor der Tür, während die anderen in der Mädchentoilette verschwinden.
»Die sollen garantiert Schmiere stehen«, vermutet Conni.
Sie hat Recht: Zwei kleine Mädchen, die auf die Mädchentoilette wollen, werden von Tanjas Aufpasserinnen zur Seite geschubst und weggeschickt. Die Kleinen trauen sich nicht, sich zu wehren, und schleichen mit hängenden Köpfen davon.
Conni ballt die Hände zu Fäusten. Wenn sie nur wüsste, was hinter der Tür passiert!

Billi hockt mit angezogenen Knien auf einem zugeklappten Toilettensitz in einer der Kabinen. Sie hat sich eingeschlossen und denkt nicht im Traum daran, die Tür zu öffnen. Auch nicht, als Tanja mit beiden Fäusten dagegentrommelt und lauthals »Aufmachen! Und zwar ein bisschen plötzlich!« fordert.
Billi kneift die Augen zu.

»Du wirst schon sehen, was du davon hast!«, hört sie Tanja schimpfen.
Plötzlich hört Billi ein leises Geräusch. Es hört sich an wie ein Schlüssel, der im Schloss kratzt. Ihr Herz vergisst für Sekundenbruchteile zu schlagen. Im selben Moment wird die Tür auch schon aufgerissen. Billi springt erschrocken auf und presst sich gegen die hölzerne Trennwand. Tanja steht vor ihr. Sie hat einen kleinen viereckigen Schlüssel in der Hand, wie ihn die Putzfrauen und der Hausmeister benutzen.
»Du dachtest wohl, du kannst dich vor mir verstecken, was?« Tanja tritt einen Schritt vor. »Hast du unsere Verabredung vergessen?« Ihre Hand packt den Kragen von Billis Jacke.
»Lass mich in Ruhe!«, ruft Billi. »Du darfst mir nichts tun!«
Tanja grinst. »Wer sagt das, Billi-Baby?«
Janette, Irina und Eileen stehen mit verschränkten Armen hinter Tanja und betrachten die Szene. Billi weiß, dass von ihnen keine Hilfe zu erwarten ist.
Wo sind die Jungs?, denkt sie. Warum kommen sie nicht? Warum tun sie nichts?
Sie möchte weglaufen, aber sie weiß, dass sie keine Chance hat. Ihr Blick wandert zur Tür des Nebenraums. Sie ist nur angelehnt. Durch einen schmalen Spalt glaubt Billi, ganz kurz Phillips Gesicht und ein Handy zu sehen. Ihr Herzschlag beruhigt sich ein wenig. Die Jungs sind in der Nähe. Sie nehmen alles auf. Sie werden nicht zulassen, dass ihr etwas passiert. Billi besinnt sich auf den Plan. Sie muss ruhig bleiben, damit er gelingt. Mit fahrigen Fingern zieht sie einen Geldschein aus ihrer Jackentasche.
»H-hier ist das Geld.« Vor Aufregung stottert sie ein bisschen.

»D-du wolltest es doch haben, oder nicht?«

Tanja lächelt. Es ist ein falsches Lächeln, das sieht Billi sofort. Tanja mustert sie kalt.

»Braves Mädchen«, lobt sie und schnappt sich den Fünfeuroschein aus Billis Hand. »Hast du noch mehr?«

Billi schüttelt den Kopf. »Du hast fünf Euro verlangt und geschrieben, dass du mich dann in Ruhe lässt.«

»Hab ich das?« Tanja kommt noch ein Stückchen näher. Fast berührt ihre Nasenspitze die von Billi. »Da muss ich wohl einen schwachen Moment gehabt haben. Der Fünfer ist natürlich nur die Anzahlung. Wenn du deine Ruhe haben willst, musst du ein bisschen mehr rausrücken.«

Billi will zurückweichen, aber in der Kabine ist es viel zu eng.

»Ich hab aber nicht mehr«, stöhnt sie. »Echt nicht. Vielleicht morgen.«

Tanja lächelt. »Hört sich gut an«, säuselt sie.

Billi schluckt. »Aber nur, wenn du mir versprichst, dass die Gemeinheiten aufhören«, sagt sie mutig. »Kein Geschubse mehr, und auch keine Tafelschmierereien!«

Tanjas Augenbrauen schießen in die Höhe. Sie dreht sich um und kichert, als hätte Billi einen Witz gemacht. Janette, Irina und Eileen kichern ebenfalls.

»Habt ihr das gehört?« Tanja hat Mühe, sich zu beruhigen. »Wir sollen aufhören Billi-Baby zu schubsen und ihr Gesichtchen an die Tafel zu malen! Sollen wir vielleicht auch aufhören deine supertollen Kunstwerke kaputt zu machen? Der Matschklumpen, den du in Kunst geknetet hast, hat dir sicher viel bedeutet, was? So wie du geheult hast, als er hinüber war.«

Sie wendet sich wieder Billi zu und betrachtet sie spöttisch von oben bis unten.
»Das wart ihr also auch!« Billi ballt die Hände zu Fäusten. »Ihr habt meinen Tiger kaputt gemacht! Aber warum? Ich versteh das nicht!«
»Warum? Nur so! Weil's Spaß macht!«, braust Tanja auf. Sie starrt Billi an. »Und weil ich dich nicht ausstehen kann! Darum! Kapiert?«
Billi schüttelt den Kopf.
»Wenn du willst, dass es aufhört, kostet es mehr«, zischt Tanja. »Die fünf Euro heute sind die Anzahlung. Wenn du morgen mehr ablieferst, können wir darüber reden. Wenn nicht …« Sie macht eine wirkungsvolle Pause.
»Was, wenn nicht?«, fragt Billi.
»Dann denk ich mir eine nette Überraschung für dich aus«, antwortet Tanja.
Billi holt tief Luft. Sie ist so wütend, dass sie am liebsten laut schreien würde.
Tanja faltet den Fünfeuroschein zusammen und schiebt ihn in die hintere Tasche ihrer hautengen Jeans. Plötzlich greift sie nach Billis Handgelenk und zerrt an dem Elefantenarmband. »Das nehm ich mit. Als Pfand, damit du morgen wiederkommst.«
»Lass das, das gehört mir nicht!«, protestiert Billi.
»Umso besser«, grinst Tanja. Sie zieht so fest an Phillips Armband, dass es wehtut. Billi versucht vergeblich sich aus dem Griff zu befreien.
»Es reicht!«, ruft plötzlich eine laute Stimme. »Lass sie los!«
Die Tür des Nebenraums fliegt auf. Bevor Tanja überhaupt

reagieren kann, haben sich Phillip und Paul schon auf sie gestürzt und sie von Billi weggezogen. Mark und Tim halten die anderen in Schach und drängen sie in eine Ecke. Die Mädchen sind so überrascht, dass sie keinen Ton sagen. Tanja ist die Erste, die ihre Stimme wiederfindet.

»Lasst los, ihr Idioten!«, kreischt sie und schlägt um sich. »Was soll das? Was macht ihr hier? Seid ihr total durchgeknallt, oder was?«

Phillip und Paul haben Mühe, Tanja festzuhalten, aber sie denken nicht daran, auch nur einen Millimeter loszulassen. Im Gegenteil: Billi kann erkennen, dass die Jungs ziemlich hart zugreifen.

Tanja brüllt wie am Spieß und versucht die Jungs zu treten. »Hier ist das Mädchenklo! Ihr habt hier nichts zu suchen!«

Phillip löst vorsichtig eine Hand und zieht sein Handy hervor. »Und ob wir das haben«, sagt er, mühsam beherrscht. »Hier auf diesem Handy sind die Beweise. Wir haben alles aufgenommen, mit Bild und Ton. Ich schätze, unsere Direktorin wird nicht begeistert sein, wenn sie erfährt, dass sie eine Erpresserin an ihrer Schule hat. Noch dazu eine, die nicht vor Körperverletzung zurückschreckt. Sachbeschädigung, Beleidigung und Freiheitsberaubung kommen auch noch dazu«, zählt Phillip auf.

Er klingt wie ein Staatsanwalt, denkt Billi. Kein Wunder, wo sein Vater doch Rechtsanwalt ist.

»Ziemlich viel auf einmal, was?«, fragt Phillip.

Tanja will nach dem Handy greifen, aber Paul hat gut aufgepasst. Blitzschnell dreht er ihr den Arm nach hinten. Tanja jault theatralisch auf.

Als der Pausengong ertönt, ist es für einen Augenblick totenstill in der Mädchentoilette. Der melodische Glockenton klingt so unpassend, dass Billi den Impuls verspürt, loszukichern.

»Die Pause ist zu Ende«, verkündet sie stattdessen, was ihr mindestens genauso unpassend vorkommt wie der Gong.

»Okay.« Phillip nickt ihr zu. »Lauf mit Conni und den anderen zu Herrn Albers. Sag ihm, was passiert ist. Wir kommen gleich nach. Herr Albers soll Frau Dr. Möller informieren.«

Billi zupft an dem Elefantenarmband und zögert. Als Tanja wieder zu zappeln anfängt, reicht Phillip ihr sein Handy. »Nimm es mit«, sagt er und nickt ihr noch einmal zu. »Da ist alles drauf, was wir brauchen. Und falls es nicht reicht: Wir haben noch mehr Aufnahmen.« Er zeigt in verschiedene Ecken des Waschraums. Erst jetzt sieht Billi die gut verborgenen Handys der anderen Jungs in einem Lüftungsschacht und über dem Spiegel.

»Danke!«, strahlt sie und dreht sich schon um. »Ihr seid toll!«

»Gefeiert wird später«, brummt Phillip. »Jetzt lauf erst mal los!«

Billi stürmt aus der Toilette und prallt fast gegen die anderen Zicken, die immer noch vor der Tür Wache halten und von dem Getümmel dahinter anscheinend nichts mitbekommen haben.

Kein Wunder, denkt Billi. Die drei haben die Stöpsel ihrer MP3-Player so tief in die Ohren geschoben, dass sie nicht mal einen Düsenjäger hören würden, wenn der neben ihnen landet.

Sie winkt den Mädchen kurz mit Phillips Handy zu, ignoriert

die verdatterten Gesichter und sprintet quer über den Flur zu den Schaukästen. Conni, Anna und Dina kommen ihr aufgeregt entgegen und bestürmen sie sofort mit Fragen. Billi wehrt sie atemlos ab.

»Später«, sagt sie. »Zuerst müssen wir zu Herrn Albers. Und dann erzähl ich euch alles!«

Herr Albers hört aufmerksam zu, als Billi ihre Geschichte vorträgt. Er unterbricht sie nicht ein einziges Mal, nickt ihr immer wieder aufmunternd zu und macht sich nebenbei Notizen. Die Schuldirektorin, Frau Dr. Möller, sitzt mit nachdenklichem Gesicht neben ihm. Ihre Stirn ist in tiefe Falten gelegt.
Billi hockt auf der Kante ihres Stuhls an dem großen runden Konferenztisch im Direktorat und erzählt, was passiert ist. Es sprudelt nur so aus ihr heraus. In der einen Hand hält sie Philips Handy, in der anderen den kleinen Tiger. Das Glücksarmband aus Elefantenhaar hängt locker um ihr Handgelenk.
Conni, Anna und Dina starren ihre Freundin sprachlos an. Als Billi erzählt, wie Tanja auf sie losgegangen ist, schlägt Dina erschrocken die Hand vor den Mund. Conni hält die Luft an. Sie bewundert Billi. Wie mutig sie gewesen ist, ist einfach unglaublich!
Als Billi ihre Erzählung beendet, herrscht einen Moment lang Ruhe im Raum. Herr Albers betrachtet seine Notizen und räuspert sich. An seinem Gesicht kann Conni ablesen, wie erschüttert der Vertrauenslehrer ist. »Aber warum bist du nicht früher zu mir gekommen?«, fragt er schließlich.

»Ich … wir, ähm …«, Billi verhaspelt sich und macht ein hilfloses Gesicht.
Conni kommt ihr schnell zu Hilfe. »Wir dachten, Sie würden uns vielleicht nicht glauben«, sagt sie. Ihre Wangen röten sich, als sie die skeptischen Blicke des Lehrers und der Direktorin auf sich spürt. »Schließlich hatten wir keine Beweise«, fügt sie verlegen hinzu.
Frau Dr. Möller strafft die Schultern. »Es sind sehr schlimme Anschuldigungen, die ihr hier vortragt«, erwidert sie ernst.
Conni und Billi nicken gleichzeitig.
»Und inzwischen habt ihr Beweise?«, fragt Herr Albers.
Wieder nicken die Mädchen.
Billi schiebt das Handy über den Tisch. »Die Jungs haben alles gefilmt. Es gibt noch mehr Aufnahmen.«
Zuerst hat Herr Albers einige Mühe, die Wiedergabefunktion des Handys zu aktivieren. Als es ihm schließlich gelingt, beugen sich Frau Dr. Möller und er gleichzeitig über das kleine Gerät und sehen sich schweigend die Aufnahmen aus der Mädchentoilette an.
»Unglaublich«, hört Conni die Direktorin leise murmeln.
»Ich fass es nicht!« Herr Albers schüttelt den Kopf.
Als es an der Tür klopft, fahren alle Köpfe herum.
»Herein!«, ruft Frau Dr. Möller.
Phillips blonder Haarschopf taucht in dem Türspalt auf. »Entschuldigen Sie bitte die Störung«, sagt er höflich, »aber ich glaube, wir haben hier etwas für Sie.« Er stößt die Tür weit auf und schiebt Tanja und ihre Freundinnen in den Raum. Paul, Tim und Mark bauen sich hinter den Mädchen auf, als befürchteten sie einen Fluchtversuch.

Die Zicken schauen betreten auf den Boden, alle – bis auf ihre Anführerin. Tanja reckt trotzig das Kinn vor.

»Glauben Sie ihm kein Wort!«, faucht sie. »Das ist alles erstunken und erlogen! Es ist überhaupt nichts passiert!« Niemand achtet auf sie. Tanja stampft mit dem Fuß auf, als wäre sie ein kleines Kind, und murmelt ein paar düstere Flüche und Verwünschungen in Phillips Richtung.

Der tritt vor und legt die anderen Handys nebeneinander auf den Tisch. »Hier ist alles drauf, was Sie wissen müssen. Falls Sie Zeugen brauchen: Wir haben alles gesehen und gehört.« Er nickt der Direktorin zu.

Frau Dr. Möller steht auf und bedankt sich.

»Brauchen Sie uns noch?«, fragt Phillip.

»Nein«, erwidert die Direktorin. »Im Moment nicht. Geht in eure Klasse. Herr Albers und ich kümmern uns um alles Weitere.«

Herr Albers geht auf Tanja und ihre Freundinnen zu. »Kommt bitte mit in mein Zimmer«, sagt er kühl und öffnet eine Tür zu einem Nebenraum.

»Ich komme gleich nach!«, ruft Frau Dr. Möller. Es klingt wie eine Drohung.

»Was passiert mit ihnen?«, will Billi wissen, nachdem die Mädchen mit dem Vertrauenslehrer verschwunden sind.

»Wir nehmen ihre Aussagen zu Protokoll, informieren ihre Eltern und schicken sie nach Hause«, erwidert die Direktorin. »Vom Schulunterricht sind sie vorläufig ausgeschlossen. Dank eurer Beweise und Aussagen gibt es keinen Zweifel daran, was die Mädchen getan haben. Ich werde eine Klassenkonferenz einberufen, auf der wir beraten, was weiter geschieht. An der

Konferenz nehmen ein Mitglied der Schulleitung, euer Klassenlehrer, die Fachlehrer sowie die Eltern- und Schülervertreter teil. Wir werden den Fall ausführlich besprechen. Vorher gibt es noch eine Anhörung der Schülerinnen. Je nachdem, ob es bereits ähnliche Vorfälle gegeben hat, werden wir gemeinsam über die Möglichkeit von Schulverweisen oder Missbilligungen entscheiden. Das, was sich die Mädels da geleistet haben, war kein harmloses Kinderspiel. Eventuell hat das Ganze sogar strafrechtliche Konsequenzen.« Sie wendet sich an Billi: »Ich werde mit deinen Eltern auch noch ein ausführliches Gespräch führen. Es wäre schön, wenn du dabei sein könntest, damit wir alles protokollieren können. Möchtest du deine Eltern jetzt anrufen und dich abholen lassen?«

»Wieso?« Billi macht ein erstauntes Gesicht. »Bin ich etwa auch vom Unterricht ausgeschlossen?«

»Aber nein.« Frau Dr. Möller lächelt. »Ich dachte nur, du möchtest dich vielleicht ein bisschen erholen. Nach all den Strapazen und der Aufregung stelle ich dich gerne ein paar Tage vom Unterricht frei, wenn du möchtest.«

»Nicht nötig«, erwidert Billi entschlossen. »Jetzt ist schließlich alles vorbei. Oder etwa nicht?«

Phillip grinst. »Doch«, versichert er. »Jetzt ist alles vorbei!«

Conni fängt seinen Blick auf. In seinen braunen Augen blitzt es auf. Am liebsten würde sie ihm um den Hals fallen, einfach so. Weil alles vorbei ist. Und weil sie so froh ist. Aber sie traut sich nicht. Jedenfalls nicht hier, vor den anderen, und schon gar nicht vor Frau Dr. Möller. Das wäre zu peinlich. »Danke«, flüstert sie ihm stattdessen zu, so leise, dass nur er es hören kann.

Phillip lächelt. »Alles wird gut«, formen seine Lippen wortlos. Conni erwidert seinen Blick mit einem glücklichen Nicken. Und dann hakt sie sich bei Billi ein. »Kommt«, sagt sie zu den anderen. »Worauf wartet ihr noch? Lasst uns gehen!«

***

»Es war schrecklich«, seufzt Billi auf dem Weg zur Klasse. »Wie in einem Gruselfilm!«

Conni legt ihren Arm von links um Billis Schultern, Anna von rechts. Dina tätschelt Billi mitfühlend den Rücken. Die streift das Elefantenarmband ab und reicht es Phillip.

»Ich glaub, das hat echt magische Kräfte«, sagt sie. »Ich hatte fast gar keine Angst. Danke, dass du's mir geliehen hast.«

»Gerne«, erwidert Phillip. »Sag Bescheid, falls du's noch mal brauchst.«

Billi lacht. »So schnell bestimmt nicht!«

»Ähm, Leute …«, Tim tritt von einem Fuß auf den anderen, »ich will ja nicht nerven, aber die Stunde hat längst angefangen. Was wollen wir dem ollen Baumann erzählen, warum wir so spät kommen?«

»Die Wahrheit«, schlägt Phillip vor. »Dass wir in einer dringenden Angelegenheit bei Frau Dr. Möller waren. Spätestens in der nächsten großen Pause wissen sowieso alle Lehrer Bescheid. Dann wird Frau Dr. Möller sie darüber informieren, was passiert ist. Immerhin will sie eine Klassenkonferenz einberufen. Die betrifft nicht nur Billi, uns und unsere Klasse, sondern auch die Lehrer.«

Langsam gehen sie weiter.

»Ich kann's immer noch nicht fassen, dass es wirklich zu Ende ist«, sagt Dina nachdenklich. »Ob Tanja von der Schule fliegt?«

»Hoffentlich!«, schnaubt Conni.

»Aber hallo!« Billi rollt mit den Augen.

»Bestimmt«, grinst Anna. »Es ist nicht das erste Ding, das sie sich geleistet hat.«

»Ich finde, wir sollten feiern«, meint Paul.

Phillip stimmt ihm zu. »Gute Idee! Wollen wir uns um drei bei mir treffen? Oder in der Stadt?«

Sie haben das Klassenzimmer erreicht. Billi legt eine Hand auf die Türklinke. »Nein«, sagt sie lächelnd. »Heute treffen wir uns bei mir. Ich spendiere euch eine Extra-Ladung Cantuccini und Kakao. Was haltet ihr davon?«

Conni, Anna und Dina nicken begeistert. Die Jungs machen ratlose Gesichter. Paul kratzt sich am Kopf.

»Danke für die Einladung«, sagt er. »Wir kommen gerne. Aber was zum Teufel ist Cantuccini?«

»Hört sich an wie ein kitschiger italienischer Schlagersänger«, flachst Mark und fängt sich prompt einen strafenden Blick von Anna ein.

»Lasst euch einfach überraschen«, lacht Billi, »dann werdet ihr's schon sehen.«

»Beziehungsweise schmecken«, ergänzt Conni grinsend, und an Billi gewandt: »Sag deiner Mutter, sie soll lieber ein Backblech mehr backen. Jungs sind ja so was von verfressen!«

»Hey!«, protestiert Phillip. »Das ist überhaupt nicht wahr!«

Anna kichert.

Billi drückt die Klinke herunter. »Auf geht's«, sagt sie und strafft die Schultern. »Der Ernst des Lebens ruft.«

»Ja, leider«, stöhnt Conni. Sie folgt ihrer Freundin in das Klassenzimmer, wo Herr Baumann seinen monotonen Vortrag über Mumien und Pharaonen unterbricht und ärgerlich aufschaut, als sich das kleine Grüppchen hereindrängt.
Phillip erklärt dem Lehrer, dass sie einen Termin bei der Direktorin hatten. Herr Baumann nickt zerstreut. »Ja, ja, ist gut«, sagt er und wedelt mit seinem Geschichtsbuch. »Setzt euch bitte hin, damit ich fortfahren kann.«
In der Klasse wird aufgeregt getuschelt. Natürlich ist allen aufgefallen, dass seit der letzten Pause ein paar Plätze frei geblieben sind. Mit Genugtuung registriert Conni die leeren Stühle von Janette, Ariane und Saskia in der letzten Reihe.
Hoffentlich kommen die so schnell nicht wieder, denkt sie und fragt sich gleichzeitig, wie sie sich nach all der Aufregung jetzt ausgerechnet auf Geschichte konzentrieren soll.
Ich freu mich einfach auf heute Nachmittag, nimmt sie sich vor, dann vergeht der Rest des Vormittags bestimmt im Nu.
Obwohl ihr Herz nach all der Aufregung klopft wie verrückt und obwohl sie viel lieber mit Billi und den anderen über alles gesprochen hätte, steckt Conni die Nase in ihr Buch und liest still mit. Erst als Billi ihr quer über den Tisch einen Zettel zuschiebt, schaut sie auf. Sie zwinkert Billi zu, faltet den Zettel unter dem Tisch auseinander und lächelt.
Billi hat einen kleinen Tiger gezeichnet. Darunter steht:

*Du hattest Recht. Tiger machen
Mut und bringen Glück!
Danke!!!*

Conni hebt den Kopf. Billi grinst und lässt den kleinen Tiger am Schlüsselring von ihrem Finger baumeln.

»Conni Klawitter«, schnarrt in diesem Moment Herrn Baumanns Stimme. »Nenne mir bitte einige der bedeutendsten Herrscher des alten Ägypten. Am besten kommst du nach vorne an die Tafel. Dann kannst du uns auch gleich ein paar Hieroglyphen erklären.«

Au Backe! Conni zuckt zusammen. Ausgerechnet Pharaonen und Hieroglyphen, denkt sie. Und ausgerechnet ich!

Ganz langsam steht sie auf und schiebt sich im Zeitlupentempo durch die Bankreihen nach vorn. Wenn sie Glück hat, gongt es zur Pause, bevor sie die Tafel erreicht hat.

Anna, Dina und Billi sitzen kerzengerade auf ihren Stühlen und machen betont ernste Gesichter, aber ihre Augen verraten sie. Conni sieht, dass ihre Freundinnen große Mühe haben, nicht loszuprusten. Sie kann nicht anders und kichert leise.

Herr Baumann hebt eine Augenbraue. »Nun? Ich warte!«

Conni will sich gerade der Tafel zuwenden und auf die einzige Hieroglyphe zeigen, von der sie ansatzweise die Bedeutung erahnt, als es in dem kleinen Lautsprecher über ihrem Kopf zuerst leise knistert und wenig später laut und vernehmlich gongt. Die Stunde ist vorbei! Conni kann ihr Glück kaum fassen und strahlt Herrn Baumann an. Der schüttelt seufzend den Kopf.

»Bereite dich auf die nächste Stunde bitte etwas besser vor«, sagt er und macht einen Eintrag in sein Lehrerbüchlein. »Wir fahren dort fort, wo wir heute aufgehört haben.«

Von mir aus gerne, will Conni sagen. Sie kann es in letzter Sekunde herunterschlucken. Nachdem sie Herrn Baumann zugenickt hat, hüpft sie vergnügt auf ihren Platz zurück und angelt ihr Frühstücksbrot aus dem Rucksack. Jetzt ist erst mal Pause angesagt. Und zwar mit ihren Freunden. Da können ihr alte Ägypter und Lehrer den Buckel runterrutschen.

»Mann, diese Cantuzini-Dinger sind echt lecker!«, mümmelt Paul am Nachmittag. Er hockt auf Billis buntem Webteppich und wischt sich die Krümel vom Kinn.

»Can-tu-cci-ni!«, rufen die Mädchen im Chor. Alle lachen. In Billis kleinem Zimmer ist es zwar eng, aber dafür urgemütlich. Aus dem CD-Player kommt fröhliche italienische Popmusik. Draußen herrscht nasskaltes Schmuddelwetter.

Scheußlich, denkt Conni.

Immer wieder pladdern Regenschauer gegen das Fenster. Der Himmel über der Stadt ist aschgrau. Billi zündet ein paar Teelichter an und stellt sie auf ihre Kommode.

Phillip sitzt neben Conni auf dem Boden. Ab und zu berühren sich ihre Arme. Conni zuckt jedes Mal unwillkürlich zurück und ärgert sich. Blöde Kuh!, schimpft sie mit sich selbst. Denn eigentlich ist es angenehm, so dicht neben Phillip zu sitzen. Sehr angenehm sogar, wenn Conni ehrlich ist.

»Oh Mann, bin ich froh, dass alles vorbei ist«, sagt Phillip.

»Ich auch«, meint Conni. »Endlich können wir wieder an was anderes denken und Spaß haben. Die letzten Wochen waren echt schlimm.«

Die anderen stimmen ihr zu.

»Was sagen deine Eltern eigentlich zu der ganzen Sache?«, erkundigt sich Anna bei Billi.

»Die sind total geschockt«, seufzt Billi. »Sie hatten ja keine Ahnung, dass es so schlimm ist.«

»Hast du's ihnen denn nicht erzählt?«, fragt Dina verwundert.

»Doch, klar.« Billi nickt und knabbert an einem Keks. »Aber längst nicht alles. Meine Eltern haben schon genug andere Sorgen, da wollte ich ihnen nicht noch zusätzlich mit meinen kommen. Wisst ihr, Papas Ristorante läuft im Moment nicht so gut. Die Leute haben immer weniger Geld und können es sich nicht mehr so oft leisten, essen zu gehen. An manchen Abenden sind nur zwei oder drei Tische besetzt. Es reicht gerade, um die Restaurantmiete und die Einkäufe zu bezahlen. Letzte Woche ist dann auch noch ein Pizzaofen kaputtgegangen …«

»Ach herrje«, entfährt es Conni. »Das tut mir aber leid!«

»Vielleicht sollten wir mal ein bisschen Werbung für euer Restaurant machen«, schlägt Phillip vor.

»Gute Idee«, stimmt Paul ihm zu. »Wir könnten im Sportverein eine Speisekarte am Schwarzen Brett aufhängen. Fußballer haben immer Hunger.«

Alle sind einverstanden. Billi strahlt.

»Meine Schwester hat übrigens erzählt, dass Tanja überall verkündet, dass sie freiwillig die Schule verlassen will«, wechselt Tim das Thema. »Angeblich fühlt sie sich auf dem Lessing-Gymnasium unterfordert!« Er lacht höhnisch auf.

»Die und unterfordert!«, schnaubt Paul. »Das ist doch 'n Witz!«

»Vielleicht will sie ihrem Rausschmiss damit zuvorkommen«, vermutet Conni.
»Bestimmt sogar«, meint Phillip. »Zufällig weiß ich, dass sie aus einer früheren Klasse schon zwei Missbilligungen hat. Die Schule wird um einen Verweis nicht herumkommen.« Er lehnt sich leicht gegen Conni, um besser an die Schale mit den Cantuccini heranzukommen. Diesmal zuckt Conni nicht zurück.
»Ein Wunder, dass es überhaupt noch eine Schule gibt, die sie aufnimmt«, findet Mark.
»Mir ist es ganz egal, wo sie abbleibt.« Billi steht auf, um die CD zu wechseln. »Hauptsache, sie verschwindet.«
Dina wickelt nachdenklich eine Haarsträhne um ihren Finger. »Hast du eigentlich gar keine Angst, dass sie sich an dir rächen könnte?«, fragt sie.
Billi lässt sich Zeit mit der Antwort. Die CD, die sie gerade auflegen wollte, hält sie in der Hand. »Nein«, sagt sie schließlich ruhig. »Ich hab keine Angst mehr vor ihr. Das ist vorbei.«
Conni staunt. Billi hat sich verändert. Sie wirkt selbstbewusster und stärker, als wäre sie durch die schlimmen Erlebnisse über sich selbst hinausgewachsen. Fast kommt es Conni so vor, als wäre ihre Freundin tatsächlich ein Stück gewachsen, nicht nur innerlich, sondern auch körperlich. Sie lässt ihre Schultern nicht mehr so traurig hängen, sondern geht stattdessen mit geradem Rücken und hoch erhobenem Kopf durchs Leben.
»Ich glaub, um die Zicken müssen wir uns keine Gedanken mehr machen«, mischt Phillip sich ein. »Ihre Anführerin ist weg, der Rest wird sich zerstreuen. Wenn ihr mich fragt, wa-

ren das sowieso nur bescheuerte Mitläuferinnen. Jetzt kriegen sie einen auf den Deckel, vielleicht sogar einen Schulverweis, eine Missbilligung oder eine Anzeige. Mit Sicherheit werden die's nicht mehr wagen, noch mal solchen Blödsinn zu veranstalten.«

»Bestimmt nicht«, ist Conni überzeugt. Sie denkt an ihre Begegnung mit Ariane im Schwimmbad. Nein, vor der müssen sie wirklich keine Angst haben. Und vor Janette und Saskia auch nicht.

Es klopft an der Tür. Billis Mutter kommt mit einem großen Tablett herein und stellt es auf einen kleinen Tisch. Acht Becher mit dampfend heißem Kakao stehen darauf. »Lasst es euch schmecken«, lächelt Frau Verdi und zieht die Tür wieder hinter sich zu.

Billi legt die neue CD in den Player. Phillip beugt sich zu Conni herüber. »Hast du vielleicht Lust, nachher noch einen Spaziergang zu machen?«, flüstert er ihr zu. »Wir könnten auch ins Kino gehen oder so.«

Conni schluckt. Hilfe!, denkt sie. Kino mit Phillip? Nur wir beide?

Sie will gerade fragen, was für ein Film läuft, als ihr der Tierarzttermin einfällt. »Geht leider nicht«, flüstert sie mit einem bedauernden Schulterzucken zurück. »Ich muss nachher zum Tierarzt. Mein Kater hat Flöhe.« Im selben Moment wird ihr klar, wie bescheuert das klingt. Oh Mann … Nicht dass Phillip womöglich denkt, dass sie auch Flöhe hat!

Phillip lacht leise. »Ich kann doch mitkommen«, sagt er mit Dackelblick. »Ich war schon lange nicht mehr beim Tierarzt. Genau genommen noch nie.«

Conni will gerade einen Schluck von ihrem Kakao trinken und verschluckt sich fast. »Du willst mit mir zum Tierarzt?«, fragt sie verblüfft. Im selben Augenblick merkt sie, dass die anderen in ihre Richtung gucken und grinsen. Du liebe Güte, hat sie das etwa laut gesagt? Offensichtlich ja, so wie Anna, Dina und Billi kichern.

»Zeit für 'ne Wurmkur, Phillip?«, erkundigt sich Paul. »Oder hast du Zecken?«

»Weder noch«, grinst Phillip. »Und wenn doch, wärst du der Letzte, dem ich's verraten würde. Und?«, fragt er Conni. »Darf ich mit?«

Conni nickt verwirrt. »Äh, ja … klar. Warum nicht?« Schnell hebt sie ihren Kakaobecher an den Mund und nimmt einen großen Schluck. »Autsch, ist der heiß!«, entfährt es ihr im selben Augenblick.

Phillip zwinkert ihr zu. »Pusten hilft«, sagt er und lächelt sein spezielles Phillip-Lächeln. »Manchmal jedenfalls.«

***

Am Abend verkrümelt sich Conni schon früh in ihr Zimmer. Sie hat lange mit Mama und Papa gesprochen und ihnen von Billi, Tanja und den neuesten Ereignissen erzählt. Beide haben aufmerksam zugehört und waren zu Connis Erleichterung zwar erschrocken, aber nicht böse. Dabei hatte sie sich insgeheim schon darauf eingestellt, sich wegen der geheimen Aktion mit den Handys auf der Mädchentoilette Vorwürfe anhören zu müssen. Schließlich weiß sie genau, dass Mama und Papa solche Alleingänge überhaupt nicht mögen. Und auch, dass ihre Eltern immer über alles informiert sein wollen, weiß sie – besonders wenn's um die Schule geht. Mama hat dann auch ein bisschen enttäuscht geguckt, das hat Conni genau gesehen, und sie kann es sogar ein bisschen verstehen. Immerhin hat Mama ihre Hilfe angeboten und darum gebeten, auf dem Laufenden gehalten zu werden. Aber die Erleichterung darüber, dass alles gut ausgegangen ist, war größer.

Überhaupt haben ihre Eltern toll reagiert, findet Conni. Ruhig und verständnisvoll. Richtig klasse!

»Was für ein Tag!«, seufzt sie. »Wir haben's echt geschafft!«

Phillips Plan ist aufgegangen. Billi hat sich gewehrt, die Jungs haben ihr geholfen, und Tanja und ihre Bande bekommen ihre verdienten Strafen. Conni fühlt sich einfach nur glücklich.

Plötzlich fällt ihr ein, was Mama und Papa zu ihrer Aktion gesagt haben: Dass es zwar nicht richtig war, wie sie sich verhalten haben, und dass sie sich Hilfe hätten suchen müssen, aber sie haben es verstanden. Lächelnd fängt sie an zu schreiben:

Wenn man jung ist, vertraut man seinen Freunden oft mehr als seinen Eltern und Lehrern, hat Papa gesagt. Ich glaube, er hat Recht. Ich meine nicht, dass ich Mama und Papa nicht vertraue, aber in dieser Situation hätten sie wirklich nicht viel tun können.

Ich find's super, dass wir alle zusammengehalten haben. Nur so konnten wir Billi helfen.

Zusammen sind wir stark.

Es ist toll, Freunde zu haben.

Conni zeichnet ein großes Herz und schreibt die Namen ihrer Freunde – Anna, Billi, Dina, Phillip, Paul, Mark, Tim – und ihren eigenen hinein. Anschließend schmückt sie das Herz noch mit ein paar Sternchen und Mini-Herzchen aus. Phillip bekommt ein besonders hübsches kleines Herz neben seinen Namen.

Dann schreibt sie über den Nachmittag bei Billi, wie gemütlich und schön er war, und von dem Tierarztbesuch mit Phillip. Dass er sie und Mau wirklich zu Dr. Winter begleitet hat, kann sie immer noch nicht fassen. Total süß war das, findet sie. Besonders, als Phillip Maus Pfötchen gehalten, ihn gekrault und leise mit ihm gesprochen hat, damit Dr. Winter ihn in Ruhe untersuchen konnte. Vergnügt schreibt Conni weiter:

Phillip hat eine Ladung von dem Flohpulver abgekriegt, hihihi, aber er hat nur gelacht und geniest. Er war richtig niedlich. (Phillip ♡, nicht Mau.)
Ich glaub, Mau mag ihn. Und ich auch! Ziemlich doll sogar!!
Flöhe hab ich übrigens nicht.
Dr. Winter hat erzählt, dass Katzenflöhe zwar auch auf Menschen überspringen können, aber dann hätte man ganz viele kleine Bisse an den Beinen. Und ich hab nur einen einzigen. Das ist wohl eher ein kleiner Pickel, hat Dr. Winter gesagt. Zum Glück!!

Conni grinst. Das wär echt zu peinlich gewesen, noch dazu in Phillips Anwesenheit!

Trotzdem hat der Tierarzt ihr geraten das Bettzeug, alle Kissen, Decken und Stofftiere zu waschen, Maus Körbchen mit Flohspray einzusprühen und in ihrem Zimmer gründlich zu saugen, falls sich doch ein paar der kleinen Biester irgendwo häuslich eingerichtet haben.

»Na, da hab ich was zu tun!«, stöhnt Conni.

Plötzlich bimmelt ihr Handy und wandert langsam über den Nachttisch. Conni schnappt es, bevor es runterfällt. »Hallo?«

»Hey, ich wollte nur mal hören, was du so machst.«

Conni spürt ein Kribbeln in ihrer Magengegend. Phillips Stimme klingt so nah, als würde er vor ihr stehen. Sie holt tief Luft und zählt im Stillen bis drei, damit ihre Stimme nicht gleich verrät, wie sehr sie sich freut.

»Och, nichts Besonderes«, antwortet sie vage. Oder soll sie Phillip etwa erzählen, dass sie Tagebuch schreibt? Nee, beschließt sie. Das ist viel zu persönlich. Hauptsache, er hört nicht, wie doll ihr Herz auf einmal pocht. Ob das noch normal ist? Sie setzt sich aufrecht hin, aber ihr Herz puckert weiter in beschleunigtem Tempo. Sie versucht es zu ignorieren.

Phillip erzählt ihr begeistert, wie toll er es beim Tierarzt fand und dass er gerne beim nächsten Mal wieder mitkommen würde. Conni lacht. »So oft muss Mau zum Glück nicht zum Tierarzt. Höchstens ein- oder zweimal im Jahr.«

»Och, schade«, meint Phillip. »Dann müssen wir nächstes Mal wohl doch ins Kino, oder?«

»Okay, einverstanden«, sagt Conni nach einer Weile. »Aber nur, wenn ich den Film aussuchen darf!«

Phillip stimmt sofort zu. »Na klar«, versichert er.
Na, der wird sich wundern, denkt Conni und unterdrückt ein Kichern. Phillip in einem frechen Mädchenfilm ist eine ziemlich verlockende Vorstellung! Ihr Blick fällt auf das aufgeschlagene Geschichtsbuch, das auf dem Boden neben dem Bett liegt und sie vorwurfsvoll anzustarren scheint. Eigentlich müsste sie noch ein bisschen lernen, aber Phillips Anruf bringt alles durcheinander.
»Bevor wir ins Kino gehen, muss ich mich leider noch mit den alten Ägyptern befassen«, seufzt sie. »Sonst reißt mir Herr Baumann in der nächsten Stunde den Kopf ab.«
»Oder er versklavt dich und schickt dich zum Pyramidenbau«, flachst Phillip. »Die ollen Pharaonen scheinen so was wie sein Hobby zu sein.« Er macht eine Pause. »Hey«, sagt er dann. »Wollen wir vielleicht mal zusammen lernen? Ich bin ganz gut in Geschichte.«
Das wundert mich gar nicht, denkt Conni belustigt. Sie hat das Gefühl, als würde Phillip alles können. Dabei ist er sonst ganz normal, gibt kein bisschen an oder so. »Das würdest du tun?«, staunt sie.
»Klar, warum nicht?«, kommt es prompt zurück. »Wenn Mau schon nicht zum Tierarzt muss, können wir wenigstens zusammen lernen.«
»Okay, einverstanden.« Conni bezweifelt zwar, dass sie sich in Phillips Gegenwart auf Geschichte konzentrieren kann, aber einen Versuch ist es wert.
Sie unterhalten sich noch ein bisschen über den Tag und was alles passiert ist. Conni spürt plötzlich, wie müde sie ist, und gähnt. Mau kommt durch die angelehnte Tür ins Zimmer,

springt aufs Bett und reibt seinen Kopf schnurrend an ihrer Hand.
»Ist das Mau, der da schnurrt?«, fragt Phillip. »Der hört sich ja an wie ein kleiner Motor!«
Conni hält ihrem Kater das Handy vor die Nase. Der kleine Tiger schnuppert interessiert daran und schnurrt noch ein bisschen lauter. Phillip lacht.
»Gute Nacht, Mau«, sagt er. »Schlaf schön. Und pass gut auf dein Frauchen auf.«
Mau setzt sich hin und fängt an sich zu putzen. Conni krault sein weiches Fell. »Bis morgen«, sagt sie zu Phillip.
»Bis morgen«, antwortet er. »Träum was Schönes.«
Ganz langsam drückt Conni auf die rote Taste. Dann ist es mit ihrer Selbstbeherrschung vorbei. Sie wirft ihr Handy zur Seite und lässt sich rücklings in die weichen Kissen fallen. Mau starrt sie erschrocken an.
»Träum was Schönes …«, wiederholt Conni Phillips letzten Satz. »Oh Mann, wenn ich das Anna erzähle! Die flippt aus! Was denkst du, Mau? Ob Phillip in mich verliebt ist? Wie krieg ich das nur raus?«
Mau verengt die Augen zu schmalen Schlitzen. Conni stöhnt auf. »Mensch, Mau! Das kann alles heißen! Ja oder nein, vielleicht oder: Ist mir doch egal! Kannst du dich vielleicht mal entscheiden?«
Aber Mau gibt keine Antwort. Er rollt sich zu einer kleinen Fellkugel auf und schläft ein. Conni betrachtet ihn lächelnd. »Träum was Schönes«, flüstert sie ihm zu.

»Was ist denn mit dir los?«, wundert sich Conni ein paar Tage später. Phillip kommt in die Klasse gestürmt, wirft seinen Rucksack auf einen freien Platz und strahlt dabei wie ein Honigkuchenpferd, das im Lotto gewonnen hat.
»Es gibt Neuigkeiten«, verrät er geheimnisvoll.
»Gute oder schlechte?«, will Billi wissen.
»So wie er grinst, können's nur gute sein«, vermutet Anna.
»Stimmt genau!« Phillip setzt sich auf die Tischkante. »Die liebe Tanja kommt garantiert nicht mehr an unsere Schule zurück!«
»Was!?« Conni reißt die Augen auf.
»Echt?« Billis Stimme überschlägt sich fast.
»Woher weißt du das?«, fragt Dina.
»Gestern war die Klassenkonferenz«, erwidert Phillip, immer noch strahlend. »Als Schülervertreter war ich dabei. Der Beschluss war einstimmig. Tanja hat einen Verweis bekommen. Ihre Eltern hatten sie zwar schon vorher auf einer anderen Schule angemeldet, aber der Eintrag kommt trotzdem in ihr Zwischenzeugnis.«
Conni und Billi fallen sich jubelnd in die Arme. Anna, Dina,

Paul, Mark und Tim klopfen sich gegenseitig auf die Schultern. »Und die anderen?«, fragt Paul. »Was ist mit denen?«
Conni und Billi unterbrechen ihren Jubeltanz.
Paul hat Recht, denkt Conni. Was ist mit Janette, Ariane, Saskia und den anderen?
»Sie bekommen Missbilligungen«, weiß Phillip. »Und zwar alle.«
»Das ist gut«, lächelt Billi. »Und es hält sie hoffentlich davon ab, so etwas noch mal zu tun.«
»Ganz bestimmt!«, sagt Conni zuversichtlich. »Eine Missbilligung ist keine Kleinigkeit. Sobald die noch mal auffallen, gibt's die nächste, und dann fliegen sie von der Schule.«
Frau Stern betritt die Klasse und legt ihre Tasche auf das Lehrerpult. »Wie ich höre, habt ihr Grund zum Feiern«, sagt sie freundlich.
Conni und Billi nicken gleichzeitig. Sie und die anderen haben ihre Aussagen zu Protokoll gegeben, Tanja kommt nicht wieder zurück, und Janette und ihr Zickenclan sind noch bis zum Ende der Woche vom Unterricht suspendiert. Das Leben ist schön!
»Ich habe auch ein paar gute Neuigkeiten für euch«, lächelt Frau Stern. »Frau Lindmann geht es besser. Ihr dürft sie jederzeit gerne besuchen. Sie lässt euch herzlich grüßen.«
Der Jubel in der Klasse ist verhalten. Anscheinend hat niemand den Lindwurm so richtig vermisst, dazu waren die letzten Tage viel zu aufregend. Trotzdem nimmt Conni sich vor, mit ihren Freunden einen Krankenbesuch bei der Klassenlehrerin zu machen. Das muss einfach sein, findet sie. Phillip nickt ihr zu, als hätte er ihre Gedanken gelesen.

»Und noch eine Überraschung gibt es«, fährt Frau Stern fort. »Mein Verlobter plant, in der bevorstehenden Projektwoche einen Selbstverteidigungskurs für Mädchen anzubieten. Er trainiert selbst Karate, hat den 4. Dan und trägt den Schwarzen Gürtel.«
Conni, Anna, Dina und Billi sehen sich überrascht an.
»Vielleicht wäre das was für euch?«, sagt Frau Stern. »Er würde sich über eine rege Teilnahme freuen. Keine Bange, in seinem Kurs geht es nicht um komplizierte Kampfsporttechniken, sondern eher darum, das Selbstvertrauen zu stärken und Grenzen aufzuzeigen. Ein paar nützliche Griffe zur Selbstverteidigung gibt es aber auch.«
»Das hört sich super an!«, raunt Conni den anderen zu.
Billi nickt. »Da mach ich mit!«
»Ich wusste gar nicht, dass Frau Stern verlobt ist«, wispert Anna.
Die junge Referendarin hat Annas Bemerkung gehört. »Ich bin's ja auch noch nicht lange.«
»Wer ist denn der Glückliche?«, fragt Paul, frech grinsend.
Frau Sterns Augen leuchten glücklich. »Ihr kennt ihn. Er heißt Moritz Gunnarsson und ist euer Vertretungslehrer.«
»Was?!«, entfährt es Anna.
Conni lässt ihren Bleistift fallen.
»Ups!«, macht Billi.
»Na herzlichen Glückwunsch«, murmelt Dina.
Die Mädchen haben einige Mühe, sich darauf zu konzentrieren, was die Referendarin noch erzählt: dass Herr Albers den Lehrgang für Streitschlichter leitet, der in der kommenden Woche beginnen soll, und dass für die Projektwoche weitere

Vorschläge gesammelt werden. Conni und ihre Freundinnen starren Frau Stern an und versuchen sie sich mit dem attraktiven Herrn Gunnarsson vorzustellen. Es will ihnen nicht so recht gelingen.

»Warum eigentlich nicht?«, meint Dina in der Pause. »Sie sind hübsch und jung, beide sind Lehrer … Passt doch gut!«
»Stimmt schon«, sagt Anna gedehnt. »Aber trotzdem …«
»Bist du etwa eifersüchtig?«, fragt Billi. »Du hast doch Mark. Was willst du mit Herrn Gunnarsson? Der ist doch eh zu alt, oder?«
»Sicher«, gibt Anna zu. »Der ist bestimmt schon Mitte zwanzig. Aber ziemlich süß für sein Alter«, fügt sie schnippisch hinzu.
»Willst du jetzt nicht mehr bei seinem Selbstverteidigungskursus mitmachen, nur weil er in Frau Stern verliebt ist?«, erkundigt sich Conni und nuckelt an ihrem Apfelsaft.
»Verlobt heißt noch lange nicht, dass sie verliebt sind«, erwidert Anna spitz. »Vielleicht ist es eine Vernunftbeziehung. Um Steuern zu sparen oder so. Hört man doch oft.«
»Klar«, grinst Conni.
Anna wirft ihr einen Blick zu und grinst auch. »Den Kursus mach ich trotzdem mit«, verspricht sie. »Einen Karatelehrer, der aussieht wie Johnny Depp, hat schließlich nicht jeder.«
»Nee, bestimmt nicht.« Conni drückt ihre leere Saftschachtel zusammen, wirft sie in einen Abfalleimer und beißt in ihr Pausenbrot. »Und außerdem kannst du bei der Gelegenheit endlich deinen schicken neuen Sport-BH ausprobieren.«
Anna schnappt nach Luft und will etwas sagen, aber Con-

ni spricht schnell weiter: »Ich frag meine Eltern, ob ich auch darf. Ich hätte echt Lust, mein Selbstvertrauen ein bisschen zu trainieren. Mit oder ohne BH«, kann sie sich nicht verkneifen kichernd hinzuzufügen.

»Wenn man dabei ein paar nette Tricks und Kniffe lernt, wie man sich selbst verteidigt, umso besser«, meint Dina.

Billi nickt. »Das ist genau das Richtige für mich. Und wer weiß?«, sie macht eine kleine Pause und guckt in die Runde. »Vielleicht werde ich dadurch ein bisschen größer und stärker? Ich hab mal gelesen, dass regelmäßiges Training das Wachstum fördert.«

»Ich finde zwar, du bist schon gewachsen«, sagt Conni und zwinkert ihr zu, »aber ein paar Zentimeter mehr können nicht schaden.« Sie wechselt das Thema: »Kannst du mir morgen das Rezept für die leckeren Cantuccini mitbringen? Ich hätte Lust, zum Wochenende welche zu backen.«

»Na klar«, erwidert Billi. »Aber warum soll ich's mitbringen? Wir können uns doch auch treffen und zusammen backen. Das macht bestimmt viel mehr Spaß als allein.«

»Spitzenidee!« Conni ist sofort Feuer und Flamme. »Ich frag meine Mutter, ob wir morgen unsere Küche verwüsten dürfen. So wie damals, als wir mit unseren Austauschschülerinnen Apple Crumble gebacken haben. Wisst ihr noch?«

»Wie könnte ich das jemals vergessen?« Wie auf Bestellung ist Paul aufgetaucht. Er rollt mit den Augen und reibt sich den Bauch. »Dieser Apple Crumble war das Beste, was ich jemals gegessen hab!«

Phillip, Mark und Tim bauen sich grinsend neben ihm auf. »Sind wir auch eingeladen?«, fragt Phillip.

Conni starrt ihn verblüfft an. »Du willst backen?«
»Klar, warum nicht?«, erwidert Phillip ungerührt. »Denkst du, Jungs können das nicht?«
Conni, Anna, Billi und Dina wechseln einen Blick, dann prusten sie gleichzeitig los.
Die Jungs gucken sich an. Phillip zieht die Augenbrauen hoch. Mark lässt einen Zeigefinger neben der Schläfe kreisen.
»Mädchen sind manchmal so«, meint Paul und wippt auf den Zehenspitzen. »Kenn ich von meiner Schwester. Ist gleich vorbei.«
»Hoffentlich«, sagt Phillip skeptisch.
»Okay«, japst Conni schließlich. »Ihr dürft mitmachen. Aber nur unter einer Bedingung!«
»Und die wäre?«, fragt Phillip interessiert.
»Dass ihr hinterher beim Abwaschen helft«, antwortet Conni.
»Kein Problem«, winkt Phillip lässig ab.
»Machen wir mit links«, sagt Paul.
»Locker«, fügt Mark hinzu.
Tim nickt.
»Ich dachte, ihr habt eine Spülmaschine«, flüstert Billi Conni zu. Die grinst. »Das müssen die Jungs doch nicht wissen!«
Kichernd gehen sie zurück ins Klassenzimmer.

***

Am Freitagnachmittag treffen sich alle bei Conni. Ihre Mutter macht einen Stadtbummel mit Jakob. »Damit wir nicht im Weg sind«, hat sie augenzwinkernd gesagt.
Conni ist total nervös. Bei der letzten Backaktion mit den Engländerinnen war Paul der einzige Junge. Heute kommen

Tim, Mark und Phillip dazu. Phillip ... Conni wirft einen Blick aus dem Fenster. Ein einzelner Sonnenstrahl bohrt sich durch die dicke graue Wolkendecke und bringt die Pfützen vor dem Haus zum Glitzern. Verträumt lächelnd dreht sie sich um und geht zum ungefähr hundertsten Mal die Zutatenliste durch, die Billi ihr am Vormittag in der Schule gegeben hat. Es müsste alles da sein – bis auf das Bittermandelöl, das Billi mitbringen will.
Als es an der Haustür klingelt, springt Mau von dem Stuhl, auf dem er gesessen hat, und versteckt sich unter dem Tisch.
Billi steht vor der Haustür, mit roten Wangen von der frischen Luft. »Hi«, sagt sie. »Bin ich zu früh?«
»Macht nichts. Wir können schon mal anfangen. Der Teig muss sowieso zwischendurch ruhen.«

Wenig später liegt ein prächtiger Teigklumpen auf dem Küchentisch. Billi wickelt ihn sorgfältig in Folie ein und schiebt ihn anschließend auf einem Teller in den Kühlschrank.
Conni zeigt auf die große Rührschüssel, die klebrigen Knethaken und die mehlige Arbeitsplatte. »Wird Zeit, dass die Jungs kommen und den ersten Waschgang einleiten.« Wie auf Bestellung klingelt es an der Tür. »Das sind sie!«
Im Nu ist es voll in dem schmalen Flur der Klawitters.
Dass aber auch alle auf einmal kommen müssen! Conni staunt darüber, wie viel Raum vier polternde Jungs einnehmen, die sich aus ihren Regenjacken befreien und sich gleichzeitig über ihre eigenen Witze kaputtlachen.
Anna und Dina verkrümeln sich schnell zu Billi in die Küche. Anna nascht aus der Rührschüssel.

»Hey, lass noch was übrig!«, ruft Mark ihr zu.
Phillip krempelt die Ärmel hoch und strahlt Conni an. »Danke für die Einladung.«
»Gern geschehen«, sagt Conni lächelnd. »Komm mit!«
Billi hat inzwischen festgestellt, dass der Teig genug geruht hat. Sie schneidet ihn in mehrere gleich große Stücke. »Auf geht's, Männer!«, ruft sie übermütig. »An die Arbeit!«
Unter ihrer Anleitung bearbeiten die Jungs die Teigstücke und versuchen, möglichst gleichmäßig dicke Würste daraus zu formen. Ab und zu klopft Billi ihnen auf die Finger. »Hört gefälligst auf zu naschen!«, schimpft sie. »Sonst bleibt nicht genug zum Backen übrig!«
Die Jungs ziehen grinsend ihre Köpfe ein.
Conni, Anna und Dina sitzen gemütlich am Küchentisch, trinken Apfelsaft und beobachten die Backaktion. Die Jungs geben sich wirklich Mühe, stellen sie fest, aber sie haben mehr Ähnlichkeit mit tapsigen Teddys als mit begnadeten Konditoren. Conni kichert über Phillips hoch konzentriertes, mit Mehl bestäubtes Gesicht.
»Gar nicht schlecht fürs erste Mal«, lobt Billi schließlich und legt die Teigwürste zum Vorbacken auf ein Backblech, das sie in den Backofen schiebt. »Ihr dürft dann gerne schon mal abwaschen.«

***

Der Nachmittag ist viel zu schnell vergangen, stellt Conni am Abend fest, als sie auf ihrem Bett liegt, Mau krault und ihr Tagebuch aufschlägt. Es war richtig toll! Der Anblick der abwaschenden Jungs war unbezahlbar – auch wenn sie dabei so

»Oder gleich verputzen«, kichert Conni. »Billis Cantuccini schmecken mindestens so gut wie Mandys Apple Crumble!« Mit einem Lächeln blättert sie in ihrem Tagebuch. So viel ist passiert. Ein paar Seiten noch, dann ist es voll. Sie nagt an ihrem Stift und schiebt eine widerspenstige Haarsträhne hinters Ohr, bevor sie anfängt zu schreiben:

Phillip hat mich heute ein paarmal so komisch angeguckt, ganz verträumt irgendwie. Mir sind die Knie total weich geworden, und in meinem Bauch hatte ich ein Gefühl, als würden tausend verrückte kleine Schmetterlinge darin Loopings drehen und tanzen. Ob sich das so anfühlt, wenn man verliebt ist? Ich wüsste zu gern, ob er in mich verliebt ist, seufz …

Anna und Mark haben's gut. Die wissen wenigstens, dass sie ineinander verknallt sind.

Heute hat Anna Mark geküsst. Im Flur! Fast auf den Mund! Sie dachten wohl, keiner kriegt es mit, aber ich hab's genau gesehen!

Wahnsinn!!

Ich glaub, Tim ist auch ein bisschen verknallt, und zwar in Dina! Er guckt sie jedenfalls immer ganz weggetreten an, und wenn sie dann zurückguckt, guckt er schnell woandershin.

Bestimmt hat Dina das noch gar nicht gemerkt. Ich muss es ihr am Montag unbedingt sagen!

Ob ich verliebt bin? Keine Ahnung, liebes Tagebuch … Wahrscheinlich brauch ich ein bisschen länger, um's herauszufinden. Macht aber nichts, oder? Auf jeden Fall erfährst du's zuerst! Versprochen!

Der melodische Klingelton ihres Handys unterbricht Conni. Sie legt den Kuli weg und angelt den Apparat vom Nachttisch. »Phillip ruft an«, verrät das Display. Connis Herz macht einen Sprung.

Wieso ruft er eigentlich immer an, wenn ich gerade an ihn denke?, wundert sie sich. Kann er meine Gedanken lesen?

Sie zählt vorsichtshalber bis drei, bevor sie sich meldet.

»Hi«, sagt Phillip, mehr nicht.

Conni nimmt ihr Handy vom Ohr und starrt es an. Wieso sagt er nichts mehr? Ist die Verbindung unterbrochen?

»Hallo?«, fragt sie. »Bist du noch da?«

Phillip lacht leise. »Ja, klar. Ich wollte nur mal hören, was du so machst.«

Conni steht auf, tappt auf ihren dicken Socken ans Fenster und schiebt den Vorhang zur Seite. Draußen ist es schon dunkel. Aus dem Wohnzimmer fällt ein schmaler Lichtstreifen auf den Rasen. Am Himmel funkelt ein einzelner Stern. »Ich steh am Fenster und guck raus«, sagt sie.

»Cool«, meint Phillip. »Ich auch. Kannst du zufällig diesen einen kleinen Stern sehen, der wie verrückt funkelt?«

Conni nickt. In ihren Ohren rauscht es. Sie will etwas sagen, aber so schnell fällt ihr nichts ein. Phillip und sie, dazu ein funkelnder Stern … Das ist so … romantisch! Sie lehnt ihre Stirn gegen die Fensterscheibe. Sie fühlt sich glatt und kühl an.

Phillip kichert. »Ich frag mich gerade, ob's da Außerirdische gibt. Schleimige grüne Männchen mit Rüsseln, Tentakeln und fünf Augen oder so.«
Conni schluckt. Schleimige grüne Männchen mit Rüsseln, Tentakeln und fünf Augen sind irgendwie nicht besonders romantisch.
»Schlaf gut«, sagt Phillip. Dann legt er auf.
Conni bleibt am Fenster stehen. Im Wohnzimmer geht das Licht aus. Wenig später hört sie Mama und Papa auf der Treppe. Mama klopft an und steckt ihren Kopf ins Zimmer. »Es ist spät, Papa und ich gehen schlafen«, sagt sie lächelnd. »Gute Nacht.«
»Gute Nacht«, sagt Conni.
Mama schließt die Tür hinter sich. Conni steht immer noch vor dem Fenster und hält ihr Handy in der Hand. Und der kleine Stern über ihr glitzert und funkelt, als wäre er aus Gold. Nein, Phillip muss sich irren, denkt Conni. Auf so etwas Hübschem können keine schleimigen grünen Männchen wohnen, eher schon der kleine Prinz mit seiner Blume.

***

Am Montag sind Janette, Ariane und Saskia wieder da. Conni zuckt unwillkürlich zusammen, als sie das Klassenzimmer betritt und die drei Mädchen auf ihren gewohnten Plätzen in der letzten Reihe sitzen sieht. Sie wirken blass und schmal und starren schweigend vor sich hin. Niemand aus der Klasse achtet auf sie, niemand begrüßt sie. Es scheint, als würden alle einen großen Bogen um sie machen, fast so, als hätten sie eine ansteckende Krankheit.

Geschieht ihnen recht, denkt Conni und wendet den Blick ab. Sie werden es schwer haben, aber das haben sie sich selbst zuzuschreiben! Bestimmt haben sie ein schlechtes Gewissen.
Sie schiebt sich in ihre Bankreihe und begrüßt Anna, Billi und Dina. Billi wirkt total locker und entspannt.
Conni staunt. »Macht es dir gar nichts aus, dass die wieder da sind?«, fragt sie vorsichtig und deutet mit dem Daumen über die Schulter.
Billi schüttelt den Kopf.
»Nö«, sagt sie. »Warum auch? Die können mich mal gernhaben. Meine Eltern und ich waren bei Frau Dr. Möller und Herrn Albers. Sie haben gesagt, dass ich keine Angst mehr haben muss. Eine einzige falsche Bemerkung von den dreien und sie sind Schülerinnen des Lessing-Gymnasiums gewesen. Sie haben so etwas wie Bewährung gekriegt und dürfen sich nicht die kleinste Kleinigkeit zu Schulden kommen lassen.«
»Klasse«, meint Anna. »Das haben sie echt verdient. Ich hab kein Mitleid mit ihnen. Jedenfalls nicht, solange sie sich nicht entschuldigen.«
»Nee, ich auch nicht.« Conni schüttelt den Kopf. Sie überlegt, ob sie ihren Freundinnen von Phillips Anruf erzählen soll. Die Jungs sind noch nicht da, die Gelegenheit wäre supergünstig.
Sie will sich gerade ein Herz fassen, als Phillip hereinkommt.
Seine Augen strahlen, als er Conni sieht.
»Hi«, sagt er und geht an ihr vorbei.
Conni hat das komische Gefühl, als würde ihr Herz Achterbahn fahren. Sie bringt keinen Ton heraus und ist sich sicher, wenn sie es versuchen würde, nicht mehr als ein heiseres Krächzen zu Stande zu bringen.

Neben ihr kichert Billi leise.
»Erde an Conni«, sagt sie. »Jemand zu Hause?«
Conni macht ein verwirrtes Gesicht. Sie spürt, dass sie rot wird. So was Dummes! »Äh, ja … klar«, stammelt sie. »Was ist denn?«
»Och, nichts«, grinst Billi.
»Außer dass es dich voll erwischt hat.« Annas Brillengläser funkeln. Conni kann ihr eigenes Spiegelbild darin aufblitzen sehen. Kann es ein, dass sie ein bisschen wirr aussieht?
Himmel, ist das peinlich! Sie streicht ihre Haare glatt und zieht das Gummiband um ihren Pferdeschwanz strammer.
»Geht's dir gut?«, erkundigt sich Dina besorgt.
»Ja, mir geht's spitze«, versichert Conni. »Was habt ihr nur alle?«
Ihre Freundinnen lachen. Aber es ist ein fröhliches Lachen, kein spöttisches. Conni kann nicht anders und lacht mit.
»Ich stell mich wohl ziemlich doof an, was?«, fragt sie.
»Ein bisschen schon«, meint Billi. »Aber mach dir keine Sorgen, Phillip hat's nicht gemerkt. Der ist selbst total weggetreten!«
Conni seufzt. Ist es wirklich so offensichtlich, dass sie sich ein bisschen verliebt hat? Anscheinend schon. Aber besten Freundinnen kann man eben nichts verheimlichen. Die merken sofort, was mit einem los ist. Manchmal sogar, bevor man es selber weiß.
Als Herr Baumann das Klassenzimmer betritt und sein rotes Büchlein aus der Aktentasche zieht, in das er die mündlichen Zensuren einträgt, erwidert Conni den prüfenden Blick des Lehrers mit einem Lächeln. Auch als er sie nach vorne bittet

und ein paar Hieroglyphen an die Tafel schreiben lässt, deren Bedeutung sie erklären soll, lächelt sie. Phillip und sie haben gestern den ganzen Nachmittag gelernt. Sie kann die Namen der alten Pharaonen, deren Regierungszeiten und sämtliche Hieroglyphen im Schlaf aufsagen. Wenn's sein muss, sogar rückwärts.
Anna, Billi und Dina stehen vor Staunen die Münder offen, als Conni für ihren kleinen Vortrag eine glatte Eins bekommt und stolz auf ihren Platz zurückkehrt. Conni kann sich ein Grinsen nicht verkneifen. Dass Phillip ihr Nachhilfe in Geschichte gegeben hat, können ihre Freundinnen ja nicht ahnen. Aber sie müssen auch nicht alles wissen, oder?
Plötzlich fliegt eine Papierkugel von hinten auf ihren Tisch. Conni kann sie in letzter Sekunde auffangen, bevor sie herunterkullert, und verbirgt sie schnell in ihrer Hand. Als Herr Baumann sich zur Tafel umdreht und etwas anschreibt, nutzt sie die Gelegenheit und faltet das Papier vorsichtig auseinander.
Phillip hat einen grinsenden Stern gezeichnet.

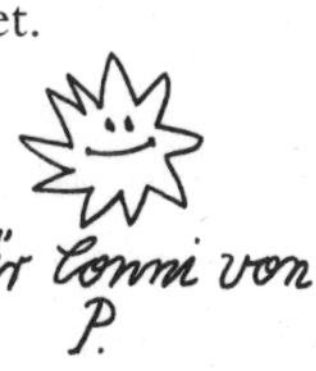

Conni wirft einen Blick über die Schulter. Phillip zwinkert ihr zu und lächelt. Es ist das süßeste und fröhlichste Lächeln, das Conni je gesehen hat. In ihrem Bauch drehen die verrückten Schmetterlinge einen Looping nach dem anderen.
Anna wirft ihr einen fragenden Blick zu, aber Conni seufzt nur und guckt verträumt an ihr vorbei. Sie fühlt sich rundum

glücklich. Es soll nie wieder aufhören. Es fühlt sich nämlich toll an, so kribbelig und warm. Einfach schön. Und mit nichts anderem zu vergleichen.

Mit dem Finger malt sie ein Herz auf die Tischplatte und schreibt »C und P« hinein. Anna, Billi und Dina stupsen sich mit den Ellbogen an und kichern. Conni merkt es nicht.

Unglaublich, was in den letzten Tagen alles geschehen ist, überlegt sie. Was wohl als Nächstes kommt?

Sie beschließt sich überraschen zu lassen. Denn eins weiß sie genau: Egal was passiert, es wird garantiert nicht langweilig!

Conni, Mandy und das große Wiedersehen

»Lass mal sehen.« Conni nimmt Dina einen zerknitterten Zettel aus der Hand und überfliegt ihn. »Für den Teig brauchen wir 150 Gramm Mehl, einen Teelöffel Backpulver, ein Ei und 100 Gramm Butter.«

»Und für den Belag sechs Eier, 150 Gramm Zucker, 750 Gramm Quark, einen Viertelliter Milch und ein Päckchen Vanillezucker«, ergänzt Dina. Sie steht vor dem Kühlschrank und inspiziert den Inhalt. »Alles klar.«

Anna kichert. »Wir sollten einen Back-Club gründen. Findet ihr nicht?«

»Du hast Recht.« Conni nickt und zählt auf: »Apple Crumble, Cantuccini und jetzt Käsekuchen. Wir kommen aus dem Backen gar nicht mehr raus.« Nur diesmal findet es leider ohne die Jungs statt, fügt sie im Stillen hinzu und seufzt. Zu blöd, dass Phillip, Paul und die anderen ausgerechnet heute Nachmittag Fußballtraining haben. »Wisst ihr noch, wie die Küche letztes Mal ausgesehen hat, als die Jungs uns beim Cantuccini-Backen geholfen haben?«

»Wie könnten wir das jemals vergessen?« Anna grinst.

»Wenigstens ist es diesmal für einen guten Zweck«, sagt Dina und nimmt die Sachen aus dem Kühlschrank.

»Stimmt«, erwidert Conni. »Ob der Lindwurm sich freut?«
Morgen ist Frau Lindmanns erster Schultag nach ihrem Bandscheibenvorfall und dem Aufenthalt in einer Reha-Klinik und die 6a hat beschlossen sie mit einem Willkommensbüfett zu begrüßen. Es soll Kuchen, belegte Brötchen, frisch gepresste Säfte und Obstsalat geben.
»Garantiert«, meint Anna.
In der kleinen Küche der Klawitters ist es richtig gemütlich. Im Radio dudelt Popmusik. Das Fenster steht weit offen und lässt hellen Sonnenschein und einen Hauch von Frühsommerluft herein. Im Garten tschilpen junge Spatzen.
»Wo Billi nur bleibt?« Conni wirft einen Blick auf die Uhr am Herd und zieht die Stirn kraus. »Wir waren um drei verabredet. Jetzt ist es gleich Viertel nach.«
Wie auf Bestellung meldet sich die Haustürglocke mit einem melodischen Ding-Dong. Conni flitzt zur Tür und reißt sie auf. »Mensch, Billi! Wo bleibst du denn?«
Billi zuckt zusammen. »Ähm, hi. Ich freu mich auch, dich zu sehen«, erwidert sie irritiert. »Tut mir leid, aber ich musste noch ein paar Bücher in der Bücherei abgeben und die öffnet erst um drei. Schlimm?«
»Ach was, komm rein!« Conni schiebt die Freundin geradewegs in die Küche. »Wir können gleich anfangen.«
Kater Mau nutzt die günstige Gelegenheit und flitzt durch die offene Haustür ins Freie.
»Lass ja die Spatzen in Ruhe!«, ruft Conni ihm hinterher.
Billi lässt sich auf einen Küchenstuhl plumpsen. Ihre Augen strahlen. »Ihr glaubt ja nicht, was ich heute bekommen habe«, sagt sie geheimnisvoll.

»Ein neues Fahrrad?«, fragt Dina.

Billi schüttelt den Kopf.

»Ein Handy vielleicht?«, versucht es Anna.

»Quatsch, dann hätte sie uns angerufen und Bescheid gesagt, dass sie zu spät kommt. Stimmt's?« Conni zwinkert Billi zu. »Sag schon. Was ist es?«

»Ein Brief.« Billi zieht einen weißen Umschlag aus ihrer Tasche.

Er ist in der Mitte gefaltet und mit hellblauer Tinte beschriftet.

»Was?!«, quiekt Anna. »Ein Liebesbrief? Das ist ja cool! Von wem ist er? Zeig her!« Sie greift nach dem Umschlag, aber Billi ist schneller und zieht ihn zurück.

»Es ist kein Liebesbrief«, sagt sie streng, »sondern ein Entschuldigungsschreiben.«

»Och, schade ...«, murmelt Anna enttäuscht.

Conni spitzt die Ohren. »Wer will sich denn bei dir entschuldigen?«

»Ariane.« Billi schnippt einen unsichtbaren Krümel vom Küchentisch.

»Ariane aus unserer Klasse?« Conni schnappt nach Luft. »Ariane aus der Mädchenbande? Die Ariane?«

»Wie viele Arianes kennst du?«, fragt Billi zurück.

»Nur die eine«, gibt Conni zu. Sie schluckt. »Und die reicht mir schon.«

Sie denkt an die schlimmen Wochen, als ein Mädchen namens Tanja aus der Parallelklasse Billi auf gemeinste Weise schikaniert hat. Die Erinnerung daran kommt sofort wieder hoch. Ariane, Janette, Saskia und noch ein paar andere Mädchen aus

der Schule gehörten damals zu Tanjas Zickenbande. Inzwischen hat Tanja die Schule gewechselt, nur Janette, Ariane und Saskia sind geblieben.
Leider, denkt Conni. Von mir aus hätten sie sie auf den Mond schießen können. Oder sonst wohin.
»Wieso will die sich plötzlich bei dir entschuldigen?«, erkundigt sich Anna. »Kommt das nicht ein bisschen zu spät?«
Billi nickt. »Find ich eigentlich auch.« Sie nimmt den Brief aus dem Umschlag, faltet ihn auseinander und legt ihn auf den Tisch, damit die anderen ihn lesen können.
Conni überfliegt die wenigen Zeilen. Ihr Gesicht verdüstert sich.

Hallo Billi,
ich kann verstehen, wenn du diesen Brief am liebsten zerreißen würdest, aber vielleicht liest du ihn ja vorher. Ich muss oft an dich denken und daran, wie mies wir uns benommen haben. Am liebsten würde ich dir das persönlich sagen und mich bei dir entschuldigen, aber du willst bestimmt nicht mit mir sprechen. Falls doch, schreib zurück oder ruf mich an. Dann können wir uns irgendwo treffen und vielleicht mal über alles reden.

Bis dann,

Ariane

»Sie will sich mit dir treffen und über alles reden!?«, schnaubt Conni. Ihre Stimme überschlägt sich fast, so empört ist sie. »Was gibt's da noch großartig zu bereden? Die Zicken haben ihre Strafen bekommen und wissen, dass sie sich nichts mehr zu Schulden kommen lassen dürfen. Du willst dich doch nicht ernsthaft mit der treffen, oder?«

»Ich denke darüber nach«, sagt Billi und faltet den Brief betont langsam wieder zusammen.

Einen Moment lang ist es still in der Küche. Die Uhr am Herd tickt leise. Im Radio liest der Sprecher eine Verkehrsmeldung vor. Conni geht an den Vorratsschrank und knallt wortlos das Backpulver, eine Packung Mehl und eine Tüte Zucker auf die Arbeitsplatte vor dem Fenster. Dina räuspert sich.

»Ich fänd's gut, wenn du dich mit ihr triffst«, sagt sie zu Billi. »Es ist ihr bestimmt nicht leichtgefallen, dir den Brief zu schreiben. Und wenn sie sich persönlich bei dir entschuldigen möchte, zeigt sie doch, dass es ihr leidtut und dass sie sich geändert hat. Vielleicht hat sie eine Chance verdient?«

»Vielleicht, vielleicht auch nicht.« Anna wiegt den Kopf.

Conni taucht aus den Tiefen des Vorratsschranks auf und legt den Mixer auf den Tisch. »Ich weiß nicht«, sagt sie nachdenklich. »Irgendwie trau ich den Zicken nicht mehr über den Weg. Ich konnte sie vorher schon nicht leiden, aber was sie sich mit Billi geleistet haben, war echt der Gipfel. Wenn du trotz alldem mit ihr sprechen willst«, sie steckt die Knethaken energisch in den Mixer und guckt Billi an, »finde ich das ganz schön edel von dir.«

»Edel sei der Mensch, hilfreich und gut«, rezitiert Anna feierlich. »Das sagt meine Oma auch immer.«

Die anderen lachen. Billi legt den Brief beiseite.
»Jetzt wird erst mal gebacken!«, ordnet sie an. »Was gibt's eigentlich?«
»Kä-se-ku-chen!«, rufen Conni, Anna und Dina im Chor.
»Viel zu lecker für den Lindwurm«, stellt Billi fest. »Können wir das Rezept nicht schnell in Zitronenrolle oder sonst was extra Saures umwandeln?«
»Zu spät«, sagt Conni bedauernd und schaltet den Mixer ein.

Als der Käsekuchen fertig gerührt, in eine runde Backform gefüllt und in den Ofen gewandert ist, gehen die Mädchen in den Garten. Sie stärken sich mit kalter Limo. In ihren Gläsern klirren Eiswürfel.
»Wo steckt Jakob eigentlich?«, fragt Anna und stupst einen Fußball an, der im Gras liegt.
»Auf einem Kindergeburtstag«, antwortet Conni. »Seid froh, sonst wäre unsere Backaktion bestimmt nicht so glatt gelaufen.«
Annas Handy meldet sich mit der Anfangsmelodie eines romantischen Films. Sie zieht es schnell aus ihrem kleinen Rucksack und wirft einen Blick auf das Display. Ein Hauch von Rosa überzieht ihre Wangen, das sieht Conni sofort, obwohl Anna sich blitzschnell abwendet, um das Gespräch entgegenzunehmen.
»Das ist bestimmt Mark Moonwalker«, flüstert Billi und verdreht die Augen. »Wetten?«
»Garantiert«, grinst Conni.
Dina kichert. »Habt ihr gesehen, wie rot sie geworden ist?«
Anna runzelt die Stirn und zischt ihnen etwas Unfeines zu,

bevor sie sich auf einen umgedrehten Eimer setzt und ihnen demonstrativ den Rücken zuwendet.

Conni, Billi und Dina hocken sich auf ein niedriges Mäuerchen neben der Terrasse und unterhalten sich über den Selbstverteidigungskurs, den sie in der Schule mitgemacht haben.

»Schade, dass er schon zu Ende ist«, findet Billi.

»Ja, die paar Projekttage waren echt viel zu schnell rum«, stimmt Conni ihr zu. »Aber Herr Gunnarsson hat gesagt, dass er vielleicht eine Nachmittags-AG machen will, die auf den Kurs aufbaut. Da melde ich mich auf jeden Fall an.«

»Ich auch«, sagt Billi sofort.

»Na klar!«, nickt Dina. »Selbstbehauptung und Selbstverteidigung sind unheimlich wichtig, gerade für junge Mädchen in unserem Alter. Es ist statistisch erwiesen, dass …«

Das Klingeln von Connis Handy unterbricht ihren Redefluss. Conni zieht die Augenbrauen zusammen und angelt ihr Handy aus der Tasche ihrer Jeans. Ein Blick auf das Display genügt, damit ihr Herz einen Purzelbaum schlägt.

›Phillip ruft an!‹, verrät die leuchtende Anzeige.

Conni holt tief Luft, zählt bis drei und meldet sich: »Hallo?«

»Hi, Conni!«, ruft Phillip fröhlich. »Wie geht's? Was machst du gerade?«

Seine Stimme klingt so nah, als würde er direkt neben ihr stehen. Unwillkürlich dreht Conni sich um. Da stehen Billi und Dina. Beide grinsen.

Billi gluckst leise. »Hihi. Kann es sein, dass das Fußballtraining zu Ende ist?«

Conni gibt sich große Mühe, nicht laut loszulachen. Sie legt einen Finger an den Mund, um ihre Freundin zum Schweigen zu bringen. Sofort macht Billi ein betont ernstes Gesicht, aber das ist fast noch schlimmer. Conni unterdrückt ein Kichern.

»Ähm … wir haben gebacken«, presst sie hervor. »Käsekuchen.«

Meine Güte!, denkt sie im selben Moment. Wie bescheuert klingt das denn? Schnell fügt sie »Für morgen, für das Büfett« hinzu und hält die Luft an.

Phillip lacht. »Wie genial ist das denn? Ich steh total auf Käsekuchen! Kannst du ein großes Stück für mich reservieren? Am besten machst du einen Zettel dran: Pfoten weg, dieses Stück gehört Phillip!«

»Klar«, nickt Conni. »Mach ich.« Am liebsten würde sie ihm sagen, dass sie glatt jeden Tag einen ganzen Käsekuchen nur für ihn allein backen würde, zur Not auch zwei. Aber das traut sie sich nicht. Schon gar nicht, wenn Billi und Dina wie gebannt an ihren Lippen kleben und nur darauf warten, was sie als Nächstes sagt. Echt peinlich.

Zum Glück wechselt Phillip das Thema und geht mühelos vom Käsekuchen zum Fußballtraining über. Conni findet das im Moment zwar nicht so spannend, aber sie hört trotzdem aufmerksam zu. Ab und zu macht sie »Mhm« und nickt dazu. Die ganze Zeit ziehen Billi und Dina wilde Grimassen, um sie zum Lachen zu bringen.

Anna hat ihr Telefongespräch mittlerweile beendet und kommt angeschlendert.

Hilfe!, denkt Conni. Noch eine Zuhörerin! Nicht mal ungestört telefonieren kann man, wenn die besten Freundinnen in der Nähe sind – noch dazu, wenn sie so unverschämt neugierig sind wie diese drei!

Sie zieht die Stirn kraus und wedelt mit einer Hand, als wolle sie eine lästige Fliege verscheuchen, aber Billi und Dina bleiben, wo sie sind. Anna stellt sich demonstrativ neben die beiden. Conni kann sich überhaupt nicht mehr darauf konzentrieren, was Phillip sagt.

»Hey«, beschwert der sich prompt. »Hörst du mir überhaupt zu?«

»Wer? Ich? Ja, klar«, stottert Conni und wird rot. Zum Glück kann Phillip sie nicht sehen.

Plötzlich fängt Anna an hektische Zeichen zu geben. Sie deutet abwechselnd auf das Haus und auf Conni und hüpft dabei von einem Fuß auf den anderen. »Mensch, Conni!«, quengelt sie und rauft sich die Haare.

Conni verzieht ärgerlich das Gesicht und deckt das Handy mit der Hand ab. »Was ist denn?«, blafft sie Anna an. »Brennt's irgendwo?«

»Noch nicht«, jammert Anna. »Aber gleich, wenn du nicht sofort aufhörst zu telefonieren. Unser Kuchen!«

Himmel, der Kuchen! Conni springt auf. »Ich muss Schluss machen!«, ruft sie in ihr Handy. »Der Käsekuchen brennt an!«

Phillip will etwas erwidern, aber Conni würgt ihn schnell ab: »Tut mir echt leid, aber das ist ein Notfall! Wir sehen uns morgen in der Schule. Tschüss!«

Billi, Anna und Dina sind schon in der Küche. Conni hechtet hinter ihnen her.

»Rettung in letzter Sekunde!«, verkündet Billi. Sie hat den Herd ausgeschaltet und den Käsekuchen mit dicken Topflappenhandschuhen aus dem Ofen geholt. Der Kuchen dampft, aber er ist nicht verbrannt. Im Gegenteil, er duftet sehr ver-

führerisch und seine Oberfläche ist genauso goldbraun wie auf den Hochglanzfotos in einem Backbuch.
»Perfekt«, stellt Conni fest. »Mit dem könnten wir glatt an einem Wettbewerb teilnehmen!«
»Ich mach schnell ein Foto«, sagt Anna und zückt ihr Handy. Conni, Billi und Dina stellen sich vor dem Herd in Positur. Conni hält den Kuchen mit beiden Händen hoch und grinst breit.
»Sagt Kä-se-ku-chen!«
»Kä-se-ku-chen«, rufen Conni, Dina und Billi gleichzeitig.
›Klick!‹, macht Annas Handykamera.

Am Abend steht der Kuchen gut verpackt in der Vorratskammer. Conni sitzt in ihrem Zimmer am Schreibtisch und krault Maus weiches Fell. Der kleine graue Tigerkater hat es sich auf ihrem Schoß gemütlich gemacht und schnurrt behaglich. Conni blättert in ihrem Tagebuch. Natürlich hat sie alles über die lustige Backaktion eingetragen, sogar das Rezept des leckeren Kuchens. Lächelnd schreibt sie weiter:

Dass Phillip mich angerufen hat, hat mich riesig gefreut. Nur schade, dass ich nicht allein war!
Immer ist irgendjemand dabei, wenn wir uns mal unterhalten wollen.
Das ist echt blöd.
Wir könnten uns bestimmt viel besser unterhalten, wenn wir zu zweit wären.

Vielleicht können wir ja mal wieder schwimmen gehen oder uns irgendwo treffen?
Nur wir beide, das wär schön ... C. P.+

Conni malt ein kleines Herz unter den letzten Absatz, dann lässt sie den Stift sinken und seufzt. Mau mustert sie erstaunt.
»Guck mich nicht so an«, sagt Conni zu ihm. »Davon verstehst du nichts.«
Wie immer, wenn sie an Phillip denkt, spürt sie ein lustiges Kribbeln im Bauch. Und wie immer, wenn sie dieses Kribbeln fühlt, fragt sie sich, ob es vielleicht etwas mit Verliebtsein zu tun hat. Was sonst soll sich so warm und kribbelig anfühlen? Und so schön und spannend zugleich? Dabei wollte Phillip gar nichts Besonderes am Telefon, sondern einfach nur ›Hallo‹ sagen.
Aber das zeigt doch, dass er an sie gedacht hat, oder?
Conni klappt ihr Tagebuch zu und steht auf. Mau behält sie dabei fest im Arm und versenkt ihre Nase in seinem duftenden Fell.
»Lass uns mal nach unten gehen«, schlägt sie vor. »Bestimmt gibt es gleich Abendessen. Ich weiß ja nicht, wie's bei dir ist, aber ich könnte glatt ein Pferd verdrücken. Und wenn mich nicht alles täuscht, duftet es verdächtig nach Apfelpfannkuchen. Hmm, lecker ...«, sie leckt sich die Lippen. »Heute muss mein Glückstag sein!«

»Yam-yam«, macht Phillip am nächsten Morgen und reibt sich erwartungsvoll den Bauch. »Welches davon ist meins?«

Er will nach einem Stück Käsekuchen greifen, aber Conni schlägt ihm blitzschnell auf die Finger.

»Aua!«, beschwert er sich. »Seit wann bist du so rabiat?«

Conni bemüht sich ein strenges Gesicht zu machen. »Hier wird nicht genascht!«

»Schon gut.« Phillip zieht den Kopf ein. »Ich hab's kapiert.«

Die 6a hat sich eine Viertelstunde vor Unterrichtsbeginn in der Klasse getroffen, um das Büfett aufzubauen. Sie haben zwei Tische zusammengestellt und vor das Lehrerpult geschoben. Ein paar Kuchen und Torten stehen schon darauf, dazu Karaffen mit Säften und große Schüsseln mit Fruchtsalaten.

Es sieht total klasse aus, bunt und lecker, findet Conni. Wenn nur die Jungs nicht so verfressen wären! Die Mädchen haben alle Hände voll zu tun, sie vom Stibitzen abzuhalten.

»Manno!«, protestiert Mark. »Seid doch nicht so hartherzig. Kein grüner Eumel merkt, wenn was fehlt!«

Anna hat ihn auf frischer Tat mit einem Melonenwürfel in der Hand erwischt und funkelt ihn an. »Ein grüner Eumel vielleicht nicht«, faucht sie. »Ich schon!«

»Aber ich muss doch wenigstens mal probieren«, jammert Mark.
»Iss dein Pausenbrot, wenn du Hunger hast«, erwidert Anna ohne eine Spur Mitleid.
»Ach, lass ihn doch«, mischt Billi sich ein. »Zurücklegen kann er die Melone sowieso nicht, jetzt, wo er sie schon angegrabbelt hat.«
Mark grinst. »Stimmt. Das wäre nämlich sehr unhygienisch.«
Anna stößt einen tiefen Seufzer aus.
»Ich mag dich.« Mark macht ein Gesicht wie ein junger Dackel, während er sich die Melone auf der Zunge zergehen lässt. »Magst du mich auch?«
»Darüber muss ich erst mal gründlich nachdenken«, sagt Anna, aber um ihre Mundwinkel zuckt es verdächtig.
Conni lacht. »Wer ist für die Teller und Servietten zuständig?«, wendet sie sich an den Rest der Klasse. »Und hat zufällig jemand an das Besteck und die Pappbecher gedacht?«
Ihr Blick fällt auf Janette und Saskia, die in der letzten Reihe sitzen und tuscheln. Janette schaut genervt auf und zieht ein Paket Papierservietten aus ihrem Rucksack. Saskia folgt ihrem Beispiel und befördert zwei Stapel Pappteller unter ihrem Tisch hervor.
Conni bleibt abwartend stehen. Sie denkt gar nicht daran, auf die beiden zuzugehen und die Sachen abzuholen. Sollen die sich ruhig mal bewegen.
Plötzlich steht Ariane auf. Seit den Vorfällen um Tanja und Billi hält sie Abstand zu Janette und Saskia. Sie hat sich sogar einen Platz in einer anderen Reihe gesucht, obwohl die drei früher einmal unzertrennlich waren. Sie nimmt Janette und

Saskia die Servietten und Teller aus den Händen und trägt sie nach vorne. »Um die Pappbecher hab ich mich gekümmert«, sagt sie leise und zeigt auf eine Tüte, die von einem Vorhang halb verborgen auf der Fensterbank liegt. »Das Besteck wollten Laura und Vanessa besorgen.«

»Stimmt«, sagt Conni. »Die sind noch nicht da.« Sie nimmt die Sachen stirnrunzelnd entgegen und bedankt sich. Ariane schleicht zurück auf ihren Platz.

»Lindwurmalarm!«, ruft Paul. Zusammen mit Tim hat er die Tür bewacht, um rechtzeitig Bescheid zu geben, wenn die Klassenlehrerin anrückt. »Ist alles fertig?«

Conni lässt ihren Blick über das Büfett schweifen, während Anna, Dina, Mark und Phillip schnell die Servietten, Becher und Teller von ihren Plastikfolien befreien und verteilen. Im letzten Moment huschen Laura und Vanessa in den Raum und legen das Besteck dazu.

Conni nickt. »Alles paletti!«

Paul und Tim springen auf ihre Plätze.

Pünktlich mit dem ersten Gong betritt Frau Lindmann das Klassenzimmer und schmettert der Klasse ihr gewohntes »Good morning, girls and boys!« entgegen.

Conni lächelt. Es kommt ihr vor, als wäre die alte Lehrerin nie weg gewesen.

Frau Lindmann legt ihre Aktentasche auf das Pult.

»Well«, sagt sie. »Hello again, class. It's good to be back. Ich freue mich, wieder hier zu sein.«

»Nice to see you, Mrs Lindmann«, erwidert Phillip und steht auf. Als Klassensprecher ist ihm die Aufgabe zugefallen, einen kleinen Blumenstrauß zu besorgen. Mit einer schwungvollen

Geste zaubert er ihn hinter seinem Rücken hervor und überreicht ihn der verdutzten Lehrerin. »Der ist von uns für Sie.«
Conni hat den Lindwurm noch nie so sprachlos und gerührt zugleich erlebt.
»Oh … danke schön«, sagt Frau Lindmann. »Das ist wirklich reizend von euch.«
»Das ist noch nicht alles!« Phillip zeigt auf das Büfett.
Frau Lindmanns Augen werden groß wie Suppenteller. Anna kichert leise. Conni stupst sie schnell mit dem Ellbogen an.
»Wir dachten, Sie könnten eine kleine Aufmunterung gebrauchen, nachdem Sie so lange im Krankenhaus waren«, meldet sich Paul zu Wort.
»Ein gemeinsames Frühstück!« Frau Lindmann strahlt. »Was für eine himmlische Überraschung, ihr Lieben!«
Conni und Anna gucken sich an.
»Ihr Lieben …«, flüstert Conni beeindruckt. »Wow! Das hat sie noch nie zu uns gesagt!«
»Wir sollten ihr öfter mal ein Frühstück spendieren«, raunt Anna zurück.
»Gib dem Drachen Futter«, sagt Phillip mit gedämpfter Stimme, als er sich wieder auf seinen Platz setzt, »und er hört auf Feuer zu spucken.«
Conni hält sich schnell eine Hand vor den Mund, um nicht laut loszuprusten.
»Herzlichen Dank«, sagt Frau Lindmann. »Für das nette Willkommen, die Blumen und die Karten mit den Genesungswünschen, die ihr mir geschickt habt.«
»Sind Sie denn jetzt wieder ganz gesund?«, erkundigt sich Dina.

Frau Lindmann nickt. »Meine Vertretung, Herr Gunnarsson, wird euch trotzdem als Mathelehrer erhalten bleiben, da ich meine Stundenzahl etwas reduziert habe. Er hat mich über alles, was in der Zwischenzeit passiert ist, auf dem Laufenden gehalten. Soweit ich gehört habe, kommt ihr gut mit ihm aus?«

Conni und die anderen nicken. Klar, Herr Gunnarsson ist der beste Lehrer, den man sich wünschen kann. Er hat nicht nur verblüffende Ähnlichkeit mit Johnny Depp, was ihn in den Augen der Mädchen ziemlich begehrenswert macht, sondern ist auch sonst ein cooler Typ, der für seine Schüler immer ein offenes Ohr hat. Sogar sein Matheunterricht ist anders als bei anderen Lehrern, hat Conni festgestellt. Viel lockerer und witziger. Und trotzdem lernt man eine Menge.

»Wollen wir jetzt nicht erst mal frühstücken?«, fragt Phillip. Sein Blick wandert sehnsüchtig über das Büfett. »Wenn wir noch lange warten, wird der Salat welk.«

Alle lachen, auch Frau Lindmann.

»Gute Idee! Lasst uns frühstücken! Zum Glück haben wir eine Doppelstunde. Ich habe nämlich auch noch eine Überraschung für euch.«

Eine Überraschung? Conni hebt die Augenbrauen.

»Was das wohl ist?«, tuschelt Anna.

»Wahrscheinlich ein unangemeldeter Vokabeltest«, grummelt Conni. »Um zu überprüfen, wo wir in Englisch stehen.«

Gemeinsam mit den anderen steht sie auf und reiht sich in die Schlange vor dem Büfett ein. Phillip stellt sich hinter sie und pustet ihr in den Nacken.

»Hey, das kitzelt!«, protestiert Conni lachend.

»Schlimm?«, fragt Phillip. Seine dunkelbraunen Augen funkeln.

»Nee.« Conni schüttelt den Kopf.

»Hast du echt ein Stück Kuchen für mich reserviert? Oder hast du das gestern am Telefon nur so gesagt?«

Neben Conni spitzen Anna, Billi und Dina erwartungsvoll die Ohren. Conni presst die Lippen aufeinander. Soll sie Phillip etwa sagen, dass sie ihm am liebsten den ganzen Kuchen schenken würde? Nein, ausgeschlossen. Nicht vor den anderen!

»Such dir einfach das schönste Stück aus«, sagt sie diplomatisch.

»Wir haben jede Menge Liebe reingebacken«, kichert Billi. »In jedes einzelne Stück!«

»Und Conni hat sich besonders große Mühe gegeben«, fügt Anna mit einem zuckersüßen Lächeln hinzu.

Conni würde ihren Freundinnen gerne sagen, wie unmöglich sie sie findet, aber sie reißt sich zusammen und begnügt sich stattdessen mit einem finsteren Blick.

»Von Liebe allein kann man nicht leben«, stellt Paul ungerührt fest und drängelt sich an den anderen vorbei. »Ich jedenfalls nicht.«

»Ich schon«, lacht Phillip. »Besonders wenn sie in Käsekuchen verpackt ist!«

Conni wird rot. Wie meint er das denn?

Zum Ende der ersten Stunde ist das Büfett komplett verputzt. Vom leckeren Käsekuchen sind nur noch ein paar Krümel übrig geblieben. Die Jungs sind wider Erwarten satt geworden

und reiben sich die Bäuche. Phillips zufriedenes Lächeln erinnert Conni an Kater Mau.
Fehlt nur noch, dass er anfängt zu schnurren, denkt sie.
»Well then …« Frau Lindmann steht auf, nimmt ein Stück Kreide und schreibt einen Satz an die Tafel, bevor sie sich an die Klasse wendet. »Holt bitte eure Hefte raus. Dies ist die Stillarbeit für die zweite Stunde. Ihr dürft Gruppen bilden.«
Sofort rücken Conni, Anna, Billi und Dina näher zusammen. Sie bilden eine Arbeitsgruppe, klar.
»Ten reasons to visit Great Britain«, liest Conni halblaut murmelnd vor. »Zehn Gründe, Großbritannien zu besuchen. Was soll das denn?«
»Ich dachte, sie hat eine Überraschung für uns«, mault Anna leise, als sie ihr Heft aus dem Rucksack zieht.
»Schreibt alles auf, was euch einfällt«, schlägt Frau Lindmann vor. »Weshalb würdet ihr gerne mal nach England reisen? Macht eure Notizen auf Deutsch. Wir übersetzen sie später gemeinsam ins Englische.«
Conni, Anna, Billi und Dina stecken die Köpfe zusammen. Conni schlägt ihre Kladde auf und macht eine Liste. In die linke Spalte kommen die Zahlen von eins bis zehn, die rechte ist für die Vorschläge.
»Um Mandy zu besuchen«, sagt Conni. »Ist doch logisch!«
Die anderen nicken.
»Au ja«, meint Anna. »Es wär echt cool, wenn wir unsere Austauschschülerinnen endlich mal wiedersehen könnten. Los, schreib's auf!«
In Schönschrift schreibt Conni »Besuch in Brighton, um unsere Austauschschüler wiederzusehen« in die rechte Spalte.

»Ich würde gerne eine Runde mit dem London Eye fahren.« Billis Augen leuchten. »Ihr wisst schon, das ist dieses gigantische Riesenrad mitten in London. Von ganz oben muss man eine Wahnsinnsaussicht haben!«

»Madame Tussauds, das berühmte Wachsfigurenkabinett«, schlägt Dina vor. »Da wollte ich immer schon mal hin!«

Conni schreibt eifrig mit.

»Das Wetter ist definitiv kein Grund«, kichert Anna. »Regnet es in England nicht ständig?«

Conni knabbert nachdenklich an ihrem Stift. »Ich glaub, das ist ein Vorurteil. Nicht mal im Regenwald regnet es andauernd, oder?«

»Dann nehme ich Big Ben«, sagt Anna. »Ihr kennt doch diesen Glockenturm am Westminster-Palast. Der ist total berühmt. Obwohl Big Ben eigentlich nur der Name der dicksten Glocke ist, nennen die meisten den ganzen Turm so. Den muss man einfach mal gesehen haben, finde ich!«

»Den Buckingham Palace auch«, beteuert Dina. »Vielleicht guckt die Queen sogar mal aus dem Fenster und winkt.«

»Oder einer von den Prinzen«, seufzt Anna. »Harry und William. Die sind ziemlich süß, findet ihr nicht?«

»Na ja«, meint Conni. »Das ist wohl Geschmackssache.« Ihre Liste füllt sich zusehends. »Brighton, London Eye, Madame Tussauds, Big Ben, Buckingham Palace, die Queen, Harry und William«, zählt sie auf. »Das sind zusammen sieben Gründe, um England zu besuchen. Fehlen noch drei.«

»Das leckere Essen!«, ruft Phillip von hinten. »Gebratene Würstchen, Bohnen, Spiegeleier und Speck zum Frühstück wie im Schlaraffenland!«

Conni schüttelt lachend den Kopf.
»Muss man sich eigentlich Sorgen machen«, wendet sie sich an die anderen, »wenn Jungs immerzu nur ans Essen denken?«
»Nee, ich glaub nicht«, erwidert Anna. »Das ist ganz normal in dem Alter. Wie bei Hundewelpen. Die wollen auch immer nur fressen, spielen und schlafen.«
»Na, dann ist ja gut.« Conni trommelt mit dem Füller auf den Tisch. »Fällt euch sonst noch was ein?«
Billi zieht die Stirn kraus, Anna zupft an ihren Zöpfen und Dina starrt an die Decke. Conni glaubt fast, über den Köpfen ihrer besten Freundinnen Rauchwölkchen aufsteigen zu sehen, so angestrengt denken sie nach.
Wenig später ist ihre Liste um die Einträge »Themse«, »Tower Bridge« und »Echte Bobbys« reicher.
»Warum werden englische Polizisten eigentlich Bobbys genannt?«, will Dina wissen.
»Keine Ahnung.« Conni zuckt mit den Achseln. »Frag doch mal den Lindwurm.«
Zum Glück hat Frau Lindmann ihren Spitznamen nicht gehört. Sie schlendert durch die Reihen, bleibt ab und zu stehen und linst ihren Schülern über die Schultern. Als sie bei Conni stehen bleibt, wirft sie einen Blick auf die Liste und nickt.
»Well done, girls. Das sind zehn sehr gute Gründe, um Großbritannien zu besuchen«, lobt sie. »Very good reasons.«
Conni, Anna, Billi und Dina klatschen sich ab. Frau Lindmann geht nach vorne und stellt sich an die Tafel.
»Euch allen sind wirklich gute Gründe eingefallen«, sagt sie zufrieden. »Interessanterweise steht auf jeder einzelnen Liste ein Punkt ganz weit oben: ein Besuch bei euren englischen

Austauschschülern. Es freut mich, dass meine Überraschung damit zu tun hat.«
Die Lehrerin macht eine wirkungsvolle Pause.
Conni holt tief Luft. Anna hört auf an ihren Zöpfen zu zupfen. In der Klasse ist es mucksmäuschenstill.
»Wir fahren nach Brighton!«, verkündet der Lindwurm strahlend. »Die St. Christopher's School hat uns zu einem Gegenbesuch eingeladen!«
»Wow!«, »Was!?«, »Nee, oder?«, »Wahnsinn!« – alle rufen wild durcheinander. In der Klasse bricht ohrenbetäubender Jubel los. Conni und Anna starren sich ungläubig an. Dina grinst wie ein kleines Honigkuchenpferd. Billi schlägt Conni vor Begeisterung mit der flachen Hand auf die Schulter.
»Das ist so was von obercool!«, ruft sie.
»Obercool ist gar kein Ausdruck!«, japst Conni. »Das ... das ist einfach phänomenal, oberspitzenklassesupertoll! Ich kann's nicht fassen. Wir fahren nach England!«
In ihren Ohren rauscht es vor Aufregung. Ihr Herz schlägt einen Salto. Die Überraschung ist dem Lindwurm wirklich gelungen! Endlich sieht sie Mandy wieder und lernt ihre Familie kennen. Und Harry natürlich, Mandys schwarzen Hund.
»Wann geht's denn los?«, fragt Paul aufgeregt.
»Schon sehr bald«, erwidert Frau Lindmann und zieht ein paar Zettel aus ihrer Tasche. »Ich habe die Briefe für eure Eltern bereits dabei. Darin steht alles Wichtige. Bitte gebt sie zu Hause ab und lasst sie unterschreiben. Wir reisen in drei Wochen.«
»Was!? In drei Wochen schon?«, entfährt es Janette.
»Wo ist das Problem?«, fragt Phillip.

»Sie braucht vier Wochen zum Packen«, grinst Mark.
Die Jungs grölen und klopfen sich gegenseitig auf die Schultern.
Janette zieht den Kopf ein und schmollt.
Conni, Anna, Billi und Dina lachen.
»Ich weiß, es ist sehr kurzfristig«, gibt Frau Lindmann zu. »Die Bewilligung für den Schüleraustausch ist gerade erst eingetroffen. Außerdem liegen die Ferientermine in England so ungünstig, dass ein späterer Termin leider nicht möglich ist. Ihr wisst ja, dass es an britischen Schulen keine Halbjahre, sondern Trimester gibt. Und da ihr den Unterricht an der St. Christopher's School besuchen werdet, müssen wir uns auf diesen frühen Reisetermin festlegen.«
Sie geht herum und verteilt die Zettel.
Anna meldet sich. »Von wo fliegen wir denn?«
»Wir fliegen nicht«, erklärt der Lindwurm. »Wir fahren mit dem Bus.«
In der Klasse herrscht verblüfftes Schweigen.
»Und was ist mit dem Ärmelkanal?«, fragt Paul. »Hat unser Bus vielleicht Schwimmflügel?«
»Noch nie was vom Eurotunnel gehört?« Tim gibt ihm eine Kopfnuss. »Heutzutage fährt man unter dem Kanal durch, nicht obendrüber.«
»Fliegen ist doch viel billiger«, meint Anna.
»Und es geht schneller«, stimmt Phillip ihr zu.
»Aber es ist schlecht für die Umwelt«, gibt Billi zu bedenken.
Conni nickt. »Stimmt. Aber ist Busfahren umweltfreundlicher?«
»Wir nehmen den Bus, weil wir ihn vor Ort brauchen wer-

den«, sagt Frau Lindmann. Sie hat ihre Zettel verteilt und lehnt sich gegen das Lehrerpult. »Schließlich wollen wir nicht die ganze Zeit in Brighton bleiben, sondern möglichst viel von England sehen. Unter anderem steht ein Tagesausflug nach London auf dem Programm. Möglicherweise sogar mit einer Übernachtung in einem Youth Hostel. Das sind günstige Hotels für junge Leute, ähnlich wie unsere Jugendherbergen.«
London! Wahnsinn! Conni spürt, wie sich die Härchen auf ihren Unterarmen aufrichten.
Neben ihr seufzt Anna andächtig. »Wir können shoppen gehen. Harrods, Marks & Spencer – all die tollen Kaufhäuser!«
»Und erst die Museen«, sagt Dina.
»Und das London Eye«, fügt Billi hinzu.
»Hebt eure Listen mit den zehn Gründen, Großbritannien zu besuchen, gut auf. Ihr werdet sie schon bald brauchen«, sagt der Lindwurm. »Die Übersetzung machen wir morgen. By the way … Hat jemand Interesse daran, seine mündliche Zensur ein wenig zu verbessern?«
Conni und Anna wechseln einen Blick.
»Klar«, sagt Conni.
Die beiden melden sich.
»Fein«, lächelt Frau Lindmann. »Bitte bereitet bis zur nächsten Englischstunde ein kleines Referat über den Eurotunnel vor. Normalerweise würden wir mit der Fähre von Calais nach Dover übersetzen, aber da die französischen Fährarbeiter einen Streik angekündigt haben, werden wir durch den Eurotunnel fahren. Ihr findet Informationen über den Tunnel in eurem Englischbuch und im Internet. Zehn Minuten genügen.«
Conni nickt und macht sich eine kleine Notiz:

Referat Eurotunnel
max. 10 Min.
Buch + Internet

Als es zur großen Pause gongt, nimmt Frau Lindmann ihre Aktentasche und verabschiedet sich. »Wir unterhalten uns morgen weiter. Vergesst bitte die Zettel mit den Unterschriften nicht. Have a nice day, girls and boys. See you tomorrow. Goodbye!«

Die Klasse ruft ein fröhliches »Goodbye, Mrs Lindmann!« zurück. Dann springen alle auf und reden wild durcheinander. Die Neuigkeiten sind einfach zu spannend!

Conni schnappt sich ihren Pausenapfel und ihre Kakaotüte. »Lasst uns rausgehen«, schlägt sie vor. »Die Sonne scheint so schön!«

In einem Eckchen des Schulhofs machen sie es sich auf einer Bank gemütlich. Lia aus der Parallelklasse winkt ihnen zu.

»Ihr habt's gut!«, ruft sie. »Wollen wir nicht tauschen?«

»Nee, kommt nicht in die Tüte!«, ruft Phillip zurück. Er gibt Lias Zwillingsbruder Nachhilfestunden und kennt die Geschwister gut. »Geht ihr mal schön zur Schule, während wir London unsicher machen!«

Conni schüttelt den Kopf und lacht. Anscheinend hat sich ihre Klassenfahrt nach Brighton in Windeseile am Lessing-Gymnasium herumgesprochen.

Für den Rest des Vormittages ist die Klassenfahrt nach England weiterhin das einzige Gesprächsthema – und zwar nicht nur in den Pausen. Obwohl sie sich große Mühe geben, schaffen es die Lehrer einfach nicht, die Konzentration der Klasse wieder auf den Unterricht zu lenken.

»An Mathe ist heute echt nicht zu denken«, seufzt Herr Gunnarsson in der letzten Stunde und klappt die Tafel zu. »Na schön. Wir holen die Aufgaben morgen nach.« Er setzt sich auf die Kante des Lehrerpults und reibt sich sein Kinn, das von einem schmalen Piratenbärtchen geschmückt wird. »Wisst ihr denn schon, welche Lehrer euch auf die Klassenfahrt begleiten werden?«

»Frau Lindmann«, antwortet Paul. »Wer sonst?«

»Es müssen aber immer zwei Lehrer mit auf Klassenfahrt«, weiß Mark. »Wegen der Aufsichtspflicht, glaub ich.«

»Stimmt genau«, sagt Moritz Gunnarsson. »Und da ihr eine gemischte Klasse seid, werden euch eine weibliche und eine männliche Lehrkraft begleiten.«

Der junge Lehrer grinst. Conni und Anna starren sich an.

»Heißt das etwa –« Anna schnappt hörbar nach Luft.

Herr Gunnarsson nickt. »Wenn ihr nichts dagegen habt, komme ich mit.«

»Cool!«, entfährt es Conni. Sie hält sich schnell die Hand vor den Mund. Ist das peinlich!

Anna, Billi und Dina kichern.

Herr Gunnarsson lacht. »Ich geh mal davon aus, dass das eine Zustimmung war?«, fragt er.

Conni kann nur stumm nicken.

»Das freut mich«, sagt der Lehrer. »Ich glaub nämlich, das wird eine tolle Fahrt!«

»Darauf können Sie wetten!«, bekräftigt Phillip.

Conni lächelt ihm zu.
Ich fahr mit Phillip nach London, summt es in ihrem Kopf. Das ist der absolute Wahnsinn!
Was Mama, Papa und Jakob wohl dazu sagen? Conni kann es kaum erwarten, ihnen die tolle Neuigkeit zu erzählen. Den Rest der Stunde verbringt sie damit, auf ihrem Stuhl herumzurutschen. Es will ihr einfach nicht gelingen, still zu sitzen. Aber den anderen geht es genauso. Fünf Minuten vor dem Gong hat Herr Gunnarsson ein Einsehen und lässt die Klasse früher raus. Conni springt auf. Viel länger hätte sie es garantiert nicht ausgehalten.

»Ich kann's immer noch nicht glauben«, sagt Conni auf dem Nachhauseweg. Sie radelt mit Phillip und Paul über den Radweg und blinzelt in die Sonne. Phillip wirft ihr einen amüsierten Blick zu.

»Soll ich dich mal kneifen?«, fragt er. »Damit du weißt, dass du nicht träumst?«

Conni lacht. »Nee, danke.«

»Ich war schon mal in London«, erzählt Phillip. Seine blonden Locken flattern im Fahrtwind. »Ist zwar schon ein Weilchen her, aber das war echt cool. Kein Vergleich zu Neustadt.«

»Das wundert mich irgendwie gar nicht«, meint Paul. »Neustadt ist schließlich nicht gerade der Bauchnabel der Welt.«

An der Fürst-Pückler-Allee biegt Phillip ab. »Ciao!«, ruft er und winkt. »Bis morgen!«

»Bis morgen!«, ruft Conni zurück.

»War irgendwie klar, dass er schon mal in London war«, grummelt Paul neben ihr.

Conni hebt eine Augenbraue. Hat er etwa ein Problem damit? Es hört sich fast so an, als wäre er neidisch. Als Phillip neu in die Klasse kam, hat Paul ziemlich eifersüchtig reagiert. Aber die Zeiten sind doch wohl vorbei, oder?

»Phillip ist halt viel rumgekommen«, erwidert sie. »Immerhin war sein Vater im diplomatischen Dienst. Wahrscheinlich ist es ganz normal, dass man da viel reist und was von der Welt sieht. Also entspann dich.«
Paul antwortet mit einem Grunzen. Vor seinem Gartentor bremst er ab und stößt es mit dem Fuß auf. Conni rollt in die nächste Einfahrt.
»Tschüss!«, ruft sie, aber Paul ist schon im Haus verschwunden.
Dann eben nicht, denkt Conni. Sie schultert ihren Rucksack und schüttelt den Kopf. Jungs sind manchmal echt schwer zu verstehen.

Mama und Jakob sind schon zu Hause. Conni stolpert über Jakobs Schulranzen, den er wie immer achtlos im Flur liegengelassen hat, und stößt einen Fluch aus. Fehlt noch, dass sie sich das Bein bricht und nicht mit nach England kann!
»Hallo, Conni!« Mama kommt aus der Küche und schnappt sich ihre Arzttasche. »Ich muss gleich wieder los, einen Hausbesuch machen. Essen steht auf dem Herd. Jakob wartet schon auf dich.«
»Aber ich muss dir ganz dringend was erzählen!«, sprudelt Conni atemlos hervor. »Wir fahren nach England! Auf Klassenfahrt! Ist das nicht cool? Ich muss sofort eine Mail an Mandy schreiben. Ich darf doch an deinen Computer? Oh Mann … Das ist der Wahnsinn! Ich bin so aufgeregt!«
Mama gibt ihr ein Küsschen und nickt zerstreut. »Das sind ja tolle Neuigkeiten! Wir reden später in Ruhe, okay?«
»Hunger!«, meldet sich Jakob aus der Küche.

Conni rauft sich die Haare. So hatte sie sich das irgendwie nicht vorgestellt. Schließlich erfährt man nicht jeden Tag, dass man eine Klassenfahrt ins Ausland macht, oder?
Mama hat schon ihren Autoschlüssel in der Hand. »Tut mir leid, Conni. Ich muss wirklich los.«
»Ja, ist okay«, sagt Conni matt.
»Ich bin am Verhungern!«, kräht Jakob.
Conni bringt Mama schnell zur Tür. Wenig später sitzt sie mit ihrem kleinen Bruder am Tisch und sieht ihm dabei zu, wie er die dritte Portion Tortellini in sich hineinschaufelt. Anscheinend hat Anna mit ihrer Theorie Recht, dass die Nahrungsaufnahme von Jungs mit der von Hundewelpen vergleichbar ist, überlegt sie.
Nachdem er auch noch seinen Nachtisch in Rekordzeit verputzt hat, springt Jakob auf und verkündet, dass er zum Spielen in den Garten will.
»Und was ist mit deinen Hausaufgaben?«, fragt Conni stirnrunzelnd, während sie das Geschirr wegräumt.
»Wir haben nichts auf«, antwortet Jakob und stürmt schon hinaus.
»Beneidenswert«, meint Conni. »Ich wünschte, ich dürfte auch noch mal zur Grundschule gehen.« Aber dann fällt ihr ein, dass Grundschüler garantiert noch nicht auf Klassenfahrt nach England gehen, sondern höchstens mal für ein paar Tage in ein Schullandheim an die Nordsee oder in den Harz fahren.
Sie nimmt Mau auf den Arm und drückt ihn an sich.
»Dann schon lieber Gymnasium und Hausaufgaben«, sagt sie zu ihm. »Oder was meinst du?«
Mau leckt ihr über die Nase und schnurrt zustimmend.

Anna und sie haben sich für den frühen Nachmittag bei Anna verabredet, um gemeinsam das Referat über den Eurotunnel auszuarbeiten und ihren Vortrag zu üben. Conni holt ihre Schulsachen aus dem Rucksack und erledigt die übrigen Hausaufgaben. Zum Glück hatten alle Lehrer Verständnis für die Ausnahmesituation und haben nur wenig aufgegeben. Conni ist im Nu damit fertig. Anschließend zieht sie den Elternbrief aus ihrem Hefter und faltet ihn auseinander. Da steht es schwarz auf weiß:

Betr.: Unsere Klassenreise nach Brighton

Liebe Eltern der Klasse 6a,
auf unserem Elternabend im vergangenen Jahr haben wir schon über die im zweiten Schulhalbjahr anstehende Klassenreise gesprochen. Nun benötigen wir von Ihnen das Einverständnis, dass Ihr Kind mitfährt und an dem geplanten Schüleraustausch mit der St. Christopher's School in Brighton teilnehmen darf.

»Klar darf ich«, nickt Conni. »Wäre ja wohl noch schöner!«
Sie liest sich die Informationen gründlich durch und stellt fest, dass die Fahrt ziemlich teuer wird. Hoffentlich nicht zu teuer. Es wäre echt nicht auszudenken, wenn Mama und Papa deswegen Einwände hätten!
Zur Not gebe ich eben mein Geburtstagsgeld dazu, überlegt sie. Und ich verzichte für den Rest des Jahres freiwillig auf mein Taschengeld!
Weiter steht in dem Brief, dass die Kinder bei ihren Gastfamilien wohnen und am englischen Schulunterricht teilneh-

men werden. Auch der geplante Ausflug nach London wird erwähnt.
Connis Herz klopft ein bisschen schneller, als sie es liest. Sie springt auf, läuft hinunter ins Wohnzimmer und legt den Brief so auf den Tisch, dass er Mama und Papa sofort ins Auge fällt, wenn sie reinkommen. Zur Sicherheit stellt sie noch die große rote Blumenvase darauf. Dann setzt sie sich in Mamas kleine Büroecke an den PC und fährt ihn hoch. Sie loggt sich mit ihrem Passwort ein und öffnet das E-Mail-Programm. Echt praktisch, dass Mama ihr eine eigene Mail-Adresse eingerichtet hat. So kann sie sofort mit der Mail an Mandy loslegen.
Weil Mandy unbedingt ihr Deutsch verbessern will, haben sie vor kurzem beschlossen, sich nur noch auf Deutsch zu mailen. Nur den Anfang schreibt Conni in Englisch:

Hi Mandy,
how are you? I hope fine! I am fine, too. Very fine sogar! Ich komme nach Brighton! In drei Wochen schon! Ist das nicht genial?? Endlich sehen wir uns wieder! Und ich darf sogar bei dir wohnen. Darf ich doch, oder?

Conni zieht die Stirn kraus. Ob Mandy weiß, was genial heißt? Egal. Falls nicht, muss sie eben im Wörterbuch nachschlagen. Sie schreibt weiter, dass sie sich schon riesig auf die Reise freut und dass sie überhaupt nicht weiß, wie sie die nächsten drei Wochen überstehen soll. Schließlich liest sie sich noch einmal alles durch und drückt auf Senden. Hoffentlich antwortet Mandy bald. Und hoffentlich ist es ihren Eltern recht, dass sie kommt und bei ihnen wohnt.
Um sich ein bisschen abzulenken, geht Conni in den Garten.

Jakob und Pauls kleine Schwester Marie toben über den Rasen und spielen Fußball.
Conni hockt sich auf die niedrige Terrassenumrandung und zieht ihr Handy aus der Tasche. Kein Anruf, keine SMS. Schade. Ob Phillip trotzdem an sie denkt? Oder ob sie ihn mal anrufen soll? Aber was soll sie sagen? ›Hallo, wie geht's? Ich wollte nur mal deine Stimme hören‹ vielleicht? Nee, das traut sie sich nicht. Blöd eigentlich.
Plötzlich hat sie eine Idee. Wenn Phillip schon mal in London war, kennt er sich bestimmt gut aus. Das ist die Idee! Bevor sie es sich anders überlegen kann, tippt Conni seine Kurzwahlnummer ein und presst sich das Handy ans Ohr.
Phillip ist fast augenblicklich dran, als hätte er nur darauf gewartet, dass sein Handy klingelt. Conni schluckt, als sie seine Stimme hört.
»Hi, Conni! Was gibt's?«
»Ähm, ich …« Mist! Sie hätte sich vorher aufschreiben sollen, was sie sagen wollte. Jetzt fällt es ihr nicht mehr ein. Zum Glück kommt in diesem Moment Mau durch das hohe Gras gestapft, um sich kraulen zu lassen. Er streift um Connis Beine und miaut fordernd.
»Hey, das ist doch mein kleiner gestreifter Kumpel!« Phillip lacht.
»Ja, stimmt.« Conni hält Mau das Handy hin. Er schnuppert daran und fängt an zu schnurren. »Was ich dich eigentlich fragen wollte –«, wagt sie einen zweiten Anlauf, als der kleine Kater seinen Streifzug fortsetzt. »Braucht man für England einen Reisepass?«
»Dein Ausweis genügt«, antwortet Phillip. »Aber wenn du ei-

nen Pass hast, geht der natürlich auch. England gehört schließlich zur EU, zur Europäischen Union.«
»Klar«, sagt Conni und nickt. Sie hat einen Kinderreisepass. Der ist dann wohl optimal.
Sie unterhalten sich über die bevorstehende Klassenfahrt, was sie sich alles ansehen wollen und was unbedingt ins Gepäck gehört, als Connis Handy plötzlich mit einem unguten Piepen verkündet, dass der Akku fast leer ist. So was Blödes! Muss das ausgerechnet jetzt passieren? Sie stößt einen unhörbaren Fluch aus.
»Du, ich muss Schluss machen«, sagt sie. »Mein Akku –«
Sie starrt auf das erloschene Display. Abgewürgt. Mitten im Gespräch. Sie schüttelt das Handy und versucht es ein- und wieder auszuschalten. Fehlanzeige. Es bleibt tot.
»Mausetot«, stellt Conni fest. Sie steht auf, um sich auf die Suche nach dem Ladekabel zu machen. Zuletzt hat es unter ihrem Bett gelegen, das weiß sie genau. Wenn nur Kater Mau es inzwischen nicht verschleppt hat!

Als das Handy an der Ladestation hängt, schickt Conni Jakob und Marie nach nebenan zu Hausers. Es wird höchste Zeit, dass sie sich auf den Weg zu Anna macht. Bestimmt wartet die schon auf sie. Schnell stopft sie ihr Mäppchen und ihren Collegeblock in eine Umhängetasche und schwingt sich auf ihr Rad. Zum Glück hat Anna Internet. Und ein Englischbuch hat sie auch.
»Hi, Anna!«, ruft sie ein paar Minuten später schon von weitem. Anna tobt mit ihrem Hund Nicki durch ihren Vorgarten und schaut auf.

»Wo bleibst du denn?«, sagt sie vorwurfsvoll. »Ich wollte schon ohne dich anfangen!«

»Und? Hast du?«, fragt Conni grinsend.

»Nee«, grinst Anna zurück.

»Schade.« Conni stellt ihr Rad ab und folgt ihrer Freundin ins Haus.

Sie begrüßt Frau Brunsberg, Annas Mutter, und flitzt mit Anna die steile Treppe hinauf. Der PC auf dem Schreibtisch in Annas Zimmer läuft bereits.

»Hey, du hast ja einen neuen Bildschirmschoner!«, staunt Conni.

Auf dem Monitor flattert der Union Jack, die britische Fahne, im Wind.

»Cool, nicht?« Anna setzt sich auf ihren Schreibtischstuhl. »Ich dachte, ich verbreite schon mal ein bisschen englische Stimmung.«

Wenig später hocken die beiden nebeneinander und machen sich eifrig Notizen. Conni weiß jetzt, dass der Eurotunnel 50 Kilometer lang ist, davon 38 Kilometer unter See, dass er im Durchschnitt 40 Meter unter dem Meeresspiegel verläuft und Großbritannien mit dem europäischen Festland verbindet. Eröffnet wurde er 1994.

»Die Fahrt unter dem Ärmelkanal hindurch dauert nur etwas länger als eine halbe Stunde«, liest Anna vom Bildschirm ab. »Unglaublich, oder?«

»So schnell ist man in England?« Conni staunt.

»Na ja, vergiss nicht, dass wir zuerst mal nach Calais kommen müssen«, gibt Anna zu bedenken. »Ich glaub, das dauert ewig mit dem Bus.«

»Egal«, meint Conni. »Um nach London zu kommen, würde ich zur Not auch zu Fuß gehen!«
»Ich auch«, lacht Anna.
Sie forschen weiter und finden heraus, dass die Busse, die mit dem Shuttlezug durch den Tunnel befördert werden, in extragroße Waggons kommen. Die Passagiere können während der Fahrt in den Bussen sitzen bleiben.
»Während über einem nichts als Wasser ist«, sagt Conni atemlos. »Kaum zu glauben, oder?«
»Ich stell mir das ziemlich unheimlich vor«, gibt Anna zu. »Nimmst du Reisekaugummis mit? Falls uns unterwegs schlecht wird?«
»Klar. Ich frag meine Mutter, ob sie mir welche mitgibt«, antwortet Conni und kichert. »Sei froh, dass wir nicht mit der Fähre fahren. Im Bus wird man wenigstens nicht seekrank.«
»Stimmt auch wieder«, sagt Anna. »Hat eben alles seine Vorteile.«

Beim Abendbrot hat Conni endlich Gelegenheit, sich mit ihren Eltern über die Klassenreise zu unterhalten. Beide sind total begeistert und freuen sich. Davon, dass die Fahrt zu teuer sein könnte, ist nicht die Rede. Puh! Conni atmet erleichtert auf.
»Du wirst britische Pfund brauchen«, meint Papa. »England ist zwar in der EU, aber sie haben ihre eigene Währung behalten.«
»Ich glaube, die Engländer halten nicht viel vom Euro«, lächelt Mama. »Sie hängen an ihren Pfundnoten, genau wie an ihrem Königshaus und den roten Doppeldeckerbussen.«

Wie unpraktisch, denkt Conni, dass man nicht überall in Europa mit Euro bezahlen kann. Aber bestimmt kann man sein Geld irgendwo umtauschen. Fragt sich nur, wo? Aber das findet sie auch noch heraus!
Gleich nach dem Abendessen setzt sie sich noch einmal an den Computer. Mandy hat schon geantwortet. Cool. Conni öffnet die Mail und liest:

Hi, Conni! What a big, big, big surprise!! ☺
Ich wusste es schon, dass ihr kommt bald. Mr Brownstone, unser teacher, hat es uns verraten, aber wir durften noch nicht mit euch reden, bevor alles klar ist. Jetzt, es ist alles klaro. Und ich freuen mich sooooo wahnsinnig, dass du kommst!!
Gleich morgen ich werde mein Zimmer umstellen, damit wir es gemutlich haben. Wir haben bestimmt viel zu sprechen und werden haben eine Menge Fun!
Ich hoffe, das Baby ist bis dahin da. Dann kannst du es gleich anschauen. Mum sagt, es ist jeden Tag so weit. Very spannend, nicht?
Ich muss nun leider stoppen, aber wir sehen uns ja bald.
Viele Grussen an dich, deine Eltern, Little-Jakob and Mau!
Your friend Mandy!

Conni starrt auf den Monitor. Das Baby? Ach herrje! Daran hat sie ja gar nicht mehr gedacht! Dabei hat Mandy ihr doch vor ein paar Monaten lang und breit geschrieben, dass ihre Mutter ein Baby erwartet. Und dass sie, Mandy, sich freut, weil sie dann endlich nicht mehr die Jüngste in der Familie ist. Und jetzt ist es also jeden Tag so weit.
»Das Baby kommt!« Conni bläst die Wangen auf und weiß

nicht, ob sie lachen oder weinen soll. Wie hatte sie das nur vergessen können? Einen ungünstigeren Zeitpunkt für ihren Besuch in Brighton gibt es wohl kaum. Arme Mrs Livingston! Conni kann sich beim besten Willen nicht vorstellen, dass Mandys Mutter sich unter diesen Umständen auf Besuch aus Deutschland freut. Oh Mann …

Als sie wenig später im Bett liegt, schwirrt ihr der Kopf. Das verunglückte Telefongespräch mit Phillip, die Klassenfahrt, die englische Monarchie, das britische Pfund, unterseeische Tunnel, kleine rote Doppeldeckerbusse und Mandys Geschwisterchen … sie hat das Gefühl, als würde alles in ihrem Kopf durcheinanderwirbeln wie ein Tornado. Stöhnend zieht sie ihr Tagebuch aus der Nachttischschublade, schlägt es auf und schreibt:

Wenn Phillip ab sofort nicht mehr mit mir spricht, kann ich das gut verstehen. Das war nun schon das zweite Telefongespräch mit ihm, das ich abgewürgt hab.
Dabei konnte ich gar nichts dafür!
Aber bestimmt glaubt er trotzdem, ich mach mir nichts aus ihm.
Wie kann ich ihm nur das Gegenteil beweisen?¿
Und dann noch das Livingston-Baby!!

Hoffentlich hat Mandys Mutter sich verrechnet und es kommt erst, wenn ich schon wieder weg bin.
Könnte doch sein, oder?

Seufzend klappt sie das Tagebuch wieder zu. Sie ist viel zu müde und kann sich gar nicht richtig konzentrieren. Und außerdem: Je schneller sie schläft, umso eher sind die drei Wochen bis zur Klassenfahrt rum.

»Nur noch drei Wochen«, sagt sie und schlüpft in ihren Schlafanzug. »Wahnsinn!«

Mau sitzt am Fenster und blinzelt in die Dunkelheit. Conni versucht ein paar Seiten zu lesen, aber jedes Mal wenn sie umblättern will, hat sie prompt vergessen, was weiter oben auf der Seite stand. Gähnend knipst sie ihre Nachttischlampe aus und zieht sich die Decke bis ans Kinn. Sie schließt die Augen. Und dann schläft sie endlich ein.

Die nächsten drei Wochen vergehen wie im Turboflug, stellt Conni erstaunt fest. Neben dem täglich wachsenden Reisefieber, der Vorfreude auf Mandy und den Überlegungen, was sie mitnehmen soll, tritt alles andere in den Hintergrund. Ehe sie sich's versieht, ist der große Tag schon da und Papa bringt sie mit ihrem Gepäck zur Schule, wo schon der Bus auf die 6a wartet. Mama und Jakob lassen es sich nicht nehmen, sie zu begleiten.

»Wir müssen doch winken«, sagt Mama.

Jakob nickt feierlich und flitzt mit Marie davon.

Conni hat Mau zum Abschied noch einmal an sich gedrückt und ihn gestreichelt. Ach, Mau … Sie vermisst ihn jetzt schon. Wenigstens hat sie ein paar schöne Fotos von ihm gemacht und auf ihrer Kamera gespeichert.

»Wessen Idee war es eigentlich, dass wir abends losfahren?«, grummelt Paul. Er steht vor dem Reisebus und macht ein Gesicht wie sieben Tage Regenwetter. »In zehn Minuten wird das Pokalspiel zwischen Bayern München und Real Madrid angepfiffen und live im Fernsehen übertragen. Hat denn keiner ein Herz für Fußballfans? Können wir nicht erst nach dem Abpfiff starten? Bitte!!«

»Wir fahren über Nacht, weil da weniger Verkehr auf den Autobahnen ist«, erklärt Frau Lindmann, die sein Gejammer gehört hat, geduldig. »Wenn wir gut durchkommen, sind wir morgen früh am Ziel unserer Reise und haben noch den ganzen Tag vor uns. Das ist doch viel schöner, als tagsüber zu fahren und erst im Dunkeln anzukommen, oder?«

»Wie man's nimmt«, murmelt Paul.

»Hey«, muntert Phillip ihn auf. »Mit ein bisschen Glück gibt's im Bus ein Radio und der Fahrer interessiert sich vielleicht auch für Fußball. Dann verpassen wir wenigstens nichts.« Er gibt Paul einen Stoß mit dem Ellbogen. Tim und Mark stehen neben ihm und nicken hoffnungsvoll.

Conni und Anna werfen sich einen belustigten Blick zu.

»So weit kommt's noch«, sagt Anna laut, »dass wir uns unterwegs stundenlang Fußball im Radio anhören müssen, nur weil die Jungs das so wollen!«

»Ach, lass sie doch«, meint Conni. »Dann haben sie wenigstens was zu tun.«

Sie schiebt ihre große rote Reisetasche in das geöffnete Gepäckfach des Busses. Ihr Herz klopft. Es geht tatsächlich los. Wahnsinn, wie schnell die Zeit vergangen ist! Es ist kaum zu fassen.

»Kannst du mich mal kneifen«, bittet sie Billi, die neben ihr mit ihrem viel zu großen Rucksack kämpft, »damit ich es glaube, dass wir wirklich fahren? Nicht dass ich gleich aufwache, zu Hause im Bett liege und alles nur geträumt hab!«

Billi lässt ihren Rucksack los und kneift ihr bereitwillig in den Arm.

»Aua!«, jault Conni. »Danke.«

»Gern geschehen«, grinst Billi.

»Soll ich schon mal vier Plätze für uns besetzen?«, fragt Dina.

Sie sieht ein bisschen blass aus, findet Conni. Aber das liegt bestimmt an der Aufregung. »Ja, mach mal«, nickt sie. »Am besten ganz hinten!«

»Die letzte Reihe ist schon besetzt«, meldet sich Paul. »Sorry, Mädels.«

»Dann nehmen wir eben die vorletzte Reihe«, meint Conni. »Ist doch egal. Hauptsache, wir sitzen zusammen.«

Sie schaut sich nach ihren Eltern um. Zusammen mit Pauls Eltern und Annas Mutter stehen sie etwas abseits von dem großen blauen Reisebus und unterhalten sich. Jakob und Marie hüpfen um sie herum.

Conni wundert sich, wie ruhig und gelassen Mama und Papa sind. Immerhin fährt ihre einzige Tochter heute nach England. Und zwar 40 Meter tief unter dem Ärmelkanal hindurch, der Großbritannien und Frankreich verbindet! Das muss man sich mal vorstellen!

Nachdem Anna und sie ihr Referat über den Eurotunnel gehalten und dafür eine glatte Eins kassiert haben, hat Frau Lindmann der 6a einen spannenden Film über den Bau des gigantischen Tunnels gezeigt. Und in ein paar Stunden fahren sie selbst da durch. Wahnsinn!

Frau Lindmann und Herr Gunnarsson gehen herum, beruhigen ihre aufgeregten Schüler und helfen ihnen, ihr Gepäck zu sortieren und zu verstauen.

Janette hat gleich zwei pinkfarbene Koffer dabei und versucht vergeblich sie in das inzwischen gut gefüllte Gepäckfach zu schieben.

»Jetzt hab ich mir auch noch einen Nagel abgebrochen!«, jammert sie und wedelt theatralisch mit einer Hand.

Niemand achtet auf sie. Nur Saskia scheint bereit zu sein sie aufrichtig zu bedauern. Und der Busfahrer, der das Elend offenbar nicht länger mit ansehen kann. Mit wenigen Handgriffen schafft er Platz, befördert Janettes Koffer in die entstandene Lücke und schließt energisch die Klappe.

»Wir sind vollzählig!«, ruft Herr Gunnarsson. »Los geht's!«

Conni spürt ein nervöses Kribbeln auf ihrer Haut. Sie ist zwar schon öfter ohne ihre Eltern verreist – auf Klassenfahrten, auf den Reiterhof, zu ihren Großeltern und ihrem Cousin Michi in Berlin –, aber diese Reise ist etwas ganz Besonderes, findet sie. Ob es ein bisschen damit zusammenhängt, dass Phillip dabei ist? Conni wirft ihm einen verstohlenen Blick zu und sieht gerade noch, wie er sich von seinem Vater, einem groß gewachsenen Mann mit silbergrauen Haaren, verabschiedet. Dann verschwindet er mit den anderen Jungs im Bus.

Plötzlich setzt überall hektisches Abschiednehmen ein. Annas Mutter drückt Anna ganz fest an sich und fängt tatsächlich an zu weinen. Verstohlen wischt sie sich die Tränen ab und schnäuzt in ein Taschentuch.

»Mach dir keine Sorgen, Mama«, versucht Anna sie zu beruhigen. »In einer Woche bin ich wieder da.«

»Vergiss nicht jeden Tag anzurufen«, sagt Frau Brunsberg.

»Nein, Mama. Ich denk dran.« Anna rollt mit den Augen.

»Und zieh dich auch immer warm an.« Ihre Mutter zupft ihr den Jackenkragen zurecht und streichelt ihr besorgt über die Wange.

Conni, Billi und Dina grinsen sich an. Arme Anna!

»Jetzt geht's los, meine Große!« Papa nimmt Conni in den Arm. »Bist du aufgeregt?«
»Ein bisschen«, gibt Conni zu.
»Hast du das Geschenk für Mandys Mutter eingepackt?«, fragt Mama.
Conni nickt. »Es liegt ganz obenauf in meiner Tasche.«
»Hoffentlich passt der kleinen Marylou der Strampler«, meint Mama.
»Der wird schon passen.« Conni gibt ihrer Mutter ein Küsschen. »Und falls nicht, schicke ich ihn dir zurück und du tauschst ihn um.«
Mandys Mutter hat tatsächlich vor zweieinhalb Wochen ihr Baby bekommen, eine kleine Tochter namens Marylou. Mandy hat extra angerufen, um es Conni zu erzählen. Conni freut sich darauf, Mandys kleine Schwester kennenzulernen, auch wenn sie sich ein bisschen Sorgen macht. Wie es wohl ist, mit so einem winzigen Neugeborenen in einem Haus zu leben? Conni kann sich kaum noch daran erinnern, wie es war, als Jakob so klein war.
Als sie sich endgültig von ihren Eltern und Jakob verabschiedet hat und endlich in den Bus klettert, steckt Papa ihr einen kleinen Briefumschlag zu.
»Da sind ein paar Pfundnoten drin«, sagt er augenzwinkernd.
»Echtes englisches Geld?« Conni zieht die Augenbrauen hoch. »Das ist ja cool, vielen Dank!«
»Viel Spaß«, lächelt Papa.
»Und komm gesund wieder!«, ruft Mama.
Conni verspricht es und dann sitzt sie neben Anna im Bus, die Türen schließen sich und es geht wirklich los.

Ganz langsam rollt der Bus vom Parkplatz des Lessing-Gymnasiums. Der Fahrer drückt auf die Hupe. Die Eltern winken. Jakob und Marie hüpfen auf und ab.
Conni winkt lachend zurück. Dann lehnt sie sich in ihrem Sitz nach hinten und holt tief Luft. Vorsichtshalber zwickt sie sich selbst noch einmal in den Oberschenkel, um zu prüfen, ob sie nicht doch träumt. Nein, stellt sie fest. Sie sitzt tatsächlich mit ihren besten Freundinnen und Freunden in einem Reisebus, der sie geradewegs nach Großbritannien bringt.
»England, wir kommen!«, ruft Paul und schwenkt ein Fähnchen mit der britischen Flagge.
Alle lachen. Paul wird ein bisschen rot.
»Was denn?«, fragt er achselzuckend. »Die hatte ich noch von der letzten Fußball-WM.«
Frau Lindmann geht durch die Reihen und zählt durch. »Alle da«, sagt sie zufrieden.
Wenig später verlässt der Reisebus die Stadt und biegt auf den Autobahnzubringer ab.

Conni und Anna machen es sich gemütlich. Anna hat ein kleines Kuschelkissen mitgenommen und schiebt es sich in den Nacken. Billi und Dina sitzen auf der anderen Seite des schmalen Gangs und unterhalten sich. Hinter ihnen, in der letzten Reihe, sitzen die Jungs. Paul klemmt sein Fähnchen zwischen Rücklehne und Heckscheibe. »Damit alle wissen, wohin wir fahren«, sagt er.
»Was ist eigentlich der Unterschied zwischen England und Großbritannien?«, fragt Tim mit Blick auf die Fahne. »Ist das nicht ein und dasselbe?«

»Großbritannien ist die größte Insel Europas«, erklärt Mark wie aus der Pistole geschossen. »Sie besteht aus den Ländern England, Schottland und Wales. England und Schottland sind Königreiche, Wales ist ein Fürstentum. London ist die Hauptstadt von England und des Vereinigten Königreichs. Das wiederum nennen die Briten United Kingdom, abgekürzt UK. Nordirland gehört auch dazu. Alles klar so weit?«

»Na ja, geht so«, meint Tim.

»Woher weißt du das alles?«, fragt Paul misstrauisch.

Mark hält einen Reiseführer hoch und grinst.

Neben ihm zieht Tim eine Riesentafel Vollmilchschokolade aus seinem Rucksack. Er bricht ein großes Stück ab und lässt die Tafel anschließend herumgehen. Phillip reicht sie nach vorn zu Conni. Ganz kurz berühren sich ihre Fingerspitzen. Conni hat das Gefühl, einen winzigen elektrischen Schlag zu bekommen, und zuckt zurück, aber Phillip scheint nichts bemerkt zu haben. Sie bricht ein Stückchen Schokolade ab, schiebt es sich in den Mund und lässt es genüsslich auf der Zunge zergehen.

»Mjam, mjam! Fast so lecker wie Schokoeis mit Sahne«, sagt sie zu Anna.

Im Bus breitet sich behagliche Ruhe aus. Es dämmert über der Autobahn. Nur wenige Autos sind unterwegs.

Eigentlich ist es ziemlich gemütlich, findet Conni, auch wenn sie sich noch nicht richtig vorstellen kann die ganze Nacht über zu fahren und im Sitzen zu schlafen. Sie probiert aus, ob man die Rückenlehne verstellen kann. Als sie an dem kleinen Hebel neben der Sitzfläche zieht, sackt die Lehne plötzlich nach hinten in die Liegeposition. Phillip, der hinter ihr sitzt und gerade einen Schluck Limo trinken wollte, verschluckt sich vor Schreck.

»Hey!«, protestiert er lachend. »Willst du etwa schon schlafen?«

Conni spürt, dass sie rot wird. Schnell stellt sie den Sitz wieder in die aufrechte Position. »Upps«, macht sie. »Nee, eigentlich nicht. Entschuldige.«

»Schon gut.« Phillip beugt sich vor und zwinkert ihr zu. »Willst du einen Schluck?« Er hält ihr die Flasche hin. Conni zögert, aber dann nimmt sie die Limo und trinkt. Neben ihr kichert Anna. Conni wirft ihr einen warnenden Blick zu und gibt Phillip die Flasche zurück.

Aus den Bordlautsprechern kommt leise Musik. Das Fußballspiel scheint vollkommen in Vergessenheit geraten zu sein, bis der Radiosprecher verkündet, dass ein Tor gefallen ist: »1:0 für die Bayern! Tor in der 22. Spielminute durch …«

Der Name des Torschützen geht im lauten Jubel der Jungs unter. Paul zieht das Fähnchen aus seiner Halterung und schwenkt es fröhlich hin und her. Conni legt ihren Kopf zurück und schließt lächelnd die Augen.

Als sie die Augen wieder aufmacht, ist es draußen stockdunkel. Im Bus leuchten nur vereinzelte Leselämpchen. Die meisten scheinen zu schlafen, auch Anna, die ihren Kopf an Connis Schulter gelegt hat und leise schnarcht.

Vorsichtig versucht Conni sich zu strecken. Ihr linker Fuß ist eingeschlafen und kribbelt wie verrückt. Außerdem hat sie Hunger. Zum Glück hat Mama ihr ein paar Brote und Naschkram mitgegeben. Conni verputzt ein Käsebrot, spült mit viel Apfelsaft hinterher und knabbert zum Nachtisch eine Schokowaffel. Dann kuschelt sie sich wieder in ihren Sitz und klappt die Augen zu. Sie haben noch viele Stunden Fahrt vor sich. Es kann nicht schaden, ein paar davon mit Träumen zu verbringen.

»Aufwachen, Schlafmütze!« Jemand ruckelt an Connis Arm. »Willst du die ganze Fahrt verschlafen? Wir sind schon in Frankreich! Ist das nicht aufregend?«

Mühsam öffnet Conni ihre Augen und blickt direkt in Annas funkelnde Brillengläser. »Wieso Frankreich? Haben wir uns verfahren?«

Anna stöhnt auf. »Erinnerst du dich zufällig an unser Referat? Der Eurotunnel fängt in Frankreich an«, sagt sie. »Genauer gesagt in Coquelles bei Calais.«

»Ach ja, stimmt.« Conni grinst. Plötzlich ist sie hellwach. Wenn sie schon kurz vor dem Eurotunnel sind, heißt das ja, dass sie bald da sind! Wahnsinn!

Herr Gunnarsson geht durch den Bus. »Wir machen gleich mal eine Pause«, sagt er. »Ihr könnt dann aussteigen, euch die Beine vertreten und euch frisch machen, wenn ihr wollt. Ein bisschen Gymnastik kann nach der langen Fahrt auch nicht schaden.«

Die Klasse stöhnt geschlossen auf.

»Ich mach nur Gymnastik, wenn er uns was vorturnt«, wispert Anna Conni zu. Die grinst.

»Ich glaub, Janette geht's nicht gut!«, meldet sich Saskia ein paar Reihen weiter vorne. »Sie ist ganz grün im Gesicht!«

Herr Gunnarsson zieht eine Spucktüte aus einem Fach und

reicht sie Janette. »Bitte gut zielen. Und geh an der Raststätte ein bisschen spazieren. Die frische Luft wird dir guttun.«
»Kaum zu glauben, dass wir gleich durch einen Tunnel fahren, über dem nichts als Wasser ist«, sagt Dina. Sie klingt etwas besorgt. Billi lacht neben ihr.
»Ist doch cool«, erwidert sie. »Nur schade, dass der Eurotunnel keine Bullaugen hat. Ich würde zu gerne während der Fahrt rausgucken und den Fischen zuwinken.«
Conni zieht den kleinen Umschlag aus ihrer Tasche, den Papa ihr mitgegeben hat. Vorsichtig zieht sie die Geldscheine heraus und betrachtet sie von allen Seiten.
»Wieso ist da überall die Queen drauf?«, fragt Anna.
»Meine Mutter meint, die Engländer hängen an ihr«, sagt Conni achselzuckend. »Deshalb wahrscheinlich.«
»Blödsinn«, meldet sich Mark von hinten. »Eigentlich sollte Prinz Charles auf die 10-Pfund-Note.«
»Und warum ist er's nicht?«, fragt Paul.
»Ist doch klar! Weil seine Segelohren nicht auf die Scheine passen!« Mark kringelt sich vor Lachen.
Die Mädchen kichern.
Als der Bus auf den Rastplatz rollt, fällt Conni ein Schild auf. Nur noch 10 Kilometer bis nach Coquelles. Dort, in der Nähe der Küstenstadt Calais, beginnt der Kanaltunnel. Wenn sie den hinter sich gelassen haben, sind sie in England. Und dann dauert es nicht mehr lange, bis sie in Brighton sind. Ob Mandy schon auf sie wartet?
Na klar, denkt Conni. Und bestimmt ist sie genauso aufgeregt wie ich!
»Wenn alles reibungslos verläuft, sind wir in zwei bis drei

Stunden da«, sagt Frau Lindmann, als könne sie Connis Gedanken lesen. »Den anstrengendsten Teil unserer Reise haben wir hinter uns.«
Und den schönsten haben wir noch vor uns, denkt Conni lächelnd. Wetten?
Sie klettert mit den anderen aus dem Bus, um sich die Beine zu vertreten und auf die Toilette zu gehen. Neben ihr streckt sich Phillip. Paul joggt ein paar Runden im Kreis. Anna gähnt. Conni hebt schnuppernd die Nase.
Irgendwie riecht die Luft in Frankreich anders als in Deutschland, stellt sie fest. Frischer und kühler und schon ein bisschen nach Meer. Oder bildet sie sich das nur ein?

»Seht ihr schon was?«

»Ob das Brighton ist?«

»Ist das dahinten das Meer?«

»Wann sind wir endlich da?«

Im Bus werden die Hälse gereckt. Alle rufen aufgeregt durcheinander, springen von der einen Seite auf die andere und weisen sich gegenseitig auf die Sehenswürdigkeiten am Straßenrand hin. Es ist ein merkwürdiges Gefühl, dass der Bus auf der linken Seite fährt, findet Conni, aber langsam gewöhnt sie sich daran.

Der Himmel über England ist knallblau. Die Sonne scheint und es verspricht ein strahlend schöner Tag zu werden. Nach ihrer Rast und dem Verladen auf den Eurostar, den Zug, der sie durch den Kanaltunnel bis nach Folkstone in der Nähe von Dover gebracht hat, ging alles ganz schnell. Jetzt sind es nur noch wenige Kilometer bis nach Brighton.

Conni ist hellwach. Anna wühlt in ihrer Tasche und angelt ihren Fotoapparat heraus.

»Kannst du mal ein Foto von mir und Mark machen?«, wispert sie Conni zu. »Ich hab zwar schon ein paar Fotos von ihm, aber keins, auf dem wir zusammen drauf sind.«

»Klar, mach ich.« Conni zwinkert verschwörerisch, als Anna ihr den Apparat in die Hand drückt. »Sorg dafür, dass er den Arm um dich legt.«

Anna wirft Mark einen schmachtenden Blick zu und fragt: »Darf ich auch mal hinten sitzen? Ich würde so gerne mal aus dem großen Rückfenster gucken.«

Billi runzelt die Stirn. »Was gibt's hinter uns denn so Interessantes zu sehen?«

»Och, alles Mögliche …«, erwidert Anna vage. »Pferde und Schafe, hübsche Häuser und so.«

Billi zeigt ihr einen Vogel.

Mark springt sofort auf und will Anna seinen Platz anbieten. Phillip drückt ihn sanft, aber energisch in den Sitz zurück.

»Lass mal«, meint er. »Ich setz mich so lange nach vorne.«

Conni schluckt. Hilfe! So war das aber nicht geplant! Sie wirft Anna einen flehenden Blick zu, aber die grinst nur und klettert über Mark hinweg auf Phillips Platz.

»Danke«, flötet sie. »Das ist echt lieb von dir, Phil!«

Conni würde sie am liebsten erwürgen.

Phillip lässt sich auf den Platz neben sie fallen, streckt die Beine lang aus und pustet sich eine widerspenstige Locke aus der Stirn. »Hi«, sagt er, mehr nicht.

»Ähm, ja, hi«, antwortet Conni, während sie Annas Kamera fest umklammert.

»Willst du ein Foto von mir machen?«, fragt Phillip.

»Was? Ich? Wieso?« Conni zieht die Stirn kraus.

Phillip zeigt wortlos auf die Digitalkamera in ihrer Hand.

»Ach so, hihi, nein«, stammelt Conni. »Ich soll Anna knipsen. Und, äh, Mark.« Himmel! Was faselt sie da nur?

In der Hoffnung, dass Phillip nicht gesehen hat, dass sie knallrot geworden ist, hebt Conni den Fotoapparat vors Gesicht und dreht sich nach hinten um. »Bitte lächeln!«, sagt sie wie eine professionelle Fotografin.

Mark, der Anna tatsächlich einen Arm um die Schulter gelegt hat, um ihr draußen etwas zu zeigen, fährt herum. Anna strahlt wie eine Königin. Conni drückt blitzschnell auf den Auslöser. Wenn das kein Starfoto geworden ist! Zur Sicherheit macht sie noch eine Aufnahme und gibt Anna dann den Apparat zurück. Sie und Mark beugen sich über das Display, um sich das Ergebnis anzuschauen.

»Und jetzt ihr beide!« Mark schnappt sich den Fotoapparat und schießt ein Foto von Conni und Phillip. Conni will protestieren und reißt den Mund auf. Zu spät.

»Krieg ich einen Abzug?«, fragt Phillip. Die goldenen Sprenkel in seinen braunen Augen funkeln wie kleine Sterne.

Conni kann nur schwach nicken.

Bestimmt seh ich so unmöglich aus, denkt sie, dass er sich das Foto nicht mal aufs Klo hängen wird.

Als Anna ihr die Kamera hinhält, staunt sie. Sie ist gar nicht mal so schlecht getroffen. Ein bisschen überrumpelt zwar, aber nicht zum Davonlaufen. Und Phillip sieht auf dem Foto wie Phillip aus: hübsch, selbstbewusst und ein bisschen frech.

Conni lächelt. Das erste gemeinsame Foto von Phillip und ihr. Das ist cool!

Phillip wirft einen langen Blick auf das Display.

»Süß«, sagt er schließlich und Conni hofft, dass er damit nicht sich selbst meint.

»Brighton!«, ruft Paul und springt auf. »Wir sind da!«

Im Vorbeifahren kann Conni gerade noch einen Blick auf das Ortsschild erhaschen.

»Welcome to Brighton«, liest sie. »Willkommen in Brighton!«

In den Buslautsprechern knistert und knackt es. Herr Gunnarsson steht vorne im Gang und hält ein Mikrofon in der Hand.

»Ladies and Gentlemen«, sagt er. »Wie Sie vielleicht bemerkt haben, werden wir das Ziel unserer Reise, die St. Christopher's School im Seebad Brighton, in Kürze erreichen. Bitte stellen Sie Ihre Sitze in die aufrechte Position, klappen Sie die Tabletts hoch und ziehen Sie die Sicherheitsgurte noch einmal stramm. Wir setzen in Kürze zur Landung an. Wir bedanken uns, dass Sie mit uns geflogen sind, und wünschen Ihnen einen angenehmen Aufenthalt.«

»Wo sind die Schwimmwesten?«, ruft Phillip.

»Unter den Sitzen!«, ruft Herr Gunnarsson zurück. Er bekommt für seine Stewardessen-Parodie einen Sonderapplaus von der Klasse.

Mit klopfendem Herzen starrt Conni aus dem Fenster. Sie merkt gar nicht, dass Phillip sich über ihre Schulter beugt, um auch etwas sehen zu können.

Langsam rollt der Bus eine abschüssige Straße hinunter, die von schmalen, dicht nebeneinandergebauten Häusern gesäumt wird. Manche der Häuser sehen alt und ziemlich ungepflegt aus, stellt Conni fest. Andere sind liebevoll restauriert. Ihre Fassaden und Fensterläden sind kunterbunt gestrichen und mit Blumenkästen geschmückt. Ob Mandy in einem dieser bunten Häuschen wohnt? Es würde zu ihr passen.

Plötzlich blitzt zwischen den engen Gassen das Meer auf. Conni weiß natürlich, dass Brighton an der Küste des Ärmelkanals liegt, aber dass die Straßen der Stadt direkt bis an den langen Strand führen, hat sie nicht gewusst. Staunend bewundert sie die großen Strandhotels an der Seepromenade, von der aus eine lange Landungsbrücke, Pier genannt, ins Wasser ragt, und all die bunten Karussells und Zuckerwattebuden, die entlang der Ufermauern stehen. Während der Bus der breiten Strandstraße folgt, glitzert das Meer verlockend in der Sonne. Conni würde am liebsten hineinspringen.

»Hey, da gibt's Fish and Chips«, sagt Phillip. Er zeigt auf eine Holzbude am Strand. »Schade, dass wir nicht anhalten. Ich könnte eine doppelte Portion vertragen.«

Conni lacht. »Möchtest du ein halbes Käsebrot? Ich glaub, ich hab noch eins.« Sie holt ihre Brotbox aus dem Rucksack und reicht ihm das halbe Brot. »Kann sein, dass es schon ein bisschen trocken ist.«

»Macht nichts«, meint Phillip. »Willst du's wirklich nicht mehr essen?«

»Nee, echt nicht.« Conni schüttelt den Kopf.

Phillip verputzt das Brot mit wenigen Bissen. Trotzdem sieht er danach immer noch hungrig aus, findet Conni.

»Bestimmt gibt's in der St. Christopher's School eine Cafeteria«, tröstet sie ihn. »Da kannst du dich richtig satt essen.«

»Ja, hoffentlich«, seufzt Phillip.

Frau Lindmann hat das Mikrofon von Herrn Gunnarsson übernommen und erzählt etwas. Sie zeigt abwechselnd nach links und nach rechts, um die Klasse auf die verschiedenen Sehenswürdigkeiten hinzuweisen, aber Conni hört nur mit halbem Ohr zu. Sie ist sich ziemlich sicher, dass sie sich all die Attraktionen, die Brighton zu bieten hat, sowieso nicht so schnell merken kann. Außerdem möchte sie viel lieber selbst auf Entdeckungstour gehen und sich alles aus der Nähe angucken, nicht im Schnellverfahren aus dem Bus heraus wie ein Tourist. Zum Glück bleiben sie eine ganze Woche. Mandy hat bestimmt Zeit, ihr alles in Ruhe zu zeigen.

Endlich biegt der Bus von der Uferstraße ab und fährt über eine Einfahrt auf einen Parkplatz neben einem klotzigen Gebäude aus grauem Beton. Conni atmet auf, als der Fahrer anhält. Sie hat das Gefühl, als hätte sie tagelang im Bus gesessen. Ihre Beine fühlen sich total steif an.

»Ich glaub, mir ist der Hintern eingeschlafen«, stöhnt Billi.

»Ein bisschen frische Luft wäre auch nicht schlecht«, meint Dina.

Anna fächelt sich mit der Hand Luft zu und nickt.

Conni reckt den Hals. Ob der hässliche graue Klotz die St. Christopher's School ist? Aber wo sind ihre Austauschschüler und Gastfamilien? Und vor allem: Wo ist Mandy?

Die Bustüren öffnen sich mit einem leisen Zischen. Die Luft, die hereinströmt, riecht nach Meer, Salz und Seetang. Conni schnuppert mit gekräuselter Nase. Über ihr kreischen Möwen. Kein Wunder, so nah am Meer.

Plötzlich schallen laute Rufe über den Parkplatz und eine Horde Mädchen und Jungen stürmt aus dem Gebäude. Conni erkennt Mandy sofort. Ihre feuerroten Igelhaare sind einfach nicht zu übersehen.

Auch Anna und Billi haben ihre Austauschschülerinnen Alisha und Kate entdeckt und winken hektisch. Genau wie die Jungs.

»Hey, Louise!«, ruft Paul und klopft an die Scheibe. Ein stämmiges Mädchen klopft von außen zurück.

»Ich glaub, wir steigen erst mal aus«, schlägt Phillip vor. Er nickt seinem englischen Freund Toby zu und bedeutet ihm, dass er zur Tür in der Mitte des Busses kommen soll.

Mittlerweile haben sich auch die Eltern der englischen Austauschschüler um den Bus versammelt. Mr Brownstone, der Klassenlehrer, wippt auf den Zehenspitzen. Sein Gesicht erhellt sich, als er Frau Lindmann entdeckt, die ihm fröhlich zuwinkt.

Während alle um sie herum aufstehen und langsam aus dem Bus drängen, bleibt Dina als Einzige sitzen. In den Händen hält sie ein Foto. Conni stupst sie an.

»Was ist mit dir?«, fragt sie. »Willst du nicht aussteigen?«

Dina macht ein unglückliches Gesicht.

»Ich weiß nicht«, murmelt sie. »Ich kenne Sarah doch nur von ihren Briefen und diesem Foto. Vielleicht ist sie total doof und kann mich nicht ausstehen.« Sie seufzt. »Oder andersrum.«

Conni muss lachen. Dinas Austauschschülerin konnte wegen eines Reitunfalls nicht am Schüleraustausch in Neustadt teilnehmen. Aber das ist doch kein Grund, betrübt im Bus hocken zu bleiben!

»Ich finde, du solltest sie dir wenigstens mal angucken«, schlägt Conni vor. »Doof finden kannst du sie dann immer noch. Aber ich wette, sie ist genauso nett wie die anderen.«

Ein spitzer Schrei lässt sie zusammenzucken.

»Juhu, Vicky! I am here!« Janette stöckelt aus dem Bus und fällt draußen einem großen, schlanken Mädchen um den Hals, das problemlos als ihre Zwillingsschwester durchgehen könnte, angefangen von den blonden Haaren über das geschminkte Gesicht bis hin zu den lackierten Fingernägeln und der unübersehbaren Vorliebe für die Farbe Rosa.

»So nice to see you, sweetheart!«, juchzt Janettes englische Doppelgängerin.

Conni zieht Dina hinter sich her. Sie will endlich aus diesem engen Bus heraus. Und noch dringender will sie Mandy begrüßen.

»Los, komm!«, sagt sie energisch. »Wir gucken uns deine Sarah mal an. Schlimmer als Vicky kann sie nicht sein!«

Draußen steht Mandy und grinst von einem Ohr zum anderen.

»Ich haben sooo viel auf dich gewartet!«, ruft sie und breitet die Arme aus, um die ungefähre Länge ihrer Wartezeit anzudeuten.

Conni lacht über ihr witziges Deutsch.

Mandy runzelt die Stirn, aber dann lacht sie auch und umarmt Conni. »Ich freuen mich so, dass du endlich da bist!«

»Und ich mich erst!« Conni sieht sich neugierig um. »Wo sind deine Eltern und deine Geschwister? Und wo ist Harry? Hast du ihn nicht mitgebracht?«

»No.« Mandy schüttelt den Kopf. »Harry ist at home. Wie heißt es?«

»Zu Hause«, übersetzt Conni.

»Right«, nickt Mandy. »Er ist bei Mum und Marylou. Meine Brüdern sind in die Schule. Du wirst sie später lernen kennen. Aber mein Daddy ist da!« Sie dreht sich um und ruft: »Dad! Come here and meet my best friend aus good old Deutschland! Hurry up, Mr Livingston!«

Conni schüttelt den Kopf. Mandy hat sich kein bisschen verändert. Sie ist immer noch schrill und laut und nimmt kein Blatt vor den Mund. Nur ihre Kleidung ist ein bisschen gewöhnungsbedürftig. Genau wie ihre Mitschüler hat sie eine Schuluniform an, wie es in England üblich ist. Die Mädchen tragen dunkelgraue, ziemlich kurze Faltenröcke, die Jungs dunkelgraue Flanellhosen. Dazu trägt Mandy eine weiße Bluse mit einem blau, weiß und rot gestreiften Schlips und eine marineblaue Strickjacke mit dem aufgestickten Schulwappen der St. Christopher's School. Ihre Beine stecken in weißen Kniestrümpfen und dunklen Schuhen. Conni kann es kaum fassen, ihre punkige Austauschschülerin so ordentlich angezogen zu sehen.

Hinter Mandy taucht ein großer, breitschultriger Mann auf. Mit einem Lächeln streckt er Conni die Hand entgegen. »Welcome to Brighton«, sagt er und begrüßt Conni mit einem so kräftigen Händedruck, dass ihr fast die Luft wegbleibt.

»Danke schön«, japst sie. »Ähm, ich meine thank you.«

Mandys Vater mustert sie freundlich. »Did you enjoy your trip? Hattest du eine gute Fahrt?«

Puh! Conni atmet erleichtert auf, als sie hört, dass Mr Livingston deutsch spricht. »Ja, danke«, nickt sie. »Ich hol nur schnell meine Sachen aus dem Bus. Ähm, I will take only meine Tasche out of the bus. Meine bag I mean. See you, bis gleich.«

Auweia. Ob sie sich wohl daran gewöhnen wird, in den nächsten Tagen englisch zu sprechen? Sie kommt sich ein bisschen komisch dabei vor.

Plötzlich fällt ihr Dina ein. Sie wollten sich doch zusammen diese Sarah angucken. Wo steckt sie nur? Conni dreht sich um und läuft dabei fast gegen Phillip und Toby.

»Hey!«, lacht Phillip. »Nicht so stürmisch!«
»Hast du zufällig Dina gesehen?«, fragt Conni ihn.
»Ja, dahinten«, nickt Phillip. »Am Gepäckfach. Ich glaub, sie holt ihren Koffer.«
Conni will sich schon umdrehen, aber Phillip hält sie zurück. »Wo wohnt deine Gastfamilie eigentlich?«
Conni überlegt, aber die Adresse will ihr partout nicht einfallen.
»Seacove Lane«, kommt Mandy ihr zu Hilfe. »Nummer 13 A. Es ist nicht weit von die Bahnhof.«
»Cool«, meint Phillip. »Ich glaub, Tobys Familie wohnt da ganz in der Nähe. Dann können wir uns vielleicht mal treffen und zusammen was unternehmen, ich meine, wenn keine Schule ist.«
Conni schluckt. »Äh, klar. Warum nicht?«
»Logistisch«, strahlt Mandy.
»Es heißt logisch«, kichert Conni. »Logistisch ist was anderes, glaub ich.«
»Cool, bis dann.« Phillip zwinkert Conni zu und geht mit Toby zu seiner wartenden Gastfamilie.
Conni bleibt verwirrt zurück. Phillips dunkelbraune Schokoaugen haben sie ganz aus dem Takt gebracht. Was wollte sie noch? Ach ja, Dina suchen …
»He's so cute«, wispert Mandy neben ihr.
»Was heißt das?«, flüstert Conni zurück.
»Er ist sooo süß!«
Conni kann nur stumm nicken. Dafür sieht sie plötzlich Dina in dem Gedränge vor der Gepäckklappe. Ein fröhliches Mädchen mit braunen Zöpfen hilft ihr gerade, ihren Koffer aus

dem Fach zu ziehen. Ob das Sarah ist? Sie sieht sehr nett aus. Schnell bahnt sich Conni einen Weg zur Gepäckausgabe. Billi und Anna sind auch da. Ihre Austauschschülerinnen Kate und Alisha begrüßen sie. Dina stellt das Mädchen mit den Zöpfen vor. Es ist tatsächlich Sarah. Dina lächelt glücklich.

»Dann ist ja alles supergut«, sagt Conni zufrieden und schnappt sich ihre Tasche.

»Darf ich einen Moment um eure Aufmerksamkeit bitten?« Herr Gunnarsson steht auf einem niedrigen Mäuerchen und hält die Hände wie ein Megafon vor den Mund. Alle Blicke wenden sich ihm zu. Der Lehrer kündigt an, dass es zunächst eine offizielle Begrüßung in der Schule geben wird, bevor alle anschließend mit ihren Gastfamilien an deren Wohnorte fahren werden. »Wir treffen uns heute Nachmittag um drei Uhr wieder hier in der Schule, um das weitere Programm und den Unterrichtsplan zu besprechen. Bitte seid pünktlich. Viel Spaß und bis dann!« Er springt von dem Mäuerchen. Conni und Mandy sehen sich an.

»Was hat er gesagt?«, erkundigt sich Mandy. Conni erklärt es ihr.

»That's nice«, meint Mandy. »It means, dass für heute unsere Schule ist zu Ende. Normalerweise wir haben Unterricht jeden Tag bis vier Uhr. By the way … Ist es euch schon aufgefallen, dass euer Lehrer sieht aus wie diese tolle berühmte Schauspieler?«

»Du meinst Johnny Depp? Oh ja«, lacht Conni. »Das haben wir auch schon festgestellt!«

Für einen Lehrer ist Herr Gunnarsson eine echte Sahneschnitte.

Nach der Begrüßung in der Schulaula und einem kleinen Imbiss verabschiedet sich die 6a von ihren Lehrern und voneinander. Conni winkt Anna, Billi und Dina zu. Phillip, Paul und die anderen Jungs kann sie in dem Gewühl nicht ausmachen, aber sie sehen sich ja schon am Nachmittag wieder.

Mit klopfendem Herzen folgt sie Mandy und deren Vater auf den Schulparkplatz.

Sie steigt in Mr Livingstons staubigen Kombi und muss zuerst mal ein Windelpaket, eine große Tüte Hundekuchen und unzählige leere Verpackungen einer Fast-Food-Kette zur Seite schieben, um einigermaßen Platz zu haben. Überall schwirren Hundehaare herum. Conni unterdrückt ein Niesen.

Jetzt wird's ernst, denkt sie. Gleich lerne ich meine neue Familie und mein Zuhause für die nächste Woche kennen. Wenn alle so nett sind wie Mandy und ihr Vater, kann eigentlich nicht viel schiefgehen. Außer, dass ich Heimweh kriege vielleicht. Aber ich bin ja kein Baby mehr. Apropos Baby …

»Wie geht's eigentlich deiner kleinen Schwester?«, fragt sie Mandy. Die strahlt.

»Great! Du wirst sie gleich sehen. Sie ist so klein und so hübsch! Nur leider …«, Mandy macht eine kurze Pause.

Conni wirft ihr einen beunruhigten Blick zu. »Was leider?«

»Na ja«, sagt Mandy zögernd. »Sie hat eine ziemlich strong voice, finde ich. Aber Mum sagt, das wird sich geben, wenn sie erst mal … what is the right word, Daddy?«

Mr Livingston wirft einen müden Blick in den Rückspiegel. »Durchschlafen«, sagt er und gähnt. »She has to learn to sleep through the night.«

Oje … Conni beißt sich auf die Unterlippe. Ein Baby mit einer kräftigen Stimme, das nachts nicht durchschläft? Das sind ja tolle Aussichten!

Sie versucht es sich zwischen den Hundekuchen, dem Papiermüll und den Windeln einigermaßen bequem zu machen und schaut neugierig aus dem Fenster. Das Auto rollt langsam durch Brightons schmale Straßen. Vergeblich versucht Conni die englischen Hinweisschilder zu entziffern, während Mandy neben ihr pausenlos vor sich hin schnattert und ihr alles Mögliche erklärt. Conni hört ihr gar nicht richtig zu. Sie ist tatsächlich in England. Wahnsinn!

WELCOME, CONNI! … Conni reißt die Augen auf, als sie das selbst gemalte Begrüßungsplakat über der Tür des kleinen Häuschens sieht. Bunte Luftballons hängen links und rechts daneben und flattern im Wind.

Das Haus der Livingstons liegt am Ende einer engen Sackgasse hinter dem Bahnhof von Brighton. Es ist türkis gestrichen, hat rote Fensterrahmen und sieht, von der Farbe abgesehen, auf den ersten Blick ziemlich unscheinbar und klein aus. Conni kann sich beim besten Willen nicht vorstellen, wie eine sechsköpfige Familie darin leben kann.

Plus Hund und ich, denkt sie, als sie aus dem Wagen klettert und sich neugierig umschaut.

Die Haustür geht auf. Im selben Augenblick stürmt ein großer schwarzer Hund auf Conni zu und wirft sie fast um.

»Harry!«, ruft Mandy streng. »Behave yourself, you crazy dog!«

Harry bellt, aber dann setzt er sich brav hin und genießt es, von seinem Frauchen und Conni gleichzeitig gestreichelt und gekrault zu werden.

»Ist der süß!«, sagt Conni.

»Yes, he is«, erwidert Mandy stolz.

In der offenen Haustür taucht eine junge Frau auf. Sie hat ein winziges Baby im Arm. »Hello, Conni«, lächelt sie. »Welcome! I am Helen, Mandys Mutter. Meine Deutsch ist nicht so gut leider, aber ich hoffe, du wirst dich trotzdem sehr wohlfühlen bei uns.«

»Danke, das werde ich bestimmt«, sagt Conni.

Mandys Mutter macht einen unheimlich netten Eindruck. Sie sieht aus, als würde sie gerne lachen. Und die winzig kleine Marylou schläft in ihren Armen und wirkt dabei sehr friedlich. Keine Spur von kräftiger Stimme und Schlafproblemen. So ein Glück! Conni entspannt sich und folgt Helen, Mandy und Harry ins Haus.

Mr Livingston schleppt ihre Reisetasche hinterher und stellt sie im Flur ab. Er zeigt auf ein Telefon. »Wenn du willst deine parents anrufen, die Vorwahl für Germany ist 00 49.«

Conni bedankt sich und wählt die Nummer von zu Hause. Jakob ist dran. Seine Stimme klingt leise und ziemlich weit weg. Conni schluckt. Verflixt. Sie wird doch kein Heimweh bekommen? Sie räuspert sich und fragt: »Geht's dir gut? Gib mir mal Mama.«

So ein Gespräch nach Deutschland ist bestimmt ganz schön teuer, überlegt sie, während sie wartet. Als Mama dran ist, fasst sie sich kurz und erzählt nur schnell von der Fahrt und dass alles in Ordnung ist.

»Viele Grüße an Papa«, sagt sie zum Abschied. »Und an Mau natürlich auch.« Sie schickt ein Küsschen hinterher und räuspert sich noch einmal, dann legt sie auf.

»Come on, ich zeig dir unser Zimmer!« Mandy stürmt schon voraus, eine schmale, steile Treppe hinauf. »Es ist ganz oben

unter die roof.« Sie bleibt stehen und dreht sich um. »What does roof mean in German?«
»Dach«, übersetzt Conni. Sie schnappt sich ihre Tasche und keucht hinter Mandy her.

Mandys Zimmer entpuppt sich als winzige, aber urgemütliche Dachkammer mit schrägen Wänden. Aus einem runden Fenster kann man sogar einen Zipfel des Meeres sehen. Der Strand ist nicht weit entfernt.
Mandy wirft sich auf ihr Bett. Im rechten Winkel dazu steht ein Gästebett mit himmelblauer Bettwäsche. An der Schräge über dem Bett hängt ein Hundeposter. Auf dem Kopfkissen liegt eine Tafel Vollmilchschokolade.
»Cadbury«, liest Conni. »Noch nie gehört.«
»It's the best English chocolate, die es gibt«, klärt Mandy sie auf. »Dies ist deine Bett und deine chocolate. Deine Sachen du kannst in die Schrank tun. Ich haben Platz gemacht für dich. Ich hoffe, es ist alles gemutlich?«
»Sehr gemütlich sogar!« Conni stellt ihre Tasche ab. Auspacken kann sie später in Ruhe. Sie darf nur nicht vergessen Mandys Mutter das Mitbringsel für Marylou zu geben.
Auch für Mandy hat sie eine Kleinigkeit mitgebracht. Conni hat das Geschenk noch kurz vor der Abreise besorgt. Sie holt es aus ihrem Rucksack und reicht es Mandy. »Bitte schön!«
»For me?« Mandy macht große Augen, die noch größer werden, als sie sieht, was Conni ihr mitgebracht hat: ein kleines Döschen Lipgloss.
»Mit Himbeer-Geschmack!«, grinst Conni.
Mandy bedankt sich überglücklich. »Ich habe noch ein ganz

kleines bisschen Rest von die Lipgloss, die ich habe gekauft in Neustadt. Vielen Dank, dass du mir gebracht hast eine neue Dose. Das ist so nice!«
Conni freut sich. Die Überraschung ist ihr gelungen.

Erst am Nachmittag, auf dem Schulhof der St. Christopher's School, lernt sie Mandys Brüder kennen. David ist 17 und kommt Conni schon ziemlich erwachsen vor. Der andere Bruder heißt Sam und ist 15, drei Jahre älter als Mandy. Er mustert Conni freundlich, bevor er ihr die Hand gibt und sie ein kleines bisschen länger festhält, als nötig wäre. Seine dunkelbraunen Haare fallen ihm seitlich über das Gesicht.
»Hi«, sagt er.
»Hi«, antwortet Conni. Irgendwie verheddern sich ihre Augen mit denen von Sam, die so strahlend blau sind, dass sie Conni an einen wolkenlosen Sommerhimmel erinnern.
»Wie gefällt es dir in England?«, will Sam wissen. Sein Deutsch ist fast perfekt. Nur seine Stimme klingt merkwürdig. Irgendwie abgehackt.
»Ähm, gut«, sagt Conni. »Sehr gut sogar.«
»Das ist fein.« Sam streicht sich eine Haarsträhne aus der Stirn und lacht. Seine Augen lassen Conni einfach nicht los. Sie sind so … so eindringlich.
»Sam ist schwerhörig seit die Geburt.« Mandy stupst Conni mit dem Ellbogen an. »Er hasst es, ein Hörgerät zu tragen. Lieber er liest von die Lippen ab. Wundere dich also nicht, wenn er dich anstarrt. Es meint es nicht unhöflich.«
Conni weiß gar nicht, was sie sagen soll. Sie spürt, dass sie rot wird.

»No problem«, lacht Sam. »Die meisten Leuten reagieren so wie du.«

»Du kannst ganz normal sein zu ihm«, erklärt Mandy. »Er ist nicht blöd oder so. Only ein bisschen taub. Manchmal ich glaube, er tut nur so.« Sie strubbelt Sam durchs Haar. Der wirft sich seine Schwester kurzerhand über die Schulter und stellt sie in ein Blumenbeet, was Mr Brownstone mit einem missbilligenden Blick quittiert.

Als es klingelt, verabschieden sich David und Sam. Für sie geht der Nachmittag mit Unterricht weiter. Die 6a und ihre englische Parallelklasse wollen dagegen das schöne Wetter ausnutzen und einen Bummel durch Brighton und an den Strand machen. Conni freut sich. Was sie bisher von der Stadt gesehen hat, hat ihr gut gefallen. Aber bestimmt gibt es noch viel mehr zu entdecken.

Neugierig folgen sie und die anderen Mr Brownstone, der die Führung übernommen hat.

»Ich glaub, die flirten schon wieder«, tuschelt Anna und zeigt auf Frau Lindmann, die neben Mr Brownstone herspaziert und aufmerksam jedem einzelnen Wort lauscht, das er sagt. Die Wangen des Lindwurms haben eine zartrosa Tönung angenommen. Ob das allein am frischen Seewind liegt?

Conni kichert.

»Wir haben many Sprachenschüler hier in Brighton«, erklärt Mandy. »Die meisten bleiben für a few weeks, manche auch a half year oder so.«

»Ein halbes Jahr?« Conni zieht die Augenbrauen hoch, während sie neben Mandy herstolpert. »Das ist aber lange!«

Der Weg durch die Stadt ist holprig und schmal. Für so eine

kleine Stadt herrscht ziemlich dichter Verkehr, findet Conni. Sogar ein paar Doppeldeckerbusse fahren vorbei, in denen Touristen sitzen und eine Stadtrundfahrt machen.
Links und rechts der Straße gibt es unzählige kleine Geschäfte, Imbissbuden und die typisch britischen Gaststätten. Mandy erklärt ihnen, dass sie Pubs genannt werden. Und überall wuseln Jugendliche herum, die sich in allen möglichen Sprachen unterhalten.
Conni schnappt ein paar deutsche und französische Brocken auf. Eine Mädchengruppe unterhält sich auf Italienisch und ein paar Jungs sehen aus, als wären sie geradewegs einem japanischen Manga entstiegen.
Conni weiß gar nicht, wo sie zuerst hingucken und hinhören soll.
Wahnsinn! Das ist alles so spannend!

Erst am frühen Abend kehren sie und Mandy in das kleine Haus in der Seacove Lane zurück. Conni ist hundemüde und gähnt verstohlen. Zuerst die lange Fahrt, dann der Marsch durch Brighton und am Strand entlang – ihr Bedarf an Bewegung, gleich welcher Art, ist fürs Erste gedeckt.
Mandy und sie haben am Strand Hotdogs gegessen. Sie sind noch satt und verzichten auf das Abendbrot mit der Familie.
Eine kluge Entscheidung, stellt Conni fest, als sie einen Blick auf den gedeckten Tisch wirft. Es gibt kalten Hackbraten, Blumenkohl und dazu schwarzen Tee.
Conni schüttelt sich. Lieber machen sie und Mandy es sich in dem kleinen Zimmer unter dem Dach gemütlich. Mandy hockt sich im Schneidersitz auf ihr Bett. Sie blättert in einer

Zeitschrift und summt leise vor sich hin. Im Radio dudelt englische Popmusik.
Conni zieht ihr Tagebuch aus dem Rucksack und knabbert an ihrem Kuli, während sie überlegt, was sie aufschreiben soll. Ab und zu wird die Musik von einer englischen Ansage unterbrochen. Sosehr sie sich auch anstrengt, Conni versteht kaum ein Wort. Der Sprecher spricht viel zu schnell. Da kommt sie mit ihrem Schulenglisch nicht mit. Ob sich das im Laufe der Woche ändert? Schließlich ist sie hergekommen, um ihr Englisch zu verbessern. Aber ob das klappt? Conni hat so ihre Zweifel. Seufzend blättert sie eine neue Seite auf und fängt an zu schreiben:

Brighton ist toll! Heute hat den ganzen Tag die Sonne geschienen. Wir waren sogar schon am Strand. Leider ist das Wasser noch viel zu kalt zum Schwimmen. Paul und Mark waren trotzdem mit den Füßen drin und wären fast erfroren.
Mandy ist lustig wie immer und ihre Familie supernett. Ich glaub, ich werde mich hier sehr wohlfühlen. Wenn ich sie nur ein bisschen besser verstehen würde!
Wenn die Familie sich miteinander unterhält, versteh ich nur Bahnhof, wenn überhaupt. Das Englisch klingt hier irgendwie total anders als das, was wir in der Schule lernen.

Schade nur, dass wir alle woanders untergebracht sind. Ich vermisse Anna, Billi und Dina ein bisschen. Und die Jungs auch. Besonders ♡P.♡ natürlich …

Wenigstens können wir tagsüber zusammen sein und etwas unternehmen.

Morgen fängt für uns der Unterricht an. Vormittags gehen wir mit unseren Austauschschülern in ihre Klasse, nachmittags haben wir extra Sprachunterricht. Wie das wohl wird?

Schulunterricht auf Englisch, denkt Conni. Mannomann, das wird bestimmt ganz schön schwer!

Sie schreibt weiter, dass Mandy ihr den berühmten West-Pier gezeigt hat, eine alte Seebrücke, die vor vielen Jahren abgebrannt und zusammengebrochen ist. Das Gerippe steht noch im Meer. Conni findet den Anblick ziemlich gruselig, fast wie in einem Horrorfilm.

Der zweite Pier ist noch in Betrieb und beherbergt eine Art Vergnügungspark mit Eisläden, Zuckerwattebuden, Imbissen, Karussells und vielen Spielautomaten. Sie und Mandy sind mit Phillip, Toby und den anderen darauf spazieren gegangen und haben sich gemeinsam durch das Gedränge geschoben.

Und wenn man runterguckt, ist direkt unter einem das Meer, denkt Conni. Echt verrückt!

Sie schaut verträumt aus dem runden Fenster. Draußen ist es

schon fast dunkel. Der Wind treibt schmale Wolkenfetzen am Himmel entlang. Was Phillip wohl gerade macht? Bestimmt amüsiert er sich mit Toby und hat eine Menge Spaß.

Mandy schaut auf und grinst.

»A penny for your thoughts«, sagt sie. »Hast du zufällig gerade an someone Bestimmtes gedacht? You looked very verliebt!«

Connis Wangen werden rot.

»Ich hab an Phillip gedacht«, gibt sie zu.

Mandys Grinsen wird noch ein bisschen breiter. Sie sieht aus wie eine zufriedene Katze mit leuchtend rotem Fell.

»I knew it!«, triumphiert sie. »Ich haben es gewusst! Dieser Phill hat dir den Kopf gedreht, stimmt's?«

»Du meinst wohl verdreht«, murmelt Conni.

»Egal.« Mandy winkt ab. »Auf jeden Fall, du bist verliebt. Das sieht eine blinde Kuh auf die erste Blick. Am I right?«

Conni nickt zaghaft.

Mandy wirft die Zeitschrift zur Seite und springt auf. Ihr Bett knarrt, die Matratze federt wie ein Trampolin. Sie verliert fast das Gleichgewicht, als sie vom Bett auf den Boden hüpft.

»Oups!«, lacht sie. »Ich bin gleich zurück! Just a moment!«

»Was hast du vor?« Conni richtet sich auf.

»Wir feiern eine kleine Love-Party!« Mandy reißt die Tür auf und flitzt nach unten.

Conni sieht ihr stirnrunzelnd hinterher. Eine Love-Party? Was soll das denn sein?

Zwei Minuten später ist Mandy wieder da, bis obenhin bepackt mit Limoflaschen und Chipstüten. Sie wirft Conni eine der Tüten zu. »Die musst du probieren! Salt and Vinegar, my favorite!«

»Salz und Essig? Igitt!« Conni verzieht das Gesicht. »Das ist nicht dein Ernst!«
»What does Ernst mean? Das ist eine deutsche Name, oder?«
»Nicht nur«, erwidert Conni. »Es bedeutet seriös.«
»Serious? No, I'm not serious!« Mandy reißt ihre Chipstüte so schwungvoll auf, dass der Inhalt sich explosionsartig über ihr Bett verstreut.
»Wow!« Mandys Gesicht ist so verblüfft, dass Conni laut lachen muss.
Zum Glück hat Mandy auch normale Kartoffelchips mit Paprikageschmack in ihrem Sortiment. Nachdem Conni einen Salz-und-Essig-Chip probiert und mit viel Limo nachgespült hat, wechselt sie lieber zu der gewohnten Sorte. Brr, wie kann man nur versalzene Chips mit Essiggeschmack mögen?
Ihre Müdigkeit ist komplett verflogen, dafür hat Mandy gesorgt. Die beiden Mädchen hocken auf ihren Betten und knabbern und knuspern vergnügt vor sich hin. Dabei unterhalten sie sich über Jungs im Allgemeinen und Phillip und Paul im Speziellen. Ab und zu rülpst eine von ihnen, was jedes Mal einen mittleren Kicheranfall auslöst und eine mindestens doppelt so laut gerülpste Antwort zur Folge hat. Es ist herrlich gemütlich!
Mandy gesteht Conni, dass sie Paul ziemlich niedlich findet.
»I like it, wenn he lacht«, sagt sie.
»Aber er ist total normal«, wundert sich Conni. »Ich dachte, du stehst nur auf Punks.«
»Nö, nicht nur«, erwidert Mandy und stopft sich eine Handvoll Essigchips in den Mund. Conni wird schon vom Zusehen ganz anders.

»Hm«, macht sie. »Paul ist ziemlich schüchtern. Ich glaub nicht, dass er den ersten Schritt macht und ein Mädchen anspricht.«

»No problem«, winkt Mandy ab. »Ich bin sehr gut in First-Steps-Machen. Glaubst du, er mag mich ein bisschen?«

»Das kann ich dir echt nicht sagen.« Conni wiegt den Kopf. Die Möglichkeit, dass Mandy und Paul sich anziehend finden könnten, hat sie überhaupt noch nicht in Erwägung gezogen. Aber warum eigentlich nicht? Paul ist ein toller Freund. Er ist lustig und hat viel Humor. Genau wie Mandy.

»Vielleicht können wir eine Party feiern, solange wir hier sind«, schlägt sie vor. »Beim Tanzen kommt man sich ziemlich schnell näher, das weiß ich aus Erfahrung.« Sie erzählt Mandy von dem letzten Schulfest, auf dem sie mit Phillip eng getanzt hat. »Das war total romantisch«, schwärmt sie.

Mandy nickt verständnisvoll.

»Danach wollten wir eigentlich auch Silvester zusammen feiern«, berichtet Conni weiter, »aber Phillip ist mit seinem Vater zum Skilaufen gefahren. Schade.« Sie seufzt. »So eine Party ist eine echt gute Gelegenheit, um herauszufinden, ob ein Junge einen mag oder nicht.«

»So wie Phillip dich immer ansieht, er mag dich sehr«, ist Mandy überzeugt. »He's in love with you, I'm sure!«

Conni trinkt einen Schluck Limo. Vielleicht hat Mandy Recht, vielleicht auch nicht. Möglicherweise ist sie für Phillip aber auch nur eine gute Freundin. Wer weiß?

»Wir müssen unbedingt herauskriegen, was Sache ist«, sagt sie energisch. »Lass uns morgen mit Anna, Billi und Dina sprechen. Bestimmt helfen sie uns, eine Party auf die Beine zu

stellen. Und dann finden wir heraus, ob Phillip und Paul auf uns stehen oder nicht.«
»Wie wär's mit eine Beachparty?« Mandys Augen blitzen vor Begeisterung. »An einem Abschnitt von die Strand man darf machen Lagerfeuer und Musik.«
»Eine Strandparty?« Conni klatscht die Freundin ab. »Das ist die Idee!« Ihr Blick wandert zum Fenster. Am Himmel leuchtet die schmale Sichel des Mondes. Daneben funkeln unzählige Sterne.
Vielleicht schaut Phillip auch gerade in den Himmel?, denkt Conni. Vielleicht gucken wir gerade jetzt zu demselben Stern hinauf?
Sie spürt eine Gänsehaut über ihren Rücken kriechen. Es ist ein schönes Gefühl, unheimlich kribbelig und aufregend zugleich.

***

Mitten in der Nacht wacht Conni auf. Irgendwo schreit eine Katze, und zwar ziemlich laut. Sie richtet sich auf und will zum Lichtschalter greifen, aber da ist nichts. Verflixt. Plötzlich fällt ihr ein, dass sie nicht zu Hause in ihrem Bett liegt, sondern in Mandys Dachkammer in Brighton. Nachdem sie ihre Chipstüten bis auf den letzten Krümel geleert hatten, sind sie todmüde ins Bett gefallen und sofort eingeschlafen. Da war es schon nach Mitternacht. Wie spät es jetzt wohl ist? Conni wühlt ihre Uhr hervor, aber in einem stockdunklen Zimmer hilft die ihr auch nicht weiter. Und die Katze schreit immer noch wie am Spieß.

»Mandy!«, zischt sie leise in die Dunkelheit. »Hörst du das auch?«

Aus Mandys Richtung kommt ein leises Grunzen.

»Bist du wach?«, fragt Conni, ein bisschen lauter diesmal.

Mandy schmatzt und grummelt. Es hört sich nicht sehr wach an.

Conni überlegt, ob sie aufstehen und nachgucken soll, was los ist, als sie einen schmalen Lichtstreifen unter der Tür bemerkt. Offenbar ist sie nicht die Einzige, die von dem Krach wach geworden ist.

»Mandy!« Conni wirft ein kleines Kissen in die Richtung, in der sie Mandys Kopf vermutet.

»Hey!«, protestiert Mandy.

Conni hört das Rascheln von Kissen, dann geht das Licht an. Mandy starrt sie verschlafen an. »What on earth …«, flucht sie.

»Da schreit was«, sagt Conni. »Es hört sich an wie eine eingeklemmte Katze!«

»What?« Mandy dreht den Kopf zur Seite und lauscht, bevor sie sich mit einem Aufstöhnen zurückfallen lässt und sich das Kopfkissen links und rechts an die Ohren presst. »It's only the baby, our little Marylou. Sie will haben ihre Milch. Du kannst weiterschlafen. Meine Mum kümmert sich um sie. Dann sie hört bald auf zu weinen.«

»Bald? Wie bald?« Connis Stimme klingt schrill. Sie hat das Gefühl, als würden ihr sämtliche Haare zu Berge stehen. Sie hatte ja keine Ahnung, dass neugeborene Babys so laut schreien können!

»Very bald.« Mandy winkt ihr mit einer Hand zu und macht

die Nachttischlampe wieder aus. »Sweet dreams«, nuschelt sie.

Wenig später gesellt sich ihr tiefes, melodisches Schnarchen zu dem Babygegreine.

Conni wirft sich auf den Bauch und schiebt ihren Kopf tief unter das Kissen. Schon nach ein paar Sekunden ist ihr schrecklich heiß und sie hat das Gefühl zu ersticken, aber alles ist besser, als von Marylous kräftiger Stimme und Mandys Geschnarche wach gehalten zu werden.

»In ein paar Stunden ist die Nacht vorbei«, grummelt Conni in die weichen Kissendaunen. »Fragt sich nur, ob ich dann noch lebe. Ich hatte ja keine Ahnung, wie laut es in England ist!«

Als sie noch einmal in die Dunkelheit lauscht, hat Marylou aufgehört zu weinen. Anscheinend hat Mandys Mutter es geschafft, sie zu beruhigen.

Wie oft bekommen so kleine Babys eigentlich ihr Fläschchen?, überlegt Conni. Und machen die etwa immer so einen Radau, wenn sie Hunger haben?

»Hoffentlich nicht«, murmelt sie und kuschelt sich tiefer in ihr Kissen.

Conni hat das Gefühl, durch Watte zu waten. Sie ist so müde, dass sie während des Unterrichts Mühe hat, ihre Augen offen zu halten. Jede Nacht ist Babyalarm und die Tage sind mit Schule, Ausflügen, Besichtigungen, Museumsbesuchen und anderen Aktivitäten so vollgestopft, dass sie kaum Zeit zum Luftholen hat. So anstrengend hatte sie sich den Schüleraustausch wirklich nicht vorgestellt.

Wenn ich nur mal eine Nacht durchschlafen könnte, denkt sie sehnsüchtig und gähnt. Das wäre zu schön!

Zähneknirschend stellt sie fest, dass sie offenbar die Einzige ist, die ein Problem hat. Die anderen aus ihrer Klasse sind total fit und munter – allen voran Anna, die überhaupt nicht mehr aus dem Schwärmen herauskommt, wie toll es in Brighton ist.

Kein Wunder, denkt Conni. In ihrer Gastfamilie gibt es auch keine Marylou …

»Was ist denn mit dir los?«, erkundigt sich Billi, als es zwischen zwei Englischstunden zur Pause klingelt. »Bist du krank?«

Conni schüttelt den Kopf und gähnt. »Nein. Es sei denn, akuter Schlafmangel ist eine Krankheit.« Sie schildert Billi, Anna und Dina ihre vertrackte Lage.

Anna zieht die Augenbrauen hoch.

»Ach herrje«, sagt sie. »Schläft Marylou denn noch nicht durch?«
»Nein«, gähnt Conni. »Sie wird alle paar Stunden gestillt oder sie braucht eine neue Windel. Und dann ist sie hellwach und will unterhalten werden. Mandys Eltern wechseln sich jede Nacht ab.«
»Oje«, sagt Billi mitfühlend.
Conni reibt sich die Augen. »Du sagst es.«
»Wie lange es wohl dauert, bis ein Baby durchschläft?«, fragt Anna.
»Keine Ahnung«, seufzt Conni.
»Frag doch mal deine Mutter«, schlägt Dina vor. »Die ist schließlich Kinderärztin und weiß das bestimmt.«
Conni senkt die Stimme, damit Mandy sie nicht hören kann. Sie steht ein paar Schritte entfernt und unterhält sich mit zwei Mitschülerinnen. »Wenn ich meine Mutter anrufe«, flüstert Conni den anderen zu, »macht die sich sofort Sorgen. Ihr wisst doch, wie das ist. Außerdem haben Mandys Eltern selber Ahnung. Immerhin haben die schon drei Kinder großgezogen und sind total liebevoll und fürsorglich. Da kann ich mich doch nicht einmischen und ihnen Tipps geben, oder?«
»Nee, das geht nicht«, stimmt Dina ihr zu.
Conni wechselt das Thema. »Gibt's in euren Familien eigentlich auch so komische Sachen zum Frühstück?«
»Du meinst Porridge?« Anna poliert ihre Brillengläser mit einem T-Shirt-Zipfel und schiebt die Brille auf die Nase zurück. »Also ich finde die Pampe lecker.«
»Man muss viel Zucker drüberstreuen«, nickt Billi. »Dann schmeckt's.«

Conni seufzt. Wenn es nur der warme Haferbrei wäre, den Mandys Mutter jeden Morgen zum Frühstück serviert, wäre alles halb so schlimm. Leider hat Familie Livingston darüber hinaus einen ziemlich deftigen Geschmack.

»Ich rede nicht von harmloser Pampe«, zischt sie ihren Freundinnen zu, »sondern von gebratenen Würstchen, gebrutzeltem Speck, Bohnen in Tomatensoße und fettigen Spiegeleiern – und das zum Frühstück!«

»Wie bitte? Und Marylou isst das auch?« Anna reißt die Augen auf. »Kein Wunder, dass sie nicht schlafen kann!«

Conni fasst sich an den Kopf. »Natürlich nicht! Die wird doch noch gestillt!«

»Ach so«, sagt Anna.

»Hey, girls!« Mandy hat ihre Unterhaltung beendet und stellt sich zu ihnen. »Alles klaro with you?«

Conni wirft den anderen einen warnenden Blick zu. Es muss wirklich nicht sein, dass Mandy erfährt, wie gerädert sie sich fühlt. »Könnte nicht besser sein«, gähnt sie und staunt darüber, dass Mandy so munter ist. Die nächtlichen Ruhestörungen durch ihre kleine Schwester scheinen ihre gute Laune nicht im Geringsten zu beeinträchtigen. Im Gegenteil, Mandy wirkt unternehmungslustig und ausgeschlafen wie immer.

Bestimmt hat sie sich schon daran gewöhnt, mit wenig Schlaf auszukommen, überlegt Conni. Genau wie an das ungenießbare Essen …

»Hi, Ladies!« Phillip, Paul und die anderen Jungs kommen auf die Mädchen zu. Phillip lächelt, als er Conni sieht. In der Hand hält er einen Zettel. »Wie geht's?«

Conni unterdrückt ein erneutes Gähnen. »Spitze.«

Mandy zupft ihre feuerroten Haare in Form und schenkt Paul ein breites Grinsen. »Hi, Paulie«, säuselt sie. »Ich hoffen, you like it in England?«

»Yes, sure«, erwidert Paul und schiebt beide Hände in die Taschen seiner Jeans. »I like it very much.«

Mandy schmachtet ihn so verliebt an, dass Conni ihr unauffällig auf die Zehen tritt.

»What?«, schnaubt Mandy.

»Du übertreibst ein bisschen«, raunt Conni ihr zu.

»What does that mean?«

»Calm down und benimm dich normal«, zischelt Conni und verdreht die Augen.

Paul zieht fragend die Augenbrauen hoch. Mandy kichert. Ganz kurz wünscht sich Conni woanders zu sein. Zu Hause, in ihrem Bett zum Beispiel. Oh ja, das wäre schön!

Jemand stupst sie an. »Hey, hast du überhaupt zugehört? Erde an Conni!«

»Wie? Was?« Conni starrt geradewegs in Phillips braune Augen.

»Toby und ich haben eine Liste aufgestellt«, erklärt Phillip und hält ihr den Zettel unter die Nase, »und uns überlegt, ob ihr nicht mitmachen wollt, aber du hast anscheinend gerade mit offenen Augen geschlafen.«

Conni runzelt die Stirn und gibt sich die allergrößte Mühe, einen wachen und aufnahmefähigen Eindruck zu machen.

Reiß dich zusammen!, schimpft sie mit sich selbst. Sie strafft die Schultern.

»Zeig doch mal her!« Sie nimmt Phillip die Liste aus der Hand. »50 things to do in Brighton«, liest sie halblaut vor. »50 Dinge, die man in Brighton unbedingt tun muss? So viele? Was denn zum Beispiel?«

Schlafen!, fällt ihr spontan ein, aber das behält sie lieber für sich.

»Ein paar Sachen auf der Liste haben wir schon mit der Klasse abgehakt. Die Besuche in den wichtigsten Museen zum Beispiel«, erklärt Mark. Er hat einen Arm um Annas Taille gelegt. Ganz selbstverständlich. Conni staunt.

»Aber die anderen können wir vielleicht ohne den Lindwurm, Herrn Gunnarsson und Mr Brownstone machen«, fügt Phillip hinzu.

Mandy wirft einen Blick auf die To-do-Liste. »Take a tour to the Royal Pavilion«, murmelt sie. »Go to the beach, go for a walk, eat a picnic, laugh your socks off, feed the ducks at Queen's Park, be happy, hire a bike … Das sind very great things to do. I like them.« Sie zwinkert Conni verschwörerisch zu. »Aber vielleicht wir beide haben noch eine viel bessere Vorschlag.«

»Ja, klar!« Conni weiß sofort, was Mandy meint, und nickt. »Eine Beachparty mit Lagerfeuer und Musik. Wir könnten Würstchen grillen, Stockbrot backen und so.« Bei dem Gedanken an Würstchen und Stockbrot läuft ihr sofort das Wasser im Mund zusammen.

»Eine Strandparty?«, fragt Phillip. »Super Idee! Wieso bin ich nicht selbst darauf gekommen?«

»Wahrscheinlich, weil Jungs nicht so kreativ sind wie Mädchen«, meint Billi.

Alle lachen.

»Kann sein«, gibt Phillip zu. »Aber egal. Die Idee ist klasse.

Ich werde unseren Lehrern gleich mal vorschlagen, uns den Rest des Tages freizugeben, damit wir alles in Ruhe planen können.«

»Echt praktisch, mit dem Klassensprecher befreundet zu sein«, grinst Paul.

Conni gibt ihm absolut Recht.

Kaum sind sie in ihr Klassenzimmer zurückgekehrt, geht Phillip zu Frau Lindmann, Herrn Gunnarsson und Mr Brownstone und spricht mit ihnen. Conni sieht, dass Frau Lindmann die Augenbrauen hochzieht. Herr Gunnarsson nickt. Was das wohl zu bedeuten hat? Der Lindwurm ist dagegen und Herr Gunnarsson dafür, vermutet sie. Und Mr Brownstone? Der guckt wie immer vollkommen neutral.

Lippenlesen müsste man können, denkt Conni. Schade, dass Sam nicht hier ist.

Phillip macht ein zufriedenes Gesicht, als er sich auf seinen Platz setzt. Kurz darauf verkündet Frau Lindmann, dass die Klassen am Nachmittag eine Exkursion zum Royal Pavilion machen werden. Der berühmte königliche Pavillon ist eine der Sehenswürdigkeiten der Stadt. »Der Rest des Tages steht euch dann zur freien Verfügung«, fügt sie hinzu.

Die beiden Klassen jubeln.

»Phillip hat uns erzählt, dass ihr gerne eine gemeinsame Feier am Strand organisieren möchtet.« Herr Gunnarsson hat einige Mühe, sich Gehör zu verschaffen. »Wir finden, das ist eine super Idee. Wie wär's, wenn die Party zum Ende unseres Aufenthalts steigt? Das wäre doch ein schöner Abschluss, oder nicht?«

Conni ist sofort einverstanden. Die anderen auch.

»Dann ist alles paletti«, nickt Herr Gunnarsson. »Die Beachparty findet an unserem letzten Abend statt. Noch Fragen?«

»Ja!« Janette schraubt ihren Zeigefinger in die Höhe. »Wann fahren wir endlich nach London?«

Neben ihr klimpert Vicky mit den Wimpern und wirft Herrn Gunnarsson eindringliche Blicke aus ihren schwarz umrandeten Augen zu. Der junge Lehrer scheint sie nicht zu bemerken. Er wendet sich an Frau Lindmann.

»Übermorgen«, sagt die. »Wir fahren ganz früh los und bleiben über Nacht in London. So haben wir viel Zeit, um uns die Stadt und ihre Sehenswürdigkeiten in Ruhe anzusehen.«

»Wahnsinn!« Conni und Anna klatschen sich ab. Billi und Dina grinsen um die Wette.

»London, wir kommen!«, ruft Paul.

Mandy schenkt ihm ein verliebtes Lächeln.

Nach dem Mittagessen in der Schulkantine machen sich die Klassen auf den Weg in das Stadtzentrum von Brighton. Conni hat sich ordentlich satt gegessen – es gab leckeren Backfisch und Pommes mit Mayo –, nur leider spürt sie ihre Müdigkeit nun umso mehr.

Zum Glück ist Brighton nicht sehr groß; der Fußmarsch zum Königlichen Pavillon dauert nicht lange und der frische Seewind tut ein Übriges. Als Conni vor dem imposanten Bauwerk steht, ist sie so gut wie wach.

»Was ist das denn?«, fragt sie und kneift die Augen zusammen.

»Ein Märchenschloss!«, jubelt Anna. »Das ist ja romantisch!«

Vor ihnen ragt inmitten eines gepflegten Parks ein Gebäude auf, das direkt einem Märchen entsprungen zu sein scheint. Zahlreiche Türmchen, verzierte Mäuerchen und Torbögen erinnern eher an den Palast eines orientalischen Sultans aus Tausendundeiner Nacht als an einen königlichen Sitz in Großbritannien. Dazu glänzende Kuppeln, Minarette, strahlend weiße Pagodendächer … Conni weiß gar nicht, wohin sie zuerst gucken soll.
»Warte, bis du siehst es von innen«, lacht Mandy. »Da ist es noch verrückter!«

Als Conni den anderen in das Innere des Palastes folgt, spürt sie plötzlich eine sanfte Berührung an der linken Schulter.
»Genial, oder?«, lächelt Phillip ihr zu. »Der Royal Pavilion stand sowieso auf unserer Liste.«
Conni nickt nur. Sie weiß gar nicht, was sie sagen soll. Phillips Hand liegt immer noch auf ihrer Schulter. Ganz warm und leicht fühlt sie sich an. Kein bisschen unangenehm.
Als Bewegung in die Reihe vor dem Kassenschalter kommt, nimmt Phillip seine Hand weg, aber er bleibt dicht hinter ihr. Conni spürt ihr Herz pochen und versucht möglichst ruhig und gleichmäßig zu atmen, aber irgendwie will es ihr nicht gelingen. Genau vor ihr stehen Anna und Mark und halten Händchen, als wäre das total normal. Woher weiß Anna, wie das geht? Und woher nimmt sie den Mut, es zu tun?
Conni nimmt sich vor, bei der nächsten Gelegenheit mal ein ernstes Gespräch mit ihrer besten Freundin zu führen. Bestimmt kann Anna ihr ein paar richtig gute Tipps geben.
Mandy sieht sich nach Paul um. Als sie ihn in dem Getümmel

entdeckt, winkt sie ihm zu. Paul winkt zurück. Conni seufzt. Sind denn plötzlich alle verliebt? Anna, Mandy … Und was ist mit mir?, denkt sie. Jedes Mal wenn Phillip in meiner Nähe ist und mich ansieht, fühlt es sich an, als hätte ich Pudding in den Knien. Oh Mann …

Hinter sich hört sie Phillip leise lachen, als hätte er ihre Gedanken gelesen, dabei unterhält er sich nur mit Toby.

Conni spürt, dass sie rot wird. Ihr Gesicht fühlt sich total heiß an. So was Blödes!

Im Innern des Palastes setzt sich die verschwenderische Pracht fort. Die großen Räume und Festsäle sind mit farbenprächtigen chinesischen Wandteppichen bespannt. Überall stehen kostbare Möbel und Antiquitäten aus China und anderen fernen Ländern. Frau Lindmann hat die Führung übernommen und erzählt, dass König Georg IV. den Royal Pavilion zwischen 1815 und 1822 erbaut hat und dass Königin Viktoria das exotische Bauwerk so grässlich fand, dass sie es für 50000 Pfund an die Stadtväter von Brighton verschenkte. »Das bedeutete das Ende des Adels in Brighton«, berichtet Frau Lindmann.

Conni hört nur mit halbem Ohr zu. Das ist alles so lange her, dass sie es sich kaum vorstellen kann. Die Gegenwart ist viel interessanter, findet sie. Und die Zukunft erst!

Unauffällig wirft sie einen Blick über die Schulter, aber Phillip ist nicht mehr da. Schade.

Nach der Führung verabschieden sich die Lehrer. Die beiden Klassen schlendern durch den herrlichen Park und suchen sich ein ruhiges Eckchen in der Nähe eines Springbrunnens, um über die Strandparty zu sprechen. Wie durch einen Zufall kommt es, dass Phillip neben Conni sitzt. Aber gibt es solche Zufälle überhaupt? Conni hat so ihre Zweifel. Ihr kommt es eher so vor, als hätte sich Phillip mit voller Absicht neben sie gesetzt, auch wenn er es sich nicht anmerken lässt.

Aber wenn er sich neben mich setzt, überlegt sie, heißt das doch, dass ich ihm nicht ganz egal bin, oder?

Sie blinzelt in die Sonne und beschließt den Nachmittag zu genießen.

»Mandy!«, schallt es plötzlich durch den Park.

Conni zuckt zusammen. Sie hat gerade so schön geträumt. Sie und Phillip waren an einem menschenleeren Strand und –

»Hi, Mandy!«, ertönt ein neuerlicher Ruf.

Conni zieht die Augenbrauen zusammen. Neben ihr springt Mandy auf.

»Mum?«, fragt sie erstaunt. »What are you doing here?«

Mrs Livingston schiebt fröhlich winkend den Kinderwagen vor sich her.

»Hi, honey! Good, dass ich euch treffe«, strahlt sie.

Den Rest kann Conni leider nicht verstehen. Irgendwie geht es um einen Zahnarzttermin, den Mandys Mutter hat und zu dem sie Marylou nicht gerne mitnehmen möchte. Sie bittet Mandy, so lange auf ihre kleine Schwester aufzupassen. Es würde nicht lange dauern.

Kein Problem, denkt Conni. Solange sie nicht gerade ihre kräftige Stimme trainiert, ist Marylou ja ganz niedlich. Hauptsache, sie fängt nicht an zu quengeln.

Ihre Befürchtungen erweisen sich als unbegründet. Kaum ist Mandys Mutter verschwunden, werden Mandy und ihre kleine Schwester von den anderen Mädchen umringt. Allen voran Anna.

»Ist die süß!«, schwärmt sie. »Wie eine Puppe! Darf ich sie mal halten?«

»Sure«, nickt Mandy und gibt ihr vorsichtig das warm eingepackte Bündel.

Anna lächelt selig. Marylou scheint die Aufmerksamkeit, die ihr zuteilwird, zu genießen. Sie schmatzt leise und sieht aus wie das liebste und friedlichste Baby der Welt. Als Phillip das Wort ergreift, um über die geplante Strandparty zu sprechen, liegt sie in Annas Armen und schläft. Conni muss schon vom bloßen Hinsehen gähnen.

Eine halbe Stunde später ist alles besprochen. Toby und ein paar andere Jungs wollen das Holz für das Lagerfeuer besorgen. Die anderen Aufgaben – das Einkaufen der Grillwürstchen und Getränke, das Vorbereiten des Brotteigs und das Organisieren der Musik – werden gerecht aufgeteilt.

»Am besten wär's, wenn jemand Gitarre spielen könnte«, meint Paul. »Das passt am besten zu einem Lagerfeuer am Strand.«

»Meine Bruder David kann spielen the guitar«, meldet sich Mandy zu Wort. »Ich kann ihn fragen, wenn ihr wollt. Bestimmt er spielt very gerne für uns.«

»Klar«, nickt Paul. »Das wär super!«

Mandy zupft an ihrer Igelfrisur und lächelt.

Als sich die Klassenversammlung nach einer Weile auflöst, bleiben Conni, Mandy, Anna und die anderen unschlüssig zurück. Die Jungs um Phillip und Paul stehen neben dem Brunnen und machen ebenfalls nicht den Eindruck, als hätten sie etwas besonders Dringendes vor.

Phillip zwinkert Conni zu.
»Hast du Lust, ein bisschen rumzulaufen?«, fragt er. »Wir könnten zum Brighton Pier gehen und irgendwo ein Eis essen.«
Conni zögert. Die Aussicht, mit Phillip spazieren zu gehen – ganz allein, ohne die anderen und ihre neugierigen Blicke –, ist echt verlockend, aber auch ein bisschen beunruhigend, findet sie. Was, wenn ihr nichts einfällt, worüber sie sich mit ihm unterhalten soll?
Mandy bohrt ihr den Ellbogen in die Seite. »Of course sie hat Lust«, sagt sie und schiebt sie mit sanftem Druck in Phillips Richtung. »Have a nice Nachmittag!«
»Was? Aber ich …« Conni will protestieren, aber Mandy bringt sie mit einem eindringlichen Blick zum Schweigen.
»Na gut, okay«, sagt Conni, während sie versucht Phillips Lächeln zu erwidern, ohne rot zu werden. »Warum nicht?«
Phillip lächelt zufrieden.
»Und was macht ihr dann so lange?«, fragt Conni ihre Freundinnen.
Anna schaukelt Marylou sanft hin und her. »Solange sie schläft, bleib ich hier«, sagt sie leise, um das Baby nicht zu wecken.
Mark verzieht den Mund. Er sieht nicht sonderlich begeistert aus, aber dann gibt er sich einen Ruck und hockt sich neben sie auf die Brunnenumrandung. Anna guckt ihn verliebt an.
Conni kann sich ein Grinsen nicht verkneifen. Anna, Mark und Marylou sehen aus wie eine kleine Familie.
Mandy bleibt bei ihnen, um auf ihre Mutter zu warten. Paul, Toby und Louise schließen sich ihr an.
Die anderen stapfen davon, um sich den Hafen anzuschauen.
Dina und Sarah wollen eine Kunstgalerie in der Stadt besu-

chen. Obwohl die beiden sich vorher nicht kannten, verstehen sie sich richtig gut und haben einige gemeinsame Interessen entdeckt. Dina liebt Mangas, Sarah interessiert sich neben dem Reiten auch für Malerei.
Zwei Künstlerinnen unter sich, denkt Conni lächelnd.
»Wir treffen uns in einer Stunde wieder hier!«, ruft Dina über die Schulter.
»Okay!«, ruft Conni zurück und winkt.
Als sie und Phillip die breite Küstenstraße überqueren, kommt sie sich ein bisschen merkwürdig vor. Überall um sie herum sind junge Leute, Touristen, Sprachschüler und Einheimische. Niemand achtet auf sie. Trotzdem hat sie das Gefühl, als würden alle sie anstarren.
Eine Weile gehen sie und Phillip schweigend nebeneinanderher. Phillip hat beide Hände in die Taschen seiner Jeans geschoben.
»Cool hier, nicht?«, sagt er schließlich.
Conni nickt. Sie überlegt, ob sie ihm von Marylous kräftiger Stimme und ihren schlaflosen Nächten erzählen soll. Aber ob ihn das interessiert?
Über ihnen kreischen schneeweiße Möwen. Der Wind weht die Musik der Karussells und den Duft von Zuckerwatte und gebrannten Mandeln vom Brighton Pier herüber. Conni hebt schnuppernd die Nase. Es riecht ziemlich lecker.
»Hey«, lacht Phillip. »Du hast gerade ausgesehen wie ein kleines Kaninchen!«
»Wie bitte?«, fragt Conni entrüstet.
Phillip bleibt stehen. »Ich mag Kaninchen«, versichert er. »Echt wahr. Sie sind fast so was wie meine Lieblingstiere.

Gleich nach Katzen, Löwen und Elefanten. Ähm …«, er grinst schräg, »und Erdmännchen natürlich.«
»Erdmännchen?« Conni stutzt. »Im Ernst? Die mag ich auch!«
Ehe sie protestieren kann, nimmt Phillip ihre Hand. »Los, komm!«, ruft er und zieht sie hinter sich her. »Ich muss dir unbedingt was zeigen!«
Im Laufschritt bahnen sie sich einen Weg zwischen den Spaziergängern hindurch. Conni gerät ein paarmal ins Stolpern, aber Phillip hält sie fest. So fest, als wolle er sie gar nicht mehr loslassen.
Etwas außer Puste erreichen sie den Eingang zum Pier, aber Phillip denkt nicht daran, sein Tempo zu verringern. Mit langen Schritten trabt er weiter über die Holzplanken, unter denen das Meer schäumt. Conni spürt, dass sie Seitenstiche bekommt.
Zum Glück ist der Pier gleich zu Ende, denkt sie und unterdrückt ein Aufstöhnen.
»Da!« Endlich bleibt Phillip stehen und zeigt auf einen hohen Glaskasten, bevor er sich nach vorne beugt, um wieder zu Atem zu kommen.
»Aber das sind ja …« Conni reißt die Augen auf, bevor sie ihre Hand löst und auf den Kasten zugeht, der am Brückengeländer steht.
»Erdmännchen!«, strahlt Phillip und pustet sich eine Locke aus der Stirn.
Tatsächlich! Hinter den Glasscheiben türmen sich unzählige kleine Erdmännchen aus Plüsch zu einem kuscheligen Berg auf. Über ihnen hängt ein Greifarm.
»Die sind ja süß!«, sagt Conni. Wenn man die Erdmännchen

kaufen könnte, würde sie glatt in Versuchung geraten, eins zu adoptieren und als Andenken mit nach Hause zu nehmen. Aber so?

»Schade, dass es ein Glücksspielautomat ist. Mein Vater sagt, das ist alles Betrug. Man kann gar nicht gewinnen.«

»Natürlich ist es Beschiss«, gibt Phillip zu. »Aber hin und wieder gewinnt halt doch jemand. Sonst würde schließlich niemand mehr Geld reinstecken. Wie teuer ist ein Spiel?«

Conni entziffert die Zahlen auf dem abgewetzten Schild an der Seite des Automaten. »Fünf Pence.«

Phillip wühlt in seinen Taschen und befördert ein paar lose Münzen ans Tageslicht. »Hab ich!«, ruft er triumphierend und hält eine Kupfermünze hoch.

Conni runzelt die Stirn. »Willst du dein Geld wirklich da reinwerfen?«

»Klar!« Ohne zu zögern, wirft Phillip sein 5-Pence-Stück in den Schlitz. Durch den Greifarm geht ein Ruck. Phillip lenkt ihn mit einem an der Außenseite angebrachten Joystick, doch der Greifer scheint ein Eigenleben zu besitzen.

»Hey, geh runter, du blödes Ding!«, schimpft Phillip. Sein Gesicht ist konzentriert.

Conni hält den Atem an. Phillip senkt den Greifarm. Er schwebt genau über dem Kopf eines Erdmännchens. Unwillkürlich drückt Conni beide Daumen, so fest sie kann. Vielleicht schafft Phillip es tatsächlich, den Automaten zu überlisten und ein Erdmännchen herauszuholen?

Sie traut sich kaum hinzuschauen, als der Greifer sich langsam öffnet und um den Kopf des Stofftieres legt. Phillip muss das Erdmännchen nur noch hochheben, über ein Loch im Boden bugsieren und den Greifer öffnen. Plötzlich ruckt der Greifarm, dann bleibt er mitten in der Bewegung stehen und öffnet sich. Das Erdmännchen fällt auf den Erdmännchenhaufen zurück.

»Mist!«, flucht Phillip. »Fast hätte ich's gehabt!«

Schade! Conni wirft dem Erdmännchen einen sehnsüchtigen Blick zu. Sie hatte sich schon vorgestellt, wie es sich wohl anfühlen würde. Der Stoff sieht total weich aus. Dass ausgerechnet in der allerletzten Sekunde die Zeit ablaufen muss!

»Schade. Ist wohl doch Beschiss.« Phillip wirft ihr einen komisch-verzweifelten Blick zu. »Komm, wir gehen lieber ein Eis essen. Da kriegt man wenigstens was für sein Geld.«

An einer Softeis-Bude wählen sie je eine große Waffel mit Schoko, Vanille und bunten Streuseln. Phillip zeigt auf zwei freie Liegestühle. »Wollen wir uns da hinsetzen?«

Conni schleckt an ihrem Eis und nickt.

Überall auf der langen Seebrücke stehen blau-weiß gestreifte Liegestühle herum, die gratis benutzt werden dürfen. Nur wenige sind besetzt.

Wahrscheinlich wegen des Windes, überlegt Conni. Der kommt direkt von der See und ist ziemlich frisch. Zum Glück stehen die beiden Stühle, die Phillip ausgesucht hat, in einer geschützten Ecke.

Sie machen es sich gemütlich und verputzen in Ruhe ihr Eis. Conni schirmt die Augen mit einer Hand ab und schaut einem Segelboot hinterher. Dass Phillip neben ihr sitzt und in die Sonne blinzelt, kommt ihr irgendwie seltsam vor.

Fast, als wären wir zusammen in Urlaub, denkt sie. Sie lächelt

und wirft einer dicken Möwe das letzte Stück ihrer Eiswaffel zu. Die stößt blitzschnell mit ihrem Schnabel zu und fliegt mit der Beute davon.
Phillip streckt sich und seufzt behaglich. Conni lehnt sich zurück und schließt die Augen. Die Sonne fühlt sich warm auf ihrer Haut an. Die Wellen rauschen. Ab und zu kreischt ein Seevogel. Conni atmet tief ein. Wenig später ist sie eingeschlafen.

»Hey!« Jemand beugt sich über sie und rüttelt sanft an ihrem Arm. »Aufwachen, Schlafmütze!«
Conni brummt unwillig. »Lass mich«, murmelt sie. »Ich will weiterschlafen.«
»Wir müssen zurück. Die anderen warten bestimmt schon auf uns.« Phillip lacht leise.
»Was?!« Conni fährt hoch und sieht sich verwirrt um. »Bin ich etwa eingeschlafen?«
Phillip nickt bestätigend. »Du hast ausgesehen wie ein kleines Erdmännchen«, grinst er.
Wie peinlich ist das denn! Conni zupft ihre Haare zurecht und zieht energisch an ihrem Zopfgummi. Bestimmt seh ich aus wie die letzte Vogelscheuche, denkt sie, während sie versucht ihre Gedanken zu sortieren.
Als sie sich auf den Rückweg machen, wirft Phillip einen letzten nachdenklichen Blick auf die Erdmännchen in dem Glaskasten.
Conni bemerkt es, sagt aber nichts. Ihr fällt ein Sprichwort ein, das Frau Sandulescu einmal gesagt hat: »Glück im Spiel, Pech in der Liebe.«

Bedeutet das vielleicht, dass es umgekehrt genau andersrum ist? Wer Pech im Spiel hat, hat also Glück in der Liebe? Conni lächelt vergnügt. Wenn das so ist!

»Woran hast du gerade gedacht?«, fragt Phillip neugierig.

»Och, an nichts Bestimmtes«, antwortet Conni. »Nur daran, dass es gar nicht so wichtig ist, bei einem Spiel immer Glück zu haben.«

Glück in der Liebe ist nämlich viel, viel wichtiger, fügt sie im Stillen hinzu. Aber das behält sie lieber für sich.

Nach zwei weiteren unruhigen Nächten und einem mageren Frühstück mit lauwarmem Porridge sitzt Conni eines frühen Morgens wieder auf ihrem Platz im Reisebus. Allerdings soll der sie heute nicht quer durch Europa fahren, sondern nach London bringen. Und das ist echt aufregend, findet sie. Sie verdrängt ihre Müdigkeit, verstaut ihr Gepäck und lässt sich in den weichen Sitz fallen.

Da die englische Partnerklasse nicht sehr groß ist, passt sie bequem mit in den Bus. Alle rücken ein bisschen enger zusammen. Mandy plumpst auf den freien Platz neben Conni. Ihre knallroten Haare scheinen heute noch kräftiger zu leuchten als sonst und die mit viel Gel und Haarspray aufgerichteten Igelstacheln stehen stramm in sämtliche Himmelsrichtungen. Ihre zahlreichen Ohrringe hat Mandy auf Hochglanz poliert und sich zur Feier des Tages mit einer Halskette geschmückt, an der ein pinkfarbenes Vorhängeschloss und mehrere Sicherheitsnadeln hängen. Ihre Schuluniform hat sie wie alle ihre Mitschüler gegen normale Alltagskleidung eingetauscht. Der Ausflug gehört zwar zum Unterricht, aber da sie für zwei Tage in London bleiben werden, ist auch Freizeit dabei – und in ihrer Freizeit ist Uniform keine Pflicht. Mandys Jeans scheint aus mehr Löchern als Stoff zu bestehen. Die Hosenbeine hat sie ein Stück hochgekrempelt. Dazu trägt sie klobige Boots und ein olivgrünes T-Shirt, das mühelos ihrem großen Bruder passen würde.

Vielleicht hat sie es sogar von David ausgeliehen, denkt Conni grinsend. Oder von ihrem Vater. Wer weiß?

»Are we really going to London?«, fragt Mandy atemlos. »I can't believe it! It's so exciting, isn't it?«

»Und wie!«, nickt Conni. Sie kann es selbst kaum glauben, dass sie schon bald in der berühmten Weltstadt sein wird und all die Sehenswürdigkeiten, die sie bisher nur aus dem Internet und aus Büchern kennt, mit eigenen Augen bewundern kann. Wahnsinn!

Auch die anderen sind vollkommen aus dem Häuschen. Anna jammert, dass die Speicherkarte ihres Fotoapparats fast voll ist, woraufhin Mark verspricht ihr ein wenig Speicherplatz auf seiner Karte freizuräumen.

Billi kippt aus Versehen ihren Rucksack aus und kriecht im Gang umher, um alles wieder einzusammeln.

Dina sitzt blass vor Aufregung am Fenster und knetet ihre Finger.

Weiter vorne unterhalten sich Janette und Vicky laut über die neuesten Modetrends, die es in London hoffentlich zu sehen geben wird.

»Wir müssen unbedingt zu Harrods!« Janette fuchtelt hektisch mit ihren lila lackierten Fingernägeln durch die Luft. »Ich liebe Luxus-Kaufhäuser!«

»Don't forget Marks & Spencer!«, schrillt Vicky zurück.

»Wir können da bis zum Umfallen shoppen!«, strahlt Saskia.

»Ich hab gelesen, dass einige Geschäfte sogar bis Mitternacht geöffnet haben!«
Bis Mitternacht? Conni stutzt. In Neustadt hat nicht mal die Tankstelle an der Hauptstraße so lange geöffnet.
»Haben die Läden wirklich so lange auf?«
Mandy nickt, als wäre das selbstverständlich. »Manche schon«, sagt sie.
Ach herrje. Conni schluckt. Gut, dass Papa ihr ein bisschen Extrageld mitgegeben hat. Obwohl … sie hat eigentlich gar nicht vor, mehr als ein kleines Andenken für sich und vielleicht ein paar Mitbringsel für Mama, Papa und Jakob zu kaufen. Und das kann man genauso gut tagsüber erledigen. Die Vorstellung, kurz vor Mitternacht noch einkaufen zu gehen, findet sie ziemlich merkwürdig. Aber in einer Metropole wie London ist das anscheinend ganz normal.
Im Gegensatz zu den Mädchen scheinen die Jungs die Ruhe selbst zu sein. Aber vielleicht lassen sie es sich auch nur nicht anmerken, überlegt Conni. Besonders Phillip, der auf dem Mittelplatz in der letzten Reihe sitzt, wirkt total entspannt. Er hat beide Beine weit von sich gestreckt und die Arme hinter dem Kopf verschränkt. Über zwei Ohrstöpsel hört er Musik von seinem I-Pod.
Kein Wunder, dass er so cool ist, denkt Conni. Schließlich war er schon mal in London.
Über den Häusern von Brighton geht langsam die Sonne auf. Es ist noch sehr früh. Erst wenige Passanten sind um diese Uhrzeit schon unterwegs und auch die meisten Eltern der Gastfamilien haben es anscheinend vorgezogen, noch ein Stündchen zu schlafen. Nur vereinzelt stehen Mütter und Väter auf dem

Parkplatz vor der St. Christopher's School, um sich von den Kindern zu verabschieden.
Mandys Vater lehnt an seinem Auto. Er hat eine Autowerkstatt ein paar Kilometer außerhalb der Stadt und muss jeden Tag früh aufstehen. Meistens kommt er erst spätabends nach Hause. Mandy und Conni winken ihm zu.
Endlich sitzen alle im Bus. Frau Lindmann und Mr Brownstone zählen die Reihen durch. Der Fahrer startet den Motor. Die Türen schließen sich.
Es geht los!, denkt Conni und spürt ein Kribbeln im Bauch. London, I'm coming!
Als sie Brighton hinter sich lassen und über eine Schnellstraße in Richtung Hauptstadt rollen, wird es im Bus ruhiger. Anna und Alisha blättern in einer Modezeitschrift und unterhalten sich über Frisuren. Billi und Kate erzählen sich gegenseitig Witze. Und Dina und Sarah zeichnen kleine Mangas in ihre Notizbücher.
Die Jungs spielen mit Louise Karten. Sie gewinnt ein Spiel nach dem anderen. Paul rauft sich die Haare.
»Poor Paulie!«, kichert Mandy. »Louise ist nicht zu schlagen. Die Boys aus unserer Klasse spielen schon lange nicht mehr mit ihr, weil sie gewinnt immer.« Sie senkt die Stimme. »Kannst du später mit Paul die Platz tauschen vielleicht? Ich will so gerne mal sitzen neben ihm.«
Conni wirft einen unauffälligen Blick über die Schulter. Paul sitzt neben Phillip. Das bedeutet, dass sie sich neben Phillip setzen müsste, wenn sie mit Paul den Platz tauscht. Wäre das nicht ein bisschen zu plump? Nachher denkt Phillip noch, sie tauscht seinetwegen!

»Hm, mal sehen«, erwidert sie vage. »Wir sind ja noch ein Weilchen unterwegs. Wie lange fahren wir eigentlich?«

»One und eine halbe hours, I think«, antwortet Mandy mit einem Gähnen. »Ich glaub, ich werden ein bisschen schlafen. Es ist noch so früh. Wake me up, if you change places.«

Schlafen? Gute Idee! Conni kuschelt sich tief in ihren Sitz und klappt die Augen zu. Das gleichmäßige Brummen des Motors ist herrlich entspannend und wesentlich angenehmer als die nächtlichen Aktivitäten der kleinen Marylou.

Als sie gestern mit Mama telefoniert hat, hat sie sie ganz beiläufig gefragt, was man tun kann, damit ein Baby nachts durchschläft.

»Abwarten und Tee trinken«, hat Mama gemeint. »Das kommt von ganz allein.«

»Na toll«, hat Conni geantwortet. »Bis es so weit ist, bin ich bestimmt längst wieder zu Hause. Wetten?«

»Umso besser«, hat Mama gelacht.

Als Conni die Augen wieder aufschlägt, ist Mandy verschwunden. Stattdessen sitzt jemand anderes auf ihrem Platz. Jemand mit braunen Augen, blonden Locken und einem ziemlich frechen Grinsen.

Phillip? Conni blinzelt ein paarmal, um sicherzustellen, dass sie nicht träumt.

»Hi!« Phillip lächelt. »Sag mal, kann es sein, dass du in letzter Zeit unter Schlafkrankheit leidest?«

»Schlafmangel trifft es eher«, brummelt Conni. Sie richtet sich auf und streckt sich. Hinter ihr sitzt Mandy und lacht mit Paul über einen Witz, den Tim erzählt hat. Na toll. Wie lange hat

Phillip wohl schon neben ihr gesessen? Ob er sie im Schlaf beobachtet hat? Garantiert! Bei dem Gedanken daran wird Conni puterrot.

Phillip reicht ihr seine Limoflasche. »Willst du?«

»Nee, danke.« Conni streicht sich die Haare aus dem Gesicht. »Wo sind wir? Dauert's noch lange?«

Phillip beugt sich leicht über sie und wirft einen Blick aus dem Seitenfenster. »Man sieht schon die ersten Hochhäuser«, stellt er fest. »Ich schätze, in spätestens zwanzig Minuten sind wir da. Herr Gunnarsson hat gesagt, dass unsere Jugendherberge mitten in der Stadt liegt, in der Nähe der St. Pauls Kathedrale.«

»Eine Kathedrale, die nach mir benannt wurde?« Paul zieht eine Augenbraue hoch. »Davon wusste ich ja noch gar nichts. Welche Ehre!«

Phillip dreht sich um und gibt ihm eine Kopfnuss. »Hättest du in Englisch besser aufgepasst, wüsstest du über St. Pauls Bescheid.«

»St. Pauls?«, ruft Anna von der anderen Seite des Ganges. »Da haben Prinz Charles und Prinzessin Diana geheiratet!«

»Was du alles weißt«, staunt Mark und guckt sie verliebt an.

Annas Wangen werden zartrosa. »Na ja, das war eine echte Märchenhochzeit. Total romantisch. Ich finde, so was gehört zur Allgemeinbildung. Ich hätte nie gedacht, dass ich die Kirche mal in echt sehen würde.«

Conni sagt nichts. Sie schaut aus dem Fenster auf die vorbeiziehenden Häuser. Einige sind sehr modern, andere wirken alt und ein bisschen schmuddelig. Neben der Autobahn verlaufen Eisenbahnschienen. Conni zuckt zusammen, als ein stahlblauer Zug an ihnen vorbeirauscht. Bestimmt fährt der auch nach London.

»Ladies and Gentlemen«, meldet sich Herr Gunnarsson über das Bordmikrofon. »Wir haben soeben die Stadtgrenze passiert. Welcome to London, the capital of Great Britain!«

Im Bus bricht lauter Jubel aus. Alle reden durcheinander, springen auf und recken die Hälse, ob sie schon etwas sehen können.

»Ich glaub, da vorne ist das London Eye!« Billi hüpft aufgeregt auf und ab. »Und Big Ben!«

Conni spürt vor Aufregung ihre Haut kribbeln. Je näher sie der Innenstadt kommen, desto dichter wird der Verkehr. Der Bus quält sich unendlich langsam zwischen unzähligen Autos, Lieferwagen und anderen Bussen hindurch. Sie erspäht mehrere schwarze London-Taxis und die berühmten roten Doppeldeckerbusse. Sie sehen genauso aus wie in ihrem Englischbuch. Und am Straßenrand steht tatsächlich eine knallrote Telefonzelle. Wahnsinn!

»Wir fahren direkt an der Themse entlang zu unserem youth hostel«, spricht Herr Gunnarsson weiter. »Dort beziehen wir unsere Zimmer, packen in Ruhe aus und essen etwas.«

»Können wir nicht zuerst eine Stadtrundfahrt machen?«, fragt Anna.

»Machen wir doch schon«, lacht Phillip. »Wenn wir in Richtung St. Pauls fahren, müssen wir quer durch die Stadt. Da sehen wir schon ’ne ganze Menge. Die Themse, das Bankenviertel, die Millenniumsbrücke.«

»Die kam in einem Harry-Potter-Film vor«, weiß Mark. »Ist ja cool!«

»Haltet eure Fotoapparate bereit«, empfiehlt Herr Gunnarsson.
»Oh no! Meine Apparat is not working«, säuselt Vicky und hält dem jungen Lehrer ihren Fotoapparat entgegen. »Können Sie mir helfen, please?« Sie unterstreicht ihre Bitte mit einem gekonnten Aufschlag ihrer mitternachtsblau getuschten Wimpern.
Mit gerunzelter Stirn nimmt Herr Gunnarsson die Kamera entgegen, betätigt ein paar Knöpfe und gibt sie Vicky zurück. »Versuch's mal mit neuen Batterien«, schlägt er vor. »In London bekommst du sicher die passenden.«
Alle lachen – außer Vicky, die sich schmollend in ihren Sitz verkriecht. Janette versucht sie zu trösten.
»Echt peinlich, wie die sich an Herrn Gunnarsson ranschmeißt.« Phillip schüttelt den Kopf.
Conni ist ganz seiner Meinung.
»Hoffentlich kommen wir alle zusammen in ein Zimmer«, sagt Dina hoffnungsvoll.
Conni zählt durch: »Anna, Alisha, Billi, Kate, Dina, Sarah, Louise, Mandy und ich. Hm, wir sind neun. Ob es in dem Youth Hostel so große Zimmer gibt?« Schön wär's, denkt sie. Es wäre echt lustig, mal wieder mit den anderen zusammen zu sein.
»Und was ist mit uns?«, fragt Paul mit Dackelblick. »Wo sollen wir schlafen?«
Mandy verpasst ihm einen zärtlichen Ellbogenstoß, genau zwischen die Rippen. »Du passt in meine Rucksack, sweety. No problem.«
Paul japst und wird rot bis über beide Ohren.

Als der Bus die Westminster Bridge in Richtung Westen passiert, hält Conni den Atem an. Vor ihnen ist Big Ben – zum Greifen nahe! Daneben Westminster Abbey, die Houses of Parliament – und hinter ihnen, auf der anderen Seite der breiten Brücke, das berühmte Riesenrad, mit dem Billi so gerne fahren möchte! Es scheint sich kaum zu bewegen. Erst als sie ein bisschen genauer hinguckt, sieht Conni, dass tatsächlich Menschen ein- und aussteigen. Die eiförmigen, rundum verglasten Gondeln bewegen sich wie in Zeitlupe.

»Es hält niemals an«, sagt Phillip. »Man steigt während der Fahrt ein und aus. Eine Runde dauert über eine halbe Stunde. Kannst du dir das vorstellen?«

»Nicht wirklich«, gibt Conni zu. Sie ist von den vielen Eindrücken vollkommen überwältigt.

Der Bus fährt nun direkt an der Themse entlang und folgt einer Straße, die Victoria Embankment heißt. Conni sieht die vielen Brücken, die den Fluss überqueren. In der Ferne ragt die Tower-Bridge auf, unverwechselbar mit ihren hellblau gestrichenen Streben.

»Wow«, sagt Conni leise.

»Ist das cool! Ist das cool!« Anna kann sich gar nicht wieder beruhigen. »Ich glaub, ich hab gerade Robbie Williams gesehen!«

»Klar«, grinst Mark. »Der steht als Wachsfigur bei Madame Tussauds. Vielleicht macht er gerade einen Spaziergang.«

Anna schnappt empört nach Luft, aber dann lacht sie.

Schließlich erreicht der Bus die Carter Lane, an der die Jugendherberge liegt, und stoppt vor einem alten Gebäude mit hohen Fenstern.

»Das ist unsere Unterkunft«, verkündet Frau Lindmann. »Es ist die ehemalige Chorschule der St. Pauls Kathedrale. Ihr werdet feststellen, dass viel von der alten Einrichtung erhalten geblieben ist. Die frühere Kapelle dient als Versammlungsraum, das Rektorat ist heute ein Aufenthaltsraum und bietet einen tollen Ausblick auf die Kathedrale.«

»Sind unsere Zimmer etwa auch so alt?« Janette rümpft die Nase.

»Nein«, wird sie von Frau Lindmann beruhigt. »Die Zimmer sind selbstverständlich renoviert und modernisiert und nach heutigen Maßstäben eingerichtet. Ich bin sicher, wir werden uns sehr wohlfühlen.«

Mr Brownstone und Herr Gunnarsson nicken zustimmend.

Ein paar Minuten später ist das Gepäck ausgeladen. Auch die Unterkünfte sind rasch verteilt. Conni und ihre Freundinnen dürfen sich tatsächlich ein Zimmer teilen. Genau wie die Jungs. Das Youth Hostel verfügt über ausreichend große Räume. Die Mädchen können ihr Glück kaum fassen.

»Die Jungs sind direkt neben uns«, kichert Anna.

»So what?«, grinst Mandy. »Ist doch funny! Wir werden haben eine Menge Spaß!«

»You can be sure about that«, nickt Louise grinsend.

In dem geräumigen Zimmer stehen mehrere Stockbetten. Sie sehen total gemütlich aus, wie Kojen auf einem Schiff. Auf den Betten liegen fröhlich bunt karierte Bezüge. Sogar ein eigenes kleines Badezimmer hat das Zimmer, mit Dusche, Waschbecken und einer Toilette.

»Das ist ja super!« Conni wirft ihre Tasche auf eines der oberen Betten, die direkt am Fenster stehen. Mandy nimmt das untere.

»Nur die Aussicht ist nicht so doll.« Anna zeigt auf das Fenster. Hinter den Gardinen ist die schmutzig graue Mauer des Nachbarhauses zu sehen.

»Wir sind doch nur zum Schlafen hier«, meint Dina. »Tagsüber sind wir die meiste Zeit unterwegs.«

»Und nachts kann uns die Aussicht piepegal sein«, grinst Billi.

»Stimmt auch wieder«, gibt Anna zu. Sie zieht einen Stadtplan von London aus ihrem Rucksack. Ihre Augen blitzen unternehmungslustig auf. »Dann mal los, Mädels … Was wollen wir uns zuerst anschauen?«

»Lasst uns zuerst unsere Betten beziehen, bevor der Lindwurm meckert.« Conni zeigt auf die karierte Bettwäsche. »Danach sehen wir weiter. Einverstanden?«

»So viele Menschen!«, stöhnt Anna wenig später. »Was wollen die nur alle hier?«

»Das Gleiche wie wir, schätz ich mal.« Conni lehnt sich erschöpft gegen eine Mauer. »London angucken.«

Nachdem sich die Klassen im Speisesaal der Jugendherberge mit Sandwiches und Tee gestärkt haben, hat Frau Lindmann das weitere Tagesprogramm festgelegt: »Wir erkunden unsere Umgebung!«

Den Jubel über die Aussicht auf eine Fahrt mit einem der knallroten Doppeldeckerbusse hat der Lindwurm allerdings blitzschnell im Keim erstickt. Nach ihrer Meinung ist London bestens dazu geeignet, zu Fuß erkundet zu werden – »auf Schusters Rappen«, wie sie es ausgedrückt hat.

Conni wünscht sich im Moment nichts sehnlicher als einen echten Rappen, der sie auf seinem Rücken durch die Straßen von London trägt. Leider ist weit und breit nichts von einem schwarzen Pferd zu sehen. Stattdessen Touristen, so weit das Auge reicht. Conni stöhnt auf. Zuerst haben sie über eine Stunde in einer Schlange angestanden, nur um die St. Paul's Cathedral besichtigen zu können. Anschließend sind sie über die Millenniumsbrücke auf die andere Seite der Themse gewandert, wo eine weitere Besichtigung auf sie gewartet hat. Zum Glück war die Besucherschlange vor der Tate Gallery, dem berühmten Kunstmuseum, nicht so lang. Trotzdem ist Conni sicher, eine Blase an der linken Ferse zu haben. Und Durst hat sie auch.

»Ich hab mal ein Buch gelesen, in dem ein Junge in das London Eye gestiegen und nicht wieder aufgetaucht ist«, erzählt Dina, während sie am Themseufer entlang in Richtung Innenstadt spazieren. »›Der Junge, der sich in Luft auflöste‹ heißt das Buch. Echt spannend. Müsst ihr auch mal lesen.«

»Und?«, fragt Billi. »Hat er sich wirklich in Luft aufgelöst?«

»Nein.« Dina schüttelt den Kopf. »Natürlich nicht.«

Billi betrachtet nachdenklich das Riesenrad, das ein Stück weit vor ihnen strahlend weiß in den blauen Himmel über London ragt und sich dabei unaufhörlich dreht.

»Ich glaub, ich guck mir das Teil lieber von unten an«, sagt sie schließlich. »Die Wartezeit ist eh zu lang.« Sie zeigt auf eine scheinbar endlose Menschenschlange, die sich bis zu den Kassenhäuschen des London Eye windet und offenbar nur millimeterweise vorankommt.

In der Nähe des Aquariums machen die 6a und ihre englische Partnerklasse endlich eine Verschnaufpause. Anna hält ihre Digitalkamera hoch und schießt pausenlos Fotos. Von Mark, Paul, Tim und Phillip, die nebeneinander auf einer breiten Kaimauer sitzen und sich sonnen, dreht sie sogar ein kleines Video.

Conni und Mandy beugen sich über das Display und sehen sich leise kichernd die Wiedergabe an.

»Very good-looking guys«, stellt Mandy fest.

Conni stimmt ihr zu. Die Jungs sehen wirklich ziemlich gut aus – und zwar nicht nur auf dem Video, sondern auch in echt.
Anna nimmt die Kamera wieder an sich. »Ich würde zu gerne mal mit einem von diesen Doppeldeckerbussen fahren«, sagt sie. »Auf einer Stadtrundfahrt sieht man doch viel mehr, als wenn man sich zu Fuß durch diese Menschenmassen schieben muss.«
»Vor allem ist es nicht so anstrengend.« Conni schaut sehnsüchtig einem vorbeifahrenden Stadtbus hinterher. Der Londoner Verkehr scheint tatsächlich überwiegend aus Bussen und Taxis zu bestehen. Nur vereinzelt sind Privatwagen zu sehen, und wenn, sind es meist teure Luxuslimousinen. Conni hat noch nie in ihrem Leben so viele schicke Autos gesehen. Das wär was für Jakob, denkt sie. Dem würden vor Begeisterung glatt die Augen aus dem Kopf fallen, bei all den Jaguars, Rolls-Royces und Ferraris.
»Warum fragen wir den Lindwurm nicht einfach?«, schlägt Billi vor. »Mehr als Nein sagen kann sie nicht.«
»Stimmt.« Conni wirft einen Blick hinüber zu der Bank, auf der die Lehrer sitzen und sich unterhalten. Ob sie einfach hingehen und fragen soll? Warum eigentlich nicht? Die Gelegenheit ist günstig. Frau Lindmann scheint in bester Stimmung zu sein. Sie lacht laut über etwas, das Mr Brownstone gesagt hat. Conni fasst sich ein Herz: »Ich frag sie!«, und marschiert los. Die anderen warten mit gedrückten Daumen.

Ein paar Minuten später kehrt Conni zurück. Ihr Gesicht ist undurchdringlich. Anna guckt ihr angespannt entgegen. Sie

sieht aus, als würde sie jeden Moment platzen. »Sag schon!«, stößt sie hervor. »Dürfen wir?«
Conni grinst, bevor sie nickt und ein paar bunt bedruckte Tickets aus ihrer Jeanstasche zieht. »Mr Brownstone hat Gutscheine von der Big Bus Company bekommen. Wir dürfen den Rest des Tages auf eigene Faust in der Stadt verbringen! Was sagt ihr dazu?«
Was ihre Freundinnen dazu sagen, geht in ohrenbetäubendem Jubel und Geschrei unter. Anna kreischt am lautesten. Sie fällt Conni um den Hals und erdrückt sie fast. Billi, Dina und Mandy machen es ihr nach. Alisha, Kate, Sarah und Louise applaudieren begeistert.
»Hilfe!«, krächzt Conni und befreit sich aus der stürmischen Umklammerung. »Ist ja gut! Lasst mich bitte los!«
»Wie süß! Feiert ihr einen Kindergeburtstag?«, zischelt Janette mit hochgezogenen Augenbrauen. Sie schlendert mit Vicky, Saskia und deren Austauschschülerin vorbei. Vicky hält es nicht für nötig, einen Blick auf die jubelnden Mädchen zu werfen. Sie schüttelt nur den Kopf und guckt gelangweilt geradeaus.
»Silly cows«, brummt Mandy.
»Lass sie doch«, winkt Billi ab und wendet sich an Conni: »Was hat der Lindwurm gesagt?«
»Zuerst hatte sie natürlich Bedenken«, berichtet Conni. »Ihr kennt sie ja.«
»Klar«, nickt Anna.
Conni fährt grinsend fort: »Aber dann hat Mr Brownstone die Gutscheine aus seiner Jackentasche gezogen. Er und Herr Gunnarsson finden die Idee super, dass wir London selbst-

ständig erkunden. Herr Gunnarsson hat gemeint, wir wären schließlich keine kleinen Kinder mehr, sondern auf dem besten Weg, erwachsen zu werden.«

»Das hat er gesagt?« Billi macht große Augen.

»Hat er«, bestätigt Conni. »Und auch, dass dazu das Lernen und Ausüben von Eigenverantwortung gehören würde.«

»Boah!« Billi bläst die Wangen auf.

»Hach, Moritz Gunnarsson …«, seufzt Anna. »Wenn wir den nicht hätten!«

Angelockt durch den Freudentanz der Mädchen kommen die Jungs angeschlendert.

»Was geht ab?«, erkundigt sich Paul.

Conni wedelt mit den Busgutscheinen vor seiner Nase herum. Phillip nimmt einen davon aus ihrer Hand.

»Wow!«, macht er. »Wie hast du das geschafft?«

Conni erzählt es ihm. Er nickt anerkennend.

»Einzige Bedingung ist, dass wir eine Gruppe bilden und die ganze Zeit zusammenbleiben«, sagt Conni. »Und mindestens einer von uns muss ein Handy dabeihaben und ständig erreichbar sein.«

»Null Problemo.« Mark winkt lässig mit seinem Mobiltelefon.

»Cool«, sagt Conni. »Dann sollten wir jetzt zum Lindwurm marschieren und uns offiziell abmelden. Wir haben spezielle Tickets, mit denen wir an jeder Haltstelle der Big Bus Company ein- und aussteigen können, wann, wo und wie oft wir wollen. Ich glaube, man nennt das ›hop on, hop off‹.«

Mandy und Louise nicken bestätigend.

Anna jubelt: »Das ist ja spitze!«

Frau Lindmann hat inzwischen alle Schüler herangewinkt und um sich versammelt. Während Mr Brownstone die restlichen Tickets verteilt und noch einmal das ›Hop on, hop off‹-Prinzip der Busse und die verschiedenen Linien erklärt, notiert Herr Gunnarsson bereits die Handynummern der jeweiligen Gruppen.

»Seid bitte pünktlich um 18 Uhr wieder in der Jugendherberge«, sagt er. »Die Busgesellschaft hält ganz in der Nähe. Die Haltestelle heißt St. Pauls, genau wie die Kathedrale. Das könnt ihr euch gut merken.«

Frau Lindmann hört mit besorgter Miene zu.

»Machen Sie sich mal keine Gedanken, Frau Lindmann«, versucht Phillip sie aufzuheitern. »Wir sind schon groß. Heute Abend haben Sie uns alle wieder.«

»Das hoffe ich sehr«, erwidert Frau Lindmann ernst.

Conni kann es kaum glauben, als sie kurz darauf mit ihren Freundinnen und Freunden an einer der Bushaltestellen der Big Bus Company steht. Mitten in London … und ganz ohne Erwachsene! Mama und Papa würden garantiert einen Herzinfarkt kriegen, wenn sie das wüssten!

»Welche Linie nehmen wir?«, fragt Dina. »Die blaue oder die rote?«

»Wo ist der Unterschied?«, fragt Paul.

Phillip kennt die Antwort: »Die rote Tour ist mit einem Sprecher, der die Sehenswürdigkeiten erklärt, an denen der Bus vorbeifährt. Die blaue Tour ist ohne Begleitung. Da bekommt man Kopfhörer und kann sich die Erklärungen vom Band anhören, wenn man will.«

»Lasst uns einfach den ersten Bus nehmen, der kommt, egal ob rot oder blau«, schlägt Conni vor. »Ich hab echt keine Lust, noch länger hier herumzustehen. Ich will endlich was von London sehen!«
Die anderen sind sofort einverstanden.
Als schließlich ein Doppeldeckerbus mit blauer Markierung vor ihnen hält, müssen sie feststellen, dass er schon ziemlich voll ist. Auf dem offenen Oberdeck sind kaum noch Plätze frei.
»In einem geschlossenen Bus kann ich auch zu Hause fahren«, mault Anna. »Ich will oben sitzen und was sehen!«
»Ich auch«, gibt Conni zurück.
Zum Glück steigen einige Passagiere aus. Auf dem Oberdeck werden mehrere Plätze frei.
»Los, schnell!«, ruft Phillip und hechtet in den Bus. Der Fahrer hält ihn auf und kontrolliert das Ticket. Als er nickt, stürmt Phillip die schmale Wendeltreppe im Innern des Busses hinauf. »Ich halte die Sitze frei!«, ruft er den anderen zu.
Conni und ihre Freundinnen steigen nacheinander in den Bus und zeigen ihre Fahrkarten vor. Der Fahrer kontrolliert sie sehr gründlich.
»Es gibt viele fakes«, sagt Mandy zu Conni. »Gefälschte Karten, you know?«
Auch die Jungs werden eingehend kontrolliert. Paul zeigt auf einen Karton neben der Bustür, in dem abgepackte Kopfhörer liegen. »Can we take welche?«, fragt er den Fahrer.
»Sure«, nickt der.
Paul greift in den Karton, sammelt die passende Anzahl heraus und reicht sie weiter.

»Cool«, meint Billi. »Darf man die behalten?«

Als sie den verständnislosen Blick des Busfahrers bemerkt, zeigt sie auf die Ohrstöpsel und übersetzt blitzschnell: »Can we keep them?«

Wieder nickt der Fahrer: »Yes, of course you can«, dann schließt er die Tür. Billi bedankt sich.

Conni ist schon auf dem Oberdeck. Phillip winkt. Er sitzt ganz hinten.

Super, denkt Conni und lächelt ihm zu. Die besten Plätze! Aufatmend lässt sie sich neben ihn fallen und reicht ihm seine Kopfhörer.

»Thank you«, grinst Phillip.

»You are welcome«, antwortet Conni und ihr Herz klopft dabei. Mit Phillip in London, die Sonne scheint, die Themse glitzert, nur wir zwei ... Das ist ja sooo romantisch!

Ganz kurz hat sie das Gefühl zu träumen. Es ist fast zu schön, um wahr zu sein. Doch dann stürmen Mandy, Anna, Mark, Paul und die anderen auf die obere Plattform und Conni weiß, dass sie nicht träumt, sondern im Gegenteil hellwach ist.

Okay, korrigiert sie in Gedanken. Dann eben so: Mit meinen besten Freunden in London, die Sonne scheint, die Themse glitzert, wir alle zusammen. Wenn das nicht genial ist!

»Wie lange dauert so 'ne Rundfahrt eigentlich?«, fragt Tim, während er seine Ohrhörer in den dafür vorgesehenen Stecker in der Rückenlehne seines Vordermannes stöpselt.

»So lange wie wir wollen«, erwidert Phillip. »Der Bus fährt immer im Kreis, immer dieselbe Route. Theoretisch können wir den ganzen Nachmittag hier sitzen bleiben und uns London von oben angucken.«

»Wie in einer Endlosschleife«, grinst Paul. »Könnte ein bisschen langweilig werden, oder?«
»Klar, wir wollen schließlich was erleben!«, ruft Anna. »Und nicht den halben Tag im Bus hocken!«
Conni legt den Kopf in den Nacken und schließt die Augen. Sie hätte überhaupt nichts dagegen den halben Tag so sitzen zu bleiben; wenn's sein muss, auch noch den Abend und die ganze Nacht. Die Sitzschalen sind zwar aus Plastik und reichlich hart und unbequem, aber dafür sitzt sie neben Phillip. Wenn er sich bewegt, berühren sich ihre Arme. Es ist jedes Mal wie ein winziger elektrischer Schlag. Conni spürt es auf ihrer Haut kribbeln. Es fühlt sich ziemlich aufregend an.
Als alle sitzen, rollt der Bus los. Zum Glück gibt es eine Extraspur, auf der nur Busse und Taxis fahren dürfen. Der Verkehr in London ist einfach unglaublich! In Neustadt gibt es höchstens mal einen kleinen Stau an einer Baustelle oder vor einer roten Ampel; hier scheint es der Normalzustand zu sein.
Die stinkenden Abgase, der Motorenlärm, das ständige Gehupe genervter Autofahrer, die es eilig haben ... Conni fragt sich, wie man das Tag für Tag aushalten kann. Aber wenn man in einer Millionenstadt wie London lebt, gewöhnt man sich bestimmt daran. Es bleibt einem schließlich nichts anderes übrig.
Sie zieht ihren Fotoapparat aus dem Rucksack und versucht während der Fahrt ein paar Aufnahmen zu machen. Ab und zu rutscht Phillip – oder zumindest ein Stück von ihm – mit ins Bild.
Macht nichts, denkt Conni. Im Gegenteil.
»Soll ich dich auch mal fotografieren?«, fragt Phillip. Er zeigt

nach vorne. »Wir kommen gleich am Sherlock-Holmes-Denkmal vorbei!«
»Ja, klar!« Conni drückt ihm schnell ihren Fotoapparat in die Hand, setzt sich in Positur und strahlt in die Kamera.
»Perfekt!« Phillip drückt auf den Auslöser. »Davon hätte ich gerne einen Abzug.«
Conni sagt nichts, als er ihr den Apparat zurückgibt, aber sie freut sich.

Eine ganze Weile lassen sich die Freunde einfach kreuz und quer durch London kutschieren und genießen dabei den tollen Ausblick. Immer wieder staunen sie über die langen Schlangen vor den Sehenswürdigkeiten. Dina erspäht ein Schild, auf dem die Wartezeit für Madame Tussauds mit drei Stunden angegeben ist, und verabschiedet sich von ihrem Wunsch, das Wachsfigurenkabinett zu besuchen.
Ab und zu stöpselt Conni ihren Kopfhörer ein und lauscht den Bandansagen, die allerhand Wissenswertes zu besonderen Bauwerken und Plätzen bieten. Doch die meiste Zeit genießt sie es, einfach nur dazusitzen, zu staunen und Fotos zu machen.
Die Haltestellen der Big Bus Company sind tatsächlich über die ganze Stadt verstreut. An jedem Stopp steigen Fahrgäste aus und neue steigen ein.
»Wollen wir nicht auch mal aussteigen?«, fragt Phillip. »Die nächste Haltestelle ist ganz in der Nähe von Trafalgar Square. Von da aus ist es nicht weit bis zum Buckingham Palast. Das schaffen wir zu Fuß.«
»Woher weißt du das?«, wundert sich Conni.

Phillip zeigt auf einen kleinen Faltplan, der in der Seitentasche seines Sitzes gesteckt hat, und grinst.
»Buckingham Palast? Au ja, cool!« Anna springt auf. »Lasst uns aussteigen und nachgucken, ob die Queen zu Hause ist!«
»Und ihre Enkel«, fügt Conni hinzu. »Harry und William. Schon vergessen? Die beiden standen auf unserer Liste der zehn Gründe, weshalb wir nach England wollten.«
»Hab ich glatt verdrängt«, kichert Anna. »Aber jetzt, wo du's sagst, fällt es mir wieder ein.«
Lachend schieben sie sich den schmalen Gang entlang, klettern die Wendeltreppe hinunter und springen aus dem Bus, als er an einer belebten Haltestelle stoppt.
»Wollen wir zuerst was zu trinken kaufen?« Phillip zeigt auf einen Imbiss. »Ich verdurste. Und Hunger krieg ich auch langsam.«
»Ich auch«, stöhnt Paul.
»Und ich erst.« Mark greift sich demonstrativ an den Bauch.
Die Mädchen gucken sich an.
»Okay, Ladies and Gentlemen«, sagt Mandy. »Let's have a cold drink.«
Anna starrt eine hohe Steinsäule an, die auf einem großen Platz steht. Mehrere Straßen laufen sternförmig darauf zu. Scharen von Touristen belagern die freie Fläche, schlendern umher oder setzen sich auf die Stufen am Fuß der Säule.
»Was ist das für ein Typ da obendrauf? Ist der berühmt?«
Mandy kneift die Augen zusammen. »His name is Lord Nelson. He was a famous admiral. And the place is called Trafalgar Square.«
»Muss man das wissen?«, fragt Anna kleinlaut.

»Wenn's nach Frau Lindmann geht, bestimmt.« Conni hakt sich bei ihrer Freundin unter. »Aber die ist zum Glück weit weg.«

Die Jungs holen Cola und Limo aus dem Imbiss und für sich ein paar Sandwiches.

»Mann, London ist ganz schön teuer«, sagt Paul und zählt sein Wechselgeld.

Phillip lässt Conni von seinem Sandwich abbeißen. Mandy grinst vielsagend, während sie einen Trinkhalm in ihrer Limo versenkt. Frisch gestärkt wandern sie anschließend über den Platz und machen Fotos von Lord Nelson, der National Gallery und den steinernen Löwen, die mit strengem Blick alles zu bewachen scheinen.

»Und wie kommen wir jetzt zum Buckingham Palast?« Conni schirmt die Augen mit einer Hand ab und versucht sich zu orientieren.

»I have no idea«, gesteht Mandy.

»Guck doch mal auf deinen Stadtplan.« Billi stupst Anna an.

Die wühlt in ihrem Rucksack und taucht mit rotem Gesicht wieder auf. »Upps! Sorry …«, sagt sie. »Ich fürchte, der Plan liegt auf meinem Bett in der Jugendherberge.«

»Macht nichts«, meint Conni. »Phillip hat im Bus eine kleine Straßenkarte gefunden. Zeig doch mal her!«

Phillip hebt beide Hände. »Ich hab sie im Bus liegengelassen.«

»Was?« Conni zieht die Augenbrauen zusammen. »Wieso das denn?«

»Ich hab irgendwie nicht daran gedacht, dass wir sie brauchen könnten«, antwortet Phillip zerknirscht.

»Typisch«, seufzt Anna.
»Was soll das denn heißen?«, protestiert Phillip.
»Hä?«, macht Paul.
»Das soll heißen, dass Jungs ständig was vergessen«, erwidert Anna spitz. »Das kommt daher, weil ihr immerzu an alles mögliche andere denkt als an das, was wirklich wichtig ist.«
Mark kommt Phillip und Paul zu Hilfe. »Hey, Moment mal«, sagt er zu Anna. »Immerhin hast du deinen Plan zuerst vergessen!«
»Na und?«, schnappt die zurück.
»Hey, wollt ihr jetzt etwa streiten?«, mischt Billi sich ein.
»Nein«, sagt Mark.
»Doch!«, zischt Anna.
»Du willst also behaupten, dass Jungs vergesslicher sind als Mädchen?« Tim fasst sich an den Kopf.
»Nicht direkt«, sagt Anna. »Aber im Prinzip schon.«
Mandy, Louise, Alisha, Kate und Sarah stehen mit offenen Mündern daneben, genau wie Toby. Es ist offensichtlich, dass die englischen Partnerschüler von dem schnellen Wortwechsel nur die Hälfte verstehen, wenn überhaupt.
Conni runzelt die Stirn. »So schwer wird dieser blöde Palast doch wohl nicht zu finden sein. Erstens gibt es hier überall Hinweisschilder und zweitens können wir zur Not fragen.«
»Wir finden den Weg auch ohne Plan«, stimmt Dina ihr zu.
»Genau!« Anna wirft ihren Rucksack so schwungvoll über die linke Schulter, dass sie um ein Haar Paul erwischt. Er duckt sich blitzschnell.
»Typisch Mädchen!«, schimpft er. »Können nicht zielen und trachten den Jungs nach dem Leben!«

»Jetzt reicht's!«, faucht Anna. »Ich hab dich nicht mal berührt!«
»Du nicht, aber dein Rucksack! Dass ich noch lebe, hab ich nur meinen guten Reflexen zu verdanken!« Paul funkelt Anna an.
Conni kann nicht anders und prustet laut los. Jetzt übertreibt er aber wirklich!
»Was gibt's da zu lachen?«, erkundigt sich Phillip.
Conni starrt ihn an. Fängt der jetzt etwa auch noch an?
»Wenn du die Straßenkarte eingesteckt hättest ...« Sie bricht ab. Es hat ja doch keinen Zweck. »Ich finde, wir gehen jetzt einfach mal los«, schlägt sie stattdessen versöhnlich vor, »und fragen jemanden nach dem Weg.«
»Ohne mich«, grummelt Paul und setzt sich auf eine Steinstufe zu Füßen des berühmten Admirals. »Ich bleib hier. Die Königin und ihre bescheuerten großohrigen Enkel interessieren mich sowieso nicht.«
»Du hast doch keine Ahnung!«, entrüstet sich Anna. »Harry und William haben überhaupt keine großen Ohren. Höchstens ihr Vater, Prinz Charles, aber der wohnt mit seiner Camilla ganz woanders.«
»Mir doch egal.« Paul verschränkt die Arme vor der Brust und schmollt. Mark und Tim hocken sich neben ihn.
»Ich hab auch keinen Bock mehr«, murmelt Tim. »Ist viel zu heiß, um zu Fuß zu latschen.«
Phillip rauft sich die Haare. Conni sieht ihm an, dass er hin- und hergerissen ist. Als er sich schließlich mit einem vernehmlichen Seufzen zu seinen Freunden gesellt, verzieht sie den Mund.

»Das nennt man Männersolidarität«, schnaubt Anna. »Das ist so was Ähnliches wie Herdentrieb.«
Obwohl er kaum ein Wort verstanden haben kann, stellt Toby sich ebenfalls demonstrativ zu seinen Geschlechtsgenossen, die ihn mit einem Kopfnicken begrüßen.
Conni zieht die Stirn kraus. Sieht aus, als hätte Anna Recht mit dem Herdentrieb. »Dann bilden wir eben unsere eigene Herde«, wendet sie sich ihren Freundinnen zu. »Mädchen können auch solidarisch sein.«
»Aber hallo!«, sagt Billi.
»What means solidärisch?« Mandy hat Probleme, das schwierige Wort auszusprechen.
»Es bedeutet, dass wir zusammenhalten«, erklärt Conni ihr. »Los, Mädels. Wir gehen.« Sie wirft einen letzten Blick auf die Jungs, dann dreht sie sich entschlossen um.
Sollen die doch sitzen bleiben, bis der letzte Bus kommt, denkt sie grimmig. Oder bis Admiral Nelson von seinem Sockel springt und mit ihnen Walzer tanzt.
Bei dem letzten Gedanken kichert Conni leise. Der Tag ist viel zu schön, um ihn sich vermiesen zu lassen!
»Die beruhigen sich schon wieder«, sagt sie zu Anna und den anderen. »Spätestens heute Abend ist der Zoff vergessen, wetten?«
»Und falls nicht«, meint Anna, »halten wir uns eben an Harry und William. Ich wollte schon immer mal einen echten Prinzen kennenlernen.«
»Good idea!«, lacht Mandy. »Auch in England es gibt süße boys, you know? Nicht nur Prinzen mit big ears!«
»Na ja«, meint Anna. »Der süße William ist nun ja leider unter

der Haube. Eigentlich schade. Aber ich gönne es Kate. Die beiden passen echt gut zusammen, finde ich.«

»Dann kümmern wir uns eben um seinen kleinen Bruder Harry«, sagt Billi trocken. »Wo ist das Problem?«

Conni seufzt. Das englische Königshaus interessiert mich nicht besonders, denkt sie, und die Prinzen schon gar nicht. Es sei denn, einer von ihnen würde Phillip heißen und hätte goldbraune Augen! Aber zum Glück ist Phillip ja kein echter Prinz. Dafür ist er mein Märchenprinz …

Der Buckingham Palast ist gar nicht weit entfernt. Die Mädchen folgen von Trafalgar Square aus einfach einer breiten Straße, die The Mall heißt. Sie führt direkt auf den königlichen Palast zu.

»So was«, staunt Anna. »Und ganz ohne Stadtplan!«

»Manchmal muss man eben nur seinem Instinkt folgen«, lacht Conni.

»Seinem weiblichen Instinkt«, betont Billi grinsend.

»Wenn die Jungs das wüssten«, kichert Dina.

»Die grillen schön weiter in die Sonne«, meint Mandy. »Heute Abend sie werden aussehen wie roasted turkeys.«

Wie geröstete Truthähne? Schöne Vorstellung, denkt Conni.

Auf dem Weg zum Buckingham Palast kommen sie an einem schmiedeeisernen Tor mit zwei Wachhäuschen vorbei. Zwei Soldaten in Uniform marschieren davor auf und ab. Sie tragen die berühmten schwarzen Bärenfellmützen und …

»Maschinengewehre!« Conni schluckt. »Seht euch das an!«

Anna zieht die Augenbrauen hoch. »Na ja, ist schon klar, dass sie das Königshaus nicht mit Schreckschusspistolen bewachen, oder?«

»Ob ich fotografieren darf?« Conni zückt ihren Fotoapparat.

»Sure«, sagt Louise. »Alle Touristen sind ganz wild darauf.«
Conni macht ein paar Fotos, aber so richtig wohl ist ihr dabei nicht. Die Soldaten sehen sehr jung aus. Trotzdem wirken sie irgendwie Furcht einflößend. Conni läuft schnell weiter, um die anderen einzuholen.
Vor dem Palast der Königin steht ein riesiger Springbrunnen. In einem Park seitlich davon blühen herrliche Blumen in Rot und Weiß. Es sieht wunderhübsch aus, findet Conni. Wenn nur die vielen Wachsoldaten und Polizisten nicht wären, die überall patrouillieren. Sogar die freundlichen Bobbys – Conni erkennt sie an ihren typischen Kopfbedeckungen, den schwarzen Helmen – tragen hier vor dem Schloss kugelsichere Westen und haben Maschinenpistolen umgeschnallt.
»In London es gibt große Angst vor Terroristen«, erzählt Alisha. »Vor ein paar Jahren es hat gegeben einen schlimmen Bombenanschlag. Since that, die Police ist ganz besonders aufmerksam.«
»Das kann ich gut verstehen«, sagt Conni.
»Und ist jemand zu Hause?«, fragt Billi und späht durch das hohe Gitter.
»I think so.« Mandy zeigt auf eine Fahne, die hoch über dem Palast im Wind flattert. »Man kann es sehen an die Flagge. Die wird nur aufgehängt, wenn die Majestät ist in London, glaub ich.«
Anna seufzt andächtig. Conni hofft, dass sie nicht darauf wartet, dass ein Mitglied der Königsfamilie herauskommt, um sie persönlich zu begrüßen.
»Und woran erkennt man, ob die Prinzen da sind?«, fragt Dina neugierig. »Haben die auch Fahnen?«

Mandy zuckt mit den Achseln. »Das weiß ich nicht. Sorry.« Langsam schlendern die Mädchen zurück. Sie folgen einem verschlungenen Weg durch den St. James Park und finden sich vor den Stallungen der Royal Horse Guards wieder. Anna sieht die beiden königlichen schwarzen Pferde zuerst. Zwei Soldaten in roter Uniform sitzen in ihren Sätteln und verziehen keine Miene. Auch die Pferde stehen still wie Denkmäler. Anna will auf sie zulaufen, aber Alisha hält sie zurück.

»Don't touch them«, warnt sie Anna. »Es ist gleich Zeit für Changing of the Guard.«

»Changing of the Guard?« In Annas Gesicht steht ein dickes Fragezeichen. »Was heißt das?«

»Wachwechsel«, übersetzt Billi. Sie zeigt nach vorne, wo eine schwere, schwarze Tür geöffnet wird. Dahinter warten zwei junge Soldaten in hohen Reitstiefeln und schwarzen Uniformröcken. Neben ihnen stehen zwei Rappen mit glänzendem Prunkgeschirr. Die Soldaten führen die Pferde am kurzen Zügel heraus. Gleichzeitig lösen sich die beiden berittenen Wachsoldaten vor dem Portal aus ihrer Starre und reiten auf sie zu. Als die Pferde sich gegenüberstehen, brüllt ein Fußsoldat laute Kommandos. Die ersten Wachsoldaten sitzen ab, klopfen ihren Pferden die Hälse und führen sie durch die Tür in die königlichen Stallungen. Die neuen Wachen sitzen auf und reiten im Schritt zu ihren Standplätzen, auf denen sie die nächsten Stunden unbeweglich verharren müssen. Beides scheint einem genau festgelegten Ritual zu folgen. Conni macht mit angehaltenem Atem Fotos. Anna filmt das Ganze. Als sie sich umdrehen und weitergehen, sagt sie: »Die armen Pferde!«

»Mir tun die Soldaten auch leid«, meint Billi. »Die dürfen nicht mit der Wimper zucken. Nicht mal, wenn es regnet oder Touristen an ihnen herumzupfen und blöde Witze machen.«
Conni wirft einen Blick zurück und winkt einem der Soldaten zu, aber der starrt weiter stur geradeaus.
»Und was machen wir jetzt?«, fragt sie in die Runde.
»Wir springen in den nächsten Bus und steigen bei Harrods wieder aus«, schlägt Anna vor.
»Du willst bei dem schönen Wetter in ein Kaufhaus?« Conni zieht ihren Pferdeschwanz zurecht. »Och nö …«
»Aber Harrods MUSS man gesehen haben«, entgegnet Anna.
»Das können wir doch auch morgen machen«, meint Billi. »Wir haben noch einen ganzen Tag in London!«
Plötzlich fängt Dina an zu jammern. »Wisst ihr eigentlich, wie spät es ist? Gleich halb sechs. Wir müssen zurück! Außerdem hat Herr Gunnarsson gesagt, dass wir zusammenbleiben sollen.« Sie macht ein unglückliches Gesicht. »Und was ist mit dem Handy, das wir bei uns haben sollten? Hat einer von euch eins dabei?«
Louise und Sarah zücken gleichzeitig ihre Handys.
Dina seufzt. »Trotzdem werden wir Ärger bekommen.«
»Wieso das denn?«, fragt Anna. »Unsere Lehrer wissen doch gar nicht, dass unsere Gruppe sich getrennt hat.«
»Und sie werden es auch nicht erfahren«, sagt Conni energisch. »Wir schnappen uns einen Bus und gondeln ganz gemütlich zu unserer Jugendherberge zurück. Harrods verschieben wir auf morgen, okay? Lasst uns lieber noch ein bisschen unsere Freiheit genießen.«

»Genau.« Billi stupst Dina an. »Entspann dich mal!«
»Hey, look at that!«, ruft Mandy. »Da ist Number 10 Downing Street!«
»Der Sitz des britischen Premierministers«, sagt Anna andächtig. »Wow!«
Sie machen ein paar Fotos und schlendern weiter, bis sie zu einer Haltestelle der Bus Company kommen.
»Hoffentlich kommt bald einer«, murmelt Dina und wirft einen Blick auf ihre Uhr.
Auch Conni wird es langsam ein bisschen mulmig zu Mute, aber sie behält es für sich. Dina ist schon nervös genug. Ob sie es wirklich schaffen, pünktlich in der Jugendherberge zu sein?

Als endlich ein Bus kommt, ist er proppenvoll. Kein Fahrgast steigt aus. Der Fahrer ruft den wartenden Mädchen zu: »You should better take the next one!«, bevor er ihnen die Tür vor den Nasen zuknallt und davonrauscht.
So ein Mist!, denkt Conni.
»Da kommt schon der nächste!«, ruft Billi.
»It's a red one«, bemerkt Mandy.
»It doesn't matter«, meint Louise.
Im Untergeschoss des Busses sind noch ein paar Plätze frei. Die Freundinnen steigen ein. Conni und Mandy müssen stehen.
»Wo müssen wir aussteigen?«, fragt Dina. Ihr Gesicht ist blass. Immer wieder schaut sie auf ihre Uhr.
»St. Paul's«, antwortet Sarah.
Quälend langsam schiebt sich der Bus durch den immer dichter werdenden Londoner Feierabendverkehr. An jeder Kreuzung, an jeder Ampel scheint er endlos lange zu stehen. Und

dann hält er auch noch an jeder einzelnen Haltestelle! Conni stöhnt auf. Dina hat Recht, denkt sie. Wir werden gnadenlos zu spät kommen und riesigen Ärger bekommen!
Sie kommen an der Victoria Station vorbei und fahren am Hyde Park entlang. Conni achtet kaum noch auf die Sehenswürdigkeiten. Sie ist viel zu angespannt und legt sich insgeheim schon eine passende Ausrede für Frau Lindmann zurecht.
»Am besten sagen wir, wir haben die Jungs in dem Getümmel am Trafalgar Square verloren und unser Bus hatte eine Panne«, sagt sie zu den anderen.
»Gebongt«, sagt Anna. »Hauptsache, die Jungs erzählen keine andere Version, falls sie vor uns in der Jugendherberge eintrudeln.«
Als der Bus plötzlich von der Hauptstraße abbiegt, über einen Parkplatz holpert und schließlich stehen bleibt, setzt Connis Herzschlag für ein paar Sekunden aus. Was ist denn jetzt los?
»Was soll das?«, fragt Billi beunruhigt.
Conni zuckt mit den Achseln und sieht sich ratlos um.
Der Motor des Busses geht aus. Es ist total still. Niemand sagt etwas. Conni und ihre Freundinnen haben gar nicht gemerkt, dass außer ihnen fast niemand mehr im Bus ist. Wann sind die alle ausgestiegen?
Der Fahrer klettert von seinem Sitz und winkt. »The bus stops here«, verkündet er. »Please step out and take another bus. Goodbye.«
»Wie jetzt, goodbye und another bus?«, fragt Anna. »Wieso sollen wir aussteigen?«
»Der Bus fährt nicht weiter.« Conni schluckt. »Ich glaub, der Fahrer macht Pause oder Feierabend.«

»Feierabend?« Dinas Stimme überschlägt sich fast. »Das kann er doch nicht machen!«

»Oh my goodness!«, flucht Mandy.

Nachdem der Fahrer sie und eine Handvoll weitere übrig gebliebene Fahrgäste aus seinem Bus komplimentiert hat, bleiben Conni und ihre Freundinnen unschlüssig auf dem Parkplatz stehen.

»Wo sind wir?«, bricht Anna das betretene Schweigen.

»I have no idea«, seufzt Alisha.

»Auf jeden Fall noch in London«, sagt Conni. Sie bemüht sich ihrer Stimme einen festen Klang zu geben. »Oder?«

»Sure«, meint Mandy. »Die Fahrer hat gesagt, wir sollen nehmen eine andere Bus. Ich fragen ihn mal, which one.«

Ohne zu zögern, stapft sie auf den Busfahrer zu, der sich mit einem Kollegen unterhält. Er hört Mandy zu und scheint ihr dann etwas zu erklären. Mit einer Hand deutet er in eine unbestimmte Richtung. Mandy nickt und kehrt zu den anderen zurück.

»Wir können nehmen eine normale Stadtbus«, berichtet sie, »oder die Tube. Marble Arch ist die next underground station.«

»Wie bitte? Wir sollen U-Bahn fahren? Ganz allein? Quer durch London?« Dina macht ein Gesicht, als hätte Mandy sie aufgefordert ohne Fallschirm von der Tower Bridge in ein Becken voller Piranhas zu springen. »Ohne mich! Wir wissen doch gar nicht, wie das geht! Und Fahrkarten haben wir auch nicht!«

»Die kann man bestimmt irgendwo kaufen«, sagt Anna.

»Ich bin mal gefahren mit die U-Bahn«, meldet sich Kate zu Wort. »Es ist allerdings ein paar Jahren her.«

»Na, so viel wird sich da wohl nicht geändert haben«, sagt Conni hoffnungsvoll. »Fragt sich nur, wo dieses Marble Arch ist.«
»Nicht weit von hier, hat die Busfahrer gesagt. Only ein paar minutes zu Fuß«, erwidert Mandy.
Anna ergreift das Wort: »Okay, Mädels, ich glaube, wir haben keine andere Wahl: Let's go!«

Conni weiß nicht, wie lange sie durch Londons Nebenstraßen und Hinterhöfe geirrt sind, als vor ihnen ein großer, weißer Triumphbogen aufleuchtet.
»That's Marble Arch!«, ruft Alisha.
»Dann kann die U-Bahn-Station nicht weit sein.« Conni stellt sich auf die Zehenspitzen und sucht eines der typischen runden Schilder mit rotem Rand und blauem Balken, auf dem UNDERGROUND steht. »Da drüben!« Sie winkt aufgeregt.
»Juhu!«, jubelt Billi. »Wir sind gerettet!«
»Bist du sicher? Wir sind jetzt schon mehr als zwanzig Minuten zu spät«, bemerkt Dina. »Frau Lindmann reißt uns die Köpfe ab. Hoffentlich hat sie noch nicht bei unseren Eltern angerufen.«
Billi zuckt zusammen.
»Ach, Unsinn! Der Lindwurm wird höchstens ein bisschen meckern, uns lang und breit erzählen, wie enttäuscht sie von uns ist, und damit ist die Sache gegessen«, winkt Conni ab, aber ganz sicher ist sie sich da nicht.
»Haben wir überhaupt genug englisches Geld für die Fahrkarten?«, erkundigt sich Anna. »Ich hab nur Euros.«
Mandy, Alisha, Kate, Louise und Sarah nicken. Conni zückt

ihr Portmonee. »Ich hab auch ein paar britische Pfund. Das wird sicher reichen.«
Sie überqueren die Straße und hüpfen die Stufen hinunter, die zu der unterirdischen Bahnstation führen. Es ist ein bisschen unheimlich, findet Conni. Die kalte Luft, die sie umfängt; dazu die langen, gekachelten Gänge. Ihre Schritte hallen von den Wänden wider. Sie müssen ziemlich tief unter der Erde sein.
»We need kleines Geld«, sagt Mandy, als sie vor den Fahrscheinautomaten stehen. Metallschranken trennen den Schalterbereich von den Bahnsteigen. Die Mädchen schütten ihr verschiedene Münzen in die Hände.
»Reicht das?«, fragt Dina mit bangem Blick.
»I hope so«, erwidert Mandy und füttert den Automaten.
»Ich glaub, wir müssen mit dieser Linie fahren«, sagt Billi und tippt auf einen großen Streckenplan. »Die fährt direkt bis St. Pauls.«
Conni wirft einen Blick auf den Plan. Jede U-Bahn-Linie hat eine andere Farbe. Es sieht ziemlich verwirrend aus. Zum Glück scheint Billi ja den Durchblick zu haben.
Mandy verteilt die Fahrkarten.
»You have to put them in die Kasten an die Schranke and walk through«, erklärt sie. »On the other side, ihr müsst die Karte wieder rausziehen und mitnehmen.«
Die Mädchen folgen ihrem Beispiel und finden sich nach wenigen weiteren Schritten auf einem überfüllten Bahnsteig wieder. Conni hört fernes Rauschen und ein metallisches Quietschen, wenig später fährt ein U-Bahn-Zug in den Bahnhof ein und hält mit lautem Getöse an.

»Der ist ja randvoll!«, ruft Anna, als die Türen sich öffnen.

»Vielleicht ist weiter hinten noch Platz!« Billi zieht die anderen mit sich zu den hinteren Waggons, die auch schon ziemlich überfüllt sind. Trotzdem drängen sich noch Reisende hinein. Conni fragt sich, wie die Türen schließen sollen. Nie im Leben würde sie sich da noch zwischenquetschen!

»Wir nehmen den nächsten«, sagt sie und tritt zurück.

»Quatsch, hier ist Platz genug!«, ruft Billi und winkt hektisch.

Sarah, Dina und sie stehen in der Tür des letzten Waggons. Anna, Kate, Alisha und Louise springen zu ihnen in den Zug. Conni und Mandy zögern einen winzigen Augenblick zu lange. Mit einem lauten Zischen schließt sich die automatische Tür vor ihnen. Conni springt erschrocken zurück. Sie kann gerade noch Annas entsetztes Gesicht hinter der Scheibe aufblitzen sehen, dann setzt sich die Bahn in Bewegung.

»Nein!«, ruft Conni erschrocken. »Anhalten!«

Vergeblich. Das Letzte, was sie und Mandy von ihren Freundinnen sehen, sind deren aufgerissene Münder und die roten Rücklichter ihres U-Bahn-Waggons, der in der Dunkelheit des unterirdischen Tunnels verschwindet.

Plötzlich weiß Conni, warum die Londoner U-Bahn auch tube genannt wird. Die runden Tunnel haben tatsächlich etwas von einer Tube, die die Züge auf Nimmerwiedersehen verschluckt.

Sie starrt Mandy an.

Mandy starrt zurück.

»Holy cow!«, flucht sie leise.

»Du sagst es«, murmelt Conni.

Eine ganze Weile bleiben sie an dem menschenleeren Bahnsteig stehen und heften ihre Blicke so fest auf den tiefschwarzen Tunnel, als könnten sie den U-Bahn-Fahrer dadurch bewegen es sich anders zu überlegen und zurückzukommen. Aber der Zug mit den Freundinnen bleibt verschwunden. Conni schluckt.

»Oh Hilfe …«, sagt Conni tonlos, als sie sich endlich aus ihrer Schreckstarre lösen kann. »Was machen wir jetzt?«
Mandy zuckt die Achseln. »Die nächste Train nehmen und hinterherfahren vielleicht?«
»Es bleibt uns wohl nichts anderes übrig.« Conni hockt sich auf eine Bank, vergräbt den Kopf in beiden Händen und stöhnt auf. Das hat gerade noch gefehlt! Der Lindwurm wird im Achteck springen!
Als die nächste U-Bahn kommt, steigen sie ein. Der mittlere Waggon ist fast leer. Nur eine junge Mutter mit Zwillingen und ein paar Geschäftsmänner in dunklen Anzügen sitzen darin. Die Männer lesen Zeitung und schauen kaum auf. Niemand sagt etwas. Auch Conni und Mandy schweigen betreten.
»Hast du dir gemerkt, wo wir aussteigen müssen?«, fragt Conni nach einer Weile.
»I'm not sure«, sagt Mandy.
Auch das noch! Conni starrt auf das bunte Liniennetz, das als Aufkleber über den Durchgängen des Waggons prangt. Rot, blau, gelb, grau, braun, grün, ocker, lila, pink – wer soll da durchsteigen?

Billi zum Beispiel, denkt sie und seufzt noch einmal, während sie versucht in dem Wirrwarr der unterschiedlichen Farben ein System zu entdecken und die richtige Station ausfindig zu machen. Billi könnte das garantiert.

»The next stop is Bond Street«, sagt die Zwillingsmutter. Sie steht plötzlich neben Conni und zeigt auf den Streckenplan.

Conni ist so überrascht, dass sie gar nicht weiß, was sie sagen soll. »Thank you very much«, stammelt sie, als es ihr einfällt.

»You're welcome«, lächelt die junge Frau. »Are you having a good time in London?«

»Oh, yes«, versichert Conni. »We have a very good time!«

»Could not be better«, fügt Mandy hinzu.

An der nächsten Haltestelle steigen sie aus. Conni winkt der Frau zum Abschied zu.

»And now?«, fragt Mandy.

»Ich weiß nicht.« Connis Stimme klingt kläglich. »Was sollen wir in der Bond Street? Ich glaub, die Frau hat uns falsch verstanden. Die dachte bestimmt, wir wollten schon aussteigen. Aber sollten wir nicht bis nach St. Pauls fahren?« Plötzlich fällt ihr der Name der Haltestelle wieder ein.

»St. Pauls ... oh no!«, ruft Mandy. »We stepped out too early!«

»Was!?« Conni schnappt nach Luft. »Wir sind zu früh ausgestiegen?«

Mandy nickt.

Gemeinsam versuchen sie den Fahrplan zu entziffern und müssen feststellen, dass es noch ziemlich lange dauert, bis die nächste Bahn kommt.

»Das darf nicht wahr sein! Bis dahin hat der Lindwurm garantiert einen Suchtrupp losgeschickt! Lass uns lieber was anderes überlegen«, schlägt Conni vor. »Vielleicht können wir von hier aus zu Fuß gehen.«

Sie verlassen die U-Bahn-Station und bleiben unschlüssig an einer breiten Straße stehen. Überall um sie herum wird gebaut; einige U-Bahn-Verbindungen scheinen außer Betrieb zu sein, wie große Hinweisschilder verraten.

Conni schluckt. Ob Anna und die anderen inzwischen in der Jugendherberge angekommen sind? Hoffentlich. Dann ist die erste Wut des Feuer speienden Lindwurms möglicherweise schon ein bisschen verraucht, wenn sie und Mandy später auftauchen.

»Falls wir jemals dort ankommen«, murmelt sie leise.

Sie wechseln auf die gegenüberliegende Straßenseite, wo sie ein UNDERGROUND-Schild erspäht haben. Doch als sie näher kommen, müssen sie feststellen, dass die Station mit einem Gitter abgesperrt ist.

»So ein Mist!«, stöhnt Conni.

»Ich glaub, das ist ein Pustekuchen«, sagt Mandy.

»Ja, so kann man's sagen.« Trotz der blöden Situation muss Conni lachen.

»Da ist eine Policeman.« Mandy bohrt Conni den Ellbogen in die Seite und zeigt auf einen Bobby, der an einer Kreuzung steht und den Verkehr beobachtet. Er sieht nett aus. »Lass uns fragen, wo die next station ist. Ich muss dringend nach Hause. I'm tired and hungry.«

»Müde und hungrig bin ich auch«, sagt Conni. »Du fragst ihn, okay? Dein Englisch ist besser als meins.«

»Are you sure?«, grinst Mandy.

Der Bobby ist genauso nett, wie er aussieht. Er sagt etwas, das wie »No tube … take a bus instead … direction St. Paul's« klingt. Conni versteht nur Bahnhof. Aber Mandy scheint alles begriffen zu haben. Sie bedankt sich höflich. Der Polizist nickt ihnen zu.

»We can take eine Linienbus«, erklärt Mandy Conni. »Da drüben ist eine Bus-Stop. The next bus kommt bald.«

Conni bläst die Wangen auf und lässt die Luft langsam entweichen. Das ist die beste Nachricht des Tages!

Auch an der Bushaltestelle steht ein Ticket-Automat, aber Mandy hat inzwischen Routine darin, Fahrscheine zu kaufen. Sie wirft ein paar abgezählte Münzen in den Geldschlitz und löst schnell zwei Fahrkarten. Als ein roter Doppeldeckerbus anhält, steigen sie ein. Conni lässt sich auf einen freien Platz fallen. Ihr Bedarf an Irrfahrten ist für heute gedeckt.

Einige Haltestellen später ruft Mandy plötzlich: »That's St. Paul's! We must aussteigen!«

Conni sieht die runde Kuppel der St. Pauls Kathedrale über den Häusern aufragen. Die Jugendherberge muss ganz in der Nähe sein.

»Da ist das Youth Hostel!«, ruft sie erleichtert, als sie nach einigem Umherirren das Gebäude erkennt. »Wir haben's geschafft!« Mandy jubelt.

Sie klatschen sich ab und legen die letzten Meter im Laufschritt zurück.

Beim Betreten des Youth Hostels ein paar Minuten später spürt Conni allerdings ein ungutes Grummeln in der Magengegend. Jetzt wird's ernst!

Herr Gunnarsson, Frau Lindmann und Mr Brownstone sitzen an einem runden Tisch in der Eingangshalle. Frau Lindmann springt sofort auf, als sie Conni und Mandy sieht. Ihr Gesicht ist blass und angespannt.

»Da seid ihr ja endlich!«, ruft sie. »Meine Güte! Wir haben gerade beraten, ob wir die Polizei verständigen sollen.«

Die Polizei? Conni zieht den Kopf ein.

Mr Brownstone und Herr Gunnarsson stehen ebenfalls auf und begrüßen die beiden Mädchen.

»Wir haben schon auf euch gewartet«, sagt Herr Gunnarsson. Seine Stimme klingt streng, aber sein Gesicht sieht eigentlich ganz freundlich aus, stellt Conni fest. Logisch, für unsere Verurteilung ist ja auch der Lindwurm zuständig.

Sie traut sich kaum, die Lehrerin anzusehen. Mandy geht es nicht anders: Sie steht neben ihr wie ein begossener Pudel und weicht dem Blick ihres Klassenlehrers aus, indem sie versucht eine Grünpflanze auf dem Tisch zu hypnotisieren.

»Schön, dass ihr auch ohne Polizeibegleitung hergefunden habt.« Frau Lindmann seufzt. »Anna hat uns von eurem Pech berichtet und eure Verspätung entschuldigt. Trotzdem war es natürlich nicht in Ordnung, dass ihr euch von der Gruppe getrennt und euch nicht bei uns gemeldet habt.«

Conni glaubt, nicht richtig zu hören. Danke, Anna!, jubelt sie innerlich. Das Gemecker des Lindwurms lässt sie mit zerknirschter Miene über sich ergehen.

»Dass eure Gruppe am Trafalgar Square getrennt wurde, war natürlich nicht so gut«, sagt Herr Gunnarsson. »Dann noch die Panne mit dem Bus und eine überfüllte U-Bahn … Ich bin wirklich erleichtert, dass ihr es trotzdem alleine hierhergeschafft habt. In einer fremden Stadt und in einer, zumindest für dich, Conni, fremden Sprache. Das ist eine reife Leistung.«

Mr Brownstone nickt. Frau Lindmann presst die Lippen zusammen und seufzt noch einmal vernehmlich.

Mandy gibt ein glucksendes Geräusch von sich. Es hört sich an, als hätte sie große Mühe, einen Lachanfall zu unterdrücken.

Conni tritt ihr unauffällig auf den Fuß.

»Bestimmt habt ihr viel zu erzählen«, sagt Herr Gunnarsson mit einem kaum merklichen Augenzwinkern. »Was haltet ihr davon, wenn ihr in den nächsten Tagen ein kleines Referat über eure Erlebnisse ausarbeitet und uns und euren Mitschülern vortragt?«

Conni und Mandy wechseln einen Blick. Wenn das der Preis für ihr Zuspätkommen ist, kein Problem.

»Klar, machen wir«, sagt Conni sofort.

»Sure«, stimmt Mandy zu.

»Prima, dann sind wir uns einig.« Herr Gunnarsson setzt sich wieder auf seinen Platz. »Dann lauft jetzt los und seht zu, dass ihr noch Abendbrot bekommt. Bestimmt seid ihr hungrig.«

Conni und Mandy nicken gleichzeitig.

»Der Speisesaal ist noch genau 15 Minuten geöffnet«, sagt Frau Lindmann frostig und zeigt auf eine breite Schiebetür.

Conni und Mandy flitzen los.

»Danke!«, ruft Conni über die Schulter zurück.

***

Als am Abend Ruhe einkehrt, ist der abenteuerliche Ausflug das Gesprächsthema Nummer eins.
»Ich wäre fast gestorben, als die U-Bahn ohne euch losgefahren ist!«, japst Anna.
»Um ein Haar hätte sie die Notbremse gezogen«, kichert Billi. »Ich konnte sie in letzter Sekunde davon abhalten.«
In dem Zimmer der Mädchen ist es urgemütlich. Überall liegen Kleidungsstücke, einzelne Schuhe und leere Chipstüten herum. Mandy trinkt einen großen Schluck Cola und rülpst laut. Conni wirft ihr ein paar englische Weingummis an den Kopf.
»Have we got noch mehr zu naschen?«, fragt Louise. Sie rekelt sich auf ihrem Bett und raschelt mit einer leeren Tüte.
Dina holt eine Packung schottische Butterkekse aus ihrem Rucksack und lässt sie herumgehen. Louise nimmt gleich zwei auf einmal.
»I love shortbread fingers!«, schmatzt sie.
»Habt ihr die Jungs eigentlich schon gesehen?«, erkundigt sich Conni beiläufig. Weil sie zu spät gekommen sind, haben sie und Mandy ganz allein in dem großen Speisesaal zu Abend gegessen.
Anna nickt. »Die waren fast gleichzeitig mit uns hier. Mann, die sind ganz schön erschrocken, als wir erzählt haben, was passiert ist und dass wir euch unterwegs verloren haben. Unseren Streit haben die komplett verdrängt. Es ist alles wieder in Butter.«
»Phillip wollte sofort einen Suchtrupp starten«, berichtet Billi und fegt sich ein paar Kekskrümel in den Mund.
»Echt?« Conni reißt die Augen auf.

»Klar«, nickt Billi. »Der ist voll in dich verknallt. Hast du das noch nicht gemerkt?«

Conni schweigt. »Nein«, sagt sie nach einer ganzen Weile. »Oder doch? Ich weiß nicht so genau. Ich –«

»Du bist genauso verschossen«, lacht Billi. »Gib's zu!«

Conni wird rot. Sie schnippt einen kleinen Fussel von ihrem Sweatshirt und überlegt, was sie darauf antworten soll. »Na ja«, druckst sie schließlich. »Ich glaub schon. Irgendwie jedenfalls.«

»Warum macht ihr dann so ein Theater?«, fragt Anna stirnrunzelnd. »Die Sache ist doch klar wie Kloßbrühe: Phil ist in dich verliebt, und du in ihn. Wo ist das Problem?«

Im Zimmer herrscht absolute Stille. Nur eine zerknüllte Chipstüte knistert leise vor sich hin. Alle starren Conni an.

»Soll ich ihm das etwa sagen?«, fragt sie entsetzt.

»Na klar!«, ruft Anna. »Worauf wartest du noch?«

»Maybe sie ist ein bisschen old-fashioned«, grinst Louise. »Conni wants, dass die boy macht die erste Schritt, stimmt's?«

Conni nagt an ihrer Unterlippe. Sie soll altmodisch sein? Nur weil sie sich nicht traut den ersten Schritt zu machen?

»In ein paar Tagen ist unsere Strandparty in Brighton«, mischt Dina sich ein. »Das wäre doch die Gelegenheit!«

Anna stimmt ihr sofort zu. »Na klar! So ein Lagerfeuer am Strand ist total romantisch! Das leise Rauschen der Wellen, das Kreischen der Möwen, die Sonne versinkt langsam im Meer …« Sie verdreht die Augen und lässt sich rückwärts auf ihr Bett fallen. »Conni und Phillip Seite an Seite im warmen Sand … Manno, wenn das nicht die richtige Gelegenheit ist, um euch eure Liebe zu gestehen, weiß ich es auch nicht.«

»Am Strand von Brighton gibt's aber keinen Sand«, wendet Conni matt ein. »Nur Kieselsteine.«
»Sei nicht so kleinlich«, meckert Anna. »Sand oder Kiesel, das ist doch total egal. Hauptsache, es ist romantisch!«
»Romantischer als an einem Lagerfeuer am Strand geht's wirklich nicht«, stimmt Billi ihr zu.
Dina nickt. Mandy grinst.
»Das trau ich mich nie«, murmelt Conni.
»Ach was«, sagt Anna energisch. Sie rappelt sich auf und wirft Conni einen Keks zu. »Das packst du schon!«
Na, denkt Conni. Wenn du meinst …

Kurz vor Mitternacht – Frau Lindmann musste dreimal anklopfen und schließlich energisch darauf hinweisen, dass längst Schlafenszeit ist – holt Conni ihr Tagebuch aus dem Rucksack. In den letzten Tagen ist sie überhaupt nicht dazu gekommen, etwas einzutragen.
»Leihst du mir deine Taschenlampe?«, flüstert sie Mandy zu.
Mandy klappt ihr Buch zu und nickt.
Die anderen schlafen schon. Anna und Louise schnarchen leise. Billi liegt verkehrt herum in ihrem Bett, mit den Füßen auf dem Kopfkissen. Wie Pippi Langstrumpf, denkt Conni. Im schwachen Schein der Taschenlampe fängt sie an zu schreiben:

Mannomann, was für ein Tag! Kaum sind wir in London, geht alles schief, was nur schiefgehen kann. Zuerst der blöde Streit mit den Jungs, und dann das Chaos mit dem Bus und der

U-Bahn ... Zum Glück ist alles gut ausgegangen.

London ist echt supertoll!

Ich darf gar nicht daran denken, dass wir morgen nur noch ein paar Stunden hier sind. Und in Brighton haben wir auch nur noch ein paar Tage, bevor's wieder nach Hause geht.

S c h a d e . Ich würde so gern noch ein bisschen länger bleiben. Andererseits freu ich mich aber auch auf zu Hause, auf Mama, Papa, Jakob und Mau. Man müsste beides gleichzeitig haben oder immer hin und her springen können, wie man gerade will.

Aber das geht leider nicht. ☹

Auf unsere Strandparty freu ich mich schon wie verrückt! Aber ob ich mich wirklich traue Phillip zu sagen, dass ich ihn mag?

Was, wenn er mich auslacht?

Oder mir sagt, dass das leider nicht auf Gegenseitigkeit beruht??

HILFE! Ich glaub, ich würde sterben. Oder vor Scham im Sand (nein, in den Kieseln!) versinken.

Was soll ich nur machen?, denkt Conni und lässt den Stift sinken. Soll ich nicht doch lieber warten, bis er den ersten Schritt macht? Aber vielleicht bin ich bis dahin alt und grau! Außerdem glaub ich schon, dass er mich mag. Jedenfalls guckt er mich manchmal so an als ob.

Hilfe! Ich trau mich nicht! Oder doch? Ach, Mist … Warum ist das Leben so schön und so kompliziert zugleich?

Seufzend legt sie den Stift in die Mitte des Tagebuchs, klappt es zu und schiebt es in ihren Rucksack zurück. Sie knipst die Taschenlampe aus und zieht die Bettdecke bis unters Kinn. Draußen rauscht immer noch der Verkehr durch die Stadt. Ab und zu hupt ein Auto, eine Polizeisirene schrillt durch die Nacht. Conni starrt in die Dunkelheit. Sie denkt an das Riesenrad, das an der Themse steht und sich unaufhörlich dreht. Und an die Soldaten und Pferde der Royal Horse Guard. Ob die auch nachts Wache stehen müssen? Oder dürfen die zwischendurch mal schlafen?

Dann denkt sie an Phillip. Es geht nicht anders. Ob sie will oder nicht, es kommt irgendwie ganz automatisch. Conni überlegt, ob er bereits im Bett liegt, vielleicht sogar Wand an Wand mit ihr. Bestimmt schläft er schon. Oder doch nicht? Vielleicht guckt er gerade jetzt aus dem Fenster und zählt die Sterne?

Leise schlägt sie die Decke zurück und krabbelt aus dem Bett. Auf Zehenspitzen tappt sie zum Fenster und zieht den Vorhang einen Spalt auf. Draußen ist es stockdunkel. Die Mauer des Nachbarhauses scheint sie grimmig anzustarren. Conni läuft eine Gänsehaut über den Rücken. Sie will schon zurück ins Bett schlüpfen, als sie zufällig einen Blick hinauf in den

Nachthimmel wirft. Ein hellgoldener Schimmer scheint über London zu liegen. Und über diesem Schimmer funkeln die Sterne. Millionen von Sternen.
»Wow«, flüstert Conni. »Ist das schön!«
Sie bleibt ein paar Minuten am Fenster stehen, bis ihre Füße kalt werden, dann zieht sie den Vorhang zu und klettert wieder ins Bett. Höchste Zeit, schlafen zu gehen.
»Gute Nacht«, sagt sie leise zu den Sternen und zu sich selbst. »Bis morgen.«

***

Ein merkwürdiges Geräusch weckt Conni am nächsten Morgen. Es dauert ein paar Minuten, bis sie begreift, dass es dicke Regentropfen sind, die gegen das Fenster prasseln. Sie reibt sich verschlafen die Augen. Es regnet! Oh nein!
»Good morning!«, flötet Anna. Sie ist hellwach und fix und fertig angezogen. »Beeil dich mal. Die anderen sind schon beim Frühstück. Willst du etwa wieder zu spät kommen?«
Gähnend wühlt sich Conni aus dem Bett. Sie hat wunderbar geschlafen. Ob das an den Sternen lag?
»Wieso habt ihr mich nicht geweckt?«
»Wir haben's versucht«, sagt Anna. »Aber es war zwecklos. Du hast geknurrt wie Nicki, wenn man ihm sein Lieblingsspielzeug wegnehmen will. Wir wollten nicht riskieren, dass du uns beißt.«
In Windeseile schlüpft Conni in Jeans, Sweatshirt und Turnschuhe und putzt sich an dem kleinen Waschbecken im Bad die Zähne. Schnell noch ein bisschen kaltes Wasser ins Gesicht, die Haare gebürstet – »Fertig!«, verkündet sie.

Im Laufschritt trabt sie mit Anna in Richtung Speisesaal, aus dem das typische Geschirrgeklapper und Stimmengewirr dringt. Conni schnappt sich ein Tablett und türmt Brötchen, Marmelade, Käse und Butter darauf, während Anna heißen Kakao in zwei Becher gießt.

Phillip schaut auf, als sie sich auf zwei freie Plätze setzen.

»Hi«, sagt er und zwinkert Conni zu.

»Hi«, erwidert Conni lächelnd. Bei dem Blick in seine braunen Augen wird ihr ganz warm. Oder liegt das vielleicht an dem heißen Kakao? Nein, ausgeschlossen. Sie hat ja noch gar nichts davon getrunken. Schnell beugt sie sich über ihr Brötchen und schneidet es auf.

Bevor Anna sich hinsetzt, lächelt sie Mark zur Begrüßung zu. Neben ihm hocken Mandy und Paul. Die beiden unterhalten sich in einem witzigen deutsch-englischen Mischmasch, lachen laut und scheinen sich bestens zu verstehen.

Louise sitzt den beiden gegenüber und grinst über das ganze Gesicht wie ein kleiner Buddha.

»Look at them! We have a new Liebespärchen«, sagt sie und macht schmatzende Kussgeräusche. »Very hot!«

Mandy und Paul achten gar nicht auf sie. Sie schauen sich noch ein bisschen tiefer in die Augen.

»Ich find's süß«, meint Conni und beißt herzhaft in ihr Marmeladenbrötchen.

»Ich auch«, sagt Phillip. »Obwohl … so eine Fernbeziehung wär nichts für mich. Wenn ich eine Freundin hätte, müsste sie immer in meiner Nähe sein.«

Conni verschluckt sich an ihrem Brötchen und hustet. Billi klopft ihr hilfsbereit auf den Rücken.

»Danke, ist schon wieder gut«, krächzt Conni. Sie trinkt einen großen Schluck Kakao, ohne daran zu denken, wie heiß der noch ist, und verbrennt sich prompt die Zunge. »Autsch!«
»Meine Güte!« Billi schüttelt den Kopf. »Was ist denn mit dir los heute Morgen?«
»Nichts ist los«, versichert Conni hastig. »Gar nichts. Alles bestens.«
Oh Mann, denkt sie. Wie peinlich ist das denn!
Phillip mustert sie mit hochgezogenen Augenbrauen, aber er sagt nichts. Nur ein kleines, verschmitztes Lächeln spielt um seine Mundwinkel.
Schweigend und ohne weitere peinliche Zwischenfälle verputzt Conni ihr Frühstück. Als sie sich aufrafft, um das Geschirr wegzubringen, belädt Phillip ebenfalls sein Tablett und folgt ihr. Conni spürt ein Kribbeln im Nacken, als sie nebeneinander am Geschirrwagen stehen.
Beruhig dich mal!, schimpft sie mit sich selbst. Aber es will ihr nicht gelingen. In Phillips Nähe ruhig zu bleiben ist einfach unmöglich! Sie ist froh, als die Lehrer ihr Frühstück ebenfalls beenden und das weitere Tagesprogramm festlegen.
»Wir sehen uns heute den Tower und die Tower Bridge an«, sagt Frau Lindmann. »Anschließend besichtigen wir die Westminster Abbey und die Houses of Parliament. Es ist ein strammes Programm. Wir werden den größten Teil zu Fuß erledigen.«
»Aber es regnet!«, protestiert Janette.
»Zieht feste Schuhe an«, sagt Herr Gunnarsson mit Blick auf Janettes und Vickys zehenfreie Sandalen, »und nehmt eure Regenjacken mit.«

»Im Tower gibt es eine Folterkammer«, zischt Anna. »Vielleicht sind da noch ein paar Plätze frei.«
Alle lachen – bis auf Janette und Vicky.

Wenig später stehen sie draußen vor der Jugendherberge. Der prasselnde Regen ist in ein stetiges Nieseln übergegangen.
»London ohne Regen ist wie ein Hamster ohne Laufrad«, meint Paul. »Da würde was fehlen.«
»Right«, stimmt Mandy ihm zu.
Conni schlüpft in ihre Regenjacke. Auf die Kapuze verzichtet sie. So schlimm sind die feinen Tropfen nicht. Außerdem ist es ein angenehmes Gefühl, den Regen auf der Haut zu spüren. Sie blinzelt hinauf in den Himmel, der heute wolkenverhangen und grau ist.
Zu Fuß machen sich die beiden Klassen auf den Weg in Richtung Tower.
»Hoffentlich kommen wir bei Harrods vorbei«, raunt Anna Conni zu. »Ich sterbe, wenn ich es nicht wenigstens mal von außen gesehen und fotografiert habe!«
»So schnell stirbst du nicht«, lacht Conni. »Und falls doch, lass dir ruhig ein bisschen Zeit damit. Ich glaub nämlich, Harrods liegt in der entgegengesetzten Richtung.«
»Na, heute keine Extratouren?«, zischt Janette Conni im Vorbeigehen zu.
Conni kann nicht anders und streckt ihr die Zunge raus.

Der Vormittag vergeht wie im Nu. Conni hat Mühe, alles auseinanderzuhalten, was sie sich angesehen haben. Es waren einfach zu viele Eindrücke auf einmal. Aber sie hat jede Menge Fotos gemacht und außerdem hübsche Postkarten und ein paar Mitbringsel gekauft: ein Glas englische Orangenmarmelade für Mama, einen kleinen roten Wecker mit der britischen Flagge für Papa, und für Jakob ein original englisches Spielzeugtaxi mit Aufziehmotor.

Auch Annas sehnlichster Wunsch ist in Erfüllung gegangen. Von der Westminster Abbey war es nicht mehr weit bis zu dem weltberühmten Kaufhaus Harrods. Frau Lindmann hat ihnen erlaubt einen Bummel durch das mehrstöckige Gebäude zu machen – nicht ohne ihre Schüler vorher eindringlich ermahnt zu haben sich pünktlich zur vereinbarten Zeit wieder am Hauptausgang einzufinden: »Und zwar vollzählig!«

Conni und Mandy hatten das Gefühl, unter dem strengen Blick des Lindwurms regelrecht zu schrumpfen.

Und jetzt sitzen sie tatsächlich schon in dem abfahrbereiten Bus, der sie nach Brighton zurückbringen soll. Conni kann es kaum glauben. Die beiden Tage in London waren unheimlich schön und total spannend – nur leider sind sie viel zu schnell vorbei. Aber zum Glück haben wir noch ein paar Tage in Brighton, denkt sie, bevor wir wieder nach Hause fahren.

Nach Hause … Sie lächelt bei dem Gedanken daran und wundert sich gleichzeitig. Irgendwie ist sie in dem ganzen Trubel der vergangenen Tage gar nicht dazu gekommen, Heimweh zu bekommen. Oder liegt das vielleicht daran, dass sie schon ein bisschen älter ist und die ganze Zeit ihre besten Freunde um sich hatte? Bestimmt!

Entspannt lehnt sie sich in ihrem Sitz zurück und schließt die Augen, während der Bus über die Autobahn rollt und London hinter sich lässt.

In Brighton angekommen packen Mandy und Conni zuerst ihre Taschen aus und widmen sich dann ihrem Referat. Sie sind zwar müde von der Fahrt, aber sie wollen die Aufgabe möglichst schnell hinter sich bringen, zumal sie den Vortrag schon am übernächsten Tag halten sollen. Bei der Erinnerung an ihre unfreiwillige Spritztour quer durch London müssen sie lachen. Im Nachhinein hört sich alles total witzig an. Mandy weiß sogar, warum die englischen Polizisten Bobbys heißen. »Nach einem früheren Innenminister, Robert Peele. Er gründete die englische police in 1829«, erzählt sie. »His nickname was Bobby. Bobby is the short form of Robert.«

Conni schreibt eifrig mit. Als es an der Zimmertür klopft, schauen die Mädchen auf.

»Hi, girls!«, sagt Mandys Mutter. Sie hat Marylou im Arm. »Are you having fun?«

Conni und Mandy nicken.

»Macht es euch etwas aus, ein bisschen auf das Baby aufzupassen?«, fragt Mrs Livingston. »Ich will only kurz mit Grandma to the doctor. Sam and David kommen auch bald.«

»Sure, no problem«, sagt Mandy.

Conni nickt. »Klar, machen wir gerne.«

»Thank you, girls! It won't take long«, versichert Mandys Mutter und gibt dem Baby einen Kuss. »Ich haben ein Fläschchen fertig gemacht für Marylou. It's in the kitchen.«
Mandy baut aus ihrer Bettdecke ein kuscheliges Nest für ihre kleine Schwester. Mrs Livingston legt das Baby hinein und lächelt. »See you later!«
Mandy winkt. »Bye, Mum.«
Wenig später hören sie das Auto davonfahren. Sie sind allein. Marylou schläft.
»Wie friedlich sie sein kann«, staunt Conni und betrachtet die winzigen Fäuste des Babys.
»Only when she wants to«, grinst Mandy.
Sie haben ihr Referat gerade fertig und wollen es sich mit einer DVD und einer Familienpackung Popcorn vor dem Fernseher im Wohnzimmer gemütlich machen, als es an der Haustür läutet. Harry springt auf und bellt.
Marylou erwacht mit einem Greinen. Mandy nimmt sie vorsichtig hoch und beruhigt sie. »Maybe Sam oder David haben vergessen ihre Schlüssel.«
»Ich geh schon!«, ruft Conni.
Sie flitzt in den Flur, hält den bellenden Harry am Halsband fest und reißt die Tür auf. »Hi!«, ruft sie und klappt den Mund gleich wieder zu. Vor ihr stehen nicht Mandys Brüder, sondern Phillip und Paul. Sie haben ihre Hände in die Taschen ihrer Jeans geschoben und grinsen um die Wette.
»Hi!« Phillip zieht eine Hand aus der Hosentasche und winkt ihr zu. »Ähm, wir wollten fragen, ob ihr, also du und Mandy, ob ihr vielleicht Lust auf einen, ähm, Spaziergang hättet.« Er pustet sich eine Haarsträhne aus der Stirn und räuspert sich.

Neben ihm tritt Paul von einem Fuß auf den anderen und betrachtet scheinbar interessiert die Fassade des Hauses.
Harry wedelt freundlich mit dem Schwanz und beschnuppert die beiden neugierig. Conni unterdrückt ein Kichern.
»Ich weiß nicht, ob das geht«, antwortet sie. »Wir müssen auf Mandys kleine Schwester aufpassen. Ihre Eltern sind weg.«
»Ach so, hm, klar.« Paul kratzt sich am Kopf.
»Who is it?«, ruft Mandy aus dem Wohnzimmer. Aus Marylous Greinen ist lautes Weinen geworden.
»Paul und Phillip!«, ruft Conni zurück.
»Vielleicht braucht sie eine neue Windel«, sagt Paul.
»Wie bitte?« Conni starrt ihn an.
»Windel. Mandys kleine Schwester. Schon vergessen, dass ich auch eine habe?«, fragt Paul.
»Eine Windel?«, fragt Phillip grinsend.
»Haha«, macht Paul.
Conni tritt einen Schritt zur Seite. »Wollt ihr vielleicht erst mal reinkommen? Wir wollten uns gerade eine DVD angucken. Wo stecken Toby und Louise überhaupt? Müsstet ihr nicht mit euren Partnerschülern zusammen sein?«
»Die sind auf einer Mannschaftsversammlung«, erklärt Phillip. Er streichelt Harry und schiebt sich an ihm und Conni vorbei in den engen Flur.
Mandy kommt aus dem Wohnzimmer und wiegt Marylou im Arm.
»Paul meint, dass Marylou eine frische Windel braucht«, sagt Conni beiläufig. »Er ist ein echter Babyexperte. Bestimmt habt ihr euch viel zu erzählen.«
Paul wird rot bis über beide Ohren. Phillip gibt ihm einen

Stoß mit dem Ellbogen und lacht. »Dann mal ran an die Windel! Viel Spaß!«
Zusammen schaffen es Mandy und Paul tatsächlich, der kleinen Marylou eine frische Windel anzuziehen und sie in den Strampelanzug zu stecken, den Conni mitgebracht hat. Er passt perfekt und sieht sehr niedlich aus.
Unter Mandys Aufsicht gibt Paul Marylou noch das Fläschchen. Er zuckt nicht mal mit der Wimper, als Mandy nebenbei erwähnt, dass es Muttermilch ist. Anschließend wird die kleine Marylou mollig warm eingepackt und dem Spaziergang steht nichts mehr im Wege.
»Die DVD können wir später noch anschauen«, meint Conni, als sie die Haustür hinter sich ins Schloss zieht. Sie hat Harry an der Leine. Mandy schiebt Marylous Kinderwagen. »Wohin gehen wir?«
Phillip schlägt die Strandpromenade vor. Die anderen sind einverstanden.
»Nach den zwei Tagen in London tut ein bisschen frische Seeluft bestimmt gut«, meint Conni.
»Wuff!«, macht Harry, als wäre er ganz ihrer Meinung.
Paul geht neben Mandy her. Conni und Phillip folgen ihnen mit einigem Abstand. Harry bleibt an jeder Ecke stehen, um an etwas Interessantem zu schnüffeln. Conni lässt ihm die Leine lang. Ab und zu berührt Phillips Arm ihre Schulter und sie spürt, dass er sie von der Seite anguckt.
Eine ganze Weile gehen sie schweigend nebeneinanderher. Erst als das Meer vor ihnen auftaucht, fällt Conni ein passendes Gesprächsthema ein. Sie zeigt auf den Brighton Pier, wo der Glaskasten mit den Erdmännchen steht.

»Hast du's noch mal versucht?«, fragt sie.
Phillip schüttelt den Kopf. »Nee, ich war noch nicht wieder hier. Aber wenn du Lust hast, können wir's nachher noch mal probieren. Vielleicht haben wir heute mehr Glück.«
»Ja, vielleicht. Mal sehen.« Conni fasst die Hundeleine kürzer.
Paul und Mandy sind stehen geblieben.
»Paul is hungry«, sagt Mandy.
»Schon wieder?« Phillip lacht.
»Es riecht so lecker«, sagt Paul entschuldigend.
Er hat Recht, stellt Conni fest. Hotdogs, Fish and Chips, gebrannte Mandeln, Zuckerwatte … Ihr läuft das Wasser im Mund zusammen.
»Dann lasst uns doch irgendwo was essen.«
»Ein Eis oder richtig?«, fragt Phillip.
Conni muss nicht lange überlegen. »Zuerst was Richtiges«, sagt sie. »Und zum Nachtisch ein Eis.«
An einer Imbissbude kaufen sie vier Portionen Fish and Chips und suchen sich ein windgeschütztes Plätzchen.
»Ich hätte nie gedacht, dass mir das mal schmecken würde«, mümmelt Conni zwischen zwei Bissen Backfisch.
»Ohne Essig ist es echt lecker«, bestätigt Paul.
Mandy, die ihre Portion originalgetreu mit Essig- und Knoblauchsoße vertilgt, schüttelt den Kopf. »Oh boy … you don't know what you're missing!«
»Oh doch!«, lacht Conni. »Ich kann mich noch ziemlich gut daran erinnern, wie du und Louise bei Hausers für uns gekocht habt! Die Einzige, der es wirklich geschmeckt hat, war Frau Sandulescu!«
Als sie zur Seite blickt, fallen ihr drei Jungs auf, die mit ihren

Skateboards über die Promenade rollen. »Hey, ist das nicht dein Bruder?«

Mandy nickt und winkt Sam zu. Er klemmt sich sein Board unter den Arm und kommt angetrabt. Paul und Phillip begrüßen ihn mit einem knappen Kopfnicken. Sam erwidert den stummen Gruß.

Conni lächelt. Sie hat sich längst daran gewöhnt, dass Sam sie unverwandt anstarrt und regelrecht an ihren Lippen hängt, wenn sie etwas sagt. Doch dann sieht sie, dass er heute sein Hörgerät trägt. Es ist winzig klein und kaum zu sehen. Sie hält ihm ihre Fish-and-Chips-Schale hin. »Möchtest du einen Happen?«

Sam nimmt eine frittierte Kartoffel. »Thanks, Conni.«

Phillip runzelt die Stirn.

Eine Weile bleibt Sam bei ihnen stehen und stibitzt ab und zu ein Stück Kartoffel oder Fisch von Connis Pappteller. Als seine Freunde ihm ein Zeichen geben, setzt er einen Fuß auf sein Skateboard. »My friends are waiting. See you later, bye!«

»Bye«, sagt Conni.

Sam stößt sich ab und rollt davon, wobei er im Slalom um ein paar Poller fährt und dann mitsamt seinem Board locker über eine niedrige Eisenkette springt.

»Nicht schlecht«, sagt Paul anerkennend.

Phillip zuckt mit den Schultern, bevor er sich umdreht und seinen Pappteller schwungvoll in einem Mülleimer versenkt. »Ist das der Typ, der auf unserer Strandparty Gitarre spielen soll?«, fragt er und schiebt seine Hände in die hinteren Taschen seiner Jeans.

»Nee, Sam ist Mandys jüngerer Bruder«, klärt Conni ihn auf.

»Der Gitarrenspieler ist der ältere, David. Du wirst ihn übermorgen kennenlernen.«
»Anzunehmen«, grummelt Phillip und starrt aufs Meer.
Conni zieht die Stirn kraus. Was ist dem denn für eine Laus über die Leber gelaufen? Oder waren seine Fritten schlecht?

Der Heimweg verläuft in frostigem Schweigen. Phillip und Paul stecken die Köpfe zusammen und stapfen voraus. Mandy und Conni folgen ihnen mit Harry und dem Kinderwagen. Conni ärgert sich. Von dem angekündigten Versuch, ein Erdmännchen aus dem Glaskasten zu angeln, ist nicht mehr die Rede. Genauso wenig wie von dem Eis zum Nachtisch.
»So ein Blödmann!«, schimpft sie und schießt mit ihrem Blick kleine Giftpfeile in Phillips Rücken.
Mandy kichert.
»Was gibt's da zu kichern?«, fragt Conni. Sie fährt Harry mit einer Hand durchs Fell und bleibt vor einem Eiswagen stehen. Wenn Phillip keinen Appetit mehr hat, ist das sein Problem, nicht ihrs. Sie bestellt eine doppelte Portion Erdbeer- und Schokoeis mit Streuseln und Extrasahne.
Mandy grinst. »I think, he's jealous«, raunt sie Conni zu.
Conni schüttelt den Kopf. Eifersüchtig? Phillip? Etwa auf Sam?
»Wie kommst du darauf?«, fragt sie.
»Hast du nicht gemerkt, how he hat geguckt, als du Sam gefuttert hast mit die Chips?«, sagt Mandy, während sie auf ihr Karamelleis wartet.
»Doch.« Conni stippt ihre Eiswaffel in die Sahne und leckt sie genüsslich ab. »Aber ich hab mir nichts dabei gedacht. Und

außerdem: Muss er sich deshalb gleich so bescheuert benehmen? Nur wegen ein paar Fritten?«

»Das ist eine Zeichen dafür, that he likes you«, ist Mandy überzeugt. »Wenn du ihm complete egal wärst, er wäre nicht eifersuchtig. Klaro, oder?«

»Hm«, macht Conni. So hat sie die Sache noch gar nicht betrachtet. Aber das, was Mandy sagt, klingt irgendwie logisch. »Das ist ja 'n Ding!«, stößt sie hervor.

»Oh yes, it is.« Mandy schleckt zufrieden an ihrem Eis.

»Hat Sam eigentlich eine Freundin?«, fragt Conni, als sie langsam weitergehen.

»Ich glaube ja«, meint Mandy. »Die girls aus seiner Klasse sind jedenfalls total crazy about him, und one of them is ganz besonders.«

Das wundert Conni überhaupt nicht. Sam sieht wirklich gut aus und nett ist er auch. »Ich finde, wir sollten ihn zu unserer Strandparty einladen«, schlägt sie vor. »Ihn und seine Freundin.«

»Why?« Mandy bleibt stehen und schaukelt den Kinderwagen sachte hin und her. Marylou hat die Augen aufgeschlagen und blinzelt verschlafen.

Conni zögert mit ihrer Antwort. Sie betrachtet das Baby und lächelt.

»Damit Phillip sieht, dass seine Eifersucht unbegründet ist«, antwortet sie schließlich. »Sonst vermiest er mir noch den ganzen Abend.«

»Alright«, sagt Mandy. »Wir können Sam fragen, aber ich haben eine andere Plan.« Sie macht ein geheimnisvolles Gesicht.

»Na, da bin ich aber gespannt!« Conni streichelt Harry und geht weiter. »Los, komm! Du kannst es mir zu Hause erzählen.«

Nachdem sie sich von den schweigsamen Jungs verabschiedet haben, verschwinden sie im Haus und gehen in Mandys Zimmer. Wenig später kommt auch Mandys Mutter nach Hause. Sie nimmt Marylou auf den Arm und bedankt sich für das Babysitten.

»It was a pleasure«, sagt Conni lächelnd.

Mandy lacht. »Hey, great! Your English is nearly perfect!«

Conni wird ein bisschen rot. Sie freut sich über das Lob, obwohl sie davon überzeugt ist, dass ihr Englisch noch meilenweit davon entfernt ist, perfekt zu sein.

»Okay«, sagt sie zu Mandy, als sie wieder alleine sind. »Wie lautet dein genialer Plan?«

»Du willst wissen, ob Phillip ist in dich verliebt, right?«, fragt Mandy.

Conni nickt.

»Fine«, grinst Mandy. »Let's find out!«

***

Am Abend schlägt Conni ihr Tagebuch auf. Ob Mandys Plan tatsächlich funktioniert?

»Wir werden sehen«, seufzt sie, nimmt einen Stift und fängt an zu schreiben:

Mandy glaubt, der beste Weg, um herauszufinden, ob ein Junge einen mag, ist, ihn eifersüchtig zu machen. Ich weiß nicht recht. Ist das nicht ein bisschen gemein? Wir haben Sam und seine Freundin jedenfalls zu unserer Party eingeladen. Phillip ist jetzt schon eifersüchtig auf ihn, obwohl er überhaupt keinen Grund dazu hat. Mandy meint, er kann gar nicht anders. Das machen die Liebeshormone und bei Jungs ist das nun mal so – sagt Amanda Livingston, die große Liebesexpertin! Na gut... Weil ich mich sowieso nicht trau Phillip zu fragen, ob er mich mag, lässt es sich vielleicht auf diese Weise herausfinden. Sobald er eifersüchtig reagiert, wenn Sam und ich zusammen am Lagerfeuer sitzen, ist das ein sicheres Zeichen, dass er in mich verliebt ist, meint Mandy. Sams Freundin kommt erst ein bisschen später. Dann kann ich Phillip alles erklären. Und spätestens dann wird sich zeigen, ob er mich wirklich mag oder nicht!

Eigentlich ist Eifersucht ziemlich blöd, findet Conni. Nur weil Sam und sie sich gut verstehen, hat Phillip heute nicht mehr mit ihr geredet. Aber vielleicht war er auch nur enttäuscht, weil er gerne die Zeit mit ihr verbringen wollte? Und dann ist plötzlich Sam aufgetaucht und sie hat ihm auch noch was von ihren Fish and Chips abgegeben …

Conni seufzt noch einmal. Das ist irgendwie ganz schön kompliziert.

Ich glaub, ich wär andersrum auch eifersüchtig gewesen, überlegt sie. Wenn plötzlich ein hübsches englisches Mädchen aufgetaucht wäre und Phillip hätte es gefüttert … Das mag ich mir gar nicht vorstellen!

Je länger sie darüber nachdenkt, umso mehr kann sie Phillips Reaktion verstehen, auch wenn sie sie nach wie vor blöd findet. Woher soll er auch wissen, dass sie nur ihn mag und keinen anderen Jungen, solange sie es ihm nicht endlich sagt?

Sie klappt ihr Tagebuch zu und versteckt es in ihrem Rucksack. Übermorgen ist der letzte Tag. Und die große Strandparty. Ihr Herz fährt jetzt schon Achterbahn, wenn sie nur daran denkt.

Auch Mandys Eifersuchtsplan bereitet ihr Magenschmerzen. Ob es wirklich so eine gute Idee ist, jemanden, der sowieso schon unter Eifersucht leidet, noch eifersüchtiger zu machen? Irgendwie ist das ziemlich unfair, oder? Besser wäre es, mit Phillip zu sprechen. Dann könnten sie die ganze Aktion abblasen und sie müsste nicht mehr so tun, als würde sie sich für Sam interessieren. Und das nur, um Phillip zu testen.

»Ich interessier mich nur für einen«, murmelt sie. »Und der heißt Phillip.«

Zum Glück fragt Mandy, ob sie sich die DVD anschauen wollen, die sie wegen des Spaziergangs mit den Jungs für später zurückgelegt haben.

»Klar«, nickt Conni. Alles ist besser, als herumzusitzen und sich wegen Phillip den Kopf zu zerbrechen.

Mandy geht ins Nebenzimmer und kommt mit einem Laptop zurück.

»It belongs to David«, erklärt sie und legt die DVD in das Fach. »Er leiht ihn uns für this evening.«

»Nett von ihm«, meint Conni. Sie macht es sich auf ihrem Bett bequem und stopft sich ein dickes Kissen in den Rücken. Als die DVD läuft, versucht sie sich auf den Film zu konzentrieren, aber das ist gar nicht so einfach. Natürlich sprechen die Schauspieler englisch, und die deutschen Untertitel, die Mandy aktiviert hat, wechseln so schnell, dass Conni ihnen kaum folgen kann. Außerdem muss sie ständig an Phillip denken. Von dem Film bekommt sie nur die Hälfte mit, wenn überhaupt. Dabei scheint er echt witzig zu sein. Jedenfalls kichert Mandy ununterbrochen und lacht ein paarmal laut. Conni unterdrückt ein Seufzen. Wie schön, dass wenigstens Mandy ihren Spaß hat.

Die Sonne strahlt von einem blitzblauen Himmel, darunter glitzert das Meer. Kleine weiße Schaumkronen tanzen auf den Wellen. Nachdem sie die DVD angeschaut haben, hat Conni ganz wunderbar geschlafen. Es scheint, als hätte Marylou endlich begriffen, wozu die Nächte da sind. Ihre Stimme trainiert sie jetzt jedenfalls tagsüber und nicht mehr nachts.
Conni lächelt. Ihr Blick wandert sehnsüchtig zum Fenster der St. Christopher's School hinaus, während sie krampfhaft versucht sich auf das Referat zu konzentrieren.
Das ist gar nicht so einfach. Phillip sitzt in der dritten Reihe, genau in ihrem Blickfeld, und guckt sie die ganze Zeit sehr aufmerksam an. Jedes Mal wenn sie aus Versehen in seine Richtung blickt, hat Conni das komische Gefühl, in seinen dunklen Augen zu versinken. Oh Mann.
Sie und Mandy stehen vor der Tafel im Klassenzimmer, ihre Notizen in den Händen, und berichten von ihrem turbulenten London-Abenteuer. Als sie erzählen, wie sich die Türen der U-Bahn vor ihren Nasen geschlossen haben, und die entsetzten Gesichter von Anna, Billi und Dina äußerst anschaulich beschreiben, ernten sie lautes Gelächter. Sogar Phillip lacht mit.

Conni atmet auf. Seit dem verunglückten Spaziergang haben sie nicht mehr miteinander gesprochen. Vielleicht hat er sich inzwischen beruhigt? Schön wär's, denkt sie.
Mandy und Conni werden für ihren Vortrag gelobt und gehen zurück auf ihre Plätze. Der Rest des Vormittags gehört den Vorbereitungen für die Strandparty. Zu erledigende Aufträge und Einkaufslisten werden verteilt. Alle machen mit – außer Janette, Saskia und Vicky, die sich lieber darüber unterhalten, was sie abends anziehen und in welcher Farbe sie ihre Fußnägel lackieren wollen. Als Herr Gunnarsson sie auffordert sich zu beteiligen, klimpert Vicky mit ihren falschen Wimpern.
»Oups, sorry«, haucht sie. »What were you talking about?«
»Ich habe gesagt, dass ihr gerne zu Hause bleiben dürft, wenn ihr keine Lust habt, mit euren Mitschülern zu feiern.« Herr Gunnarsson lächelt. »Überlegt es euch.«
»Natürlich kommen wir«, versichert Janette. »Ist ja sonst nichts los in diesem Kaff.«
»Prima!«, strahlt Herr Gunnarsson. »Dann macht es euch sicher auch nichts aus, eine halbe Stunde vor der vereinbarten Zeit am Treffpunkt zu sein und Treibholz zu sammeln. Wir brauchen Anmachholz für unser Lagerfeuer. Am Strand werdet ihr genug finden.«
Er dreht sich um. Janette schnappt hörbar nach Luft.
»Hi, hi«, kichert Anna leise. »Das haben die dämlichen Ziegen verdient!«
Conni ist ganz ihrer Meinung. Die Vorstellung, wie Janette, Vicky und Saskia über den Kieselstrand von Brighton stelzen und mit spitzen Fingern Treibholz aufsammeln, ist einfach zu schön!

»Vielleicht sollten wir auch ein bisschen früher zum Treffpunkt kommen«, flüstert sie ihren Freundinnen zu. »Den Spaß sollten wir uns nicht entgehen lassen.«
»We can take ein paar Fotos«, grinst Mandy.
Anna, Billi und die anderen nicken begeistert.

Der Schulvormittag ist schnell vorbei. Nachdem alle gemeinsam in der Kantine zu Mittag gegessen haben, spazieren Conni und Mandy in einen Supermarkt im Stadtzentrum, um ihre Einkäufe zu erledigen. Ihre Aufgabe ist es, den Teig für die Stockbrote vorzubereiten. Die meisten Zutaten – Mehl, Zucker, Milch und Salz – sind in der Küche der Livingstons vorhanden.
»Wir brauchen nur noch Hefe und Sonnenblumenöl«, meint Conni nach einem Blick auf die Einkaufsliste.
»And marshmallows!«, ruft Mandy. Sie wirft mehrere große Tüten in den Einkaufswagen und noch ein paar Packungen Chips mit Salz-und Essig-Geschmack hinterher. »And coke!«
»Die Getränke wollen die Lehrer besorgen«, erinnert Conni sie. »Ob Cola dabei ist, wage ich allerdings zu bezweifeln. Wenn's nach Frau Lindmann ginge, würden wir wahrscheinlich nur Hagebuttentee und verdünnte Säfte zu trinken bekommen.«
»I hate Hagebuttentee«, erwidert Mandy und stellt eine 2-Liter-Flasche Cola zu ihren Marshmallows und den Essigchips.
»Nicht nur du«, grinst Conni. Sie schnappt eine Riesentafel Cadbury's Schokolade, eine Tüte M&Ms und zwei Päckchen Kaugummi aus dem Süßigkeitenregal und legt alles zu den anderen Sachen in den Einkaufswagen.

Mandy grinst wie eine zufriedene Katze.
An der Kasse reicht sie Conni das Portmonee.
Conni staunt, wie selbstverständlich sie inzwischen mit der fremden Währung umgeht. Sogar die Frage der Verkäuferin, ob sie eine Tüte brauchen, versteht sie und kann sie beantworten.
»We need two, please«, sagt sie. »Thank you.«
»You're welcome«, lächelt die Frau an der Kasse.
Conni nimmt das Wechselgeld entgegen und sagt freundlich »Goodbye«. Vor ein paar Tagen hätte sie sich bestimmt noch nicht getraut in einem englischen Supermarkt einkaufen zu gehen und zu bezahlen und jetzt kommt es ihr ganz selbstverständlich vor.

Am späten Nachmittag steht eine Riesenschüssel Stockbrotteig in der Küche der Livingstons. Der Hefeteig ist ordentlich aufgegangen und auf ein beträchtliches Volumen angewachsen. Conni fragt sich, wie sie das Teigmonster jemals an den Strand bekommen sollen.
»Das schaffen wir nie«, stöhnt sie. »Das ist viel zu schwer!«
»No problem«, meint Mandy. »We can take our wheel-barrow.«
»Wheel-barrow?« Conni zieht die Nase kraus. Das Wort hat sie noch nie gehört.
»A pushcart«, versucht Mandy ihr zu erklären.
Als Conni den Kopf schüttelt, schnappt Mandy kurzerhand einen Zipfel ihres T-Shirts und zieht sie mit sich hinaus in den kleinen Garten hinter dem Haus.
»This is a wheel-barrow!«, verkündet sie und zeigt voller Stolz

auf eine verrostete Schubkarre, in der ein einsames Gänseblümchen Wurzeln geschlagen hat.
»Danke!«, lacht Conni. »Das vergess ich nie wieder!«
»And how heißt es in Deutsch?«, fragt Mandy.
»Schubkarre«, sagt Conni. »Ganz einfach!«

Zum Glück bleibt es ihnen erspart, mit einer alten Schubkarre voller Stockbrotteig und einem blühenden Gänseblümchen quer durch Brighton zu marschieren. Mandys Vater hat sich bereit erklärt, etwas früher Feierabend zu machen, um sie mit ihrer kostbaren Fracht an den Strand zu fahren.
David packt seine Gitarre ein und schließt sich ihnen an. Sam ist noch bei seiner Freundin, aber er hat versprochen rechtzeitig nachzukommen.
Als Mr Livingston sie an dem abgelegenen Strandabschnitt absetzt und ihnen viel Spaß wünscht, sind die anderen schon da. Billi watet bis zu den Knien im kalten Wasser und sucht Seesterne und anderes Meeresgetier. Anna hat ein geblümtes Sommerkleid an und sieht richtig schick aus.
»Wie eine englische Lady«, sagt Conni zu ihr. Anna freut sich. Conni sieht an sich herunter. Hätte sie sich vielleicht auch ein bisschen hübscher anziehen sollen? Sie hat ihr gestreiftes Lieblings-T-Shirt angezogen, ihre Jeans hochgekrempelt und ist aus den Turnschuhen geschlüpft. So ist es am bequemsten und passt perfekt zu einer Strandparty, oder? Sie reckt den Hals. Ob Phillip auch schon da ist? Ja, da steht er, mit Paul, Toby und den anderen Jungs.
»Wo sind Janette und die Zicken?«, fragt sie Anna. »Sind die etwa schon fertig mit Treibholzsammeln?«

»Siehst ganz danach aus.« Anna zeigt auf einen kläglichen Holzhaufen, der unordentlich neben dem großen Feuerholzstapel liegt, den die Jungs aufgeschichtet haben. Janette, Saskia und Vicky stehen mit sauertöpfischen Gesichtern daneben.
»Schade, wir haben's verpasst«, seufzt Dina.
»Macht nichts«, meint Conni. »Es war bestimmt kein schöner Anblick.«
Sie dreht sich um und schlendert ein Stück über den Strand. Ariane sitzt mit ihrer englischen Partnerschülerin auf einem Stein und unterhält sich. Als sie Conni bemerkt, nickt sie schüchtern. Conni erwidert das Kopfnicken. Ariane scheint es tatsächlich ernst zu meinen, dass sie nichts mehr mit Janette und Saskia zu tun haben will. Billi hat erzählt, dass sie mit Ariane über ihren Brief gesprochen hat. Ihre Gastfamilien wohnen nicht weit voneinander entfernt und sie sind sich ein paarmal begegnet. Ariane hat sich bei Billi entschuldigt und Billi hat die Entschuldigung angenommen. Für sie ist die Sache damit erledigt – auch wenn sie und Ariane ganz sicher niemals die besten Freundinnen werden.
Conni findet Billis Verhalten ziemlich bewundernswert. Sie ist überhaupt nicht nachtragend. Toll. Conni ist sich nicht sicher, ob sie an ihrer Stelle auch so großzügig wäre. Wahrscheinlich nicht.
»Hey, warte auf mich!« Jemand tippt ihr von hinten auf die Schulter.
Conni bleibt stehen und dreht sich um. Phillips Grinsen ist verlegen und längst nicht so frech wie sonst. Trotzdem hat sie das Gefühl, als würden 1000 Kolibris in ihrem Magen flattern, als er sie anlächelt.

»Was hast du vor?«, fragt er.
»Gar nichts«, antwortet Conni. »Nur ein bisschen über den Strand bummeln.«
»Darf ich mitbummeln?«
Conni kann sich in Phillips goldbraunen Augen spiegeln und nickt. »Klar!«
Schweigend stapfen sie über die glatten Kiesel bis an das flache Ufer. Kleine Wellen schwappen an den Strand. Die Luft riecht würzig, nach Seetang und Salz. Conni atmet tief ein. Sie liebt diesen Meeresgeruch.
Sie gehen ein ganzes Stück nebeneinanderher, bis sie zu einer großen Skulptur kommen, die auf einer Betonfläche direkt am Wasser steht.
»Was soll das sein?« Phillip runzelt die Stirn.
»Moderne Kunst«, vermutet Conni. »Sieht allerdings eher aus wie ein riesiger Donut.«
»Ein Denkmal für einen Donut.« Phillip lacht. »Cool!«
Conni wirft einen Blick durch das kreisrunde Loch in der Mitte der Skulptur. Phillip steht neben ihr.
»Ich hab mich vorgestern ziemlich bescheuert benommen, was?«, sagt er plötzlich.
»Kann man wohl sagen«, erwidert Conni, ohne ihn anzugucken. Ihr Herz klopft ein bisschen schneller.
»Ich weiß auch nicht, was los war«, murmelt Phillip. »Ich war irgendwie genervt und … und …«
»Eifersüchtig vielleicht?«, fragt Conni vorsichtig. Sie wendet das Gesicht und schaut Phillip direkt in die Augen. Er starrt sie an.
»Ähm, ja, vielleicht. Irgendwie schon«, sucht er mühsam nach

den richtigen Worten. »Glaub ich jedenfalls. Als dieser Sam plötzlich aufgetaucht ist, da … ich war irgendwie sauer. Er hat dich so angeguckt.«

Conni lächelt.

»Hey!«, protestiert Phillip. »Lachst du mich aus?«

»Nein.« Conni schüttelt den Kopf. Im Gegenteil, fügt sie in Gedanken hinzu. Ich freu mich. Und wie!

»Sam ist schwerhörig«, erklärt sie Phillip. »Er starrt jeden an, nicht nur mich. Er liest von den Lippen ab.«

Phillips Augen werden riesengroß. »Was?!«

»Ja«, sagt Conni. »Stell dir vor.«

»Das gibt's doch gar nicht«, stöhnt Phillip auf. »Ich hab mich echt wie die letzte Schwachbirne benommen!«

Conni widerspricht ihm nicht. Warum auch? Er hat ja Recht.

»Stimmt«, sagt sie. »Und jetzt lass uns zurückgehen. Ich glaub, unsere Party fängt an!«

Herr Gunnarsson und Mr Brownstone zünden das Feuer an. David stimmt seine Gitarre und fängt an zu singen. Frau Lindmann summt leise mit. Als Mr Brownstone sich neben sie setzt, lächelt sie. Wenig später sind die beiden Lehrer in ein Fachgespräch vertieft. Herr Gunnarsson geht herum und macht Fotos.

Conni läuft eine Gänsehaut über den Rücken. Davids Stimme hört sich total schön an, dunkel und ein bisschen rauchig und dabei sehr gefühlvoll.

»Hach, ist das nicht romantisch?« Anna seufzt wohlig. Sie sitzt zwischen Conni und Mark auf einer Wolldecke und hält mit Mark Händchen. Conni nickt.

»Ist hier noch ein Platz frei?«, fragt Phillip. Er hat aus Mr Brownstones Auto Getränke für alle geholt. Sein Rucksack sieht ziemlich schwer aus.

»Aber natürlich!«, flötet Anna sofort. Sie zwinkert ihm zu und rückt ein Stück weiter.

Phillip lässt sich auf die Decke fallen – genau neben Conni, die sich im selben Augenblick fragt, ob das Feuer daran schuld ist, dass ihr Gesicht plötzlich so glüht, oder ob das vielleicht andere Gründe hat.

Mit Pauls und Tobys Hilfe schleppt Mandy die Riesenschüssel mit dem Stockbrotteig heran. Louise, Dina, Sarah und Alisha verteilen lange Stöcke. Herr Gunnarsson übernimmt die Oberaufsicht über die Grillwürstchen. Schon bald zieht ein verführerischer Duft über den Strand. Conni hält ihr Stockbrot über das Feuer, bis es knusprig braun ist. Phillip hat ein Würstchen aufgespießt.

Es ist richtig gemütlich.

Als Mandy laut »Hi, Sam!« ruft und winkt, zuckt Conni zusammen. An die Aktion mit der Eifersucht hat sie überhaupt nicht mehr gedacht!

Ach herrje, denkt sie. Es ist doch alles geklärt! Ich muss Phillip gar nicht mehr eifersüchtig machen!

Sie wirft ihm einen Blick zu, aber er ist ganz auf sein Würstchen konzentriert.

»Sam ist da«, sagt sie, um wenigstens etwas zu sagen. »Ich glaub, seine Freundin kommt auch noch.«

»Okay«, sagt Phillip achselzuckend und beißt vorsichtig in seine heiße Wurst. Sie ist ein bisschen angekokelt, bemerkt Conni.

»Pass auf dein Brot auf«, rät Phillip ihr freundlich. »Sonst hast du gleich ein Brikett mit Flammenstiel.«
»Hilfe!« Conni schreit leise auf. Anstatt auf Phillips Würstchen zu starren, hätte sie sich lieber um ihr Stockbrot kümmern sollen.
Der Stock hat Feuer gefangen. Kleine Flammen züngeln um das Brot.
»Soll ich mal löschen?« Phillip zeigt auf seine Limoflasche, aber Conni hilft sich schon selbst. Sie zieht den Stock zu sich heran, pustet die Flammen aus und wirft das glühend heiße Brot auf ihren Pappteller. Puh! Gerade noch mal gut gegangen.
»Guten Appetit!«, grinst Phillip.
Mit hochrotem Kopf knabbert Conni an ihrem Brot. Es ist steinhart und schmeckt nach Kohle.
»Möchtest du vielleicht doch lieber ein Würstchen?«, fragt Phillip.
Falls es möglich ist, wird Connis Gesicht noch eine Spur röter.
»Nee, danke«, sagt sie schnell und bemüht sich Phillips Grinsen zu ignorieren. »Das Brot ist ganz prima!«
Sam steht bei Mandy und Paul und winkt ihr zu. Conni winkt zurück. Phillip nickt mit dem Kopf.
»Netter Typ«, meint er. »Spielt er auch Gitarre?«
»Keine Ahnung«, antwortet Conni. »So gut kenne ich ihn nicht.« Kann man überhaupt ein Instrument spielen, wenn man nicht gut hört? Sie beschließt Sam bei passender Gelegenheit danach zu fragen.
»Sam ist echt nett«, sagt sie plötzlich, bevor sie es sich anders überlegen kann. »Ich mag ihn.«
Aus den Augenwinkeln sieht sie, dass Phillip langsamer kaut.

»Ungefähr so, wie ich Paul mag«, fährt sie mutig fort. »Und Mark und Tim.«
Phillip hört auf zu kauen.
Conni nimmt all ihren Mut zusammen. »Aber dich mag ich am liebsten von allen Jungs.«
Auweia, jetzt ist es raus …
Hilfe!, denkt sie im selben Moment. Hab ich das echt gerade gesagt? In ihren Ohren rauscht es. Warum sagt Phillip nichts? Sie traut sich nicht, ihn anzuschauen.
Phillip lässt sein Würstchen sinken und fixiert das Feuer.
Conni schluckt. So ein Mist! Hätte sie doch nur den Mund gehalten! Kann er nicht auch mal etwas sagen?
Als wenig später Sams Freundin auftaucht, lächelt sie. Das Mädchen ist in Sams Alter und sieht sehr hübsch aus. Die beiden passen gut zusammen.
Anna und Mark passen auch gut zusammen, denkt Conni. Genau wie Mandy und Paul. Und Frau Lindmann und Mr Brownstone. Und Herr Gunnarsson und Frau Stern. Aber was ist mit mir und Phillip? Ob ich das irgendwann noch mal erfahre? Falls ja, bitte bevor ich alt und vertrocknet bin!
Sie seufzt vernehmlich.
Phillip steht auf und holt sich noch eine Wurst.

Langsam neigt sich der Abend über dem Strand von Brighton. Die Sonne versinkt als glutrote Apfelsine im Meer. Es wird dunkel, die ersten Sterne blitzen auf. Die schmale Sichel des Mondes leuchtet am Himmel.
Leider wird es auch zusehends kühler. Conni schlüpft in ihre Socken und die Turnschuhe und zieht ein Sweatshirt über

den Kopf. Neben ihr vertilgt Phillip eine Bratwurst nach der anderen.
Bei der vierten hat Conni aufgehört mitzuzählen. Sie hat noch nie einen Jungen so viel essen sehen.
In der Nähe des Lagerfeuers stehen ein paar Liegestühle. Conni hat keinen Hunger mehr. Sie nimmt ihr angeknabbertes Stockbrot und bringt es mitsamt dem Pappteller zum Mülleimer. Auf dem Rückweg bleibt sie bei den Liegestühlen stehen. Der Himmel ist inzwischen fast schwarz. Nur ganz weit draußen über dem Meer ist noch ein schwacher Lichtstreif zu sehen, und der Schein des Lagerfeuers, der den Strand in ein flackerndes Licht taucht.
Conni setzt sich in einen der Stühle und guckt in den Himmel. Sie fühlt sich unsicher und auch ein bisschen enttäuscht. Warum hat Phillip vorhin nicht geantwortet? Warum hat er nicht gesagt, dass er sie auch am liebsten von allen Mädchen mag?
Vielleicht, weil es nicht stimmt? Kann es sein, dass er sie gar nicht so besonders findet? Hat sie sich alles nur eingebildet?
Plötzlich hört sie leise Schritte auf den Kieseln knirschen. Sie hält den Atem an.
»Stör ich dich bei irgendwas?«, fragt Phillip.
Conni schüttelt den Kopf. Er setzt sich in den anderen Liegestuhl und streckt die Beine aus. Eine ganze Weile schweigen sie. Conni wüsste auch gar nicht, was sie sagen sollte. Ihr ist ein bisschen kalt; gleichzeitig hat sie das Gefühl, als würde ihr Gesicht glühen.
»Wow! Eine Sternschnuppe!« Phillip richtet sich auf und starrt in den Himmel. »Hast du die gesehen?«

»Nein«, sagt Conni. »Aber du musst dir schnell was wünschen!«
»So schnell fällt mir nichts ein«, erwidert Phillip, aber dann schließt er ganz kurz die Augen und bewegt die Lippen. Conni kann es im schwachen Feuerschein sehen. Was er sich wohl gewünscht hat? Sie wüsste es zu gerne!
»Du darfst es niemandem verraten«, warnt sie ihn. »Sonst geht's nicht in Erfüllung.«
»Ich weiß.« Phillip beugt sich vor und raschelt mit Papier.
Erst jetzt bemerkt Conni, dass er seinen Rucksack dabeihat. Sie wundert sich. Was will er damit? Er zieht etwas heraus. Conni erkennt nur einen Schemen in seiner Hand. Phillip räuspert sich.
»Ich hab was für dich«, murmelt er. »Nichts Besonderes. Nur eine kleine Überraschung, oder ein Andenken. Je nachdem, wie du willst …«
Er legt ihr das unförmige Päckchen in die Hände. Es ist etwas windschief in Papier eingewickelt und mit einer krausen Schleife verziert, das kann Conni in dem Dämmerlicht erkennen. Außerdem ist es nicht sehr schwer und ziemlich weich. Sie drückt vorsichtig. Das Papier gibt nach.
»Was ist das?«
»Mach's auf!«, schlägt Phillip vor.
Vorsichtig reißt Conni das Papier auf. Ihr Herz klopft zum Zerspringen und ihre Hände zittern ein wenig. Als ihre Finger etwas Weiches, Pelziges fühlen, zuckt sie zurück.
Phillip lacht leise. »Keine Panik, es beißt nicht!«
Conni versucht im Feuerschein etwas zu erkennen, aber es ist zu dunkel. Eine Wolke hat sich vor den Mond geschoben. Ob

sie die Konturen ertasten kann? Ein runder Kopf, ein langer Körper, ein dünner Schwanz … Ob es wirklich das ist, was sie glaubt? Sie spürt zwei Knopfaugen, kleine Pfötchen … Das ist doch nicht möglich!

»Na, was sagst du?«, fragt Phillip. Er wühlt noch einmal in seinem Rucksack. Wenig später blitzt eine Taschenlampe auf. Conni reißt die Augen auf. Im Lichtkegel der Lampe sieht sie, was sie in den Händen hält.

»Ein Erdmännchen! Ich fass es nicht! Wo hast du das denn her?«

»Gestatten: Elvis der Zweite«, grinst Phillip.

»Aber woher hast du's?«, wiederholt Conni atemlos. Sie drückt das Plüschtier an sich. Es ist samtweich und knuffig und fühlt sich genauso an, wie sie es sich vorgestellt hat. »Etwa aus dem Automaten auf der Brücke?«

Im Licht der Taschenlampe nickt Phillip stolz. »Ich hab die Technik überlistet. Die Automaten haben ein Zählwerk. Immer nach einer bestimmten Anzahl von Münzeinwürfen spucken sie einen Gewinn aus. Ich musste mich nur auf die Lauer legen, die Touristen zählen, die Geld eingeworfen haben, und abwarten.«

Conni kichert. »Aber das muss doch Stunden gedauert haben!«

»Genau drei«, bestätigt Phillip trocken.

»Danke!« Am liebsten würde Conni ihm einen Kuss geben, aber das traut sie sich nicht. Stattdessen gibt sie Elvis dem Zweiten einen Kuss auf die Nase.

»Du kannst ihn auch anders nennen«, meint Phillip. »Aber ich finde, Elvis passt. Als ich ihn an der Angel hatte, dudelte jedenfalls gerade ein Lied von Elvis aus einer Musikbox.«

»Elvis ist perfekt!« Conni streichelt dem Erdmännchen über den Kopf und nickt glücklich. Für eine Millisekunde verfangen sich ihre Augen in denen von Phillip. Er spielt mit der Taschenlampe in seiner Hand, knipst sie an und wieder aus und leuchtet damit hinaus aufs Meer.

»Wenn du so weitermachst«, lacht Conni, »lockst du noch ein Schiff an den Strand. Die verwechseln dich glatt mit einem Leuchtturm!«

»Upps!«, macht Phillip. Er schaltet die Taschenlampe aus und versenkt sie in seinem Rucksack. »Also, was ich noch sagen wollte …«

Er holt tief Luft, bevor er weiterspricht.

Conni umklammert Elvis fest mit beiden Händen.

»Was du vorhin gesagt hast … dass du mich magst und so«, sagt Phillip. »Das fand ich ganz schön cool von dir.«

Conni versucht gleichmäßig zu atmen, aber irgendwie gelingt es ihr nicht.

»Tja, hm, also …«, murmelt Phillip. »Ich wollte dir nur sagen, dass ich dich auch mag. Ähm, ja, genau …«

Conni hält den Atem an.

Phillips Stimme klingt ein bisschen mutiger, als er fortfährt: »Und ich, ähm, ich wollte dich was fragen. Nämlich, ob du vielleicht –«

Ein lauter Ruf unterbricht ihn: »Conni! Phillip!«

»Mist!«, flucht Phillip leise.

»Hier!«, ruft Conni.

Herr Gunnarsson kommt über den Strand auf sie zu.

»Hier steckt ihr!«, sagt er. Zu Connis Erleichterung klingt seine Stimme freundlich. »Wir haben euch schon vermisst!«

»Ähm, wir wollten gerade zurückkommen«, sagt Phillip. Er wirft Conni einen komisch-verzweifelten Blick zu. Sie nickt schnell.
»Ich hatte einen Stein im Schuh. Phillip hat mir geholfen.«
»Fein«, sagt Herr Gunnarsson. »Dann kommt jetzt. Es gibt geröstete Marshmallows zum Nachtisch!«

Als Conni und Phillip zum Feuer zurückkehren, werfen ihnen die anderen neugierige Blicke zu.
»Du strahlst so«, flüstert Anna Conni zu. »Ist was passiert, was wir wissen müssen?«
Billi, Dina und Mandy lehnen sich neugierig vor, damit ihnen ja nichts entgeht. Conni zeigt ihnen Elvis und lächelt.
»Ihr seid echt unmöglich«, schimpft sie und schüttelt den Kopf. »Ich erzähl's euch später, okay?«
Phillip hat ein Marshmallow aufgespießt und hält es ins Feuer. Es dauert nicht lange, bis sich eine braune Kruste bildet. Phillip pustet das Marshmallow rundherum ab und hält es Conni hin. »Mach mal die Augen zu!«
Conni beugt den Kopf vor, schließt die Augen und will abbeißen, als eine sanfte Berührung ihre Lippen streift. Erschrocken reißt sie die Augen wieder auf.
Das war doch nicht das Marshmallow!
Hat Phillip sie etwa geküsst? Nee, oder?
Sie schiebt die Augenbrauen zusammen und mustert ihn eindringlich über das Marshmallow hinweg. Er macht ein vollkommen harmloses Gesicht. Auch die Mienen der anderen sind undurchdringlich.
Anna und Mark starren verträumt ins Feuer. Mandy und Paul

gucken sich tief in die Augen. Dina, Billi und Tim unterhalten sich mit Louise, Kate, Alisha und Sarah. Anscheinend hat niemand etwas mitbekommen.

Conni runzelt die Stirn.

Phillip lächelt. In seinen Augen liegt ein kleines, freches Funkeln. »Gleich ist es kalt«, sagt er unschuldig und wedelt mit dem Marshmallow vor ihrer Nase herum.

Conni kann nicht anders. Sie muss laut lachen. Und dann schnappt sie sich die klebrige Köstlichkeit und beißt ein Stück ab. Es schmeckt total lecker. Warm und weich und süß.

Fast wie ein Kuss, denkt Conni und schließt die Augen. Wie ein Kuss von jemandem, den man sehr mag.

***

Es ist schon spät, als Conni und Mandy an diesem Abend in ihren Betten liegen. Mandy erzählt aufgeregt von Paul. Als David ein langsames Lied auf der Gitarre gespielt hat, hat er ihre Hand genommen und sie nicht wieder losgelassen.

»It was so romantic!«, schwärmt sie. »Ich hätten die ganze Nacht so mit ihm sitzen können! Glaubst du, Paulie mag mich?«

»Garantiert!« Conni gähnt. »Ich wette, du bist das erste Mädchen, mit dem er Händchen gehalten hat. Das will echt was heißen!«

»Und du und Phil?«, fragt Mandy. »Was ist mit euch? Weißt du jetzt, ob er dich mag?«

»Oh ja!« Lächelnd betrachtet Conni Elvis, der auf ihrem Kopfkissen liegt und sehr zufrieden aussieht. »Ich bin mir sogar ziemlich sicher!«

Eine Weile unterhalten sie sich noch, kichern und albern herum, bis Mandy nur noch murmelt und schließlich gar nichts mehr sagt. An den gleichmäßigen Atemgeräuschen und dem wenig später einsetzenden Schnarchen hört Conni, dass sie eingeschlafen ist. Sie selbst ist noch viel zu wach, um zu schlafen – obwohl sie eigentlich müde ist. Merkwürdig.
Leise steht sie auf, holt ihr Tagebuch aus dem Rucksack und fängt an zu schreiben:

♡✿♡ Phillip mag mich!!! ♡♡♡
Er hat es mir gesagt!!!
Geküsst hat er mich auch! Glaub ich jedenfalls. Es war t o l l, der ganze Abend, und Phillip ganz besonders! Ich bin total happy! Obwohl wir morgen schon wieder abreisen...

☹

Unglaublich, wie schnell die Zeit in England vergangen ist. Ich kann's noch gar nicht richtig glauben. Mir kommt es fast wie ein Traum vor, was ich alles gesehen und erlebt hab.

Conni legt den Stift weg und nimmt stattdessen Elvis den Zweiten in die Hand. Sie streichelt sein weiches Fell und ist plötzlich traurig, dass sie sich morgen schon wieder von Mandy und ihrer Familie verabschieden muss. Sie hatte sich gerade an alles gewöhnt und sich wohlgefühlt. Wer weiß, wann sie sich das nächste Mal wiedersehen?

Vielleicht kann Mandy in den nächsten Ferien nach Neustadt kommen, überlegt sie. Oder ich überrede Mama und Papa, dass wir mal Urlaub in Brighton machen. Ja, das wär cool! Dann könnte ich ihnen und Jakob alles zeigen!

Neben der Traurigkeit über den Abschied spürt Conni die Vorfreude auf zu Hause. Ob Mau sie vermisst hat? Bestimmt! Was er wohl zu Elvis sagt? Sie gibt dem Erdmännchen einen Stups auf die Nase, legt es auf das Kissen zurück und schreibt weiter:

Ich würde zu gerne morgen im Bus neben Phillip sitzen! Ob ich ihn einfach fragen soll?
Bestimmt sagt er Ja! Jetzt, wo wir wissen, dass wir uns mögen, ist alles einfacher. Und schöner. Viiieel, viel schöner!!! Hilfe! Ich glaub, ich bin verliebt! Und ich glaub, er auch!
Oh Mann, ist das aufregend!!

Sie klappt ihr Tagebuch zu und legt es auf den Nachttisch. Dann knipst sie das Licht aus, kuschelt sich mit Elvis im Arm in ihr Kissen und gähnt behaglich. Vor dem runden Bullaugenfenster funkelt ein einzelner kleiner Stern am Nachthimmel. Conni muss an die Sternschnuppe denken, die Phillip am Strand gesehen hat. Was er sich wohl gewünscht hat? Und was wollte er sie fragen, als Herr Gunnarsson plötzlich aufgetaucht ist und ihn unterbrochen hat?

»Das finden wir auch noch raus«, flüstert Conni Elvis zu. »Zum Glück wohnt Phillip nicht in Brighton, sondern in Neustadt. Wir können uns jeden Tag sehen und zusammen was unternehmen! Spitze, oder?«

Der kleine Stern spiegelt sich in Elvis' dunklen Knopfaugen. Es sieht aus, als würde er ihr zuzwinkern.

Liebe Conni & Co-Fans,

ich hoffe, ihr hattet beim Lesen dieses Buches mindestens so viel Spaß wie ich während des Schreibens! Und vielleicht interessiert es euch, wie diese Geschichte entstanden ist.

Schon als ich das Buch »Conni und die Austauschschülerin« geschrieben habe, stand für mich fest, dass es eines Tages ein Wiedersehen mit Mandy geben musste. Sie war mir viel zu sehr ans Herz gewachsen, um sie wieder in der Versenkung verschwinden zu lassen, und aus euren Briefen und Mails wusste ich, dass es vielen von euch ähnlich ging. Es war also nur eine Frage der Zeit, wann Connis Klasse zu ihrem Gegenbesuch aufbrechen würde.

Bevor ich mit dem Schreiben anfangen konnte, musste ich aber zuerst einmal selbst nach England reisen, um London und Brighton mit eigenen Augen zu sehen.

Für ein paar Tage war ich mittendrin im Großstadttrubel, bin mit den berühmten roten Doppeldeckerbussen gefahren und habe – genau wie Conni und ihre Freundinnen – versucht das bunte Liniennetz der Londoner U-Bahn zu entwirren.

Ich habe Big Ben bestaunt, das London Eye, die Tower Bridge, Buckingham Palace und all die anderen tollen Sehenswürdigkeiten, die Conni und ihre Klasse auf ihrem Ausflug auch besuchen.

In Brighton habe ich Seemöwen am Strand gefüttert, Chips (ohne Essig!) gegessen und versucht ein Plüsch-Erdmännchen aus einem der Spielautomaten zu befreien, die auf der Brighton-Pier standen.

Leider hatte ich nicht so viel Glück und Geduld wie Phillip und musste die Rückreise ohne Erdmännchen antreten. Aber vorher habe ich tatsächlich ein Haus entdeckt, das genauso aussah wie das Zuhause von Mandys Familie in meiner Fantasie. Da wusste ich plötzlich, wie ich die Geschichte von Conni, Mandy und ihrem großen Wiedersehen erzählen wollte.
Solltet ihr irgendwann einmal nach Brighton kommen, grüßt Mandy von mir! Sie wohnt in einem kleinen, bunten, etwas windschiefen Häuschen mitten in der Stadt. Im Garten steht eine Schubkarre mit einem Gänseblümchen. Ihr könnt es gar nicht verfehlen.
Und wenn ihr einen Ausflug nach London macht, verlauft euch nicht! Falls doch, fragt am besten einen netten Bobby nach dem Weg.

Bis zum nächsten Conni & Co-Abenteuer!
Herzliche Grüße,
eure Dagmar Hoßfeld

Bei Conni und ihren Freunden ist immer was los.

Es folgt eine Leseprobe aus *Conni, Billi und das schwimmende Klassenzimmer*

Conni blickt aus dem Fenster auf die vorüberziehende Landschaft und lächelt. Seit sie sich am frühen Morgen von ihren Eltern, Jakob und Kater Mau verabschiedet hat und mit der kompletten 7a und zwei Lehrern in einen Zug Richtung Küste gestiegen ist, kann sie damit gar nicht mehr aufhören. Dabei ist die Bahnfahrt ziemlich langweilig, seit sich die erste Aufregung und das Gerangel um die besten Sitzplätze gelegt hat. Der Zug ist ein echter Bummelzug. Kaum beschleunigt die Lok mal ein bisschen, hält sie schon wieder in einem verschlafenen Bahnhof, um Fahrgäste ein- und aussteigen zu lassen. Conni unterdrückt ein Gähnen.

»Das richtige Abenteuer fängt sowieso erst an, wenn wir die *Estrella* entern«, murmelt sie.

Estrella – so heißt das Schiff, auf dem sie schon bald in See stechen werden. Für die nächsten Tage heißt es dann Segeln statt Schule. Das wird bestimmt obercool.

»Hast du was gesagt?« Anna schaut von ihrem Handy auf.

»Nein.« Conni greift in die Gummibärchentüte, die zwischen ihnen liegt, und angelt sich eine Portion Bärchen heraus.

Billi und Dina drehen sich um, als sie das Rascheln hören.

»Wollt ihr auch welche?« Conni reicht die Tüte nach vorn.
»Danke schön«, sagt Billi.
»Und was ist mit mir?« Paul beugt sich über Connis Rückenlehne.
»Zu spät. Mädchen zuerst.« Sie lacht.
»Och, menno …« Pauls Gesicht verschwindet wieder.
An seiner Stelle taucht Phillips Lockenkopf auf. Er zwinkert Conni zu.
»Alles klar bei euch?«
Conni nickt ihm zu.
»Na ja, geht so.« Anna hält das Handy hoch und präsentiert den anderen das Display.
»Was soll das sein?«, fragt Phillip.
»Die Wettervorhersage für die nächsten Tage«, brummelt Anna. »Lauter Regenwolken.«
»Aber da ist auch ein Sonnensymbol«, meint Conni. »Okay, es ist nur eine halbe Sonne. Aber immerhin!«
»Ist das Wetter auf dem Meer nicht sowieso ganz anders als an Land?«, meldet sich Mark von seinem Platz auf der anderen Seite des Gangs.
»Na, logisch«, sagt Paul. »Für uns gilt der Seewetterbericht. Guck da mal nach!«
Anna sucht sofort nach der passenden Website. Conni quittiert es mit einem Grinsen. Ihr eigenes Handy steckt irgendwo ganz tief unten im Rucksack. Viel wichtiger ist die Digitalkamera, die vor ihr auf dem Klapptisch liegt. Papa hat sie ihr für die Reise geliehen und ihr ausführlich die vielen verschiedenen Funktionen erklärt. Gestern hat er noch eine neue Speicher-

karte aus der Stadt mitgebracht. Conni freut sich darauf, sie mit tollen Fotos und witzigen Videos zu füllen.
»Mir ist es total schnuppe, wie das Wetter wird. Hauptsache, wir sind alle zusammen und haben Spaß«, sagt sie und lehnt sich zurück. »Ein bisschen Sonnenschein wäre natürlich schön, aber daran können wir nun mal nicht drehen. Wer weiß, ob die Vorhersagen überhaupt stimmen? Ich wette, wir haben das allerbeste Segelwetter!«
»Du bist ja optimistisch«, murmelt Anna.
»Klar. Was denn sonst?« Conni grinst.
Phillip zupft von hinten an ihrem Pferdeschwanz. Ganz leicht nur. Connis Grinsen wird noch ein bisschen breiter. Mit Phillip auf einem Segelschiff. Kann es etwas Schöneres geben? Außer Schokoeis mit Streuseln bestimmt nicht. Da ist sie sich ziemlich sicher.
Sie schließt die Augen und fängt an zu träumen. Von glitzernden Wellen, springenden Delfinen und romantischen Sonnenuntergängen. Die Zuggeräusche und die Stimmen der anderen werden immer leiser. In ihrem Traum hört Conni nur noch das Rauschen des Meeres – und eine laute Männerstimme, die plötzlich ruft.
»Wir sind bald da, Leute. Packt eure Sachen zusammen und lasst nichts liegen. Kein Grund, hektisch zu werden. Der nächste Halt ist Endstation.« Herr Butenschön geht durch den Mittelgang des Zugs und zählt die Schüler. »Wo steckt Paul?«
Paul? Er war doch gerade noch da. Conni schaut sich verwirrt um.
»Der sucht den Speisewagen«, antwortet Phillip.

»Da wird er vergeblich suchen. Der Zug hat keinen Speisewagen«, erwidert der Lehrer trocken. Er ist noch nicht lange an der Schule. Eigentlich war sein Einsatz als Vertretungslehrer nur vorübergehend gedacht, doch wie es aussieht, wird er nun doch länger bleiben. Er unterrichtet Ethik und ist ganz anders als die meisten anderen Lehrer am Lessing-Gymnasium – und das nicht nur, weil er eine Glatze und ziemlich viele Muskeln hat. Er behandelt die Schüler nicht von oben herab, sondern geht total locker mit ihnen um. Fast so, als wären sie schon erwachsen.
Conni mag ihn. Nach dem letzten Elternsprechtag hat ihr Vater gemeint, dass Bernd Butenschön unkonventionell sei. Conni hat sofort nachgeguckt, was das bedeutet: aus dem Rahmen fallend, formlos, nicht alltäglich, salopp und zwanglos. All das trifft perfekt auf den kantigen Lehrer zu. Der steht immer noch mit verschränkten Armen breitbeinig im Gang und runzelt die Stirn. Es sieht witzig aus, wie sich die Falten beinahe über die ganze Kopfhaut ausbreiten.
Conni stupst Anna an und macht sie darauf aufmerksam.
Anna unterdrückt ein Kichern.
»Soll ich Paul suchen?«, bietet Mark an und springt auf.
»Nee, lass mal. Ich hab keine Lust, gleich noch einen Jungen auf meiner Vermisstenliste zu haben. Außerdem kommt er dahinten schon.« Herr Butenschön reckt das Kinn. Mark setzt sich wieder hin.
»Ist was?« Paul schiebt die Hände in die Hosentaschen und grinst verlegen, als er vor dem Lehrer steht. »Hab ich was verpasst?«
»Pack deine Sachen zusammen. Wir sind gleich da.« Herr Bu-

tenschön zieht den Bauch ein, als Paul sich an ihm vorbeizwängt. Alle Blicke sind auf die beiden gerichtet. Pauls Ohren laufen zartrosa an.

Janette, Saskia und Ariane stecken die Köpfe zusammen und tuscheln. Conni ist sich sicher, dass es nichts besonders Nettes ist, was die da bereden. Sie wendet sich an Anna, Billi und Dina.

»Hoffentlich bekommen wir auf dem Schiff eine Kabine für uns alleine. Nur wir vier«, flüstert sie ihren Freundinnen zu. »Stellt euch mal vor, wir müssten Tag und Nacht mit denen zusammenhocken!«

»Das stelle ich mir lieber nicht vor«, sagt Billi leise.

»Nein, ich auch nicht.« Dina zieht die Schultern hoch.

»Bloß das nicht!« Anna schüttelt entsetzt den Kopf.

Sie stehen auf, angeln ihre dicken Rucksäcke und die Schlafsackrollen aus der Gepäckablage und machen sich bereit zum Aussteigen. Der Zug wird langsamer und kriecht nun fast in Schrittgeschwindigkeit auf den Bahnhof zu.

»Hey! Ich glaub, da drüben ist schon der Hafen.« Phillip beugt sich über Connis Sitzlehne und zeigt aus dem Fenster.

»Ob da auch unser Segelschiff liegt? Die *Estrella*?« Conni spürt ihr Herz vor Aufregung schneller schlagen. Zwischen all den grauen Häusern, die die Bahngleise säumen, entdeckt sie hohe Hafenkräne, die Masten von Segelbooten und etwas weiter entfernt sogar ein riesiges, blendend weißes Kreuzfahrtschiff, das alles andere überragt. Es sieht wie ein schwimmendes Hochhaus aus, findet Conni. Beeindruckend, aber nicht besonders hübsch. Sie ist froh darüber, dass die *Estrella* ein uralter Kutter ist, mit ganz viel poliertem Holz und hellen Segeln, und nicht so ein ultramoderner Kasten. Sie hat eine ganz genaue Vorstellung von dem Segelschiff, das in den nächsten Tagen ihr Zuhause sein wird. Sie war auf der Website, hat ein Foto von der *Estrella* ausgedruckt und über ihren Schreibtisch gehängt. Außerdem hat sie in den letzten Nächten oft davon geträumt, wie schön es sein muss, vorne am Bug des Schiffs zu stehen und sich den Wind um die Nase wehen zu lassen. Sie lächelt versonnen, während sie es sich in allen Einzelheiten ausmalt. Bis Anna sie anstupst.

»Nun komm schon! Oder willst du hier festwachsen?« Anna hievt sich den Rucksack über die Schultern und klemmt sich ihren Schlafsack unter den Arm.

Conni zuckt zusammen. Sie hat gar nicht gemerkt, dass der Zug schon angehalten hat. Die Ersten drängen sich bereits in Richtung Ausgang. Darunter auch Phillip, Paul und Mark, von denen Conni nur noch die Hinterköpfe sieht. Blitzschnell rafft sie ihre Siebensachen zusammen, schnappt sich zuletzt noch die Kamera vom Tisch und ruft: »Hey, wartet auf mich!«, bevor sie hinter Anna und den anderen herstolpert.

Auf dem Bahnsteig bleiben sie stehen. Frau Stern-Gunnarsson, die die Klasse als zweite Lehrkraft begleitet, kontrolliert, ob alle ausgestiegen sind. Conni hat sich noch nicht richtig an den Doppelnamen gewöhnt. Die junge Lehrerin trägt ihn, seit sie Herrn Gunnarsson, den Klassenlehrer der 7a, geheiratet hat. Sie haben eine kleine Tochter bekommen, Malin, und die Elternzeit aufgeteilt. Im Moment ist Herr Gunnarsson für das Windelwechseln zuständig.

»Wir sind komplett«, verkündet Frau Stern-Gunnarsson zufrieden lächelnd. »Dann wollen wir mal schauen, wo unser Schiff liegt.«
Sie dreht sich um und geht mit Herrn Butenschön voraus. Die Klasse folgt ihnen im Gänsemarsch. Einige jammern wegen des Gepäcks. Andere murren, weil sie müde sind oder Hunger haben. Conni verspürt überhaupt keinen Grund, sich über irgendetwas zu beklagen, ganz im Gegenteil. Sie ist hellwach und kaum zu bremsen. Klar, der Rucksack ist schwer und die Schlafsackrolle umständlich zu tragen. Na und? Dafür scheint die Sonne, die Luft ist warm und in der Ferne ist sogar schon Möwengeschrei zu hören. Kein Wunder, wenn der Hafen so nah beim Bahnhof liegt. Praktisch ist es auch. Nur noch ein paar Minuten Fußweg – und dann ab ins große Abenteuer!
Sie angelt die Wasserflasche aus der Seitentasche des Rucksacks und trinkt im Gehen. Links wankt Anna unter dem Gewicht ihres Traggestells. Auf der anderen Seite stapfen Billi und Dina im Gleichschritt neben ihr her. Die Jungs sind dicht hinter ihnen. Conni wirft einen Blick über die Schulter. Phillip pfeift vor sich hin. Paul mümmelt einen Müsliriegel. Mark hat einen Fußball dabei und versucht mehr oder weniger erfolgreich, ihn auf dem ausgestreckten Zeigefinger kreisen zu lassen.
»Wozu schleppst du das Ding mit? Willst du auf dem Segelschiff Fußball spielen?«, erkundigt sich Conni belustigt.
»Ohne Ball geh ich nirgendwo hin«, antwortet Mark gutmütig.
»Vielleicht können wir ja abends mal kicken, wenn wir an Land sind«, meint Paul hoffnungsvoll.